Christian Jaschinski

STARCK
und der erste Tag

Thriller

WAS BIST DU BEREIT, FÜR DEINE TOCHTER ZU TUN?

Eine verschwundene Tochter. Eine geheime Organisation. Ein rätselhaftes Konto. Ein Ex-Staatsanwalt zwischen Auftragsmördern.

Alles war ihm genommen worden. Seine Frau. Seine Tochter. Sein Ruf und die Karriere. Als Andreas Starck aus dem Gefängnis freikommt, möchte er nur eines: endlich seine Tochter Greta wieder in die Arme schließen, die er jahrelang nicht gesehen hat. Doch das Recht dazu wird ihm verweigert.

Starck hat genug. Nicht nur wurde dem Ex-Staatsanwalt seine Frau genommen, jetzt versucht auch noch jemand, ihn der gemeinsamen Zukunft mit seiner Tochter zu berauben. Entschlossen beginnt er, den eigenen Fall neu zu untersuchen, unterstützt von einem eigenwilligen Kommissar. Doch zu spät merkt er, dass er damit mächtige Gegner verärgert …

Als Starck entdeckt, dass er von einem Auftragsmörder verfolgt wird, beginnt ein Katz-und-Maus-Spiel. Wer will ihn vernichten? Was haben sein verstorbener Vater und eine Bank in Zürich mit all dem zu tun? Vor allem aber – kann er seine Unschuld beweisen und die Tochter zurückgewinnen?

Vergeltung, Vaterliebe und Korruption im Rechtssystem. Ein Thriller, bei dem sich zeigt, dass nichts so ist, wie es zunächst scheint!

Der fulminante Auftakt zur neuen Thriller-Reihe »STARCK – Staatsanwalt im Schatten«.

CHRISTIAN JASCHINSKI

STARCK
UND DER ERSTE TAG

„Ein echter Pageturner!
Man kann nicht aufhören zu lesen."
Klaus-Peter Wolf

THRILLER

Alle Rechte vorbehalten, insbesondere das Recht der mechanischen, elektronischen oder fotografischen Vervielfältigung, der Einspeicherung und Verarbeitung in elektronischen Systemen, des Nachdrucks in Zeitschriften oder Zeitungen, des öffentlichen Vortrags, der Verfilmung oder Dramatisierung, der Übertragung durch Rundfunk, Fernsehen oder Video, auch einzelner Text- oder Bildteile.
Alle Akteure des Romans sind fiktiv, Ähnlichkeiten mit lebenden oder verstorbenen Personen wären rein zufällig und sind vom Autor nicht beabsichtigt.

Copyright © 2024 by Maximum Verlags GmbH
Hauptstraße 33
27299 Langwedel
www.maximum-verlag.de

1. Auflage 2024

Lektorat: Bernadette Lindebacher
Korrektorat: Angelika Wiedmaier
Satz/Layout: Alin Mattfeldt
Umschlaggestaltung: Alin Mattfeldt
Umschlagmotiv: © Pixel-Shot/ Shutterstock
E-Book: Mirjam Hecht

Druck: CPI books GmbH
Made in Germany
ISBN: 978-3-98679-039-4

Für meine Mutter
Dora Jaschinski
1937–2024

WAHRHEIT UND DICHTUNG

Während die Schauplätze dieser Geschichte zum überwiegenden Teil real sind, hat der Autor sowohl die Handlung als auch die agierenden Personen frei erfunden. Ähnlichkeiten mit realen Geschehnissen, lebenden oder toten Personen sind rein zufällig und nicht beabsichtigt.

Die sachliche und örtliche Zuständigkeit im Justizvollzug regeln in Deutschland die Vollstreckungspläne der jeweiligen Bundesländer. Bezüglich der JVA Düsseldorf am Standort Ratingen stimmen im Buch Fiktion und Realität nicht überein.

Wer Zürich kennt, wird sich fragen, ob die beschriebene Privatbank im Utoschloss verortet ist, das sich am gleichnamigen Quai befindet. Die Antwort auf diese Frage ist ein energisches »Jein« – das Gebäude diente als Inspiration, aber sowohl Raumaufteilung als auch das Rosettenfenster über dem Portal wurden so geschildert, dass die Architektur der Geschichte dient.

Die Geschichte der Bardi, Peruzzi und Medici, wie sie im Roman erzählt wird, stimmt in weiten Teilen mit den historischen Überlieferungen überein. Teilweise wurde sie aber etwas abgeändert und für die Hintergrundgeschichte neu interpretiert.

VOR FÜNF JAHREN

Hinter sich hört sie heiser die zwölf Zylinder blubbern. Giftig. Bullig. Aggressiv.

Sie weiß, dass es ein Zwölfzylinder ist, weil sie große Motoren liebt. Seit sie fünf war, hat ihr Vater sie jeden Sonntag mit in seine Werkstatt genommen, wo er mit großer Hingabe an seinem schnittigen Oldtimer schraubte, einem dunkelroten 1965er Jaguar E-Type. Geduldig hat er ihr jeden Handgriff, jeden Arbeitsschritt, jede Funktion erklärt.

Sie weiß auch, dass der silbergraue Bentley Continental GT in ihrem Rücken sie mit seinem lautstarken Auftritt meint.

Was will er ihr damit sagen?

Ihr drohen? Und falls dem so ist – warum?

Bereits gestern hat sie den Eindruck gewonnen, dass dieser Wagen sie verfolgt. Und will, dass sie das auch weiß. Ansonsten hätte der Verfolger vermutlich ein unauffälligeres Fahrzeug gewählt.

Also ist sie selbstbewusst über die Straße und auf das Auto zugegangen, um den Fahrer anzusprechen. Der einfach wegfuhr.

Das Tessiner Kennzeichen ließ sie für einen Moment an romantische Kurzurlaube am Lago Maggiore im Frühling denken.

Heute hingegen überwiegt die Sorge.

Sie hatte es Andreas sofort erzählen wollen. Besonders in dieser Zeit, nach all den merkwürdigen Vorkommnissen. Aber er hatte einen langen Tag im Gericht gehabt, sodass es schon spät war, als sie sich endlich müde an ihn kuschelte und ihre Beobachtung und Bedenken hätte schildern können.

Nun ist der Wagen wieder da.

Heute Mittag ist sie ein paar Minuten zu spät dran.

Ärgert sich über sich selbst. Der Kindergarten liegt nur eine Straße weiter. Ihre Tochter Greta geht erst seit ein paar Tagen für zwei Stunden am Vormittag dorthin und wartet sicher längst auf die Mama. Das Abschlusslied haben sie bestimmt auch schon gesungen.

Sie ist wütend darüber, dass der Wagen ihr schon wieder auflauert. Den Fahrer kann sie hinter den Spiegelungen auf der Windschutzscheibe nicht erkennen, als sie aussteigt, um ihn zur Rede zu stellen.

Als sie mitten auf der Straße ist, heult die starke Maschine auf und der Wagen rast los. Direkt auf sie zu.

Sie will wegrennen, dreht sich panisch um, erkennt ihren Fehler. Ein Absatz bricht ab. Passanten bleiben stehen. Fassungslose Schreie. Sie hört sie nicht.

Wenn so etwas in Filmen passiert, wundert sie sich immer darüber, dass die Leute auf der Straße anfangen wegzulaufen und nicht einfach in den Schutz der parkenden Autos fliehen.

Im selben Moment trifft sie der wuchtige Kühlergrill.

Sie liegt auf der Straße.

Alles tut weh.

Speere bohren sich in ihr Innerstes.

Greta!

1. KAPITEL

Eine schwere Tür. Ein langer Gang. Der Geruch nach Reinigungsmitteln. Nicht wie im Krankenhaus. Trotzdem charakteristisch. Eine weitere Tür. Das Ritual der Formalitäten. Wieder eine Tür. Gute Wünsche.
Endlich schloss sich die letzte Tür hinter ihm.
Dann war er draußen.
Er hatte überlebt. Doch sein Leben war das Einzige, was ihm geblieben war. Alles andere hatten sie ihm genommen.
Andreas Starck stand vor der JVA Düsseldorf und sog tief die feuchte Morgenluft ein.
Er lächelte bitter.
So bekommt die Redewendung ›unter freiem Himmel‹ eine ganz eigene, neue Bedeutung.
Gestern war ein goldener Herbsttag gewesen. Kühl und klar. Seinen letzten Hofgang hatte Starck gemeinsam mit Duncan in der Mittagssonne unternommen, die hell und ungehindert zwischen Zäune und Hafthäuser schien. Aber über Nacht hatte der Wind gedreht und blies nun warm aus Südwesten dunkle Regenwolken über die Stadt.
Gegenüber auf dem Randstreifen wartete ein Taxi. Nicht auf ihn.
Wer immer du bist, du hast es gut. Kommst aus dem Gefängnis und kannst dir gleich ein Taxi leisten. Ich dachte, ich wäre der Einzige, der

heute entlassen wird. Oder bist du ein Besucher, der dekadent das Taxi warten lässt?

Es hatte eine Zeit in Starcks Leben gegeben, da war es für ihn normal gewesen, genug Geld für ein Taxi zu haben. Ob nun beruflich auf Spesen oder privat einfach so. Zum Flughafen, zur Oper oder zum Feiern bei Freunden – Geld war kein Problem gewesen. Doch diese Zeit war schon lange vorbei, und das alte Leben gab es nicht mehr. Ebenso wenig wie die Freunde, die gar keine Freunde gewesen waren.

Als sich der Wind der öffentlichen Meinung drehte und ihm die negativen Schlagzeilen des Boulevards wie Sturmböen ins Gesicht peitschten, war es zu unbequem geworden, neben und zu ihm zu stehen. Einige Beziehungen, die die Flut der Verleumdung noch nicht aus seinem Leben gespült hatte, endeten dann an den Gefängnismauern. Aus beruflicher Erfahrung wusste er, dass ein Besuch im Gefängnis kein Sonntagsspaziergang war, und so ...

Aus den Augen, aus dem Sinn.

Starck ging zur Haltestelle vor der Justizvollzugsanstalt, um den Pendelbus zur S-Bahn-Haltestelle Düsseldorf Rath zu nehmen. Er hatte nur einen leichten Rucksack mit Waschzeug und Wechselkleidung bei sich, die für drei Tage ausreichen sollte.

Bis auf wenige Ausnahmen hatte er alle seine Bücher an Mitgefangene verschenkt. Nur einige waren ihm ans Herz gewachsen. Er hatte sie häufig gelesen und mit Anmerkungen versehen. In einsamen und schweren Stunden waren sie ihm wertvolle Begleiter geworden, sodass er es nicht über sich gebracht hatte, sie fortzugeben. Stattdessen hatte er sie mit seinen anderen Habseligkeiten schon einmal nach Detmold geschickt, wo sie auf ihn warteten.

Fast alle Insassen hatten eine genaue Vorstellung davon, was sie als Erstes machen wollten, sobald sie aus dem Gefängnis kamen. Oder taten zumindest so. Der erste Burger oder das erste Bier. Selbst bestimmen, wie lange sie schlafen wollten. Alltäglichkeiten bekommen in der Haft eine andere Dimension. Wieder selbst Auto fahren. Und natürlich Sex mit jemandem, den man sich selbst aussuchen konnte.

Das alles war Starck egal. Klar freute auch er sich auf ein gutes Essen und ein bequemes Bett. Für ihn waren das jedoch lediglich Oberflächlichkeiten. Er hatte andere Prioritäten und lang schon einen Plan geschmiedet, den es nun umzusetzen galt. Er freute sich auch auf ein bekanntes freundliches Gesicht, wenngleich ihm nur wenige Bezugspersonen geblieben waren.

Egal, bei dem, was in Düsseldorf noch zu tun war, wollte er ohnehin allein sein.

Nur noch wenige Haltestellen. Sein Herz schlug schneller. Natürlich war er aufgeregt. Das hatte er nicht anders erwartet. Jetzt wurde Realität, was er sich über einen langen Zeitraum hinweg nur hatte vorstellen können. Starck atmete tief ein. Und wieder aus. Immer wieder. Es half nichts.

Je näher er dem Friedhof kam, desto schlimmer wurde es. Wie würde es sein, das erste Mal vor Danielas Grab zu stehen?

Der Bus war voll besetzt, und Starck hatte nur noch einen

Stehplatz gegenüber der hinteren Tür bekommen. In seiner Nähe saßen zwei Teenager, die auf ihren Handys daddelten. Starck schätzte die beiden Mädchen auf höchstens sechzehn, obwohl sie unter Zuhilfenahme von übertrieben viel Make-up älter wirken wollten.

Ein Mann auf einem Fensterplatz trug eine randlose Brille und knetete hin und wieder seine feingliedrigen Hände über der dünnen Aktenmappe, während er nachdenklich hinausschaute. Schräg gegenüber saß eine ältere Dame, deren bordeauxroter Filzhut mit einer goldfarbenen Hutnadel in ihrem lockigen weißen Haar befestigt war. Als Starck einstieg, hatte sie kurz zu ihm herübergesehen und ihn freundlich angelächelt.

Ein Rollator stand halb im Gang, halb auf der Stehplatzfläche. Starck ordnete ihn der Dame zu. Er hielt sich an der Stange fest, die zwischen Dach und Boden verschraubt war, und schaute aus dem Fenster. Beobachtete, wie die Welt, die Stadt, das Leben dort draußen an ihm vorüberzogen.

Der Bus hielt, die Türen gingen auf, und zwei junge Männer stiegen ein. Kapuzenpullis unter Bomberjacken im Seidenblouson-Stil, tiefhängende Jogginghosen und ungeschnürte weiße Basketballschuhe. Klischee pur.

Augenblicklich spürte Starck, dass es Ärger geben würde. Was nicht an der Kleidung lag und auch nicht daran, wie die beiden sich großspurig nach einem Sitzplatz umsahen.

»Yo, Digga. Was gehd'n hier? Kein Platz für den Boss im fetten Benz?« Blondierter Undercut, dicke Silberkette.

»Schwöre, Bruder. Kein Respekt.« Schwarzer Vollbart, Wollmütze.

Die zwei schauten herausfordernd in die Runde, Arme vor der Brust gekreuzt, Kinn herausfordernd vorgestreckt. Der

Bus fuhr an, und es ruckte leicht. Was weder Starck noch die Neuankömmlinge aus dem Gleichgewicht brachte.

Alle Fahrgäste wandten den Blick ab, sahen auf den Boden, aus dem Fenster oder holten geschäftig ihre Handys heraus.

Starck nahm die aggressiven Schwingungen sofort wahr. Genau so hatte es zwischen Mitgefangenen auch oft begonnen und nicht selten für mindestens einen der Beteiligten auf der Krankenstation geendet.

»Ich muss sowieso an der nächsten Station raus«, sagte die alte Dame couragiert und sah die beiden Halbstarken freundlich an. »Dann kann einer von Ihnen meinen Platz haben.«

»Ach wirklich, Oma?« Undercut legte demonstrativ seine Hand so um die Haltewunschtaste, dass diese fast verdeckt war. Wer den Knopf nun für die nächste Haltestelle drücken wollte, musste sich entweder mit dem Kerl auseinandersetzen oder jemanden vorne oder weiter hinten im Bus bitten, für ihn zu drücken.

»Ja.« Die ältere Dame blieb freundlich. »Auch wenn ich nicht Ihre Oma bin – würden Sie trotzdem bitte drücken?«

»Pffff«, schnaubte Wollmütze. »Voll nich, Bruder.«

»Junger Mann«, sagte die ältere Frau, »wenn wir jetzt nicht drücken, hält der Bus nicht an meiner Haltestelle.«

»Und? Wo is das Problem?«

»Entschuldigung!« Starck wandte sich ruhig an Undercut. »Drücken Sie jetzt bitte, oder darf ich das übernehmen?«

»Alter. Mach ma kein Stress.«

»Die Dame möchte aussteigen, und einer von uns drückt jetzt den Halteknopf.«

»Ich nich. Du nich.« Seine Hand verdeckte weiterhin den Halteknopf.

Starck machte blitzschnell einen Schritt nach vorne und drückte fast im selben Moment kraftvoll zu. Sofort informierte die LED-Anzeige darüber, dass der Bus nun an der nächsten Haltestelle halten würde.

Undercut heulte vor Schmerz auf und hielt sich die gequetschte Hand. Starck entdeckte im Augenwinkel ein bekanntes Bewegungsmuster. Wollmütze hatte ein Messer gezogen. Ein Aufschrei ging durch den Bus.

Gleichzeitig nahm Starck wahr, wie die beiden Mädchen interessiert von ihren Handys aufschauten und der Mann am Fenster die Augen aufriss. Hier entwickelte sich eine willkommene Abwechslung zum tristen Alltag in öffentlichen Verkehrsmitteln – auch wenn die Situation gleichzeitig furchteinflößend war. Die Faszination des Bösen.

Starck drehte sich blitzschnell um. Er hatte im Gefängnis vier Messerangriffe überlebt und ein knappes Dutzend beobachtet. Diese Erfahrung hatte seine Sinne geschärft. Wollmütze war ein Amateur. Ein Angeber, der erwartete, dass das Herumgefuchtele mit einer Klinge die Menschen einschüchterte. Starck half das. Ein effektiver Messerangriff kam schnell und direkt. Ohne Vorwarnung durch ein Augenblinzeln oder die verräterische Bewegung der Schulter. Noch in Wollmützes Ausholbewegung hatte Starck sich ihm zugewandt. Als die Klinge dann geradeaus vorzucken, war es nicht schwer, dem Stich seitlich auszuweichen und das Handgelenk mit seiner Linken zu packen. Mit der Rechten griff er Wollmütze in die obere Schlüsselbeinvertiefung und drückte beherzt zu. Der Möchtegern-Messerstecher stöhnte laut auf, sackte auf die Knie und ließ die Waffe los.

Undercut machte einen Schritt auf die Kämpfenden zu,

um seinem Kumpel zu Hilfe zu eilen. Starck rammte ihm mit voller Wucht die rechte Hacke auf den Fuß und spürte, wie etwas innerhalb des weißen Sportschuhs nachgab. Anschließend kickte er das Messer weg.

»Mein Fuß ist gebrochen, du Arsch, mein Fuß ist gebrochen«, jammerte Undercut.

Irgendwo raunte jemand: »Dann merkt er jetzt wenigstens nicht mehr, dass ihm die Hand wehtut.«

Die Lautsprecheranlage knackte, dann war der Busfahrer zu hören: »Was ist da hinten los?« Vermutlich konnte er auf seinem Bildschirm nicht genau erkennen, ob die Auseinandersetzung Auswirkungen auf die Fahrt hatte.

»Hier machen zwei Jungs Stress«, antwortete eine Männerstimme.

Eines der Mädchen bückte sich, griff mutig nach dem Messer und versteckte es hinter dem Rücken. Weiter vorne wurde getuschelt.

Der Bus wurde langsamer, und Wollmütze blickte aus glasigen Augen stumpf in die Gegend. Vermutlich nahm er nicht mehr viel wahr. Starck hievte ihn an seinen ehemaligen Stehplatz. Undercut heulte noch immer und hielt sich mit beiden Händen den malträtierten Fuß. Wortlos presste Starck den rechten Daumen auch in Undercuts Schlüsselbeinvertiefung. Der sackte auf die Seite und lag nun gemeinsam mit seinem Kumpel auf der Stehplatzfläche.

»Das nenn ich mal Zivilcourage«, sagte die Dame mit dem Filzhut und ein paar Plätze weiter wurde applaudiert.

Starck winkte ab. »Jemand sollte Polizei und Notarzt rufen. Wir sind ja sowieso gleich am Krankenhaus.« Das Benrather Krankenhaus markierte die vorletzte Haltestelle, bevor Starck rausmusste. Er hatte jedoch längst entschieden, hier schon auszusteigen, um möglichen Kontakt mit medizinischem Personal oder der Polizei zu vermeiden.

Der Mann am Fenster suchte in der Aktenmappe nach seinem Handy, aber das engagierte Mädchen war schneller.

Richtung Busfahrer rief Starck: »Keine Sorge. Die beiden sind jetzt ungefähr zehn Minuten ruhig.«

Der Bus hielt, neigte sich langsam gen Bordstein und die Türen öffneten sich.

Andreas Starck sah die ältere Dame freundlich an: »Brauchen Sie Hilfe beim Aussteigen?«

Sie drückte sich langsam von ihrem Sitz hoch. »Wenn Sie mir mit dem Rollator helfen könnten?«

2. KAPITEL

Der *Waran* war anpassungsfähig. Wusste immer, welche Frisur, welche Kleidung, welches Fahrzeug, welches Equipment, vor allem aber welches Verhalten ihn unauffällig mit der Umwelt verschmelzen ließ.
Erstes Prinzip: Anonymität.
Außerdem war er geduldig. Wie sein tierischer Namensgeber. Warten ohne aufzufallen gehörte zum Geschäft. Das richtige Timing war entscheidend. Nur so war er zuverlässig, ohne dass sein Verhalten vorhersagbar wurde. Fehler konnte er nicht leiden, sich nicht leisten und sie unterliefen ihm auch nicht. Seine Auftraggeber nannten das Erfolg, für den sie bereit waren, viel Geld zu bezahlen.
Der Waran definierte darüber sein zweites Prinzip: Effektivität.

Ein Friedhofsgärtner räumte vertrocknete Kränze von einem frischen Grab, und fünfzig Meter weiter schnitt ein älteres Ehepaar in vertrauter Zweisamkeit wuchernde Buchsbaumkugeln in Form.

Den traurigen Alten, der zusammengesunken auf einer Parkbank nicht unweit der Kompostsammelstelle saß und manchmal vor sich hin brabbelte, beachteten sie nicht.

»Und?« Die Stimme kam hart und fordernd aus dem Kopfhörer, der mit dem Telefon in seiner Jackentasche verbunden war.

»Er ist seit heute Morgen draußen.« Der Waran hob kurz den Kopf, ließ den Blick unter der Krempe des gammeligen Huts hinüber zu seiner Zielperson schweifen, um dann wieder scheinbar gedankenleer einen Meter vor sich auf den moosigen Kies zu starren. Nach außen blieb er ganz in der Rolle des verwirrten alten Mannes.

»Was macht er?«

»Ist auf dem Friedhof und hockt seit einer Stunde vor dem Grab seiner Frau.«

»Das war zu erwarten.«

»Richtig. Allerdings gab es einen kleinen Zwischenfall auf dem Weg hierher.«

»Bedeutsam?«

»Weiß ich noch nicht. Kleine Rangelei im Bus. Er ist dann ein paar Stationen zu früh ausgestiegen, weil er erst noch den Gentleman geben musste.« Der Waran bemühte sich, seine Stimme nicht allzu verächtlich klingen zu lassen. *Wenn die alte Frau mit dem Rollator in den Bus hineingekommen ist, hätte sie auch gut wieder alleine aussteigen können. Wozu brauchte sie also Starcks Hilfe? Ineffektiv!*

»Überwachungskameras?«

»Ist hier in öffentlichen Verkehrsmitteln so üblich.«

Der Mann am anderen Ende der Verbindung schwieg einen Moment. Dann fragte er: »Hat er Sie bemerkt?«

»Natürlich nicht.«

»Noch nicht!«
»Wie verabredet. Sie entscheiden, wann.«
»Halten Sie mich auf dem Laufenden.«
Der Waran schaltete das Telefon vollständig aus. SIM-Karte, Handy und Akku würde er später unbrauchbar machen und an verschiedenen Orten entsorgen. Er verwendete niemals eine Karte oder ein Mobiltelefon für zwei Telefonate. Erstes Prinzip.

Sechshundertfünfzig Kilometer südlich der Parkbank nahm Giacomo Moretti langsam und konzentriert das Telefon vom Ohr. Genoss sodann den fantastischen Blick durch die bodentiefen Panoramascheiben auf den sonnenbeschienenen Zürichsee.

Kontrolle war alles!

3. KAPITEL

Das Haus war von einer hüfthohen Mauer umgeben, hinter der immergrüne Koniferen, Rhododendren und Lorbeerbüsche den Blick auf das Anwesen verwehrten. Der Zugang war nur über das große Schwingtor oder für Fußgänger auch durch die Tür möglich, die sich daneben befand.

Andreas Starck war vom Friedhof an der Urdenbacher Allee hinunter an das Benrather Schlossufer und dann ein Stück am Rhein entlanggegangen. Aufgrund des Nieselwetters waren außer ihm kaum andere Fußgänger unterwegs. Zwischen Tennisclub und dem Gebäude des Rudervereins hatte ihn eine Joggerin überholt.

Sicherheit wurde in der Nähe zum Benrather Schloss großgeschrieben, was kunstvoll geschmiedete Zäune und Überwachungskameras eindrucksvoll bezeugten. In einigen Vorgärten versuchten prächtige Stammrosen inmitten üppiger Lavendelbüsche von augenfälligen Security-Maßnahmen abzulenken.

Starck schüttelte den Kopf. Vordergründig ging es immer nur um eines: Ausübung von Macht. Wer die Mauer baute, hatte die Macht. Wer über den Schlüssel zur Tür verfügte, konnte entscheiden, wer hindurchgehen durfte. Und so wurden Zäune mit dem stets gleichen Ziel um Grundstücke gezogen. Entweder weil die, die drinnen waren, nicht raus durften, oder weil die, die draußen waren, nicht rein sollten. Wenn man etwas tiefer bohrte, stellte sich die Frage, ob nicht vielmehr Angst dahintersteckte. Entweder, weil die, die sich draußen aufhielten, Angst vor denen hatten, die drinnen waren, oder weil die, die sich drinnen befanden, Angst hatten vor denen, die draußen waren. Das galt aus Starcks Sicht gleichermaßen für Gefängnisse, Villen oder totalitäre Staaten.

Er selbst hatte gedacht, dass seine Gefängnistür eine doppelte Funktion erfüllen, ihn einsperren, aber auch ruhig schlafen lassen sollte. Was sich bereits in der dritten Nacht seiner Haftzeit als böser Irrtum herausgestellt hatte.

Das Leben wäre schöner und einfacher, wenn sich die Menschen weniger hassen und mehr respektieren würden. Starck drückte auf die Klingel, die sich in dem massiven Pfosten neben dem Tor befand, und schaute in die Fisheye-Kamera, die darüber angebracht war.

»Du bist draußen?«, fragte eine Frauenstimme durch die Gegensprechanlage.

Die Tür blieb verschlossen.

»Ja.« Starck lächelte traurig, als ihm die Doppeldeutigkeit der Frage bewusst wurde. »Seit heute Morgen. Lässt du mich rein, Maja?«

»Benedikt ist nicht da.« Seine Schwiegermutter hatte sich schon immer gerne hinter ihrem Mann versteckt, der von Anfang an gegen die Hochzeit ihrer Tochter Daniela mit Starck gewesen war. Sie hatten ihm vom ersten Date an zu verstehen gegeben, dass sie sich etwas Besseres für ihre Tochter gewünscht hatten. Jemanden, der vielleicht sogar noch etwas reicher war als sie selbst. Oder wenigstens adelig.

Deshalb wunderte es Starck nicht, dass er nicht einmal

begrüßt wurde. Auch das Misstrauen überraschte ihn nicht. Dennoch tat es weh.

»Hast du Angst vor mir?«

»Ich ...«

Starck spürte ihr Zögern und befürchtete bereits, dass sie ihn tatsächlich hier stehen lassen würde. Da schwang mit einem elektronischen Summen die Tür auf.

4. KAPITEL

Susanne Starck liebte es, auf dem Wochenmarkt vor dem Detmolder Rathaus frisches Obst, Gemüse und Fleisch zu kaufen. Deshalb ging sie an allen drei Markttagen hin. Dienstags, donnerstags und samstags. So brauchte sie jeweils nur wenig einzukaufen und konnte spontan überlegen, was sie als Nächstes kochen wollte. Nach dem Tod ihres Mannes wohnte sie allein in der alten Villa im oberen Bereich der Bülowstraße, und der lange Spaziergang hinab in die Stadt und zurück, die recht steile Bandelstraße wieder hinauf, hielten sie fit.

Nicht dass sie sich mit neunundsechzig schon alt fühlte. Vielmehr fühlte sie sich allein und manchmal mit allem ein wenig überfordert. *Es ist viel passiert, die letzten Jahre.* Sie hatte oft geweint, aber sie schaute nun nach vorne. Ihr Sohn würde nach Hause kommen.

Einerseits war es vielleicht merkwürdig, wenn ein über Vierzigjähriger wieder bei seiner Mutter einzog. Andererseits musste Andreas dann nicht in eine üble Ein-Zimmer-Wohnung, die ihm – so vermutete Susanne Starck misstrauisch – von den Behörden zugewiesen werden würde. Wahrscheinlich würde Andreas ohnehin nur vorübergehend wieder in seinem Elternhaus wohnen, aber Susanne Starck freute sich trotzdem, dass sie ein wenig Gesellschaft bekam.

»Und, wie geht es Greta?«, fragte Maja Behrenburg leise und vorsichtig, fast schon lauernd.

Sie hatte Starck nichts angeboten. Keinen Kaffee, kein Wasser. Nichts. Noch nicht einmal die nasse Jacke hatte sie ihm abgenommen. Er war hier nicht willkommen. Immerhin hatte seine Schwiegermutter ihn eingelassen.

Bei ihrer Frage musste Starck an sich halten: »Im Ernst, Maja? DU fragst MICH, wie es Greta geht?« *Was habt ihr dafür getan, dass Greta nicht in eine Pflegefamilie kommt?*

»Hör zu ... Wenn ... also ... ja, du hast recht.« Sie knetete ihre Hände auf den übereinandergeschlagenen Knien. »Wie geht es dir? Du siehst gut aus. Das Gefängnis scheint dir nicht geschadet zu haben. Wenngleich ich dich ... irgendwie ... naja ... größer in Erinnerung habe.«

Seinen leichten Rucksack hatte Starck auf den schwarz-weißen Marmorboden gestellt, der wie ein riesiges Schachbrett den gesamten Raum ausfüllte. Er selbst saß Maja auf einem Monstrum aus Leder und Edelstahl gegenüber. Nichts an diesem Sitzmöbel war gemütlich.

»Das liegt wahrscheinlich an der Frisur«, sagte Starck, ignorierte ihren spöttischen Unterton und fuhr sich mit der Hand über den rasierten Schädel. An seiner Körpergröße von einsneunundachtzig würde sich während der Haft vermutlich nichts geändert haben. Bart- und Kopfhaare hatte er sich der Einfachheit halber mit dem Rasierer gleichmäßig auf drei Millimeter getrimmt. Das ging schnell und war praktisch. Nichts mehr mit den braunen Locken, die Daniela so geliebt und in zärtlichen Momenten verwuschelt hatte. »Und ein bisschen abgenommen habe ich wohl auch. Aber es geht nicht um mich, Maja. Ich weiß, dass ich nie gut genug für Daniela war. Aber jetzt ...«

»Du hast sie umgebracht!«, zischte Maja. Fünf Jahre alter Schmerz brach sich Bahn. »Du hast nicht gut genug auf sie aufgepasst. Sie ist tot. Hörst du. Sie ist tot! Seit fünf Jahren müssen wir ohne unsere Tochter leben. Eltern sollten ihr Kind nicht beerdigen müssen. Das ist widernatürlich. Es war deine Aufgabe, auf unser Kind aufzupassen nach der Hochzeit.« Mit jedem Wort wurde sie lauter. »Wenn du schon unbedingt Verbrecher jagen musstest, dann hättest du auch besser für unsere Tochter sorgen können. Für ihre Sicherheit. Ihr Leben. Und für unsere Enkeltochter. Nicht einmal dein eigenes Kind konntest du beschützen! Was bist du nur für ein Ehemann und Vater!«

So plötzlich, wie der Sturm an Vorwürfen gekommen war, endete er auch wieder. Maja Behrenburg war völlig außer Atem nach den schnellen, harten Worten. Sie lehnte sich wieder zurück und faltete zitternd die Hände im Schoß.

Starck atmete langsam aus und sagte dann ganz leise in die entstandene Stille: »Das also glaubt ihr? Warum seid ihr dann nicht zu mir gekommen und habt mit mir darüber gesprochen?«

»Wozu? Das ist ja wohl mehr als offensichtlich. Wenn du nicht gewesen wärst, dich in deinem Job als Staatsanwalt nicht mit diesem Abschaum abgegeben hättest ... Außerdem ... das Gefängnis ist bestimmt ein furchtbarer Ort. Was also hätten wir dort zu suchen gehabt?« Voller Abscheu blickte sie ihn an.

»Ja.« Starck bemühte sich, ruhig zu bleiben. »Es gibt schönere Orte als das Gefängnis. Aber trotz allem sind wir eine Familie.« Er hörte selbst, wie hohl seine Worte klangen. Familie. Das sollte sich warm anfühlen. Nach Geborgenheit. Stattdessen strahlte sein Gegenüber nichts als Verachtung und Hass aus. Das ganze Haus schien ihn zu verspotten. Die Behrenburgs hatten ihm nie das Gefühl gegeben, willkommen zu sein. Oder dass sie sich darüber freuten, dass Daniela jemanden gefunden hatte, der sie liebte. Das hatte ihre Beziehung belastet. Dennoch wären sie niemals auf die Idee gekommen, deshalb die Ehe infrage zu stellen.

Die Abneigung konnte er nicht nur bei seinen Schwiegereltern spüren. Auch Danielas Bruder hatte keinen Hehl daraus gemacht, dass er Starck nicht mochte. Standesdünkel, weil Starck nicht aus einer erfolgreichen Unternehmerfamilie stammte? Sein Vater war »nur« Sparkassenvorstand gewesen. Und Starck selbst »nur« Staatsanwalt und nicht Partner in einer internationalen Sozietät. Daniela hatte seine Vermutung immer bestritten. Allerdings konnte sie auch keinen anderen Grund für diese Ablehnung anführen.

»Du hast sie umgebracht«, wiederholte Maja Behrenburg unnatürlich gefasst. Und ergänzte nach einem kurzen Moment: »Natürlich nicht direkt. Aber es ist deine Schuld.«

Ein »Wieso bist du noch am Leben und sie nicht?« stand unausgesprochen im Raum.

Das Gehirn ist sehr kreativ, wenn es um das Konstruieren von Erklärungen geht. So gesehen, ja, so gesehen hat Maja sogar recht. Dreimal um die Ecke gedacht, bin ich schuld an Danielas Tod.

Starck griff im Aufstehen nach seinem regennassen Rucksack, der auf dem wertvollen Marmorboden einen feuchten Fleck zurückließ. Dann beantwortete er endlich Majas eingangs gestellte Frage.

»Es sind merkwürdige Dinge vorgefallen, als Greta nach Danielas Tod und meiner Verhaftung in ihre Pflegefamilie gekommen ist«, sagte Starck bereits im Stehen. »Ich bin … ich war … Staatsanwalt. Kein Familienrechtler. Dennoch ist bei allem Durcheinander eines klar – das Verfahren ist niemals im Leben sauber abgelaufen. Da stimmt etwas nicht. Und ich werde aufdecken, was.«

Maja Behrenburg fixierte ihn mit einem durchdringenden Blick. »Finde Greta. Und melde dich, wenn du mehr weißt.«

Er hätte nicht hierherkommen dürfen. *Ich habe es für Daniela getan. Und für Greta.*

Wem machte er hier eigentlich etwas vor?

6. KAPITEL

Es gehörte zu seinen Aufgaben, alles über seine Zielpersonen zu wissen. Sich Einzelheiten zu merken, fiel ihm leicht. Eidetisches Gedächtnis nannte man das. Der Waran musste niemals etwas aufschreiben.

Aber das war nicht seine einzige Begabung. Er konnte noch viel mehr. Englisch, Spanisch, Russisch und Mandarin sprach er fließend. Mit zwölf hatte er dreimal in Folge Jugend musiziert am Klavier und zweimal Jugend forscht gewonnen. Schon als Kind liebte er Herausforderungen. Aber es wurde ihm schnell langweilig. Mit fünfundzwanzig hatte er bereits an der RWTH Aachen in theoretischer Teilchenphysik promoviert. Aber auch das bedeutete ihm nichts. Es war ihm immer noch langweilig, und er suchte nach einer richtigen Herausforderung.

Eidetiker, so hatte er schon früh gelesen, hätten in der Regel soziale Störungen. Wenn er daran dachte, womit er sein Geld verdiente, musste er feststellen, dass die Psychologen wohl nicht so ganz unrecht hatten. Das war schon ein bisschen lustig. Allerdings hatte er sich eine bürgerliche Fassade aufgebaut, die nichts dergleichen vermuten ließ.

Einmal, kurz vor seinem dreizehnten Geburtstag, half er seiner Mutter beim Kochen. Er sollte die Möhren vorbereiten. Als er sie mit dem scharfen Gemüsemesser zerteilte, fragte er sich, wie es sich wohl anfühlte, einen Finger abzuschneiden. Er setzte an und schnitt sich langsam den vorderen Teil der rechten Ringfingerkuppe ab. Er blutete alles voll, seine Mutter schrie wie am Spieß, während er sich selbst fasziniert beobachtete. Wie von außen. So, als wäre er ein anderer. Schmerz fühlte er keinen. Was nicht nur am Schock lag. Auch beim Zahnarzt brauchte er keine Betäubung.

Die Ärzte und seine Eltern nannten es »Krankheit«, er selbst bezeichnete es lieber als »berufsadäquate Körperstruktur«. Nach der Diagnose hatte er auf eigene Faust weiter geforscht und entdeckt, dass der Fachbegriff »kongenitale Analgesie« lautete und mit dem mutierten SCN9A-Gen zusammenhing.

Manchmal jedoch war es gefährlich, keinen Schmerz zu spüren.

Bereits bei seinem zweiten Auftrag hatte er es mit einem Machete schwingenden, türkischen Drogenboss in Frankfurt zu tun bekommen. Der Waran sollte ihn für eine italienische Familie aus dem Verkehr ziehen, die von Darmstadt aus die Mainmetropole nebst Umland kontrollieren wollte. Was ihm auch gelang, allerdings zu dem Preis, dass der Typ ihn im Todeskampf mit der Machete erwischte. Fast wäre er verblutet, weil die Wunde nicht schmerzte und er sich erst sehr spät, fast zu spät, den Druckverband anlegte.

Seitdem vermied er in seinen Planungen zu intensiven Körpereinsatz.

Aber wenn es nötig wurde, war er im Vorteil. Die meisten Menschen kämpften falsch. Sie kämpften mit Angst vor Schmerz und begingen deshalb Fehler. Das passierte ihm nie.

Der Waran machte keine Fehler. Denn er hatte seine Prinzipien definiert und hielt sich akribisch daran. Erstens:

Anonymität – niemand durfte wissen, wer er war oder wo er seinen Lebensmittelpunkt hatte. Zweitens: Effektivität – er nahm ausschließlich Aufträge an, deren Erfüllung ihn bei kalkulierbarem Risiko reicher und zufriedener werden ließ. Und schließlich sein drittes Prinzip: Effizienz – manchmal war die Vorbereitung aufwendiger oder das Material teurer, aber nur mit perfekter Planung konnte er jeden Auftrag optimal ausführen. So wählte er penibel Mittel, Wege und Maßnahmen aus, bei denen er sicher sein konnte, dass er sein selbst gestecktes oder vom Auftraggeber vorgegebenes Ziel auch tatsächlich erreichte.

Unter keinen Umständen verstieß er gegen diese Regeln.

Zu Beginn seiner Karriere war es ihm innerhalb von wenigen Wochen gelungen, seine alte Identität vollständig aus allen Registern und Verzeichnissen zu löschen, indem er seinen Tod vortäuschte. Die nächste Herausforderung hatte darin bestanden, neue Identitäten zu schaffen, die es ihm erlaubten, Konten zu führen oder Fahrzeuge anzumelden.

Er liebte es, unsichtbar zu sein. Zumindest für die Menschen, für die er unsichtbar sein wollte. Und das waren fast alle.

Bis auf zwei.

Zwei Menschen waren ihm wichtig. Zwei aus fast acht Milliarden. Für diese beiden tat er alles.

Darum galt für alle anderen: Niemand war vor ihm sicher.

Der Waran konnte warten.

Geduldig.

Lange.

Unentdeckt.

Dann schlug er zu.

7. KAPITEL

Das Messer glitt durch das zarte Fleisch. Blut lief heraus.
Es war perfekt.
Eigentlich.
Dennoch ekelte er sich.
Starck lehnte sich zurück, atmete langsam aus und beobachtete die anderen Gäste des Restaurants. Geschäftsleute und Pärchen. Er war der Einzige, der allein an einem der Tische saß. Den Platz am Ecktisch hatte er bewusst ausgewählt, um eine Wand im Rücken und den Restaurantbetrieb vor sich zu haben.
Dann wandte er sich wieder dem Steak zu, das vor ihm auf dem Teller lag. Bleu. So hatte er es früher immer gemocht. Mit dunklen Grillstreifen.
Die Assoziationen, die der Anblick jetzt in ihm wachrief, schnürten ihm die Kehle zu. Er hatte viel blutiges Fleisch gesehen im Gefängnis. Und dunkle Striemen, die sich auf der Haut von Mitgefangenen abzeichneten. Dinge, die er sich in seiner Zeit als Staatsanwalt nicht einmal hatte ausmalen können.
In deutschen Gefängnissen passierte so etwas nicht. Das kannte man nur aus düster-brutalen Filmen. Meist amerikanischen. Hatte er zumindest gedacht, solange er sich nicht selbst in Haft befand.

Einerseits hatte Starck in seiner Zeit als Staatsanwalt selbstverständlich die Position vertreten, dass die Freiheitsstrafe abschreckend wirken sollte. Andererseits hatte er sich in der rechtswissenschaftlichen Diskussion stets zum linksliberalen Flügel gezählt, der Resozialisierung als Vollzugsziel in den Mittelpunkt der Überlegungen stellte. Schließlich konnte man getrost bezweifeln, dass etwas Positives dabei herauskam, wenn man Straftäter mit Straftätern im geschlossenen Vollzug zusammensperrte.

Wenngleich er als Wirtschaftsstraftäter und ehemaliger Strafverfolger sicherlich noch in einer der harmloseren Abteilungen der Haftanstalt untergebracht gewesen war, hatte er dort mehr über Verbrechen gelernt als während seines Diensts als Staatsanwalt.

»Alles in Ordnung bei Ihnen?« Ein Kellner unterbrach Starcks Gedankengang.

Er sah auf. »Ja, danke.« Einen Moment später entschied er sich um. »Es tut mir leid, aber wäre es wohl möglich, dass Sie das Steak noch einmal auf den Grill legen? Ich hätte es doch lieber gut durch.«

Der Kellner zog die Augenbrauen hoch und sagte höflich: »Sehr gerne.« Was wohl nicht ganz der Wahrheit entsprach.

Starck nahm einen Schluck Bier und seine Gedanken schweiften zurück in die Vergangenheit.

Niemals im Leben hätte er sich vorstellen können, dass ihn ein solcher Albtraum ereilen würde.

Alles war ihm genommen worden. Seine Frau. Seine Tochter. Sein Ruf und die Karriere. Offiziell. Vor Gericht. Die Presse hatte ihn sogar schon an den Pranger gestellt, noch bevor das verlogene Urteil gesprochen worden war, mit dem auch seine Freiheit für fünf lange Jahre endete.

Es waren die dunkelsten Tage, Wochen und Monate gewesen. Von einem Tag auf den anderen war nichts mehr so gewesen, wie es war. Das Leben mit den Menschen, die ihm alles auf dieser Welt bedeuteten: seine wundervolle und geliebte Daniela und ihre süße Tochter Greta. Sie war erst zwei gewesen, als er sie das letzte Mal gesehen hatte.

Fassungslos hatte er die Urteilsverkündung über sich ergehen lassen müssen. Anschließend die Überstellung aus der Untersuchungshaft in die Haftanstalt, in der er seine Strafe verbüßen sollte. Der erste Tag wie in Trance, weil alles neu war, während er versuchen musste, sich einzugewöhnen. Nachts hatte er nicht schlafen können, weil er sich nach wie vor den Kopf zermarterte, wie alles hatte so kommen können. Die Müdigkeit am zweiten Tag, gepaart mit dem langsam in seine wunde Seele sickernden Gedanken, dass er die Situation zunächst akzeptieren musste, weil alle Rechtsmittel bereits ausgeschöpft waren.

In der dritten Nacht dann die entsetzliche Erkenntnis, dass nicht einmal sein nacktes Leben noch etwas wert war. Als sich die Tür öffnete, hatte er Wärter erwartet. Aber es waren keine Wärter. Es waren Bestien.

Bestien in Menschengestalt.

Sie wollten ihn.

Und sie wollten ihm Schmerz zufügen. Ihn leiden sehen.

Panisch hatte er sich gewehrt. Die Angst hatte ihm ungeahnte Kräfte verliehen. Allein, es hatte nichts genutzt.

Sie waren in der Überzahl. Rücksichtslos. Brutal.

Mitgefangene, gedeckt und unterstützt von Wärtern. Eine perfide Kombination.

Dass er diese Nacht überstanden, nein, überlebt hatte, war ausschließlich Duncan zu verdanken.

Der riesige Duncan, vor dem alle Respekt hatten. Dem niemand zu widersprechen oder sich in den Weg zu stellen wagte.

Bis heute wusste Starck nicht, warum Duncan das getan hatte. Als Antwort auf diese Frage hatte Duncan jedes Mal nur freundlich gelächelt und gesagt: »Hätte ich dich den Nazis überlassen sollen?«

All diese Strukturen hatte Starck anfangs nicht ansatzweise verstanden. Sozusagen das Darknet der Unterwelt, in dem sich kriminelle und offizielle Interessen mischten. Es ging um Macht und Politik. Und wie das eine das andere beeinflusste. Sex, Geld und manchmal brutale Gewalt waren nur Mittel zum Zweck. Instrumente derjenigen, die anderen den eigenen Willen aufzwängen wollten.

Es war ein mehr als beängstigendes Szenario. In seinem Job als Staatsanwalt hatte Starck natürlich geahnt, dass es diese tiefschwarze Welt eines kriminellen Paralleluniversums gab, das als treibende Kraft auf einer verdeckten Ebene hinter Verbrechen und Verbrechern lag, die er verfolgt und angeklagt hatte. Doch mit der Verurteilung war der Vorhang zerrissen, und es graute ihm vor der zerstörerischen Wucht ungesetzlicher Energie, die die Gesellschaft, wie Starck sie kannte, beherrschen und ausbeuten wollte.

Duncan saß lebenslänglich im Gefängnis. Er erinnerte einen zunächst rein äußerlich an Ving Rhames, und wenn man ihn dann näher kannte, auch an eine von Rhames' Paraderollen: den Computerexperten Luther Stickell aus *Mission Impossible*.

Was auch eine gute Umschreibung für Starcks eigenes Leben war – Mission Impossible. Eine Mammutaufgabe lag vor ihm.

Wie sollte er herausfinden, wo Greta war? Vor allem aber, wie sollte er sie wiederbekommen? Ohne festen Job? Ohne eigene Wohnung? Und ohne finanzielle Mittel, da sein gesamtes Privatvermögen beschlagnahmt und eingefroren war.

Würde er es schaffen, sich zu rehabilitieren? Aufklären, wer ihm das alles angehängt hatte? Die wahren Täter zur Strecke bringen? Danielas Mörder finden und ihn seiner gerechten Strafe zuführen?

Duncan hatte Starck unterstützt, wo er nur konnte. Aber offensichtlich kam auch Duncan nicht an alle Antworten heran. Duncans Netzwerk war an seine Grenzen gestoßen.

Gemeinsam hatten sie einen Plan entwickelt.

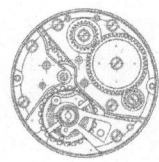

Es war ein merkwürdiger Abend. Ein noch merkwürdigeres Gefühl.

Der erste Abend in Freiheit.

Und er hatte niemanden zum Reden.

Ich vermisse das Gefängnis, dachte Andreas Starck. *Nach nicht einmal zehn Stunden. Und ich vermisse es, eingesperrt zu sein. Die vertrauten Gesichter der Jungs und des Wachpersonals. Die gewohnten Abläufe. Die überschaubare Fläche der Zelle und die reduzierte Ausstattung.*

Kann das sein?

Ich sollte doch froh sein, draußen zu sein.

Und nun? Streife ich einsam durch Düsseldorf und muss mich jedes

Mal erst räuspern, bevor ich etwas zu jemandem sage. Weil ich meiner Stimme nicht traue, nachdem ich sie über Stunden nicht benutzt habe. Habe ich das jetzt gedacht oder aus Versehen laut gesagt?
Ein Pärchen ging Hand in Hand fünfzig Meter vor Starck. Die beiden beachteten ihn nicht.
Doch! Es ist gut, draußen zu sein. Handlungsfähig. So kann ich endlich alles aufklären.
Es war nicht mehr weit bis zur Jugendherberge, die wie auf einer Warft zwischen Rheinallee und Düsseldorfer Straße lag. Der Fluss war nur einen Steinwurf entfernt, und im Hintergrund hörte Starck das gleichmäßige Rauschen des Verkehrs auf der Rheinkniebrücke.

Vor dem dunkel geklinkerten Bau befand sich direkt eine Bushaltestelle, aber Starck hatte es vorgezogen, zu Fuß zu gehen. Durch die Innenstadt, über die Rheinbrücke und danach ein Stück am Ufer des Rheins entlang, wo er sich kurz auf eine Bank gesetzt und auf das vorbeifließende, düstere Nass gestarrt hatte. Der Wind hatte ihm die Abgase eines tief im Wasser liegenden Frachtschiffs in die Nase getrieben.

Wasser und Feuer. Die zwei Elemente. Bändigte man sie, konnte man Gutes damit tun. Durst löschen. Wärme erzeugen. Im Übermaß hatten sie vernichtende Kraft.

Und dennoch. Wasser und Feuer faszinierten Menschen seit jeher. Hatte man den Blick erst aufs Meer oder Lagerfeuer gerichtet, konnte man sich nur schwerlich wieder davon losreißen.

8. KAPITEL

Starck saß nach vorn gebeugt auf dem mit hellbeiger Bettwäsche bezogenen Bett, die Ellenbogen auf die Oberschenkel und das Kinn in die Hände gestützt. Er saß einfach da. Starrte auf die Zimmertür, die er von innen öffnen und durch sie hindurch den Raum verlassen konnte.

Wann immer er wollte. So oft er wollte.

Er schüttelte den Kopf, ließ sich rückwärts mit ausgebreiteten Armen aufs Bett fallen und atmete schwer aus. Leichter fühlte er sich trotzdem nicht.

Einsamkeit tat unfassbar weh.

Nachdem er sich ausgezogen und die Zähne geputzt hatte, lag Starck mit unter dem Kopf verschränkten Armen im Bett und starrte durch die Dunkelheit Richtung Zimmerdecke.

Auf der anderen Seite der Zimmertür hörte Starck Jugendliche, die lachend den Flur entlanggingen. Glas klirrte gegen Glas. Alkohol war hier natürlich verboten, aber das hielt die jungen Leute sicherlich nicht davon ab, sich ein paar Bier zu gönnen.

Welch ein Kontrastprogramm zu der allabendlichen und nervtötenden Geräuschkulisse in seinem Gefängnisblock. Eine nicht enden wollende Kakofonie aus Scheppern, wenn Metall auf Metall traf, wütendem Schreien, verzweifeltem Weinen, unflätigem Fluchen, verbunden mit der lähmenden Stille absoluter Trostlosigkeit.

Seine Gedanken wanderten zu Duncan Carrey, der zu den ganz wenigen Menschen gehörte, zu denen Starck in der Zeit hinter Gittern Vertrauen gefasst hatte.

Er wusste nicht mehr, wie oft er die Ungereimtheiten der Geschehnisse mit Duncan durchgegangen war. Auf unzähligen Hofgängen hatte der erfahrene Duncan ihm immer wieder neue und kluge Fragen gestellt, damit sich Starcks Gedankenkarussell nicht irgendwann überdrehte, heiß lief und sich festfraß.

Starck erinnerte sich an das erste längere Gespräch einen Tag nach dem nächtlichen Übergriff, als wäre es gestern gewesen.

Fünf Jahre war das jetzt bereits her.

»Was ist los, Alter? Du siehst heute besonders scheiße aus.« Der schwarze Hüne mit Glatze und Reibeisenbass gesellt sich zu Starck, obwohl es wie aus Kübeln regnet. Was beide Männer nicht davon abhält, ihre »Freistunde« auch tatsächlich im Freien zu verbringen. »Und versuch ja nicht, mir weiszumachen, das läge am Wetter.«

»Danke«, sagt Starck nur, weil er nicht darüber reden will.

»Immer dasselbe mit euch Frischlingen. Ihr Jungs müsst noch viel lernen. Über das Leben. Über das Leben im Knast. Irgendwann über das Leben nach dem Knast. Na los, Mann. Erzähl dem alten Duncan, was dich bedrückt. Sonst platzt du noch.«

Starck schüttelt den Kopf. Weiß nicht, ob er Vertrauen zu dem Mann haben soll.

Vielleicht war die Rettungsaktion in der Nacht zuvor nur eine List, eine Finte, um an ihn heranzukommen.

Wer kann das schon sagen? Nach den unbegründeten Anschuldigungen, dem abgekarteten Prozess und nun, in der Haft, traut Starck niemandem mehr.

»Du glaubst wohl, dass du Schwäche zeigst, wenn du es mir erzählst. Verstehe ich. Ist aber völliger Quatsch. Und ich verstehe auch, dass man hier drin nicht jedem trauen kann.«

»Ich ... das ist es nicht.«

»Doch, doch. Das ist es. Schon okay. Aber überleg mal: Wer hat dir den Arsch gerettet in der Nacht, als sie dich holen wollten?«

»Dafür werde ich dir auch immer dankbar sein ... mehr als dankbar ...« Fast hätte sich Starck zu einem unvorsichtigen »Ich schulde dir was« hinreißen lassen. Früh genug merkt er, dass es unklug wäre, das laut auszusprechen.

»Seh ich aus, als wollte ich 'nen Dankbarkeitsorden? Gequirlte Scheiße, Mann. Glaubst du vielleicht, damit hätte ich mir neue Freunde gemacht? Never, Alter! Aber den arischen Arschlöchern und ihren Wärterfreunden muss auch mal jemand sagen, dass sie sich die Bäume zum Dranpissen nicht aussuchen können. Im Moment reicht meine Macht noch weit genug. Duncan ist safe!«

Starck braucht einen Moment. »Okay. Hab ich verstanden. Ich muss ... noch etwas nachdenken.«

Genervt schüttelt Duncan den Kopf. »Hör zu. Wenn du dich im Spiegel sehen könntest, wäre dir sofort klar, dass mit dir was nicht stimmt. Nicht, dass hier in diesem Puff irgendjemand geistreich aus der Wäsche guckt. Aber Alter, hey! Du siehst halt besonders abgefuckt aus.« Duncan kichert leise, was bei seinem Stimmvolumen mehr wie das gierig-hungrige Knurren eines Raubtiermännchens klingt. »Aber, so what! Du warst doch so ein schlauer Rechtsverdreher. Da solltest du eigentlich wissen, dass laut nachdenken tausend Mal besser ist, als den Kram immer nur zwischen den Schädelplatten hin- und herzuschieben, bis du weich in der Birne wirst.«

»Ja. Vielleicht.«

»Blödmann.« Duncan dreht sich um und trottet in die Richtung zurück, aus der er vorhin gekommen ist. Nach einem längeren Spaziergang ist ihm bei diesem Wetter wohl nicht zumute.

Kurz bevor Duncan die Tür zum Hafthaus erreicht, sagt Starck, gerade laut genug, dass es bis zu Duncan dringt: »Ich bin unschuldig.«

Duncan bleibt stehen. Mit dem Rücken zu Starck. »Was?«

»Ich bin unschuldig.« Etwas lauter.

»Was hast du gesagt?«

»Hast du was an den Ohren? ICH BIN UNSCHULDIG!«

»Ha!«, dröhnt es durch den Regen über den Hof. »Heilige Scheiße!« Duncan dreht sich zu Starck um und wiegt den gewaltigen Schädel hin und her. »... das habe ich ja noch nie gehört. Ein Unschuldiger. Im Gefängnis. Dass ich das noch erleben darf.«

»Schon klar.«

»Ja, Mann. Du als Ex-Staatsanwalt weißt doch sehr genau, wie geil unser Rechtssystem ist. Offensichtlich so geil, dass du und ich und noch so um die achthundert unschuldige Vollpfosten es sich hier mal so richtig gemütlich machen. Vollpension auf Steuerzahlers Kosten. Voll stylo noch dazu. Muss ja auch – so knapp zehn Kilometer nördlich der Kö!«

Starck nickt. Die Königsallee in Düsseldorf ist nun wirklich das Allerletzte, woran er im Moment denken würde. Aber Duncan hat recht, was für seine Fähigkeit spricht, den Überblick zu behalten. So nah liegen Reichtum und Elend beieinander »Okay. Verstanden.«

»Echt jetzt? Das hoffe ich für dich. Damit können wir für den Anfang arbeiten.« Duncan spreizt Zeige- und Mittelfinger zu einem großen »V« ab, richtet die beiden Finger auf seine Augen, dreht dann die Hand und zeigt zu Starck. Wiederholt die Bewegung ein zweites Mal. »Wir sehen uns.«

»Wir sehen uns«, sagt Starck mehr zu sich selbst als zu Duncan.

9. KAPITEL

»Guten Morgen, ...«, er beugte sich ein wenig vor, um das Namensschild besser lesen zu können, »Frau Schmitz.«
»Morgen. Setzen Sie sich schon einmal. Ich bin gleich so weit.« Ohne hochzuschauen, stocherte die Sachbearbeiterin hinter ihrem hellgrauen Schreibtisch abwechselnd auf der Tastatur herum oder sortierte beschriebene A4-Blätter in abgegriffene Pappmappen ein. Schmutzig gelb. Schmutzig grün. Schmutzig grau.

Starck hatte unruhig geschlafen, war schon vor allen anderen im Speisesaal der Jugendherberge gewesen, um nun mit leichtem Herzklopfen dieses wichtige Gespräch zu führen. Zunächst blieb ihm aber nichts anderes übrig, als sich auf einen der beiden Besucherstühle zu setzen und zu warten. Das ehemals helle Holz der Armlehnen war dunkel, dreckig und abgegriffen und der bunt gemusterte Bezug mit allerlei geometrischen Formen hatte sicherlich auch schon bessere Tage gesehen. So wie Starck und seine Familie. Aber das war lange vorbei und dies war nun der Tag, die Stunde und der Ort, wo sich erstmals wieder alles zum Besseren wenden sollte.

Im Gefängnis hatte er schnell gelernt, wo man sitzen und sich aufhalten durfte und welche Konstellationen eher unvorteilhaft waren, weil im Zweifelsfall aus dem toten

Winkel Angriffe drohten. Daher fühlte er sich äußerst unwohl auf dem Platz, den er eben eingenommen hatte. Völlig ungeschützt mit dem Rücken zum Eingangsbereich und ohne die Möglichkeit, den gesamten Raum zu überblicken.

Während er wartete, sah Starck der grau melierten und leicht strähnigen Kurzhaarfrisur dabei zu, wie sie sich ruckartig hin und her bewegte, während ihre Besitzerin konzentriert den bearbeiteten Verwaltungsakt beendete.

»So!« Endlich schaute sie hoch. Unverbindlich. Bemüht freundlich. »Was kann ich für Sie tun?«

»Mein Name ist Andreas Starck. Als meine Frau starb, haben Sie meine Tochter in eine Pflegefamilie gegeben. Und ich möchte jetzt beantragen, dass Greta zu mir zurückkommt.«

»Dann wollen wir doch mal sehen, Herr ...?«

»Starck.«

»Vorname?«

»Andreas.«

»Ihren Personalausweis bitte.«

Starck holte seinen Ausweis aus dem Portemonnaie und legte ihn vor Frau Schmitz auf den Schreibtisch.

»Hm«, sagte sie und begann dann, mit Tastatur und Maus zu arbeiten.

»Name des Kindes?«

»Greta Starck.«

»Name der Mutter?«

»Daniela Starck, geborene Behrenburg.«

»So, da hab ich Ihren Vorgang, Herr Starck«, sagte Frau Schmitz und wandte den Blick vom Bildschirm wieder Starck zu. »Sie waren im Gefängnis, nicht wahr?«

Starck nickte. Das würde ihn nun den Rest seines Lebens

verfolgen und er wusste, dass er gar nicht erst versuchen brauchte, an dieser Stelle seine Unschuld zu beteuern. Frau Schmitz würde ihm nicht glauben. Warum auch? Er war verurteilt worden, eingefahren und nun wieder draußen. Der ihm anhaftende gesellschaftliche Makel spiegelte sich im Gesicht der Sachbearbeiterin wider. Sicherlich war er nicht der erste Ex-Knacki, der auf genau diesem Stuhl saß und nun seine familiären Probleme lösen wollte.

Also nickte Starck ergeben und sagte: »Das stimmt. Aber jetzt bin ich frei, fange übermorgen meinen neuen Job an und möchte wieder mit meiner Tochter zusammenleben.«

Frau Schmitz faltete die Hände, beugte sich leicht vor und legte die Unterarme auf den Schreibtisch. Dabei sah sie ihn ernst an: »Herr Starck. Ich gebe zu, dass ich ein wenig irritiert bin. Können Sie mir bitte noch einmal genau erklären, warum Sie hier sind?«

»Natürlich. Gerne.« Starck schnürte sich langsam der Magen zusammen. Ihm schwante nichts Gutes. »Ich möchte beantragen, dass meine Tochter Greta aus ihrer Pflegefamilie zurück zu mir kommt, damit wir wieder zusammenleben können.«

Frau Schmitz kniff kurz die Lippen zusammen, warf einen nervösen Blick auf den Monitor und sah dann ihr Gegenüber an: »Herr Starck, es handelt sich wohl um ein Missverständnis. Auf der Akte ist ein Sperrvermerk.«

»Und das heißt, Sie dürfen mir jetzt nichts sagen?« Starck riss sich zusammen. Er musste ruhig bleiben. Ein Ausraster half jetzt auch nicht weiter. »Ich finde das schon sehr merkwürdig alles. Aber gut. Ich möchte ja auch keine Auskunft von Ihnen, sondern den Antrag stellen.«

Frau Schmitz atmete langsam aus. Dann schüttelte sie den

Kopf. »Nein, Herr Starck, es ist leider etwas komplizierter. Oder – im Gegenteil: Es ist sogar ganz einfach.« Sie machte eine kurze Pause. »Sie können keinen Antrag stellen.«

Aufgrund seiner Recherchen hatte er geahnt, dass es schwierig werden würde. Aber so schwierig? Beziehungsweise unmöglich?

»Und – warum nicht?«, fragte er.

»Herr Starck ... also ... na gut. Ich versuche mal, Ihnen das zu erklären. Als Ihre Frau – Daniela, nicht wahr? – starb, waren Sie zunächst allein sorgeberechtigt. Dann aber wurden Sie verurteilt und konnten Ihre Tochter Greta nicht aus dem Gefängnis heraus betreuen und erziehen. Außerdem war Ihre Frau eine Waise, die keine weiteren Verwandten mehr hatte. Daher wären ja nur Ihre Eltern, Herr Starck – also Gretas Großeltern – als Pflegeltern infrage gekommen.« Starck atmete heftig ein, aber sie ließ sich nicht unterbrechen. »Aber eben nur theoretisch, denn aufgrund der Aktenlage konnten wir das nicht zulassen, weil Ihre Eltern wegen ihrer diagnostizierten Spielsucht ...«

»Wie bitte?«, unterbrach Starck sie nun doch. Er war wie vor den Kopf geschlagen. »Entschuldigen Sie bitte, aber meine Frau war keine Waise. Ihre Eltern leben noch. Und meine Eltern waren nie spielsüchtig.«

Der Waran saß auf dem Besucherstuhl im Wartebereich des Jugendamtes. Base-Cap. Hoodie. Das kleine Abhörgerät in seiner Tasche war mit dem In-Ear-Stöpsel verbunden, den er im rechten Ohr trug. Ab und zu, wenn Frau Schmitz etwas sagte, nickte er. Für einen unbeteiligten Zuschauer wirkte es, als höre er Musik und bewege seinen Kopf im Takt.

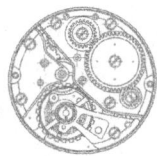

»Herr Starck«, begann Frau Schmitz wieder, und er sah ihr an, dass sie langsam ungeduldig wurde. »Wir haben unterschiedliche Wahrnehmungen von der Realität, was vielleicht daran liegt, dass Sie im Gefängnis angefangen haben ...«

Starck schüttelte energisch den Kopf und holte erneut Luft, um etwas zu entgegnen.

»Bitte unterbrechen Sie mich nicht schon wieder. Also ... Sie haben im Gefängnis angefangen, Substanzen zu sich zu nehmen, mit deren Konsum Realitätsverlust einhergeht. Auch das ist aktenkundig, genau wie die gesamte Suchtproblematik, die Ihre Familie prägt. Wie können Sie sich anders erklären, dass ich hier ein Formular mit Ihrer Unterschrift vorliegen habe, auf dem Sie einer Adoption zustimmen?«

»Einer Adoption?« Starck starrte die Sachbearbeiterin fassungslos an. »Ich habe noch nicht einmal der Pflegefamilie zugestimmt. Und nun eine Adoption? Niemals habe ich so etwas unterschrieben. Habe ich nicht. Hätte ich nicht. Werde ich nicht.« Dann fügte er schnell noch hinzu: »Und dass ich im Gefängnis Drogen genommen habe, oder es in meiner Familie entsprechende Probleme gibt, entspricht schlicht nicht den Tatsachen.«

Frau Schmitz ignorierte den letzten Satz. »Richtig. Einer Adoption. Haben Sie Ihre Kopie verlegt?«

»Ich. Habe. Keine. Adoptionseinwilligung. Unterschrieben.«

Sie lehnte sich in ihrem Schreibtischstuhl zurück, verschränkte die Arme und sah Starck mitleidig an. Rang offensichtlich mit sich.

»So. Ich werde jetzt etwas tun, das ich eigentlich nicht tun dürfte. Geben Sie mir bitte noch einmal Ihren Personalausweis«, sagte Frau Schmitz und klickte mit der Maus. Dann drehte sie den Monitor so, dass Starck ihn sehen konnte, und hielt die Ausweiskarte zum Vergleich direkt über den Namenszug auf dem eingescannten Dokument.

Sie scrollte weiter. Das nächste Dokument mit Starcks Signatur. Dann noch eines. Ein drittes. Ein viertes. Frau Schmitz sah Starck an. »Beharren Sie immer noch darauf, dass Sie nichts unterschrieben haben?«

Schon bevor Andreas Starck sich schwer aus dem Besucherstuhl erhob, war der Waran aus dem Jugendamt verschwunden. Er hatte genug gehört. Es war immer gut, über die Zielperson auf dem Laufenden zu sein.

Moment geltende Regeln nicht weiter als nötig dehnen, um Gretas Aufenthaltsort aufzuspüren und sie zurückzuholen. Sollte das innerhalb seines selbst gesteckten Rahmens nicht möglich sein, würde er die Regeln brechen und weit über diese Grenzen hinausgehen müssen.

Er musste seine Tochter wiederfinden. Das war er sich und Daniela schuldig. Falsch, das war er vor allem Greta schuldig. Von einem Tag auf den anderen war sie ihrer Familie, der Liebe ihrer Eltern entrissen worden. Musste sich verzweifelt gefragt haben, warum ihre Mama sie nicht vom Kindergarten abgeholt hatte. Wo ihr Papa war. Mit wem sie kuscheln und zu wem sie Vertrauen haben sollte. Warum nicht wenigstens Oma und Opa gekommen waren.

Greta! Wo bist du?

Die Mittagssonne brennt in sein Büro. Scharf konturiert werfen Möbel und weitere Gegenstände dunkle Schatten. Starck schafft es nicht, sich auf den aktuellen Fall zu konzentrieren. Wie schon im Studium beim Lernen treibt ihn die Unruhe vom Schreibtischstuhl in den Raum, wo er Kreise in den Teppichboden läuft.

Was ist nur los mit ihm? Er müsste zufrieden sein und sich einfach freuen. Gestern war ein herrlicher Tag. Sie haben ihren dritten Hochzeitstag bewusst zu zweit verbracht. Seiner wunderschönen Ehefrau Daniela geht es trotz der fortgeschrittenen Schwangerschaft gut. Die Frauenärztin war beim letzten Untersuchungstermin sehr zufrieden, denn auch mit dem Baby ist alles in bester Ordnung. Der errechnete Geburtstermin liegt in zwei Wochen, aber es kann natürlich auch schneller gehen oder sich etwas verzögern.

Vielleicht ist genau das sein Problem. Seine Gefühlswelt steht kopf. Er kann das Leben nicht wie gewohnt kontrollieren.

Tief im Herzen trägt er die Sehnsucht danach, seine neugeborene Tochter gesund in den Armen halten zu dürfen und sie glücklich aufwachsen zu sehen. Natürlich weiß er, dass er als Vater nicht perfekt ist und Fehler machen wird. Ihm ist bewusst, dass er seine Tochter und seine Frau manchmal enttäuschen, ja vermutlich sogar verletzen wird. Dabei wird er sich häufig überfordert fühlen und vor Verzweiflung keine Antwort finden.

Gleichzeitig ist er sich sicher, dass er sein Bestes geben, lernen und wachsen wird. Er wird sie lieben und beschützen und für seine kleine Familie da sein. Er weiß, dass ihn das alles glücklich und dankbar machen wird.

Trotzdem oder vielleicht gerade deshalb hat er Angst. Eine Riesenscheißangst. Sein Herz rast und ihm stockt fast der Atem. Darum muss er sich bewegen. An anderen Tagen hilft das. Heute nicht. Weil er Angst hat vor dem, was kommt, was er tun oder nicht tun, was er fühlen oder nicht fühlen wird.

Werde ich ein guter Vater sein? Bin ich in der Lage, meinem Kind genug Liebe, Sicherheit und Geborgenheit zu geben? Kann ich meiner Tochter die richtigen Werte und Fähigkeiten vermitteln? Werde ich all dem irgendwie gerecht werden? Wo beginnt, wo endet meine Verantwortung?

Was tue ich angesichts der Zerbrechlichkeit des Lebens? Was werde ich ihr raten können bei Misserfolgen, Zurückweisungen und

11. KAPITEL

Der nächste Schritt war ein Risiko. Aber er musste ihn gehen. Das gehörte zum Plan dazu. Denn heute war vorerst sein letzter Tag in Düsseldorf. Morgen musste er nach Detmold fahren, um sich übermorgen, am Freitag, für seinen neuen Job vorzustellen, den ihm die Sozialarbeiterin der Straffälligenhilfe vermittelt hatte.

Die Dämmerung brach bereits graubraun herein, als Starck über den Parkplatz vor dem Polizeipräsidium schlenderte. Schon nach wenigen Minuten wurde er fündig.

Der alte silberne BMW 5er. Der musste es sein. Vorne links fehlte die Radkappe und die hintere Stoßstange wurde nur noch mit Gewebeband zusammengehalten. Ein kurzer Blick auf das Nummernschild – »D JH ...« und ein überzogener TÜV-Termin. Ja, es bestand kein Zweifel.

Also öffnete Starck wie selbstverständlich die unverschlossene Beifahrertür und stieg ein. Dann wartete er.

Und dachte über diesen eigenartigen Tag nach. Nach dem fruchtlosen Besuch im Jugendamt hatte Starck um die Mittagszeit eines der letzten Internet-Cafés aufgesucht, die es in Düsseldorf noch gab. Dort konnte man in ranzigen Holzkabinen günstig ins Ausland telefonieren, sich sein Handy-Display reparieren lassen oder für einen Euro die halbe Stunde den Internetzugang an schmutzig-beigen Rechnern benutzen, die vor zehn Jahren schon veraltet gewesen waren. Von der Haftzeit abgehärtet, hatte Starck nicht eine Sekunde darüber nachgedacht, was Schwarzlicht auf den Tastaturen zutage fördern würde. Er hatte von Duncan kurz vor Haftentlassung zwei E-Mail-Adressen bekommen und auswendig gelernt: eine eigene und eine, unter der Duncan erreichbar war. Der hatte Starck mehrfach erklärt, wie man über den Tor-Browser und eine geschützte VPN-Verbindung seine Spuren im Netz verschleierte. Vermutlich die modernste Form eines Kassibers. *»Du wirst viel alleine machen müssen, da draußen. Aber sag Bescheid, wenn ich dir Unterstützung schicken soll. Es gibt jemanden, dem ich hundertprozentig vertraue.«*

Anschließend hatte er das Päckchen mit den Telefonen aus dem Schließfach im Düsseldorfer Hauptbahnhof geholt. Starck musste sich nur die Schließfachnummer merken. Duncan hatte sich um alles Weitere gekümmert. Wie er das organisiert hatte, blieb sein Geheimnis.

Knapp eine Viertelstunde, nachdem Starck sich in den BMW gesetzt hatte, kam ein schlaksiger Enddreißiger in Jeans und dunkelbrauner Lederjacke auf ihn zu. Starck stieg aus und ging um das Auto herum.

Kriminalhauptkommissar Jan-Hendrik Steinbeck hielt kurz inne, beschleunigte dann aber seine Schritte und rief: »He, Sie! Was machen Sie da in meinem Auto? Sie können sich doch nicht einfach in meine Karre setzen!« Er stutzte. »Starck? Sind Sie das?«

»'N Abend, Herr Steinbeck. Wie geht es Ihnen?«

»Sie sind draußen?«

»Seit gestern.«

Die beiden Männer standen sich nun in einem Abstand von zwei Metern gegenüber.

»Sie sehen ... anders aus. Neue Frisur?«

Es machte ein schabendes Geräusch, als Starck mit der Hand über die Stoppeln auf seinem Kopf fuhr. »Tja, Frisur würde ich das nicht unbedingt nennen. Aber bevor einem der Knast-Coiffeur das halbe Ohr absäbelt, ist dieser Do-it-yourself-Style die einfachste Variante.«

»Verstehe.« Steinbeck verzog das Gesicht. »Nichts mehr mit schicken Locken. Aber ich nehme an, Sie sind nicht hier, um mit mir Stylingtipps in problematischen Lebensphasen auszutauschen. Woher wussten Sie, dass ich hier bin? Was wollen Sie? Kann mich nicht erinnern, dass wir gute Freunde wären oder so was.«

»Nun, Sie haben offensichtlich immer noch ein Faible für Autos unter tausend Euro, die höchstens noch ein halbes Jahr TÜV haben und die Sie auf dem Präsidiumsparkplatz in Sicherheit wähnen und unabgeschlossen dort herumstehen lassen. Respekt, dass Sie immer noch solche Schätzchen finden in Zeiten, da die meisten Händler alles unter fünftausend Euro in den Export geben.«

»Das wissen Sie?«

»Scheint so. Und zu zweitens: Ich brauche Ihre Hilfe.«

»Meine?« Steinbeck schüttelte den Kopf. »Hören Sie. Das tut mir echt leid mit Ihrer Frau.« Er sah Starck an. »Aber ... Sie wissen doch selbst, wie das damals war. Ich hab oft genug mit Ihnen zusammengearbeitet und ich fand Ihre Methoden nicht immer nachvollziehbar. Außerdem konnte ich Sie ehrlich gesagt nie besonders gut leiden. Und jetzt habe ich auch nicht gerade vor, einen Starck-Fanclub zu gründen. Sorry, aber ich nehme an, das ist Ihnen bewusst. Warum fragen Sie nicht die karrieregeile Simone Bulthaup oder diesen Oberschleimer Nico Nolte?« Steinbeck ging an

Starck vorbei, öffnete die Fahrertür mit rechts und wedelte mit der linken Hand in Starcks Richtung. »So, und jetzt verziehen Sie sich.«

Starck schüttelte energisch den Kopf. »Genau das ist der Grund, warum ich zu Ihnen komme. Ich traue den anderen nicht.«

»Warum müssen Sie überhaupt jemandem von uns trauen? Sie waren im Knast. Sie sind für das System verbrannt. Machen Sie's gut. Ich bin gar nicht so traurig, dass Sie nicht mehr mitmischen.« Steinbeck setzte sich in sein Auto und suchte in der Jackentasche nach dem Zündschlüssel. »Scheiße, wo ...?«

Starck lehnte sich auf die geöffnete Fahrertür, sodass Steinbeck sie von innen nicht zuziehen konnte. Dann sagte er ganz leise: »Ich war im Knast, weil ich reingelegt wurde, und ich muss rausfinden, was und wer dahintersteckt. Was meine Frau angeht: Das war kein Unfall. Und: Sie liegen richtig! Wir beide – Sie und ich – waren uns nie grün. Aber Sie machen einen guten Job und vor allem: Sie sind ehrlich, soweit ich das beurteilen kann. Darum sind Sie der Einzige hier, dem ich trauen kann. Und will.«

»Na, da fühle ich mich aber geehrt. Finden Sie das jetzt nicht ein bisschen melodramatisch? Da drüben«, Steinbeck zeigte auf das Polizeipräsidium, »können Sie sich sogar ganz offiziell Hilfe holen. Wir sind die Polizei, wissen Sie?«

»Es stecken Kollegen mit drin.«

»Sagt der wegen Korruption verurteilte Staatsanwalt.«

»Ich wurde reingelegt.«

Steinbeck dachte kurz nach. »Hm, das behaupten Sie!«

»Ja, das behaupte ich. Aber nun bin ich draußen und will es beweisen.«

»Gut. Tun Sie das.« Steinbeck schaute einen Moment durch die Windschutzscheibe nach vorne und strich sich nachdenklich über das Kinn. Dann siegte die Neugier des Ermittlers. Er sah Starck an. »Ich höre mir Ihre Story an und dann entscheide ich, ob ich den Kram glaube, den Sie mir erzählen, oder ob Sie besser beim Psycho-Onkel aufgehoben sind.«

»Danke. Mehr verlange ich gar nicht.« Starck sah eine Gruppe von fünf Personen vom Präsidium aus auf den Parkplatz zusteuern. »Wir haben hier schon lange genug gestanden. Ich rufe Sie an.«

»Nee, das lassen Sie mal schön sein. Ich möchte nicht, dass Sie in meinen Verbindungsdaten auftauchen.«

Starck nickte. »Korrekt! Das möchte ich auch nicht. Und ich möchte auch nicht, dass wir zufällig in irgendeiner Döner-Bude zusammen gesehen werden. In Ihrem Interesse! In meinem übrigens auch. Also: In Ihrem Briefkasten zu Hause finden Sie einen Umschlag mit einem Handy.«

»Woher ...?« Dann verzog Steinbeck das Gesicht zu einem breiten Grinsen. »Sie verdammtes Arschloch!«

12. KAPITEL

Wattegleich lag dichter Nebel über der Stadt. Er dämpfte Geräusche und Stimmung gleichermaßen. Starck stand für einen kurzen Moment am geöffneten Fenster seines Zimmers in der Jugendherberge und sog die kühle Morgenluft ein. Es war der zweite Morgen, an dem Starck in Freiheit erwachte. Steinbeck hatte sich gestern Abend nicht mehr gemeldet. Aber Starck ging davon aus, dass der Kommissar das schon bald tun würde.

Starck verwendete seinen alten analogen Wecker, weil er sich nicht entscheiden konnte, mit welchem Song oder Geräusch ihn die Weckfunktion seines neuen Handys aus dem Schlaf reißen sollte.

Zuerst hatte er »My Song« von Christian Jaschinski eingestellt. Danielas Lieblingssong. Das war ihm wie eine gute Idee erschienen, weil er sich sanftes Erwachen ausgemalt hatte, das ihn zudem an seine Frau erinnern würde. Doch als er den Handywecker ausprobierte, konnte er das Lied schon nach den ersten perlenden Pianotönen nicht mehr ertragen.

Daniela war tot. Fort. Für immer. Seine wunderschöne und liebevolle Frau, die Greta so eine großartige und zugewandte Mutter gewesen war.

Er hatte kaum noch atmen können, so verkrampft war sein Zwerchfell gewesen. Nie wieder würde er den Song gemeinsam mit Daniela auf einer Autofahrt oder zusammengekuschelt auf der Couch hören können.

Ach, Daniela. Wie soll ich das alles nur ohne dich schaffen?
Dann waren die Tränen gekommen.
Und die Erinnerungen an ihr Lachen. Ihren Duft. Die langen Gespräche. Selbst die Dinge, die ihn manchmal genervt hatten, fehlten ihm jetzt. Traurig und still lächelte er in sich hinein, als er an den Abend dachte, an dem sie sich kennengelernt hatten.

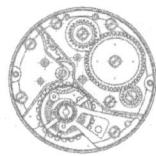

Sein Mitbewohner steckt ohne anzuklopfen den Kopf durch die Tür. »Kommst du mit zur Party?«

Mattes studiert ebenfalls Jura in Erlangen, hat es allerdings bisher nicht besonders eilig gehabt, das erste Staatsexamen zu erreichen. Gleich zu Beginn des Studiums hatten sie sich bei der Ersti-Woche kennengelernt und sofort gut verstanden. Im zweiten Semester waren sie dann als WG in die kleine Wohnung mit Dachschräge gezogen. Sie haben zwar sehr unterschiedliche Auffassungen von Sauberkeit, und Mattes lebt alles andere als einen geregelten Alltag, aber Starck hat den gutmütigen Lockenkopf ins Herz geschlossen. Sein Mitbewohner genießt das Studierendenleben in vollen Zügen und schreibt nur eine Klausur pro Semester, was allerdings nicht bedeutet, dass er sie auch besteht.

Starck hingegen hat sich in endlosen, koffeingetränkten Nächten durch Skripte und Kommentare gewühlt, um sich das Stipendium für die Yale-Universität in den USA im nächsten Semester zu erarbeiten. Und die eine Prüfung, um den Rückstand auf die Regelstudienzeit aufzuholen, wird er bald bestehen.

Er lässt den Bürostuhl um hundertachtzig Grad kreisen und sieht den enthusiastischen Mattes an. »Ich weiß nicht«, antwortet Starck. »Justus ist so 'n Poser. Und die Leute, mit denen er abhängt, sind ja auch nicht besser. Willst du da echt hin?« Studierende wie Justus werden von den anderen spöttisch und neidisch zugleich »Söhne« genannt, weil sie von ihren stinkreichen Eltern mit Geld regelrecht zugeschmissen werden, während sie sich mal mehr, mal weniger mühen, ihren Abschluss in Wirtschaft, Jura oder Medizin zu schaffen. Mattes und Starck haben ein virtuelles Markenbingo mit Ralph Lauren, Louis Vuitton, Versace und Gucci entwickelt, mit dem sie Studierende der entsprechenden Fakultäten schon von Weitem identifizieren. Einige von denen gehen gar mit ihren finanziellen Möglichkeiten hausieren, als sei es ihr eigener Verdienst. Im Kommilitonenkreis wird auch nicht von Einzelkindern gesprochen, sondern von »Alleinerben«. Zugegeben, Starck bekommt ebenfalls kein BAföG, dafür verdient sein Vater zu viel. Und ein Einzelkind ist er auch. Aber er arbeitet schon seit dem vierten Semester als studentische Hilfskraft am Lehrstuhl, um von seinen Eltern etwas unabhängiger zu werden.

»Ach, komm schon, Mann. Du kannst dich doch nicht ewig hier verkriechen. Sei nicht so ein Langweiler.« Dann kichert Mattes und lästert: »Außerdem verlangt ja kein Mensch, dass wir da mit hochgestellten Polohemdkragen auftauchen oder uns rosa Pullover umbinden. Immerhin gibt es bei Justus immer cooles Zeug zu trinken ...« Mattes macht eine inhaltsschwere Pause und versucht es mit einem ernsten Gesicht, »... und noch cooleres zu rauchen.«

Genau das ist das Problem, denkt Starck. Trotzdem gibt er sich einen Ruck. Immerhin hat er schon den ganzen Tag in seinem Zimmer gehockt. »Okay. Ich schreibe hier noch das Strafrechtsgutachten zu Ende, dann komm ich in einer halben Stunde nach.«

»Na klar«, sagt Mattes, verschränkt seine Arme und verzieht seine Mundwinkel zu einem schiefen Grinsen.

»Nee, echt, Mann. Versprochen. Ist vielleicht ganz gut, mal rauszukommen und was anderes zu sehen.«

»Ich warte vorsichtshalber auf dich. Kommt ja eh keiner pünktlich auf 'ne Party.«

Als sie bei Justus ankommen, brüllt Scooter den Gästen gerade »Hyper Hyper« um die Ohren. Bis Starck sich durch die gestylte Menge geschoben, ein paar Leuten zugewunken und zwei Bier geholt hat, ist die Playlist bei Mr. President angekommen.

»Neunziger-Party?«

Mattes zuckt mit den Schultern. »Scheint so. Dann warten wir mal auf DJ Bobo.«

»Lustig«, sagt Starck, stößt mit Mattes an und trinkt das Bier zügig aus.

Bisher tanzt noch niemand. Verkrampfte Unterhaltungen. Gegenseitiges Abchecken. Alle wollen nur rausfinden, wer Konkurrenz ist und wen man sich für nach Mitternacht merken kann. Starck fühlt sich unwohl.

Das wird ein langer Abend.

Oder ein sehr kurzer.

Justus kommt zu ihnen herüber. »Na, alles tutti, ihr

Paragrafenreiter? Scheiße, was sehen meine entzündeten Augen? Andreas, du hier? Und nicht in der Bib?«

»Hi, Justus, danke für die Einladung. Nette Party«, sagt Starck gestelzt.

»Quatsch nich, Junge. Bisher geht hier noch gar nichts ab. Aber das ändern wir gleich mal, Leute!« Mit Beifall heischendem Blick schlägt sich Justus auf die ausgebeulte Hosentasche seiner beigen Chinos, womit sich Mattes' Voraussage bestätigt. »Andere kaufen sich 'nen Kleinwagen dafür – ich tu was Gutes für die Allgemeinheit. Aber erst die Mädels, geht gleich los.«

Genervt von Justus' geschmacklosem Gelaber irrlichtert Starcks Blick an seinem Gastgeber vorbei und bleibt an einem Gesicht hängen, das er noch nie zuvor in der Uni oder auf einer Party gesehen hat. Sie ist ohne Frage die Schönste im Raum, was natürlich auch anderen Gästen nicht verborgen geblieben ist. Aktuell balzen drei Studenten um ihre Aufmerksamkeit. Dass ihr das offensichtlich unangenehm ist, hält die drei aber nicht davon ab, weiter auf sie einzureden. Einer ist besonders aufdringlich und laut.

Starck lässt Mattes und Justus stehen, holt in aller Seelenruhe zwei Bier aus dem Kühlschrank und geht auf die vier zu. Herzklopfen. Dort angekommen, drängt er sich an den drei Studenten mit einem knappen »Tschuldigung!« vorbei, reicht der Unbekannten das Bier und sagt: »Deinen Lieblingswein hat Justus nicht besorgt, magst du ein Bier, Schatz?«

Sie sieht ihn an. Ein Funkeln in ihren Augen. »Wie lieb, danke. Ist schon okay. Ich nehm auch gern ein Bier.« Was sie tut und Starck vertraut über den Oberarm streicht.

Ein erneutes Funkeln. Dann sagt sie, während sie

zwischen Starck und ihren Kavalieren hin- und herschaut: »Darf ich dir vorstellen? Ach, sorry, jetzt ich hab eure Namen vergessen ... Warte mal, du bist ...«

»Schon gut«, brummt der Aufdringliche mit einem fast vollen Bier in der Hand. »Wir holen uns dann mal noch was zu trinken. Bis später dann!«

»Daniela«, sagt sie und sieht Starck aus großen, tiefblauen Augen an.

»Andreas«, antwortet er und hebt seine Bierflasche.

Sie stoßen an, trinken einen Schluck, dann sagt sie: »Du bist frech. Aber aufmerksam. Keine unbedingt neue Anmache, aber manchmal – zumindest in Filmen – funktioniert sie.«

»Eine Anmache? – Also wirklich! Das war doch keine Anmache. Vielleicht eine Rettungsmission. Aber keine Anmache.«

»Ach so? Sehe ich vielleicht aus, als müsste ich gerettet werden?«

Verkack es jetzt nicht.

»Naja, du hattest nichts zu trinken, soweit ich das beurteilen kann. Da hilft man gern.« Er verbeugt sich leicht.

Sie wirft den Kopf leicht zurück, als sie lacht, was für Starck klingt, als sänge ein Engelschor. Dann meint sie: »Da hast du ja mal gerade noch so die Kurve gekriegt.«

Er schaut sie skeptisch an. »Findest du?«

»Wir werden sehen.«

Eine Mischung aus Trauer und Wut hielt ihn gefangen.

Nachts durfte er traurig sein. Manchmal auch verzweifelt. Das hatte er sich erlaubt. Aber tagsüber war das anders. Tagsüber musste er stark sein. Durfte sein Ziel nicht aus den Augen verlieren. Egal wie hart der Weg auch war. Er musste stark sein. Für Greta.

Seine Tochter war adoptiert worden. Ihm entrissen. Mit Papieren, auf denen seine gefälschte Unterschrift den Vorgang scheinbar legitimiert hatte.

Er versuchte immer noch, sich das Unfassbare bewusst zu machen, seit er das Jugendamt besucht hatte. Seine Wut darüber zu zügeln. Wut war ein schlechter Ratgeber. Er musste seine Ohnmacht in positive Energie umwandeln, die er für den harten Weg brauchte.

Dass es schwer werden würde, sie von ihren Pflegeeltern wiederzubekommen, hatte Duncan ihm bereits im Gefängnis erklärt. Denn sie hatten gemeinsam herausgefunden, dass das gesamte Verfahren zu keinem Zeitpunkt den üblichen Schritten gefolgt war. Entweder waren unendlich viele Fehler gemacht worden oder – und davon gingen Duncan und Starck aus – es war massive Manipulation im Spiel. Denn es entsprach absolut nicht den üblichen bürokratischen Abläufen, dass er als Vater – auch wenn er sich erst in Untersuchungshaft, anschließend im Strafverfahren und schlussendlich im Gefängnis befunden hatte – in viele Fragen rund um die Pflegefamilie nicht einbezogen worden war. Dasselbe galt gleichermaßen für seine Eltern wie auch für die Schwiegereltern. Sie hatten Greta ebenso wenig wiedergesehen wie er. Die Welt schien sich komplett gegen seine Familie verschworen zu haben.

Um in dieser und gegen diese Welt bestehen zu können,

wenn man jemanden beobachten wollte. Von diesem Modell parkte immer irgendwo ein Exemplar am Straßenrand.

»Lass das«, sagte Melko streng. Ihn störte es normalerweise nicht, wenn sein Freund rauchte. Aber es nervte, dass Wolle nicht kapierte, wie auffällig es war, wenn aus einem parkenden Fahrzeug Rauchfahnen durch ein halb geöffnetes Fenster aufstiegen.

Wolle knurrte etwas wie »Na, dann eben nicht«, warf die Zigaretten wütend zurück und furzte ungeniert. Wenn er schon nicht rauchen durfte ... die Fenster waren ja sowieso ein Stück offen.

Melko schüttelte genervt den Kopf.

Die beiden Männer kannten sich schon ewig. Stammten aus einem nordhessischen Straßendorf, durch das Tag und Nacht gnadenlos der Schwerlastverkehr donnerte. Verwitterte und von Abgasen grau und stumpf gewordene Eternitplatten verdeckten schimmelige Hauswände. Hier und da gab es morsches Fachwerk. Die letzte Bäckerei hatte vor über zehn Jahren geschlossen. Am Wochenende fegten alte Leute die schmalen Bürgersteige. Selbst der Löwenzahn war staubig und konnte keinen Farbakzent setzen.

Seit über dreißig Jahren verlangten die Anwohner danach, die Bundesstraße um den Ort herumzuführen. Die nutzlosen Schilder mit der Forderung waren mittlerweile völlig verblasst.

Als Kinder hatten Melko und Wolle in Nachbarhäusern gewohnt, waren bis zum Realschulabschluss in dieselbe Klasse gegangen und seitdem befreundet. Für beide war Frankfurt die verheißene Stadt gewesen. Ein Irrglaube. Vom großen Geld träumten sie nach wie vor, aber sie kamen gut über die Runden.

Melko war schon immer klein, dick, aufbrausend und das Hirn des Duos gewesen, Wolle groß, dünn und gutmütig. Ihm war es egal, wenn ihre Mitschüler sie Lolek und Bolek riefen, während Melko jedes Mal wütend auf den Lästerer einprügelte. Es machte ihm auch nichts aus, Mädchen zu schlagen, wenn ihm nicht passte, was sie sagten.

Besser für die Alte, wenn sie lange genug fortblieb und ihnen nicht in die Quere kam.

14. KAPITEL

Ihre Mietwohnung lag im ersten Stock eines Mehrfamilienhauses, dessen Modernität nicht so recht zu den klassischen Villen passen wollte, die das Bild der Bülowstraße am Detmolder Bandelberg prägten. Vom Wohnzimmerfenster aus konnte Moira St John-Smythe schräg die Straße hinüber auf das Haus der Starcks sehen, in dem Susanne seit einem Jahr allein lebte. Die Nachbarsfrauen kannten sich schon seit über dreißig Jahren, schließlich waren ihre Söhne zusammen zur Schule gegangen. Später hatten sich Moira und ihr Arthur – Gott hab ihn selig – für diese Wohnung entschieden. Zu der Zeit wohnten die Starcks bereits in dem Haus vis-à-vis.

Moira war nicht entgangen, dass Susanne um kurz vor halb zehn das Haus verlassen hatte, um wie jeden Donnerstag auf den Wochenmarkt zum Einkaufen zu gehen. Ansonsten war der Vormittag relativ ereignislos verlaufen, sodass sie in Ruhe ihren Tee trinken und die *Bunte* lesen konnte. Am meisten interessierte sie das Neueste über die britischen Royals; sie war aber auch über die anderen europäischen Königshäuser gern auf dem Laufenden.

Sie hatte es sich in dem geblümten Ohrensessel mit gedrechselten Beinen aus dunkel gebeiztem Nussbaumholz in Fensternähe gemütlich gemacht. Gleich neben dem plüschigen Sessel befand sich das zierliche viktorianische

Beistelltischchen, dessen filigrane Intarsien durch ein Spitzendeckchen verdeckt wurden. Als wenig später das Geräusch von sich öffnenden und wieder zuschlagenden Autotüren durch das schräg gestellte Fenster drang, legte sie die Zeitschrift neben ihrer Tasse ab, stand auf und schaute hinaus, damit ihr ja nichts entging.

Ein Fahrzeug parkte direkt vor Susanne Starcks Haus am Straßenrand. Moira kannte sich nicht so gut mit Autos aus, doch dieses Modell erkannte sie, weil es oft im Straßenbild zu sehen war. Sie hatte die Lesebrille abgenommen, sodass sie die Schrift auf den Türen gut erkennen konnte. »Montageservice Demirel« war dort zu lesen. Die beiden Handwerker holten gerade eine Werkzeugkiste und eine große Pappkiste aus dem Kofferraum.

Als der Größere der beiden die Heckklappe schloss, schaute er kurz zu ihr hoch. Moira schreckte zurück, obwohl sie vermutete, dass er sie hinter der halben Gardine gar nicht sehen konnte. Aber wer weiß?

Dann wagte sie wieder einen Blick hinaus. Der kleine Dicke ging vor, der dünne Große trottete hinterher. Kurz darauf waren die beiden im Haus verschwunden.

Natürlich, Susanne hatte genug Geld, um alle möglichen Dienstleistungen rund um ihr Haus von Fachpersonal erledigen zu lassen. Und selbstverständlich bezahlte sie auch eine Putzhilfe, die nur an den Markttagen tätig werden durfte, weil Susanne es nicht mochte, dass jemand arbeitete, während sie im Haus war. Moira schüttelte den Kopf. Solche Sorgen hätte sie auch gerne.

Sie hielt ihre Wohnung selbst sauber. Waren kleinere Reparaturen notwendig, erledigte das ihr Junge. Zu Moiras Leidwesen stellte er sich dabei nicht sonderlich geschickt an, aber er bekam es hin. Alles andere oblag ohnehin dem Verantwortungsbereich des Vermieters. Nur ließ der manchmal wochenlang auf sich warten.

Moira hatte die Aufschrift auf dem Karton leider nicht erkennen können, als die Männer die Kiste aus dem Kofferraum und zum Haus getragen hatten. Aber vielleicht erzählte ihr Susanne ja später, was sie eingebaut hatten. Manchmal trafen sie sich auf der Straße und tratschten dann ein wenig. Es war schon lange her, dass Susanne sie einmal zu sich auf einen Tee eingeladen hatte.

Moira verkniff es sich, in die Küche zu gehen, um sich frischen Tee aufzubrühen. Vielleicht passierte ja noch etwas im Außenbereich des Nachbarhauses. Das wollte sie auf keinen Fall verpassen.

Darum war sie auch ein bisschen enttäuscht, als die Handwerker schon knapp zwanzig Minuten später sowohl Werkzeugkiste als auch Karton wieder im Auto verstauten und davonfuhren.

15. KAPITEL

»Es gab eine Unregelmäßigkeit.«

»Und zwar?«

»Er hat sich mit einem Bullen getroffen. Ich schicke Ihnen Foto und Kennzeichen.« Mit flinken Bewegungen seines linken Daumens versandte der Waran die Bilder von seinem Wegwerfhandy an Giacomo Moretti.

»Angekommen«, bestätigte Moretti den Eingang der Nachricht. Dann verstrich ein Moment. Der Waran nahm an, dass sich Moretti das Bildmaterial gerade anschaute. »Ich kümmere mich darum. Jugendamt?«

»Keine Überraschungen«, sagte der Waran.

»Gut. Ist er unterwegs?«

»Ja, hat den ICE um kurz vor zehn Richtung Bielefeld genommen. Müsste also fahrplanmäßig gegen halb eins in Detmold sein.«

»Es ist die deutsche Bahn«, konstatierte der Schweizer lakonisch am anderen Ende der Leitung.

Beide Männer waren Profis. Dennoch gab es eine kurze Pause, weil sich keiner von ihnen ein Lächeln verkneifen konnte.

»Wann soll ich wieder nach ihm sehen?«

»Wir tracken sein Handy. Dann sollte Samstag genügen. Wenn er in der Waschstraße angefangen hat.«

einer Shoppingtour mit Freundinnen das angesagteste Teil kaufen. Starck war unendlich traurig darüber, dass Daniela nichts davon erleben würde. Sie konnte ihrer Tochter nicht zeigen, wie man sich schminkte. Nicht bei einem gemeinsamen Mädelsnachmittag herumalbern, um dann den ersten BH für sie zu kaufen. Greta nicht in den Arm nehmen beim ersten Liebeskummer oder bei vergeigten Klassenarbeiten.

Und er? Wann würde er Greta endlich wiedersehen und in die Arme schließen können? Wie lange würde es dauern, bis die ganze Scheiße aufgeklärt war? Das Dickicht aus Lügen, Intrigen, Bestechung, Drohungen, gekauften Aussagen, gefälschten Daten und Informationen. Würde Greta ihn überhaupt noch erkennen und als Vater annehmen?

Sein Telefon summte und zeigte einen eingehenden Anruf an.

»Hallo, Mama. Schön, dass du anrufst. Mein Zug ist grad in Dortmund …«

»Andreas. Hier wurde eingebrochen.«

17. KAPITEL

Interessant, dachte Moira St John-Smythe, als der Streifenwagen vor Susanne Starcks Haus hielt. Was Susanne wohl angestellt hatte? *In ihrem Alter. Also wirklich.* Manchmal konnte man sich nur wundern. Aber wie hieß es doch in dem Sprichwort: Alter schützt vor Torheit nicht.

Vielleicht ging es aber auch um ihren verbrecherischen Sohn Andreas, der nun seit fünf Jahren für seine Sünden büßte. Schlimm, was da passiert war. Die Frau tot. Das Kind bei Pflegeeltern. Wie hatte Andreas seinen Eltern bloß so etwas antun können? Kein Wunder, dass der Vater im letzten Jahr gestorben war.

Trotzdem war es erstaunlich, wie Susanne das alles überstanden hatte. Bei all dem Elend und der Schande, die ihr Kind über die Familie gebracht hatte.

Welch ein Glück, dass mein Jobst anders ist. Der gute Junge!

Sie freute sich schon auf heute Abend. Da würde sie Bratkartoffeln für ihn machen, mit einem schönen Stück Sülze dazu.

»Sitzt du?«, fragte Starck seine Mutter besorgt.

»Ach, ich bin nur ein ganz klein bisschen wackelig. Darum … ja … habe ich mich erstmal auf die Couch gesetzt. Ich musste ja die Einkäufe verstauen, als ich reinkam, aber als ich dann ins Wohnzimmer rüberging …«

»Bist du sicher, dass niemand mehr im Haus ist?«

»Ich glaube nicht. Ist ganz ruhig überall. Hörst du?«

Das »Hörst du?« drang nur noch aus der Ferne an sein Ohr und er vermutete, dass Susanne Starck das Telefon dabei bereits vom Ohr genommen hatte und im Halbkreis vor sich hin- und herschwenkte.

»Ist gut, Mama. Mama? … Geh mal bitte wieder dran.«

»Ich kann dich gut hören. Du musst nicht so schreien.«

»Okay. Ich möchte trotzdem, dass du nach draußen gehst und von dort aus die Polizei rufst.«

»Na, hör mal. Das ist natürlich längst erledigt.«

»Prima. Dann geh jetzt bitte vor die Haustür. Oder noch besser zu den Nachbarn, bis sichergestellt ist, dass keiner mehr im Haus ist.«

»Ah, guck, es klingelt.«

»Gut, aber lass dir Dienstmarken und Ausweise zeigen.«

»Ich bin doch nicht von gestern.« Plötzlich klang sie wieder vergnügt. »Mein Sohn ist Staatsanwalt. Da lasse ich mich doch nicht an der Nase herumführen. Ich melde mich wieder.«

»Ich könnte auch in der Leitung bleiben.«

»Mach mal 'nen Punkt.«

Seine Mutter beendete das Gespräch und Starck starrte auf das dunkle Display.

18. KAPITEL

Interessant, interessant, dachte Moira St John-Smythe nun schon zum wiederholten Male an diesem Vormittag. Gut, dass sie nicht irgendetwas vorgehabt hatte oder in die Stadt gegangen war. So viel Abwechslung hatte es ja schon ewig nicht mehr gegeben. Wenn Dachdecker auf den Nachbarhäusern etwas reparierten oder ein Gerüst aufgebaut wurde, damit anschließend Maler ihrer Tätigkeit nachgehen konnten, ja, dann gab es auch schon einmal für längere Zeit etwas zu sehen. Aber sonst war es hier ja eher ruhig.

Zehn Minuten nach Eintreffen des Streifenwagens fuhr ein weißer Van vor, aus dem eine Frau und ein Mann jeweils eine große Tasche ausluden und damit ins Haus gingen. Nach weiteren fünf Minuten kam ein silberner Kombi, aus dem – Moira konnte ihr Glück kaum fassen – ihr Junge ausstieg. Ihr Jobst. Sie würde heute Abend Informationen aus erster Hand bekommen. Fabelhaft.

»Hallo, Jobst«, begrüßte Susanne Starck ihn freundlich. Sie hörte, wie unsicher ihre Stimme klang, war immer noch sehr aufgeregt und bekam das Zittern ihrer Hände nicht unter Kontrolle. »Ich bin froh, dass du da bist und auch, dass du hier zuständig bist.«

Sie kannte Kriminalhauptkommissar Jobst Stukenbröker bereits, seit er ein Erstklässler gewesen war. Jobst und Andreas waren zusammen eingeschult worden, und weil Starck im Alphabet vor Stukenbröker kam, waren die beiden in der Grundschule stets direkt nacheinander aufgerufen worden.

»Guten Tag, Susanne«, entgegnete der Kommissar kühl. »Dass wir uns kennen, tut hier überhaupt nichts zur Sache. Das läuft sachlich und professionell ab.«

»Ja, natürlich. Das ist ja auch in meinem Interesse ...«

Er schob sich großspurig an ihr vorbei, betrat den Flur und sah sich um. »So, die Spurensicherung ist schon bei der Arbeit. Sehr gut.« Dann schaute er Susanne ernst an. »Warum glaubst du, dass eingebrochen wurde? Warst du dabei?«

Sie schaute ihn irritiert an. Warum war Jobst so grob zu ihr? »Nein. Also, wie ich deinen Kollegen schon sagte, ich war heute Morgen auf dem Markt. Und als ich nach Hause kam, hatte ich so ein komisches Gefühl. Dass irgendetwas anders ist. Und dann habe ich bemerkt, dass ein Bild auf dem Flur fehlte, das heute Morgen bestimmt noch da war. Das war schon etwas unheimlich. Als ich dann im Wohnzimmer entdeckt habe, dass ein weiteres Bild weg ist, habe ich den Notruf gewählt.«

»Das war gut. Und dann?«

»Habe ich Andreas angerufen ...«

»Im Gefängnis?«

»Nein, ach so, das weißt du ja noch gar nicht. Er wurde vorgestern entlassen.« Sie wartete kurz, ob Jobst noch etwas fragen wollte, aber er zog nur die rechte Augenbraue hoch. Vermutlich, weil Jobst und Andreas schon lange nichts mehr miteinander zu tun hatten. Nicht jede Jugendfreundschaft überdauerte auch das Erwachsenwerden. »Und als deine Kollegen dann da waren«, fuhr sie fort, »bin ich mit ihnen durchs Haus gegangen und hab nachgeguckt, ob sonst noch etwas fehlt. Das habe ich mich alleine nicht getraut.«

»Und? Vermisst du weitere Gegenstände?«

»Willst du gar nichts mitschreiben?« Wenn Susanne Kriminalromane las, dann am liebsten solche, die nicht allzu blutig und brutal waren. Und so dachte sie zum Beispiel an George Dupin, den Pariser Kommissar, den Jean-Luc Bannalec in seinen beliebten Bretagne-Krimis ermitteln ließ. Dupin notierte seine Gedanken stets in einem kleinen Clairefontaine-Notizheft. »Im Krimi haben die Kommissare doch meistens so kleine Blöcke oder Notizhefte, damit sie ...«

»Im Krimi. Also wirklich«, wurde sie von Jobst Stukenbröker grob unterbrochen. »Als ob die im Fernsehen wüssten, wie das im richtigen Leben abläuft. Nee, nee. Hab ich alles hier!«, sagte der Kommissar selbstbewusst, während er sich mit dem rechten Zeigefinger an die Stirn tippte. »Im Büro schreibe ich gleich einen Aktenvermerk.«

»Na gut«, lenkte Susanne Starck ein. »Soweit ich das überblicke, fehlen vier kleinere Bilder, Gustavs Uhren und ziemlich viel von meinem Schmuck.«

»Handelt es sich um wertvolle Gegenstände?«

»Teilweise, aber ...«

»Und ihr habt keinen Tresor?«

»Doch, aber den haben sie nicht gefunden und es ist mir

19. KAPITEL

Der Zug wurde langsamer und rollte gemächlich durch den Bahnhof Oelde, sodass Starck das Schild mit dem Ortsnamen problemlos lesen konnte. Es war ja normal, dass ein ICE nicht mit dreihundert Stundenkilometern durch eine Ortschaft raste, aber ab dem Ortsausgang hätte der Zug wieder Fahrt aufnehmen sollen. Die aktuelle Geschwindigkeit schätzte Starck aber auf höchstens dreißig. Was war los?

Kurz nachdem die letzten Häuser vorübergezogen waren, verringerte der ICE nochmals die Geschwindigkeit und blieb dann auf freier Strecke einfach stehen. Ringsum waren Felder und versprengt daliegende Gehöfte zu sehen, die von kleinen Waldstücken und Hecken getrennt wurden. Vom Zugabteil aus konnte Starck direkt auf zwei runde Klärbecken schauen.

Noch bevor die erste Durchsage des Zugpersonals kam, versuchten die Mitreisenden sich gegenseitig im Herausposaunen von Vermutungen und Mutmaßungen zu übertreffen.

Die junge Frau, die Starck gegenübersaß, schien von alldem jedoch nichts zu bemerken. Die Musik pumpte unermüdlich aus den Kopfhörern und sie schien damit beschäftigt, Textnachrichten zu schreiben. Ihre Miene hatte sich innerhalb der letzten halben Stunde immer mehr verdüstert, weil ihr die Antworten, die sie bekam, überhaupt nicht zu gefallen schienen.

Endlich knackte es in der Lautsprecheranlage, jemand räusperte sich, und dann unterbrach eine kehlige Frauenstimme das wichtigtuerische Geschnatter im Abteil. Die rheinische Frohnatur verkündete so sachlich, wie es ihr möglich war: »Liebe Fahrgäste, es befinden sich mehrere Personen im Gleis, sodass sich die Weiterfahrt für unbestimmte Zeit verzögert. Selbstverständlich melden wir uns wieder, sobald der Sachverhalt geklärt ist. Bitte verhalten Sie sich ruhig und versuchen Sie nicht, den Zug zu verlassen. Danke schön.« Es knackte erneut. Dann waren die Lautsprecher wieder still. Das Austauschen von Plattitüden und Bahnwitzen erreichte hingegen ein neues Lautstärkelevel.

Selbst die junge Frau zog nun den rechten Hörer unter ihrem Hidschāb hervor und sah Starck an: »Entschuldigung, warum stehen wir?«

Er zuckte mit den Achseln. »Es befinden sich wohl Personen auf den Gleisen. Wurde zumindest gerade so durchgesagt.«

»Sie glauben es nicht?« Sie sah ihn erstaunt aus großen, dunkelbraunen Augen an, die durch großzügig verwendete Schminke und verlängerte Wimpern noch riesiger wirkten.

Starck ärgerte sich über seine unbedachte Aussage. Im Gefängnis hatte er auf die harte Tour gelernt, dass Schweigen meist schlauer war als Reden. Darauf sollte er sich schnellstens wieder besinnen. Auch wenn er nun in so etwas wie eine normale Welt zurückkehren musste.

»Doch, doch«, sagte er daher. »Ich ... also ... ich wollte ja nur wiederholen, was die Zugbegleiterin durchgesagt hat.«

»Ah. Okay.« Sie fragte nicht weiter nach und beteiligte sich auch nicht an der allgemeinen Aufregung. Vielmehr steckte sie sich den Ohrhörer wieder unter den Hidschāb, um anschließend weiter wütend auf die virtuelle Tastatur ihres Smartphones einzuhacken.

Starck atmete tief aus. Er glaubte nicht an den harmlos klingenden Satz, dass lediglich »Personen im Gleis« waren. Ein paar Jugendliche, die Selfies machten, oder einen Obdachlosen hätte man ja schnell fortgebracht. Wahrscheinlicher war, dass es sich bei den »Personen« um einen Suizid handelte. Das damit verbundene Prozedere, die Gleise wieder befahrbar zu machen, dauerte deutlich länger. Nun gut, man würde es sehen.

Eines seiner Telefone klingelte. Er ging ran: »Sie haben sich also entschieden, anzurufen.«

»Ich war überrascht.«

»Worüber?«

»Ich hatte mit einem Wegwerfgerät gerechnet und nicht mit einem Kryptohandy.«

»Das wäre ein wenig zu kompliziert. Nach jedem Telefonat SIM-Karte und Telefon entsorgen ...«

Jan-Hendrick Steinbeck lachte kurz auf. »Und ökologisch höchst fragwürdig dazu.«

»Das kommt erschwerend hinzu. Danke, dass Sie anrufen.« Starck hatte gehofft, dass Steinbeck das Handy benutzen würde, war sich diesbezüglich aber unsicher gewesen.

»Können Sie sprechen?«

Er schaute hinüber zu der jungen Frau, die mit jeder neuen Nachricht, die sie bekam und beantwortete, verzweifelter schien.

»Bin im Zug.«

»Okay. Dann antworten Sie so, dass es Ihre Mitreisenden

nicht irritiert.«

»Gute Idee.«

»Wie kommen Sie an so ein Handy? Das ist Sicherheitstechnik vom Feinsten. Abhörsicher mit allem Drum und Dran.«

»Ist das wichtig?«

»Ich weiß nicht, wohin uns das hier führt. Also ja, es ist wichtig. Ich höre!«

»Ich war nicht gerade auf der theologischen Fakultät, die letzten Jahre.«

»Ganz schlechter Vergleich. Sie wissen doch selbst, in welchen Studiengängen die meisten Bücher aus der Bibliothek geklaut werden.«

»Theologie und Jura.«

»Genau.« Steinbeck holte hörbar Luft. »Also, Sie können jetzt nicht reden. Aber Sie können zuhören. Ist das korrekt?«

»Korrekt«, bestätigte Starck. »Ich dachte, Sie wollten erst einmal meine Geschichte hören.«

»Ja, will ich auch. Aber nicht heute. Und ich habe mich auch noch nicht durch die dreitausend Kubikmeter Akten gewühlt. Man hat ja auch noch ein Privatleben. Aber ...«, Steinbeck machte eine dramatische Pause. »Ich habe eine Stichprobe genommen.«

»Ich bin ganz Ohr.«

»Es geht um Ihre Frau. Kennen Sie den Obduktionsbericht?«

»Natürlich.«

»Den Tox-Bericht auch?«

Es gab einen toxikologischen Bericht? »Davon höre ich zum ersten Mal, auch wenn ich mich gewundert habe, dass ... ähm ...«, Starck musste sich konzentrieren, um keine

Begriffe wie Obduktion oder Rechtsmedizin zu verwenden, »... es keinen gab.«

»Richtig. Es gibt einen und in dem wurden Opiate nachgewiesen und außerdem hatte sie einen Blutalkoholpegel von eins Komma sieben Promille.«

»So ein Schwachsinn.«

Steinbeck schwieg kurz. Dann fragte er: »Starck?«

»Ja?«

»Sicher?«

»Absolut!«

»Wie kommen dann die Werte in den Bericht? Unterschrieben hat übrigens Professorin Thalbach höchstselbst.«

Vor fünf Jahren die leitende Rechtsmedizinerin am Düsseldorfer Uniklinikum.

»Eine kompetente ... Ärztin«, sagte Starck. Denn genau so hatte er sie kennengelernt und als Staatsanwalt hervorragend mit ihr zusammengearbeitet.

»Das sehe ich auch so. Warum sollte ich also Ihnen mehr glauben als ihr?«

»Weil ich nicht glaube, dass Frau Thalbach selbst unterschrieben hat. Jedenfalls nicht freiwillig. Fragen Sie sie bitte! Falls nötig, nachdrücklich.«

»Tja, das würde ich gerne, aber es geht nicht.«

»Weil ...?«

»... Professorin Thalbach kurz nach der Obduktion selbst einem tragischen Verkehrsunfall zum Opfer gefallen ist.«

20. KAPITEL

Vor einer halben Stunde war der Strom für fünfzehn Minuten abgestellt worden, sodass die Luft im Abteil schnell schlecht und abgestanden geworden war. Inzwischen lief die Klimaanlage wieder. Allerdings hatte die gut gelaunte Kölnerin die Information von »Personen im Gleis« auf »Unfall mit Personenschaden« geändert. Mit anderen Worten: Es gab tatsächlich einen Suizid auf der Strecke. Mehr erfuhren die Fahrgäste nicht. Wenn man aber den ersten Presseberichten Glauben schenken durfte, die im Netz kursierten, so hatte sich eine männliche Person von einer Brücke auf die Gleise gestürzt.

Was musste jemand durchgemacht haben, wenn der letzte Ausweg darin bestand, sich das Leben zu nehmen? Wie traurig würden die Menschen sein, die der Tote fassungslos und mit tausend Fragen hinterließ?

Es war unklar, wann der Zug weiterfahren würde. Also hatte Starck seine Mutter angerufen und ihr mitgeteilt, dass es später werden würde. Er hoffte, dass er dann noch eine Verbindung von Bielefeld nach Detmold erwischen würde.

Von seiner immer noch aufgebrachten Mutter hatte Starck leider erfahren müssen, dass sein ehemaliger Schulkamerad Jobst Stukenbröker die Ermittlungen nicht gerade mit Fingerspitzengefühl eingeleitet hatte.

Währenddessen hatte Starcks Mitreisende offensichtlich schlechte Nachrichten bekommen. Die Musik war aus. Die junge Frau starrte ihn fassungslos und aus verheulten Augen an.

»Alles in Ordnung?«, fragte er, obwohl das offensichtlich nicht der Fall war. *Scheiße, ich bin ja so was von eingerostet.*

»Nein«, schluchzte sie, sodass er sie kaum verstehen konnte. »Er hat Schluss gemacht. Per Nachricht. Können Sie sich das vorstellen? So ein Vollidiot. Macht man so was? Kann er mir das nicht persönlich sagen? So ein Feigling.«

Starck nickte. Das fand er auch und sah dabei zu, wie sie sich mit einem Taschentuch die Tränen wegwischte, dabei die üppige Schminke verschmierte und zudem die Augenbrauen über die halbe Stirn verteilte.

Eine Dreiviertelstunde später fuhren sie wieder. Starck starrte gedankenversunken aus dem Zugfenster und nahm die Landschaft gar nicht wahr, die in der Dämmerung an ihm vorüberzog. Er dachte nach. Über die Menschen, was sie einander und oft genug auch sich selbst antaten. *Alles hat Konsequenzen. Handeln ebenso wie Unterlassen.*

Irgendwann, so hatte er schon kurz nach Haftbeginn erkannt, würde er jemandem vertrauen müssen. Oder zumindest kluge Allianzen schmieden. Und Starck hatte den Eindruck gewonnen, dass sein Retter Duncan Carrey für das eine wie das andere nicht unbedingt die schlechteste

Wahl war. Wie bei allen elementaren Lebensentscheidungen sprach einiges dafür. Anderes dagegen.

Dass Starck bereits knapp zweiundsiebzig Stunden nach Haftantritt ums nackte Überleben würde kämpfen müssen, hatte er nicht im Ansatz geahnt. Nicht, dass die Untersuchungshaft für einen eingebuchteten Staatsanwalt ein Spaziergang gewesen wäre. Aber der Anschlag der arischen Bruderschaft unter den Augen, falsch, mit der Hilfe einiger Vollzugsbediensteter gleich in der dritten Nacht, markierte auf Starcks persönlicher, nach oben offener Skala bedrohlicher Situationen einen neuen Höchststand.

Wenn er an die Zeit zurückdachte, war er sehr froh, dass er sich dafür entschieden hatte, Duncan Carrey zu vertrauen. Die positiven Aspekte auf seiner imaginären Pro- und Contra-Liste hatten eindeutig dafürgesprochen. Aus dem Versuch waren tiefes Vertrauen und eine unerschütterliche Freundschaft gewachsen.

Und so hatte Starck nach und nach die ganze Geschichte erzählt. Eine Woche später war Duncan bereits in die wichtigsten Einzelheiten und Zusammenhänge eingeweiht.

Zumindest so weit, wie Starck sie selbst kannte und einschätzte. Aufgrund der Tatsache, dass seine Frau tot war, sich seine Tochter unerreichbar in einer Pflegefamilie aufhielt und er selbst im Gefängnis saß, war aber klar, dass seine Sicht auf die Sachlage eine Menge Fehleinschätzungen und Desinformationen enthalten musste. Mit der Zeit wurde den beiden bewusst, in welchem Ausmaß das Verfahren manipuliert worden war.

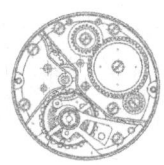

»Meine Aufgabe als Oberstaatsanwalt war es, zunächst die Ermittlungen und anschließend die Anklage im Fall der Infi AG vor der Wirtschaftsstrafkammer am Landgericht Düsseldorf zu leiten. Wir hatten die Infi AG mit Sitz in Düsseldorf aufgrund eines Insidertipps schon länger wegen Kapitalanlagebetrugs und Steuerhinterziehung auf dem Zettel. Nach meinen Informationen – und so habe ich das dann auch in der Anklageschrift formuliert – soll der Vorstand nicht nur von beiden Straftatbeständen gewusst haben, sondern durch Schaffung entsprechender Rahmenbedingungen den Anlagebetrug aktiv gestaltet und von Vertriebsmitarbeitern eingefordert haben. Gläubigerschaden allein in Deutschland: zwei Komma eins Milliarden Euro.«

»Du redest wie ein Staatsanwalt.« Duncan sieht Starck amüsiert an.

»Ich bin ja auch ein Staatsanwalt.«

»Falsch. Du warst ein Staatsanwalt.«

Starck stöhnt. »Und wie soll ich deiner Meinung nach ...«

»Du könntest damit anfangen, mir zu erklären, was ein Gläubigerschaden ist.«

»Okay. Sorry. Die Gläubiger der Infi AG, das sind alles ganz normale und solide Leute, die ehrlich ihr Geld verdienen: Bäcker, Installateure, Lehrer, Mechaniker, kaufmännische Angestellte. Sie haben ein bisschen was gespart und dann dieses Geld bei der Infi AG angelegt. Verbunden mit der Hoffnung – und ja, auch im Vertrauen darauf – dass sie für ihre Geldanlage eine gute Rendite bekommen, um für sich und ihre Kinder vorzusorgen. Studium finanzieren, Rente aufstocken, so was in der Art.«

»Spießiger Scheiß.«

»Ja, spießiger Scheiß. Aber im Prinzip eine kluge Idee.«

»Wenn's denn klappt.«

»Bankraub ist jetzt auch nicht so der Weisheit letzter Schluss.«

Duncan verzieht sein Gesicht zu einem breiten Grinsen und verbeugt sich leicht. »Touché!«

»Die Infi AG verfügt über ein weit verzweigtes Netz eigener Vertriebsmitarbeiter und einen Vertrag mit den Sparkassen, wo die Produkte auch vermarktet werden. Und so sammelten sie im Lauf der Jahre eben besagte zwei Komma eins Milliarden von Kleinanlegern ein.«

»Und die Kohle all dieser Leute ist jetzt weg.«

»Dazu komme ich gleich. Bei der Infi AG handelt es sich ja nicht um eine kleine Klitsche, sondern ein Finanzunternehmen mit internationalen Verflechtungen.«

Starck erzählt Duncan, wie er und seine auf Wirtschaftsstraftaten spezialisierten Ermittler die unternehmerischen Verbindungen und finanziellen Marktbeziehungen zwischen der Infi AG und zahlreichen anderen Unternehmen und Institutionen herausgearbeitet haben. Vor allem, dass die Infi AG als deutsches Tochterunternehmen eines international agierenden Finanzberatungsunternehmens operiert.

»Operiert? Gegenwart? Also sind die immer noch aktiv?«, will Duncan wissen.

Starck nickt. »Und die Konzernmutter in dem verschachtelten Unternehmenskonstrukt ist die Banca Basòdino AG mit Sitz in Zürich in der Schweiz, deren Geschäftsaktivitäten ihrerseits durch eine massive Kapitalverflechtung mit der Vatikanbank gekennzeichnet sind.«

»Was für eine komplizierte Sprache.«

»Nicht nur die Sprache. Kompliziertes Unternehmensrecht. Abgründige Finanzwelt.«

»Folge dem Geld«, wirft Duncan sinnierend und scheinbar wenig beeindruckt ein.

»Nach dieser alten Weisheit sind wir schwerpunktmäßig vorgegangen«, bestätigt Starck, »und haben wohl auch einen Nerv getroffen.«

»Und warum sitzt du dann jetzt hier ein? Und dann noch für ... wie lange noch mal? Ich meine – du hast deinen Job gemacht?!«

»Fünf Jahre. Wenn's gut läuft vielleicht vorzeitige Haftentlassung. Aber bleiben wir realistisch: fünf Jahre.«

»Fünf? Alter ... was hast du angestellt?«

»Nichts. Aber ich kann dir sagen, wofür ich verurteilt wurde.«

»Nichts! Aha. Ja nee, ist klar. Fängst du schon wieder damit an? Also, warum bist du hier?«

21. KAPITEL

Endlich. Der Detmolder Bahnhof war erreicht.

Starck hatte für die gut zweihundert Kilometer von Düsseldorf ins Lipperland fast zwölf Stunden gebraucht. Die Sorge um seine Mutter ließ die Warterei zu einer Tortur werden. Sie hatten nicht aussteigen dürfen, und Informationen waren auch nur spärlich aus den Lautsprechern des Abteils getröpfelt. Als Folge der langen Standzeit des ICEs zwischen Oelde und Rheda-Wiedenbrück hatte es im Triebwagen Elektronikprobleme gegeben, die vor einer Weiterfahrt erst noch behoben werden mussten, obwohl die Strecke längst wieder frei war. Dann die Schwierigkeiten mit dem Anschlusszug in Bielefeld ... womit sich Menschen eben so herumplagten, die mit ihrer Zeit frei umgehen konnten. Für Starck war das alles zutiefst surreal.

Er stieg aus und schulterte seinen Rucksack. *Endlich angekommen.* Endlich ein bisschen Bewegung in frischer, kühler Abendluft. Vom Kronenplatz grüßte der beleuchtete bunte Wärmespeicherturm der Stadtwerke zum Bahnsteig herüber. Der Klotz war fast halb so hoch wie das Hermannsdenkmal, das sich wenige Kilometer südlich vom Bahnhof majestätisch auf den Höhen und über die Baumwipfel des Teutoburger Waldes erhob.

In der Bahnhofsunterführung stank es streng nach Pisse

und süßlich nach Müll. Die typische Mischung. Starck hatte Schlimmeres gerochen im Gefängnis, dennoch beschleunigte er seine Schritte und überquerte kurz darauf den Bahnhofsvorplatz. Er ging die Hermannstraße entlang, an der viele Rechtsanwaltskanzleien, die mächtige Christuskirche und der Kaiser-Wilhelm-Platz lagen, der im Süden vom Gerichtskomplex mit Amts- und Landgericht begrenzt wurde. Einige seiner ehemaligen Kommilitonen waren hier als Anwälte und Richter tätig. Allerdings waren Starcks Informationen fünf Jahre alt. Manch einen hatte der nächste Karriereschritt vielleicht in eine andere Stadt geführt.

Es war Donnerstagabend und aus dem Kaiserkeller drang Musik und Lachen auf die Straße. Starck blieb vor den ausgetretenen Stufen stehen, die hinunter in den Musikklub führten. Er musste nicht lange zuhören, um den typischen Sound der Mittelalter-Folkband *Duivelspack* zu erkennen. Zu einer anderen Zeit und in einer anderen Welt hätte er sich dort unten am Tresen ein Detmolder Pilsner gegönnt und die spaßige Show der drei Vollblutmusiker genossen.

Aber nicht heute.

Für einen Mann, der alles verloren hatte, gab es keinen Grund zum Feiern. Außerdem war es Zeit, nach Hause zu kommen. Er musste nach vorne blicken und seine gesamte Energie in sein neues Leben stecken. Würde er es schaffen, sich zu rehabilitieren? Konnte er all diejenigen zur Rechenschaft ziehen, die ihm so übel mitgespielt hatten? Seine schmutzige Weste wieder weiß waschen? Um dann mit seiner Tochter wieder eine Familie zu sein?

Er wollte! Er musste!

Als Starck am Landgericht vorbeikam, dachte er an seine eigene Verhandlung. Von heute auf morgen war er vom

Ankläger zum Angeklagten geworden und hatte sich auf der anderen Seite des Gerichtssaals wiedergefunden. Die ehemalige Kollegin, die nun seinen Platz eingenommen hatte, war sehr stolz auf sich gewesen. Das hatte sie am Ende weder verhehlen können noch – das hatte er ihr richtiggehend angesehen – wollen. Selbstherrlich hatte sie ihm hinterhergeschaut, als er abgeführt wurde. War es ihr doch mit einer geringen Anzahl an Verhandlungstagen gelungen, den einst so erfolgreichen Oberstaatsanwalt mit hoher Verurteilungsquote selbst hinter Gitter zu bringen. Er musste noch herausfinden, ob sie Teil der Verschwörung oder ebenfalls ein Opfer war. In jedem Fall hatte sie die Beweisführung mit gefälschtem und korrumpiertem Material geführt und sich damit als willfähriges Werkzeug eines mächtigen Spielers im System missbrauchen lassen.

Starck fiel seine alte Studienfreundin Tara Wolf aus Münchner Tagen ein, die nun hier in Detmold als Strafrichterin arbeitete. Auch ihr hatte das Leben ganz übel mitgespielt. Taras Mann war bei der kirchlichen Trauung von einem Killerkommando vor ihren Augen und denen der Gäste kaltblütig erschossen worden.

Nachdem er im Gefängnis davon erfahren hatte, hatte sich Starck noch häufiger gefragt, wie bescheuert man eigentlich sein musste, um sich in diesem Land für Recht und Ordnung einzusetzen, wenn der Preis dafür derart hoch war. Er hatte Tage gebraucht, um den Beileidsbrief zu schreiben. Sie war dankbar für seine Worte gewesen und ihre Antwort sehr emotional.

Wie jeden Abend lüftete Moira St John-Smythe kurz vor dem Schlafengehen noch einmal durch. Heute war ein schöner, abwechslungsreicher Tag gewesen, den sie mit neunzig Minuten Rosamunde Pilcher gekrönt hatte. Früher hatte sie Romane wie *Die Muschelsucher*, *Blumen im Regen* oder *Wechselspiel der Liebe* verschlungen. Mittlerweile gefiel es ihr aber wesentlich besser, sich die traumhafte, südenglische Landschaft nicht nur vorstellen zu müssen, sondern durch Filmaufnahmen ins Wohnzimmer bringen zu lassen.

Als sie das schräg gestellte Fenster hinter ihrem Lieblingssessel schließen wollte, erstarrte sie. Vor Susanne Starcks Haus stand ein Mann. Reglos verharrte er da, mit dem Rücken zu ihr, und beobachtete das Haus von der Straße aus. Er war dunkel gekleidet und trug einen Rucksack.

Sie konnte sich vor Spannung weder bewegen noch wollte sie nach Jobst rufen, weil sie befürchtete, dass der unheimliche Beobachter sie vielleicht durch den Fensterspalt hören würde. Das Risiko wollte sie nicht eingehen.

Das alte Haus, in dem er aufgewachsen war, ragte vor ihm auf. Die beiden Kutscherleuchten links und rechts der Tür verbreiteten warmes Licht, das ihn willkommen heißen sollte. Nicht zum ersten Mal in seinem Leben fragte er sich, was Heimat bedeutete.

Was würden die nächsten Wochen und Monate bringen? Vielleicht Jahre? Würde er Gretas Aufenthaltsort ausfindig machen können? Die wahren Täter überführen? Wie viele Gesteinsbrocken würden ihm seine Widersacher noch in den Weg legen?

Endlich konnte er sein Leben wieder selbst in die Hand nehmen. Heute machte er den ersten Schritt, indem er in sein Elternhaus und damit seine Geburtsstadt zurückkehrte.

Morgen folgte – ein bisschen weniger pathetisch – Schritt Nummer zwei: das Vorstellungsgespräch für den Hilfsjob in der Waschstraße.

Starck gab sich einen Ruck. Er hatte einen Schlüssel, dennoch klingelte er. Irgendwie fühlte er sich fremd.

Als seine Mutter die Haustür öffnete, sahen sich beide einen Moment lang an.

»Hallo, Mama«, sagte er.

»Andreas!«

Er nahm sie in den Arm. Während er sie hielt, spürte er, wie sie anfing zu weinen. Ganz sanft führte er sie langsam in den Flur und schob mit dem rechten Fuß die Haustür hinter sich zu.

22. KAPITEL

»Häschen in der Grube ...«, sagte er in einem fröhlichen Singsang und griff fast beiläufig nach seiner Pistole. »... saß und schlief ...« Dann schlug er dem Kerl, der mit auf dem Rücken gefesselten Händen vor ihm saß, mit voller Wucht gegen die linke Kniescheibe. Der Mann stöhnte laut auf, für einen Schrei fehlte ihm inzwischen die Kraft. Auch die beiden anderen Männer, einer links, der andere rechts, jammerten leise.

»... saß und schlief ...«, fuhr Kol Mortensen mit der nächsten Zeile des Kinderreims fort und trat vor den nächsten Kerl.

»Armes Häschen, bist du krank, dass du nicht mehr hüpfen kannst ...« Völlig unbeeindruckt davon, dass der Mann energisch mit dem Kopf schüttelte und an den Fesseln riss, schlug Mortensen zu.

Drei Stunden war es nun her, dass sie die heruntergekommene Halle einer stillgelegten Autowerkstatt in der Dortmunder Nordstadt nacheinander betreten hatten. Beim Hereinkommen hatte der typische Geruch nach Öl, Metall und Staub in der Luft gehangen. Das hatte sich in den letzten hundertfünfzig Minuten geändert. Es stank nach Blut und Exkrementen.

Die drei gefesselten Männer hatten zu Beginn der Tortur

noch aufrecht auf den ausrangierten Bürodrehstühlen gesessen. Der Schmerz hatte alles verändert. Im Zwielicht der flackernden Neonröhre hingen sie nun auf den alten Sitzmöbeln, die vormals in dem Büro gestanden hatten, das eine von Dreck schmutzig-blinde Glaswand von der Werkstatt trennte. Die nackten Oberkörper waren von Brandwunden übersät. Auf dem blutverschmierten Fußboden lagen kreuz und quer einzelne Glieder von Fingern zwischen Ohrmuscheln und Zähnen.

»War es das wert?«, fragte Mortensen derweil und schraubte langsam den Schalldämpfer auf die Glock. »Passt auf: Einen von euch werde ich nicht erschießen. Er wird die anderen überleben. Mir fehlt nur noch ein Name.« Er schaute sie an. Erneut nur Stöhnen. »Wir machen es so: Ich komme jetzt zu euch und einer … einer von euch wird mir den Namen ins Ohr flüstern. Verstanden?«

Er war eins zweiundachtzig groß und wog vierundachtzig Kilo bei einem Körperfettanteil von zehn Prozent. Sein hohes Fitnesslevel, gepaart mit der Fähigkeit, Körper und Atmung zu jedem Zeitpunkt an die jeweilige Situation angepasst kontrollieren zu können, machten ihn zu einer effektiven menschlichen Waffe. Zu seinem und dem Glück seiner Auftraggeber hatte er ein durchschnittliches Gesicht, das er zudem beliebig schminken und mit künstlichen Bärten, Nasen, Wangenpartien oder Ohren verändern konnte. Sowohl seine braunen Augen als auch das braune Haar führten dazu, dass sich im Zweifelsfall niemand an ihn erinnerte. Und falls es doch dazu kommen sollte – was in seiner gesamten Karriere noch nicht vorgekommen war, weil er penibel darauf achtete, keine Zeugen zurückzulassen – würde die Phantomzeichnung kaum zu einem

Fahndungserfolg führen. Ein Typ zwischen dreißig und fünfzig, ungefähr eins achtzig groß, mit braunen Augen und braunen Haaren, die beginnende Geheimratsecken zeigten, glich einer menschlichen Nadel im Heuhaufen der Bevölkerung.

Er begann bei dem Typen ganz links, der noch über zwei funktionierende Kniegelenke verfügte. Beugte sich von hinten über ihn.

»Ich höre.«

Der Typ riss an seinen Fesseln und stöhnte.

»Ich verstehe dich nicht.«

»Fick dich.«

»Wie unhöflich«, sagte er, richtete sich auf und legte in aller Ruhe die Mündung der Waffe auf den Hinterkopf. Dann drückte er ab. Der Typ sackte nach vorne. Die beiden anderen jaulten auf, als der gedämpfte Schuss durch die alte Halle ploppte.

Mortensen mochte seine Glock. Nein, es war viel mehr. Sie war seine Vertraute. Seine Geliebte. Die ihn noch nie im Stich gelassen hatte.

Im Gegensatz zu der SIG M/49, mit der er in seiner Ausbildung nie so richtig warm geworden war. Ja, sie war einigermaßen präzise, aber die Grundkonstruktion stammte schon aus dem Jahr 1949. Modern war zwar nicht immer besser, aber für Mortensen ging nichts über Präzision. Das konnten moderne Waffen eben besser als solche mit antiquarischem Wert.

Er arbeitete bevorzugt mit der Glock. Wer hätte gedacht, dass ausgerechnet die Österreicher gute Waffen bauen konnten?

Nun trat er hinter den Mann auf dem mittleren Bürostuhl,

sagte: »Ach, weißt du was ...« – und drückte ohne Zögern ab.

»Okay, okay«, jammerte der Dritte.

»Ich höre«, wiederholte Mortensen und beugte sich vor.

»Waffe weg«, stöhnte der Typ.

»Versprochen ist versprochen.« Mit großer Geste legte er die Glock auf die alte Werkbank neben die Operationsinstrumente. Dann kehrte er zurück.

Der Überlebende atmete tief aus und flüsterte dann einen arabisch klingenden Namen.

»Siehst du. Das hätten wir alles viel früher, weniger schmerzhaft und deutlich einfacher haben können«, sagte er und trat nun hinter den Kerl.

»Hey«, heulte der. »Du hast versprochen ...«

»... dass ich dich nicht erschieße und du die anderen überlebst.«

»Lass mich frei.«

Blitzschnell nahm er mit einem kräftigen Griff den Kopf zwischen beide Hände und riss ihn in einer routinierten Bewegung nach rechts.

»Ich habe noch nie ein Versprechen gebrochen.«

Dann war es still in der Halle. Sorgfältig sammelte Mortensen die Projektile ein. Das war einfacher und billiger, als die Waffe zu entsorgen.

Er zog den blutverschmierten ehemals weißen Schutzanzug aus, knüllte ihn zusammen und stopfte ihn in einen Müllbeutel. Die Einweghandschuhe würden später folgen.

»Der Letzte macht das Licht aus«, sagte Kol Mortensen und drückte mit der Schalldämpferspitze die Hauptsicherung herunter.

23. KAPITEL

»Hast du Gummistiefel dabei?«

Starck nickte. Zum Glück hatte er vorhin noch daran gedacht, sich die alten grünen Gartenstiefel seines Vaters aus dem Keller zu holen. Sie waren ihm mindestens eine Nummer zu klein, aber wenn er den großen Zeh etwas einknickte, würde es für den ersten Tag wohl auszuhalten sein. Später könnte er sich dann ein passendes Paar besorgen.

»Damit das klar ist: Knackis einstellen ist hier 'ne Sozialdienstleistung für die Allgemeinheit. Das macht nicht jeder. Denk dran! Ich geb dir 'ne Chance, die du nicht an jeder Ecke findest. Also verkack das nicht. Wenn ich deine Sozialarbeiterin anrufen muss, isses vorbei. Darum fass bloß die Kohle nicht an. Die ist tabu für dich. Klar so weit?«

Starck nickte noch einmal. Das würde ja spannend werden. Hans-Werner Nienhüser war der Chef in der Waschstraße, in der er von nun an arbeiten würde.

»Na, das will ich auch hoffen. Wenn du 'ne helle Latüchte wärst, hätten se dich schließlich nicht gepackt.«

Was sollte er dazu sagen? Er brauchte den Job, um wieder einen Fuß in den Arbeitsmarkt zu bekommen. Das war Voraussetzung Nummer eins dafür, sein Leben wieder in seriöse Bahnen zu lenken. Nummer zwei war ein stabiles familiäres Umfeld für Greta, damit ihm aus keiner sorgerechtlichen Verwaltungsvorschrift ein Strick gedreht werden könnte. Vielleicht würde das Jugendamt einen Dreigenerationenhaushalt ja sogar positiv bewerten.

Er musste Greta finden. Der Rückschlag mit den Informationen vom Jugendamt in Düsseldorf war sehr bitter. Nun galt es, einen anderen Ansatzpunkt zu finden. Und Starck hatte auch bereits eine Idee, wie er vorgehen könnte, um das Dickicht aus Lügen, Korruption und Bestechung zu zerschlagen. Er musste sich in die Höhle des Löwen begeben. Damit ging er ein hohes Risiko ein, aber für seine Tochter würde er das ohne Zögern tun.

»Also. Das ist ganz einfach. Wir haben hier von acht bis acht offen. Das sind nach Adam Riese zwölf Stunden. Du musst aber 'ne halbe Stunde vorher da sein und abends erst noch aufräumen, bevor du in den Sack haust. Meist so bis halb neun. Du teilst dir die Schichten an fünf Tagen mit Yasin, der kann nicht so richtig Deutsch. Aber als Vorwäscher musst du ordentlich arbeiten. Nicht quatschen.«

»Verstehe«, sagte Starck.

»Na, hoffentlich. Du bist neun Stunden hier, kriegst acht bezahlt, hast zweimal 'ne Viertelstunde Pause mittendrin. Kommen wir auf vierzig die Woche. Das ist mehr als fair, denn bei Regenwetter ist viel Leerlauf. Kennste das Wort fair? Also, ist nicht viel los dann. Kriegst insgesamt fünfunddreißig Stunden bezahlt. Fragen?«

»Na ja ...«, sagte Starck, aber Nienhüser winkte ab.

»Komm mir nicht mit Mindestlohn oder so 'nem Scheiß. Der kommt nämlich genau raus, wenn man das vernünftig nachrechnet. Sei dankbar, dass ich dich beschäftige. Achte auf jeden Fall darauf, dass du nicht zu schnell vorwäschst, sonst denken die Leute, du machst das nicht sorgfältig. Vor allem, wenn sie Felgenreinigung dazu buchen. Wir haben den Wasserdruck etwas abgesenkt, dann geht das trotzdem klar. In Summe. Verstehst du?«

Starck nickte ergeben. Das lief hier nicht besonders korrekt ab. Und er war mittendrin. Wenn das mal nicht irgendwann schiefging und der Zoll hier auftauchte, weil Nienhüser gegen geltendes Recht verstieß. Aber Starck befand sich nicht in der Position, den Sozialhelden zu spielen, hatte allerdings gleichzeitig Sorge, dass er in das Schlamassel hineingezogen würde, sollte die Einheit Finanzkontrolle hier auftauchen, die dem Waschstraßenbetreiber die Ausbeutung auch erst einmal nachweisen musste. Es war zum Kotzen. War das eine neue Intrige gegen ihn, in welche die Sozialarbeiterin ebenfalls verstrickt war? Oder einfach nur Pech mit dem neuen Job?

»So, jetzt guckst du dir das noch ein bisschen an, und morgen früh geht es dann richtig los. Samstags ist immer ordentlich Betrieb hier. Solange es nicht regnet, wollen die Leute ihre Karren schick machen. Du hast die Samstagsschichten. Dafür musst du montags nicht kommen. Haste also auch ein langes Wochenende. Super, was? Also: halb acht. Nicht vergessen. Kriegst du das hin? Jetzt weckt dich ja niemand mehr. War im Bau so, oder? Muss ich dich um halb sieben anrufen oder schaffst du das mit dem Wecker?«

»Das schaffe ich. Vielen Dank!«

24. KAPITEL

Susanne Starck hatte es sich im Wohnzimmer auf ihrem Lieblingsplatz bequem gemacht, während sie auf die Rückkehr ihres Sohnes aus der Waschstraße wartete. Die Chaiselongue mit den grau-weißen Blockstreifen war weder zu hart noch zu weich gepolstert und so für Susanne das perfekte Möbelstück, um mit der Tageszeitung, einem intelligenten, möglichst unblutigen Krimi oder einem geschmackvollen Gedichtband bei einer schönen Tasse Tee innezuhalten und auszuruhen. Gestern hatte sie sich auf dem Weg vom Markt nach Hause in Ingrids Teeladen einen grünen Nebeltee gekauft, dessen zweiter Aufguss nun in der dünnwandigen Porzellankanne mit friesisch-blauem Zwiebelmuster darauf wartete, von ihr genossen zu werden.

Sie goss sich eine Tasse ein und nahm die *Lippische Landeszeitung* zur Hand. Die LZ, wie die Zeitung von den Lipperinnen und Lippern liebevoll abgekürzt wurde, war ein Traditionsblatt, das vor über 250 Jahren als *Lippische Intelligenzblätter* mit einer Startauflage von hundert Stück in der Meyerschen Hofbuchdruckerei in Lemgo erschienen war. Wenige Tage vor dem Ersterscheinungstag hatte ein Erdbeben das Lipperland heimgesucht, was für die damalige Bevölkerung wesentlich aufregender gewesen war als die Tatsache, dass man sich nun jeden Samstag selbstständig über Bekanntmachungen des Grafen Simon-August oder der Gerichte informieren konnte. Davor hatte man diese Informationen nur bekommen, wenn man sonntags in der Kirche den Kanzelverkündigungen lauschte.

Zeitung lesen und Tee trinken. Ein wunderbares Ritual, mit dem Susanne Starck an anderen Tagen hervorragend abschalten konnte. Heute jedoch war alles anders. Der Einbruch in ihr Heim hatte die tektonischen Platten ihres Sicherheitsempfindens verschoben und das Vertrauen in ihren Rückzugsort hatte mehr Risse bekommen als im Januar 1767 der Kirchturm in Detmold-Heiligenkirchen. Die Wunden des Erdbebens waren bis heute auf allen vier Seiten des Turms zu sehen, der mit eisernen Klammern und Kreuzen stabilisiert worden war. Susannes Sorgen und Ängste waren auf den ersten Blick nicht zu erkennen. Sie war sich allerdings nicht sicher, ob ihr heute Morgen beim Blick in den Spiegel ihre Falten nicht doch etwas tiefer vorgekommen waren, als sie sie in Erinnerung gehabt hatte.

Susanne Starck vermochte es nicht, sich mit dem Lesen auf andere Gedanken zu bringen, um sich etwas abzulenken oder gar zu entspannen. Die Zeitung war auf ihren Schoß gesunken und sie starrte auf die aufgeschlagene Doppelseite. Der Geruch von Druckerschwärze drang nicht zu ihr durch. Schlagzeilen, Bilder und Texte verschwammen zu einem grauen Schleier. Es gab so viele Fragen, die sie umtrieben. Einiges davon konnte sie später vielleicht mit Andreas besprechen. Denn ihre eigenen Antworten waren nur hilflose Versuche, sich selbst zu beruhigen.

War das vielleicht eine Einbruchsserie? – Bisher hatte sie noch nichts davon mitbekommen, dass es in der näheren Nachbarschaft, hier im Viertel oder in anderen Detmolder

Ortsteilen ähnliche Vorkommnisse gegeben hatte. Aber sie hatte von solch umherziehenden Banden schon oft in der Presse gelesen oder im Radio gehört. Und irgendjemand musste ja das erste Opfer sein. Jobst hatte sich bisher nicht dazu äußern wollen.

Warum also ich? Galt der Einbruch mir als Person? Bin ich überhaupt noch sicher in diesem Haus? – Susanne war froh, dass Andreas jetzt hier wohnte. Zum Glück war während der Tat niemand im Haus gewesen. Susanne selbst war auf dem Markt gewesen, Andreas noch nicht angekommen. Die Putzhilfe hatte sich schon gestern krankgemeldet. Was für ein glücklicher Zufall.

Dann die Polizei. Jobst hat sich gestern so merkwürdig verhalten. Haben die überhaupt ein Interesse daran, den Fall aufzuklären? – Susanne Starck hatte schon oft gehört, dass die Aufklärungsquote bei Einbruchsdelikten nicht besonders hoch war. Vielleicht nicht einmal, weil die Ermittler sich nicht bemühten, sondern weil es schlicht zu wenig Spuren gab. Gerade bei durchziehenden Banden gab es massive Probleme.

Wie sind sie überhaupt ins Haus gekommen? – Die Spurensicherung hatte keine Auffälligkeiten an den Terrassentüren, im Keller oder an der Eingangstür feststellen können. Die Einbrecher hatten vermutlich einen modernen Dietrich verwendet, mit dem man auch gute Schlösser aufbekam. Susanne Starck hatte den Begriff schon wieder vergessen, der gestern mehrfach gefallen war. Irgendetwas mit Elektronik.

Wie wären die Einbrecher mit mir umgegangen, wenn ich während der Tat daheim gewesen wäre? – Das war Susannes schlimmster Albtraum. Sie sah sich selbst auf dem Boden liegen, während sich unter ihrem Kopf langsam eine Blutlache ausbreitete und in die feinen Risse des Parketts sickerte.

Dabei wollte Susanne Starck unbedingt noch erleben, wie Greta nach Hause kam. Wünschte sich sehnlichst, ihre Enkelin endlich in die Arme schließen und so viel Zeit wie möglich mit ihr verbringen zu können. Sie würde ihren Sohn nach allen Kräften unterstützen, damit dieser Wunsch in Erfüllung ging.

25. KAPITEL

Die Stiefel seines Vaters waren ihm einfach zu klein. Schon nach einer Stunde Arbeit in der Waschstraße taten Starck die Zehen so dermaßen weh, dass er sich direkt nach dem Einarbeiten auf den Weg in die Stadt machte, um sich Arbeitskleidung in seiner Größe zu kaufen. Aber wo kaufte man Gummistiefel? In einem Schuhgeschäft? Oder doch in einem Gartenmarkt? *Verrückt, worüber man sich in Freiheit plötzlich Gedanken machen muss.*

Es war nicht ausgeblieben, dass Starcks Hose nass geworden war. Nicht weiter überraschend bei seiner Tätigkeit als Vorwäscher. Jedoch war es ihm jetzt zu umständlich, erst zum Umziehen nach Hause zu laufen, um anschließend erneut loszugehen und einzukaufen.

Was ihn darauf brachte, am Nachmittag noch das Fahrrad seines Vaters so weit in Ordnung zu bringen, dass es wieder nutzbar war. Für die Strecken in der Stadt war es das optimale Verkehrsmittel. Er hoffte, dass es mit dem Aufpumpen der Reifen getan war.

Außerdem wollte er später noch recherchieren, wie er am schnellsten nach Zürich kommen würde. *Zug oder Flug?* Schließlich blieb ihm aufgrund des Jobs nur ein kurzes Zeitfenster an einem seiner freien Montage, um Giacomo Moretti in der Banca Basòdino zur Rede zu stellen. Sofern man Starck überhaupt zu ihm vorlassen würde. *Aber eins nach dem anderen.*

26. KAPITEL

Moira St John-Smythe schaute aus dem Fenster auf die Straße. Erst nach links. Dann nach rechts. Anschließend hinüber zu den Starcks und einigen Nachbarhäusern. Es war einfach nichts los heute. Welch ein langweiliger Tag! Ein paarmal war eines von diesen gelben Postautos vorbeigefahren und hatte irgendwo in der Straße Pakete oder Päckchen abgeliefert. Ansonsten war es enttäuschend ruhig.

Es verwirrte Moira ein bisschen, dass auf den »Postbullis«, wie sie der Einfachheit halber alle Zustellfahrzeuge nannte, gar nicht mehr das Wort *Post* stand. Jobst, der gute Junge, hatte ihr zwar schon mehrfach erklärt, warum da jetzt *DHL* stand, aber sie wollte sich einfach nicht daran gewöhnen. Für sie war es immer noch die *Deutsche Post*.

Wenigstens waren die Autos immer noch gelb. Das war Moira äußerst wichtig. Was damit zusammenhing, dass Walter Scheel ihr Lieblingspräsident gewesen war und *Hoch auf dem gelben Wagen* eines ihrer Lieblingslieder. Sie konnte nicht mehr genau sagen, ob sie Walter Scheel zu ihrem Lieblingspräsidenten erkoren hatte, weil er ihr Lieblingslied noch bekannter gemacht hatte, oder ob *Hoch auf dem gelben Wagen* ganz oben auf ihrer Lieblingsliedliste stand, weil es der ehemalige Bundespräsident mehrfach im Fernsehen gesungen hatte.

Jedenfalls fand sie es gut, dass Walter Scheel seine Amtsausführung und Dienstsitzgestaltung wesentlich glamouröser – wenn man in Deutschland überhaupt davon sprechen konnte – ausgefüllt hatte als seine spröden Vorgänger Heuss, Lübke und Heinemann. Staatsoberhäupter hatten ihr Land schließlich bestmöglich zu repräsentieren und da waren royale Verhaltensweisen und prachtvolle Zeremonien wohl das Mindeste, was man als Bürgerin erwarten konnte, fand Moira.

Vorhin war der alte Jöstingmeier aus Hausnummer zwölf wie gewohnt von seinem struppigen Rauhaardackel die Straße entlanggezerrt worden. Weil sich der Alte nicht mehr bücken konnte, ließ er den Kläffer mit der hohen Stimme an jede Laterne kacken, ohne den Dreck mit einem Kotbeutel zu entsorgen. Moira ekelte dieses Verhalten. Aber was sollte sie machen? Einmal hatte sie bei der Stadt angerufen, war aber von Pontius zu Pilatus durchgestellt worden und am Ende wieder in der Zentrale gelandet. Da hatte sie einmal ihrer Bürgerpflicht nachkommen wollen ...

Wenn schon in der Straße heute nicht viel passierte, konnte sie sich wenigstens aufs Kochen konzentrieren. Der Junge mochte ihr Essen gerne. Sie war froh, dass er nicht nach diesen merkwürdigen modernen Rezepten verlangte, von denen sie in ihren Zeitschriften ständig las. So ein neumodischer Schnickschnack. Wer brauchte schon Rezepte, in denen es vor fremden Gewürzen nur so wimmelte?

Bei ihr kam jeden Tag etwas Reelles auf den Tisch. Heute gab es Wirsing-Rouladen mit gemischtem Hack, Salzkartoffeln und brauner Soße. Aus der Küche zog schon köstlicher Kohlduft durch die Wohnung.

Moira kochte jeden Tag für drei Personen. So blieb nach

dem Abendessen genug übrig, damit Jobst am nächsten Tag eine Portion mit zur Arbeit nehmen konnte und sich tagsüber nicht nur von belegten Broten ernähren musste. Das war nicht das Richtige für einen gestandenen Mann in einem so bedeutsamen Beruf. Eine leckere Graupensuppe mit gekochtem Rindfleisch und Suppengemüse gab auch am nächsten Tag noch Kraft für die Arbeit.

Erneut schaute Moira die Straße auf und ab.

Und entdeckte Andreas Starck, der in beiden Händen je eine Plastiktüte mit sich herumtrug. Sie schüttelte den Kopf. So weit war es also schon gekommen. Noch nicht einmal eine vernünftige Tasche verwendete er. Oder wenigstens einen Rucksack, wie das die jungen Leute heute so gern taten, auch wenn sie gar nicht wandern gingen. Nein, Andreas benutzte eine Plastiktüte wie ein Penner.

Es ist schon höchst merkwürdig, was da im Hause Starck so vor sich geht, stellte Moira mit einem hämischen Grinsen fest.

27. KAPITEL

Er sah, dass seine Mutter gedankenverloren ins Nirgendwo starrte, die Zeitung auf den Knien, eine Tasse in der Hand, und wollte sie nicht erschrecken. Daher fragte er mit sanfter Stimme: »Mama?«

Sie reagierte nicht. Starck bewegte sich vorsichtig einen Schritt ins Zimmer hinein. »Mama?«

»Ach, hallo, Andreas.« Susanne Starck schaute ihren Sohn überrascht an. »Ich hab dich gar nicht kommen gehört. Wie war denn dein Vorstellungsgespräch?«

Starck zog sich einen Sessel heran. Dann hockte er sich leicht vorgebeugt auf die vordere Kante, nahm seiner Mutter die Tasse mit dem erkalteten Getränk ab und legte seine Hände um ihre. »Geht es dir gut?«

»Ja ja. Geht schon. Es gibt heute Pickert. Der Teig ist schon fertig, ich muss die gleich nur noch backen«, antwortete Susanne Starck schnell. Stockte dann aber, als sie bemerkte, dass Starck die Augenbrauen nach oben zog. »Ach, weißt du, die Sache mit dem Einbruch. Das macht mir schon ein bisschen Sorge. Ich verstehe das auch alles nicht. So viele Fragen ... Aber ich bin froh, dass du jetzt da bist.«

Starck nickte. »Weißt du was? Dein Tee ist sowieso kalt. Ich mach uns einen frischen Kaffee und dann reden wir über alles. Ist dir das recht?«

Sie richtete sich energisch auf. »Das klingt gut. Und Kaffee passt auch besser zum Pickert als Tee. Aber sprich nicht mit mir wie mit einer alten Frau.«

»Würde mir im Traum nicht einfallen. Aber den fürsorglichen Sohn darf ich doch trotzdem geben, oder?« Er streichelte seiner Mutter noch einmal sanft über den Arm.

»Ich mag den Kaffee stark.«

Starck stand auf und grinste breit, weil er sich für den abgedroschenen Witz nicht zu schade war. »Klar. Wie der Name schon sagt.«

»Also ...« Starck dehnte das Wort, während er grübelte, wie er seiner Mutter über die nicht ganz sauberen Verhältnisse in der Waschstraße berichten sollte. Einerseits wollte er sie nicht anlügen, andererseits aber auf keinen Fall mit der Wahrheit ängstigen. Er nahm noch einen Schluck Kaffee aus dem großen Becher. »Das war ja kein Vorstellungsgespräch im klassischen Sinn. Der Sozialarbeiter im Gefängnis hat das mit einer hiesigen Mitarbeiterin der Straffälligenhilfe organisiert, die dann den Job für mich ausgesucht hat. Ich habe mich natürlich vorgestellt, aber es ging nur darum, wann ich anfange und dass ich mich schon ein wenig einarbeite.«

»Und ... was musst du machen?«

»Nicht so viel. Ich wasche die Autos erst mit einem Hochdruckreiniger vor, sprühe dann bestimmte Stellen mit einer besonderen Flüssigkeit ein, damit der Dreck später besser abgeht, spritze anschließend die Felgen ab und ziehe über den Heckscheibenwischer noch ein längliches Tütchen, damit der sich nicht in den Fasern der Reinigungswalze verfängt. Das war's.«

»Hm ... Ich weiß wirklich nicht, was ich davon halten soll. Du hast doch studiert. Was verdienst du da überhaupt? Kann man davon leben?«

»Mach dir keine Sorgen, Mama. Darum geht es jetzt am Anfang doch überhaupt nicht. Du weißt doch, ich muss froh sein, überhaupt einen Job bekommen zu haben. Das wird sich schon alles einrenken.«

Verdammte Lüge! Aber was sollte er machen? Auch würde er seiner Mutter niemals etwas darüber erzählen, wie es im Gefängnis wirklich gewesen war. Diese Brutalität wollte er ihr unbedingt ersparen. Genau genommen fiel es nicht unbedingt unter lügen, wenn man Informationen zurückhielt. Dennoch widersprach diese Sichtweise zu hundert Prozent Starcks Verständnis von einem guten Miteinander, hatte er doch genau dieses Verhalten bei den Angeklagten und deren Strafverteidigern im Gerichtssaal zutiefst verabscheut.

»Wenn du meinst«, sagte seine Mutter. Aber es klang nicht besonders überzeugt.

»Es ist ein Anfang, Mama. Morgen fange ich erstmal an zu arbeiten und dann sehen wir weiter, okay?«

»Am Samstag? Aber sonntags musst du nicht arbeiten, oder?«

Starck schüttelte den Kopf. »Nein, sonntags haben Waschstraßen geschlossen. So, und jetzt lass uns bitte noch einmal ausführlich über den Einbruch sprechen.«

»Muss wohl sein«, sagte Susanne Starck. »Aber dabei fange ich schon mal an, die Pickerts für uns zu backen.«

28. KAPITEL

Jobst Stukenbröker hasste Graupensuppe. Natürlich freute er sich darüber, dass seine Mutter für ihn kochte. Sie machte nur immer viel zu viel Essen. Er vertrug es mit über vierzig nicht mehr so gut, abends noch üppig zu essen. Oft schlief er danach sehr unruhig. Außerdem hatte er sich letztens einen Gürtel in der nächsten Größe kaufen müssen, weil er es unattraktiv fand, den Gürtel im ersten Loch zu tragen.

Natürlich würde er sich niemals beschweren, denn die meisten Gerichte mochte er wirklich sehr gerne. Mutters Gulasch mit Trockenpflaumen war ein Gedicht. Dazu ein herrlich kühles Detmolder Pilsener aus der Bügelflasche. Oder zwei. Perfekt!

Er verstand nur nicht, wie Mutter ihm kalte Graupensuppe eintuppern und dabei denken konnte, dass das bei der Arbeit auch noch schmecken würde. Eine bessere Alternative als die Entsorgung über das Dienststellen-Klo war ihm bisher noch nicht eingefallen. Wenigstens schienen die Ratten die Graupensuppe genauso wenig zu mögen wie er, denn bisher hatte es keinen Ärger mit dem Ungeziefer gegeben, nachdem mal wieder ein halbes Kilo graue Pampe ihren Weg durch das Klo in die Kanalisation gefunden hatte.

Zum Glück war heute am frühen Mittag noch eine Kleinigkeit auf der Innenstadtwache zu tun gewesen, von wo aus er schnell einen Abstecher zu Kebabadin an der Bruchstraße gemacht und sich erstmal einen Teller gefüllte Weinblätter gegönnt hatte. Fürs Büro nahm er noch einen großen Döner mit einer doppelten Portion Fleisch mit. Der war sehr lecker, aber auch sehr sättigend und er fragte sich, wie er Mutters Essen heute Abend herunterkriegen sollte.

Er hatte immer ein schlechtes Gewissen, wenn er sich bei Kebabadin etwas zu essen kaufte. Nicht wegen seiner Mutter. Und auch nicht wegen seines leichten Übergewichts. Es hing mit der Aktion der Obdachlosenhilfe zusammen, die darum warb, einer anderen Person, die es sich nicht leisten konnte, einen weiteren Döner zu spendieren. Nicht dass Jobst Stukenbröker die Spendenmöglichkeit nicht gut fand. Im Gegenteil. Nur er selbst … nun ja … so gut verdiente man als Kriminalhauptkommissar schließlich auch nicht. Jobst fand, dass die schmale Besoldung in keinem Verhältnis zu den Gefahren stand, denen man sich als Polizeibeamter im Dienst ausgesetzt sah. Und dann sollte man davon noch etwas verschenken? Manchmal war er schon kurz davor gewesen, doppelt zu bezahlen. Aber dann brachte er die Worte einfach nicht heraus.

In der Dienststelle war heute nicht viel los gewesen und er würde kurz vor Feierabend noch bei den Starcks reinschauen. Die ganze Sache war ihm nicht geheuer. Seiner Einschätzung nach stand das Haus der Starcks voll mit Zeug, das lohnenswertes Diebesgut sein müsste. *Und dann klauen die nur ein paar Uhren, Bilder und Susannes Schmuck? Das ergab doch überhaupt keinen Sinn. Irgendetwas stimmte da doch vorn und hinten nicht.*

Zugegeben: Es fiel ihm schwer, sich vorzustellen, dass Susanne Starck einen Versicherungsbetrug ausgeheckt hatte.

Aber er, Jobst Stukenbröker, erfahrener Kriminalhauptkommissar mit ordentlich Berufserfahrung, hatte schon Pferde – ach was, ganze Pferdeherden – kotzen sehen.

Gustav Starck war tot, Andreas ein Ex-Knacki mit miesen Zukunftsaussichten und Susanne eine stolze Frau, deren Dünkel es sicherlich nicht zulassen würde, das Haus zu verkaufen. Jobst fand die Starck'sche Villa ohnehin viel zu groß für eine alleinstehende Frau, aber man konnte den Leuten halt nur bis vor den Kopf gucken.

Die Spurensicherung hatte keine Einbruchspuren gefunden. Weder vorne an der Haustür noch an den Fenstern im Erdgeschoss, der Kellertür oder hinten an der Terrasse. Die Haustür verfügte über ein hochwertiges Schloss, das mit einem einfachen Dietrich nicht zu öffnen war. Aber so wie Jobst das sah, konnte man das Schloss mit einem Elektropick ratzfatz überwinden. Es sei denn ... ja, es sei denn ... die Hausbewohner hätten sich den Einbruch eben nur ausgedacht, um wertvolle Gegenstände beiseite zu schaffen und die Versicherungssumme zu kassieren. Allerdings – und das irritierte ihn – hätte dann die Liste mit dem Diebesgut wesentlich länger sein müssen. Er würde das schon noch rauskriegen.

Jobst hatte überhaupt keine Lust darauf, Andreas, den eitlen Arsch, zu treffen. Insgeheim fand er nämlich, dass es seinem ehemaligen Schulfreund ganz recht geschah, selbst eingebuchtet worden zu sein. Klar, sie waren Freunde gewesen. Früher. Wahrscheinlich sogar beste Freunde.

Na gut. Andreas war sein einziger Freund gewesen. Ohne Andreas wäre Jobst auch nicht in die coolste Clique der Schule aufgenommen worden. Und – Jobst würde es niemals offen zugeben – er hatte sich bei den Starcks immer wohlgefühlt. War immer willkommen gewesen. Noch mehr als ein Freund. Schon fast wie ein Bruder.

Aber irgendwann nach der zehnten Klasse hatte es zwischen den beiden nicht mehr so recht gepasst. Jobst wusste noch genau, wann er genug von Andreas und seiner Wichtigtuerei gehabt hatte. Davon, dass Andreas sportlicher war als er und in Lemgo beim ach so tollen TBV Handball spielte, eine hübsche Freundin hatte, in Mathe, Deutsch und Musik immer die besten Noten abzog. Vor allem, dass in der Clique über Andreas' Witze häufiger und lauter gelacht wurde als über die Scherze des Anhängsels Jobst Stukenbröker.

Wie jedes Jahr waren sie mit der Clique über die Detmolder Andreasmesse geschlendert. Seit über 400 Jahren fand die größte Detmolder Kirmes in der Woche vor dem ersten Advent statt und auch für ihr Alter war immer etwas dabei. Auf dem Kronenplatz waren sie ein paar Runden Auto-Scooter gefahren, hatten im Gedränge gefühlt tausend Bekannte getroffen und waren irgendwann an einer Glühweinbude auf der Ameide hängen geblieben. Sie hatten sich mit dümmlichen Witzen gegenseitig hochgeschaukelt, sodass Andreas' Spruch eigentlich im allgemeinen Gelaber untergegangen wäre.

»Leute, ich bin gerührt!«, hatte er gerufen und einen Schluck Glühwein genommen.

Jobst wusste nicht mehr, wer darauf mit einem albernen »Hört, hört!« reagiert und Andreas so zum Weitermachen und den gesamten Rest der Clique zum Zuhören animiert hatte.

Was dann kam, wusste Jobst allerdings noch allzu gut.

»Das muss man sich mal vorstellen. Andreasmesse, Leute.

Andreasmesse. Jetzt benennen sie schon eine Kirmes nach mir.«

Was für ein unfassbar arroganter Arsch.

Jobst Stukenbröker hielt sich nicht für einen gehässigen Menschen. Aber so ein ganz kleines bisschen – fand er – hatte Andreas Starck schon verdient, was später passiert war. Nein, nicht dass seine Frau tot war. Das war schon traurig. Und das mit dem Kind ... ja, das auch.

Aber so ein kleiner Dämpfer hatte ja noch niemandem geschadet, oder?

Na, jedenfalls würde er Susanne und Andreas Starck später noch ordentlich auf den Zahn fühlen.

29. KAPITEL

»Sie haben also Papas Uhren mitgenommen«, stellte Starck fest. Er saß mit Kladde und Kugelschreiber bewaffnet am Küchentisch und sah seiner Mutter dabei zu, wie sie den ersten Pickert in der alten gusseisernen Pfanne wendete. Es duftete köstlich in der gemütlichen Küche und Starck lief das Wasser im Mund zusammen. Er freute sich darauf, gleich einen goldgelben Pickert direkt aus der Pfanne, dick mit Pflaumenmus bestrichen, zu genießen. Seine Eltern hatten ihm zwar bei jedem Besuch das lippische Nationalgericht als Gruß aus der Heimat mit ins Gefängnis gebracht. Aber so ein frischer Pickert war natürlich etwas völlig anderes.

Weil seine Mutter nicht antwortete, fragte Starck: »Sonst noch etwas, das zu den Uhren auf die Liste kommt, die wir für Jobst und die Versicherung schreiben müssen? Gibt es Fotos von den gestohlenen Objekten? Oder Versicherungsunterlagen?«

Seine Mutter stöhnte und drehte sich zu ihm um. »Langsam, Herr Staatsanwalt. Eine alte Frau ist doch kein D-Zug. Ja, die Armbanduhren. Das ist wirklich ganz bitter. Gustav hat sie mit so viel Leidenschaft gesammelt. Sie waren ihm wirklich sehr wichtig!« Sie machte eine kleine Pause, räusperte sich und sagte dann: »Außerdem fehlen zwei Bilder aus seinem Büro, je eins aus dem Esszimmer und dem Wohnzimmer.«

Starck nickte. Verständnisvoll. Aufmunternd.

»Und ziemlich viel von meinem Schmuck. Aber das wird schwierig mit der Liste.«

»Okay ...?«

»Aber das Schlimme an dem Diebstahl ist ...«, fuhr Susanne Starck fort, »... naja, ... also, ich meine neben der Tatsache, dass hier unsere Privatsphäre verletzt wurde und ich noch nicht so richtig weiß, wie ich mich jetzt fühlen soll ...«

»Was, Mama?«

»Es waren jetzt *deine* Uhren.«

»Was?« Starck brauchte einen kurzen Moment und sah seine Mutter an. »Papa hat mir die Uhren vererbt? Das ist wirklich äußerst großzügig von ihm und bedeutet mir sehr viel.« Die Sammelleidenschaft seines Vaters für teure Armbanduhren hatte Starck seit seiner Jugend stets als etwas nahezu Heiliges erlebt. Dann war Gustav Starck im letzten Jahr gestorben. Nicht einmal an der Beerdigung seines Vaters hatte Starck teilnehmen dürfen.

»Es sollte eine Überraschung sein, wenn du zurückkommst. Darum hatte ich es dir noch nicht erzählt. Gustav hat oft davon gesprochen und natürlich auch im Testament vermerkt, dass du die Uhren mit allem Drum und Dran bekommen sollst.«

»Danke, Mama. Das war eine wirklich schöne und liebe Idee.« Starck legte Kladde und Stift beiseite, um noch einen Schluck Kaffee zu nehmen. Sah seine Mutter an, weil er unsicher war, ob er sie das fragen durfte. Entschied sich dann aber dafür, es zu tun.

»Und du? Was hast du bekommen?«

»Vor allem kriegst du jetzt erst einmal den ersten Pickert.« Susanne Starck ließ resolut die runde Köstlichkeit aus der

Pfanne auf einen Teller gleiten, den sie Starck reichte. »Und nun guten Appetit. Fang bitte direkt an. Ich esse gleich auch, wenn der nächste fertig ist.«

»Ja, Mama«, sagte er. Wie früher als Kind.

»Papperlapapp!« Beide lachten. Seine Mutter zerließ ein Stück Butter in der vorgeheizten Pfanne und schöpfte eine Kelle Pickertteig hinzu. Der dickflüssige Kartoffelteig mit Rosinen wurde wie ein Pfannkuchen gebacken. Dabei musste genau so viel Teig in die Pfanne, dass der Pickert knapp zwei Zentimeter dick wurde. Susanne Starck verwendete ein altes Familienrezept, das von Generation zu Generation weitergegeben worden war. Wie in vielen anderen lippischen Familien auch.

Dann fuhr sie leise fort. »Ich hab natürlich seine Hälfte des Hauses bekommen und das Geld. Das Depot mit den Aktien und Fonds habe ich auflösen lassen. Das war mir zu unübersichtlich, das alles im Blick zu behalten. Ich wollte das Geld lieber auf einem Konto haben. Und von Wertpapieren verstehe ich ja nichts. Das war immer Gustavs Sache als Banker. Darum hatte ich das doch auch mit dir besprochen. Im Gefängnis. Damals. Nach Gustavs Tod. Und du hattest mich darin bestärkt, alles so zu machen, damit es für mich einfacher ist.«

Starck fand, dass ihre Stimme fast ein wenig belegt klang. War das, weil sie traurig war – schließlich war ihr langjähriger Gefährte, ihr Ehemann und Vater ihres Sohnes tot. Oder gab es da mehr?

Er nickte. »Richtig. Das haben wir damals so vereinbart. Aber – das Geld? Was ist los, Mama? Wie viel ist es? Kannst du mir das sagen?«

»Natürlich. Ich hab doch keine Geheimnisse vor dir.«

»Also?«

»So gut neunzigtausend.«

»Neunzigtausend?« Starck zog die Augenbrauen hoch und schaute seine Mutter fragend an. »Das ist nicht dein Ernst.«

»Wieso? Findest du das viel oder wenig?«

Starck stand auf. Er konnte nicht vor seinem Teller sitzen bleiben. »Mama, dein Mann war Vorstandsvorsitzender der Sparkasse hier in Detmold. Ich weiß natürlich nicht bis auf den Cent genau, wie viel er verdient hat, aber Vorstandsgehälter werden in der Regel veröffentlicht. Und ich denke, ich habe eine ganz gute Vorstellung davon, in welcher sechsstelligen Größenordnung sich das bewegt hat. Als Leiter eines solchen Hauses, mit dieser Kundenzahl und der entsprechenden Bilanzsumme muss Papa doch Jahr für Jahr mehr verdient haben, als dass jetzt nur neunzigtausend Cash übrig geblieben sein können. Ich meine, wo ist das ganze Geld? Er muss dir doch mehr hinterlassen haben.« Sicher, seine Eltern hatten schöne Urlaube gemacht, die Unterhaltung des Hauses kostete bestimmt auch eine Stange Geld, aber sein Vater hatte ja nicht einmal Autos gekauft in den letzten Jahren, sondern stets noble Firmenfahrzeuge zur Verfügung gestellt bekommen. Jetzt stand zwar eine S-Klasse von Mercedes in der Doppelgarage der Starcks, aber das Auto hatte Gustav Starck mit Eintritt in den Ruhestand aus dem Fuhrpark der Sparkasse zu sehr günstigen Konditionen übernommen. *Verdammt, Papa, ich dachte, du hättest Mama als Millionärin zurückgelassen!*

»Na ja, ich habe ja das Haus und eine gute Witwenrente, dann die Uhren ...«

»Dafür hat er bestimmt viel ausgegeben – aber auch wenn er eine *Ulysse Nardin* oder *Patek Philippe* ...«

»Lieber Himmel. Wovon redest du?«

»Von teuren Uhrenmarken. Entschuldige bitte. Also – auch wenn er für eine Uhr zwanzig- oder fünfzigtausend Euro ausgegeben hat ...«

»Auch in dem Fall«, unterbrach Susanne Starck ihren Sohn erneut, »wird jetzt erstmal Pickert gegessen.«

Starck nickte und setzte sich wieder. »Guten Appetit, Mama.« Er aß seinen mit Pflaumenmus, während seine Mutter ein Glas Leberwurst geöffnet hatte und sich großzügig daraus bediente.

»Was ich sagen wollte«, fuhr Starck fort, nachdem beide in Ruhe die ersten Bissen genossen hatten. »Ein fokussierter Sammler und Kenner von Finanzanlagen wie Papa, der investiert nicht nur in eine Anlageform. Okay, du hast gesagt, ihr hattet auch Aktien. Aber irgendwie ...« Er schüttelte unzufrieden den Kopf.

Susanne legte ihr Besteck an den Tellerrand. Dann sagte sie: »Vielleicht hast du recht. Vielleicht hat aber auch alles seine Ordnung. Lass uns das herausfinden. Jedenfalls müssten irgendwo in Gustavs Büro Versicherungsunterlagen sein. Wenn wir die gesichtet haben, wissen wir mehr.«

Starck nickte. »Und ... die Uhr, die Papa immer trug. Die er so sehr liebte? Was ist damit?«

»Ach, du meinst diese altmodische? Die hat mir nie gefallen, dieses komische rechteckige Ding.«

Starck schwante langsam, dass seine Mutter den Wert der Uhren deutlich unterschätzte. Und er selber eventuell auch. Vielleicht hatte sein Vater doch einen Großteil des Vermögens in Uhren investiert? Ohne dass Susanne Starck ahnte, welche Werte da im Büro ihres Mannes in der edlen Uhrenbox aus Kirschholz schlummerten.

»Mama. Das ist eine *Heuer Monaco*, wie auch der Schauspieler und Motorsportfan Steve McQueen sie gerne getragen hat.«

»Hässlich finde ich sie trotzdem.« Jetzt lächelte sie wieder ein bisschen.

»Dein gutes Recht, Mama«, sagte Starck und sah seine Mutter liebevoll an. Dann ergänzte er leise: »Können wir jetzt trotzdem an der Liste weiterschreiben?«

»Hm.« Nun blitzten Susanne Starcks Augen wieder kämpferisch. »Aber dann weiß Jobst doch, wie viel wert die Uhren sind und wie viel Geld Gustav dafür ausgegeben hat.«

»Das ahnt er ohnehin schon. Und erfahren muss er es für seine Ermittlungen.«

»Aber es befeuert den Klatsch in der Nachbarschaft.« Susanne Starck konnte sehr hartnäckig sein.

»Das glaube ich nicht«, widersprach Starck. »Jobst darf über ein laufendes Verfahren nichts erzählen. Auch Moira nicht.« So ganz sicher war er sich darüber bei Jobst allerdings nicht.

Seine Mutter wackelte mit dem Kopf. »Wie auch immer … Andreas, kannst du das machen? Die Versicherungsunterlagen durchsehen und dich um all das kümmern?

»Natürlich, Mama.«

»Gustav hat in seinem Büro alles schön geordnet aufbewahrt. Das weißt du ja. Die Versicherungsordner …«

»Alles gut, Mama. Ich finde sie schon.«

Seine Mutter war eine praktische Frau. War sie immer gewesen. Patent, ideenreich und lösungsorientiert. Aber wenn es darum ging, »Verwaltungskram«, wie sie das nannte, zu erledigen, bekam sie sofort schlechte Laune.

»Wegen den Bildern musst du nicht extra schauen«, sagte

Susanne Starck. »Da waren die Rahmen wahrscheinlich mehr wert als der Kunstdruck selbst, auch wenn Gustav nur hochwertige Dinge kaufte. Die Bilder haben extra so eine besondere Oberflächenstruktur, damit es so aussieht, als wären es echte Ölgemälde.«

»Kein Problem. Ich gehe alles einmal durch.«

30. KAPITEL

Starck saß in dem wuchtigen, mit weichem Leder bezogenen Schreibtischstuhl seines Vaters und drehte sich langsam um die eigene Achse. Dabei ließ er den aufmerksamen Blick eines Staatsanwaltes – und den noch wacheren eines Strafgefangenen, dessen Gesundheit und Überleben davon abgehangen hatten, drohende Gefahr frühzeitig zu wittern – konzentriert durch das Büro seines Vaters schweifen. Gustav Starck hatte den Raum stets als »Gartenzimmer« bezeichnet.

Die Diebe waren offensichtlich gezielt vorgegangen, als sie sich für die Uhrensammlung und einige Gemälde entschieden hatten. Nicht nur im Wohnzimmer oder im Flur, ja, auch in diesem Raum gab es weitere Stücke wie silberne Kerzenleuchter, Erstausgaben und Folianten sowie eine Münzsammlung, die Starck für schwarzmarkt- und hehlertauglich und ergo für stehlenswert hielt.

Vier bodentiefe Fenster bildeten einen Erker, der zum Garten der Starcks hinausging und den Blick auf eine ausladende Tulpen-Magnolie eröffnete. Im Frühjahr bezauberte der prächtige Baum die Bewohner des Hauses seit vielen Jahren mit einer immensen Fülle wohlduftender weiß-rosa Blüten.

Allerdings wurde das hereinströmende Tageslicht sofort wieder von viel dunklem Holz, schweren Teppichen und

Gardinen aufgesogen. So stellten sich viele Menschen vermutlich den Arbeitsplatz eines ehrwürdigen Harvard-Professors vor. Starck fand, dass die klischeebeladene Opulenz im Einrichtungsstil eines englischen Herrenzimmers auch recht gut zum Privatbüro des ehemaligen Sparkassen-Vorstands passte. Sein Vater hatte diese Position mehr als zehn Jahre bis zu seiner Pensionierung bekleidet und zu Hause bewusst auf die kalte und puristische Einrichtung moderner Büros verzichtet.

Es war ein eigenartiges Gefühl, im Arbeitszimmer seines Vaters zu sitzen. Seines verstorbenen Vaters. Starck dachte an die letzte Begegnung im Besucherraum des Gefängnisses zurück. Das war nun schon über ein Jahr her.

Kurz darauf war Gustav Starck gestorben. An der Beerdigung hatte Andreas Starck nicht teilnehmen dürfen. Er wusste bis heute nicht, warum man ihm den Freigang nicht gewährt hatte. Als ehemaliger Staatsanwalt kannte er sich nicht nur mit den Strafgesetzen rund um Ermittlung, Prozess und Verurteilung aus, sondern auch mit vielen Vorschriften, die mit dem Strafvollzug zu tun hatten. Eigentlich! Aber aufgrund der zahllosen Ungereimtheiten, die das Verfahren gegen ihn offenbart hatte, hatte er irgendwann an sich selbst und seinen Kenntnissen gezweifelt. Darum war er oft in der Gefängnisbibliothek gewesen, um zu recherchieren. Nur um festzustellen, dass mit seinem eigenen Rechtsverständnis alles in Ordnung war. Dazu gehörte, dass der Tod eines Angehörigen laut Strafvollzugsgesetz eindeutig zu den wichtigen Anlässen gehörte, für die seitens der Anstaltsleitung Ausgang gewährt werden konnte.

Konnte! Nicht musste. Allerdings sprach bei ihm nichts dagegen. Dass es ihm dennoch versagt gewesen war, seinen

Vater zu beerdigen, war sehr ungewöhnlich. Starck musste alles so schnell wie nur irgend möglich aufklären. Wie sollte er sonst eine Chance bekommen, wieder mit seiner Tochter zusammenleben zu können? Vielleicht sogar mit seiner Mutter – Gretas Oma – in einem Drei-Generationen-Haus. Wer wusste schon, was die Zukunft bringen würde?

Hatte er sich nicht ein kleines Glück verdient nach allem, was er hatte durchmachen müssen? Ob er sich jemals wieder würde völlig rehabilitieren können, stand auf einem ganz anderen Blatt. Wichtig war zunächst nur, dass er und Greta wieder eine Familie sein konnten.

Ich werde deine Mörder finden, Daniela. Und zur Strecke bringen. Und ich hole Greta zurück. Koste es, was es wolle! Gerechtigkeit? Vielleicht habe ich vergessen, was das ist. Vielleicht wusste ich es noch nie.

Die Bücherregale reichten vom Boden bis zur Decke. Vielleicht auch umgekehrt, dachte Andreas Starck, während er die umfangreiche Bibliothek seines Vaters der Reihe nach mit seinen Blicken abscannte.

Hm. Eigenartig. Nichts.

Er stand auf. Suchte weiter.

Setzte sich erneut.

Ist das hier Zeitverschwendung? Hilft das überhaupt weiter auf der Suche nach Greta?

Nachdem er im Schreibtischstuhl eine Hundertachtzig-Grad-Drehung vollzogen hatte, entdeckte er endlich eine Reihe mit breiten Aktenordnern. Auf deren jeweiligen Rücken hatte Gustav Starck in seiner fast unlesbaren Handschrift vermerkt, welche Unterlagen sich darin befanden. Unterste Reihe, direkt hinter dem Schreibtischstuhl. Starck beugte sich vor, um den Ordner mit der Aufschrift »Versicherung I« aus dem Regal zu ziehen.

Gespannt legte er ihn auf den abgewetzten grünen Ledereinsatz des antiken Schreibtischs aus massivem Mahagoniholz. Das viktorianische Möbelstück mit den vielen Schubladen und Türchen war dunkel gebeizt.

Starck schlug den Ordner auf. Ging das Inhaltsverzeichnis durch, das sein Vater angelegt hatte. Blätterte oberflächlich durch die einzelnen Policen mit Jahresabrechnungen, die mehr als zwanzig Jahre zurückreichten. Fehlanzeige. In diesem Ordner befanden sich ausschließlich Wohngebäude- und Hausrat-Policen.

Also schob er den Ordner zurück in die Lücke und nahm sich den nächsten vor.

Moira St John-Smythe schaute auf das Zifferblatt der großen Standuhr im Wohnzimmer. Dann ging sie wieder zum Fenster hinüber. Jetzt wurde es aber Zeit.

Sie sorgte sich langsam darum, dass der Wirsing vielleicht ein klein wenig zu weich werden würde.

Oh. Da war Jobst ja. Aber er kam nicht etwa auf ihr Haus zu. Nein, sie beobachtete, wie er gerade bei den Starcks klingelte. Hieß das vielleicht, dass er auf seinem Nachhauseweg gegenüber bei den Starcks noch etwas ermitteln musste?

Plötzlich war Moira so aufgeregt, dass sie fast eines ihrer Alpenveilchen vom Fensterbrett gefegt hätte.

31. KAPITEL

Nachdem er geklingelt hatte, trat Kriminalhauptkommissar Jobst Stukenbröker einen Schritt zurück. Und wartete. Er nahm die Schultern leicht zurück und drückte vorsichtig den Rücken durch, um mehr Autorität auszustrahlen. *Autsch.* Die Bewegung erinnerte Jobst schmerzhaft an seine Bandscheibenprobleme. Mit seinen eins zweiundsiebzig lag er nur knapp über der Mindestanforderung, die das Land Nordrhein-Westfalen an seine Bewerber bezüglich der Körpergröße stellte, sodass er sich verschiedene Tricks angewöhnt hatte, um sich ein wenig aufzuplustern.

Dennoch fühlte er sich unbehaglich. Immerhin hatte er Andreas seit einer Ewigkeit nicht mehr gesehen.

Jobst hörte Schritte. Nahm eine Bewegung hinter der Mattglasscheibe war. Dann ging die Tür auf.

Überraschenderweise sah Andreas gar nicht so böse und niederträchtig aus, wie Jobst ihn in Erinnerung hatte. Aber ein erfahrener Kommissar wie Jobst Stukenbröker ließ sich von derlei Oberflächlichkeiten nicht blenden.

»Hallo, Stucki. Schön dich zu sehen«, sagte Andreas Starck freundlich. Fast hätte Jobst ihm das sogar abgenommen. *O nein, du alter Knastbruder, damit wickelst du mich nicht ein!*

»Guten Tag, ...«, sagte Jobst steifer als geplant und überlegte, ob er seinen Jugendfreund duzen oder aus ermittlungstaktischen Gründen doch lieber siezen sollte. Immerhin war Starck ja ein verurteilter Verbrecher.

»... Andreas.« Die Tradition, die Erinnerung an alte gemeinsame Zeiten hatte gesiegt. Dennoch feierte er ein inneres Laubhüttenfest. Endlich. Endlich war er nicht mehr der dumme Jobst und Andreas der tolle Star. Jobst hatte nicht vor, diese Party in absehbarer Zeit zu verlassen.

»Willst du reinkommen?«, fragte sein Gegenüber.

»Jo. Ich habe noch ein paar Fragen an deine Mutter. Und vielleicht an dich. Du bist doch auch ein Krimi...« Jobst stockte kurz, weil er fast »Krimineller« gesagt hätte, fing sich dann aber schnell. Und fuhr – wie er zunächst fand – mit einer guten Lösung fort. »Du warst doch auch schon einmal an Ermittlungen beteiligt.«

Erst als der Satz ausgesprochen war, merkte Jobst, dass er Andreas damit einen Tiefschlag verpasst hatte. Und freute sich diebisch über sich selbst. Er verfügte doch über mehr spontanen Witz, als ihm nachgesagt wurde. Warum das mit den Frauen nicht klappte, war ihm erneut ein völliges Rätsel.

Der ehemalige Oberstaatsanwalt ließ sich nichts anmerken, nickte freundlich und trat einen Schritt zurück, um den Weg frei zu machen. »Ja, war ich. Komm – Mama ist im Wohnzimmer und Kaffee müsste auch noch da sein.«

»Er geht rein. Er geht rein«, jubelte Moira St John-Smythe und wusste schon im selben Moment nicht mehr, ob sie es nur gedacht oder ausgesprochen hatte. Es war wundervoll! Sie eilte vom Fenster zum Fernseher. Ihr freitägliches Abendprogramm würde sie heute nicht direkt schauen, sondern aufnehmen müssen. Aber das machte überhaupt nichts.

Denn wenn Jobst später nach Hause kam, hatte sie so viel zu fragen und er daraufhin sicherlich so derart Interessantes zu erzählen, dass sie eine kleine Veränderung ihres Fernsehfreitagabends gern in Kauf nahm.

»Guten Tag, Susanne. Habt ihr die Liste fertig?«, sagte Jobst ansatzlos.

Gegenüber Starck hatte er den Kaffee mit der Begründung abgelehnt, dass er von Zeugen, Verdächtigen und anderweitig zu verhörenden Personen nichts annahm – und damit deutlich und wenig feinfühlig zu verstehen gegeben, dass er sich noch nicht festgelegt hatte, in welche Kategorie die Starcks für ihn fielen. Dann war er schnurstracks ins Wohnzimmer marschiert und hatte sich knapp einen Meter vor Susanne aufgebaut.

Starck hatte sich hinter ihm in den Türrahmen gelehnt. Es war ihm im Gefängnis zur zweiten Natur geworden, sich selbst den Rücken freizuhalten. An Jobsts Stelle und nach allem, wie er sich bei der Begrüßung verhalten hatte, hätte Starck sich selbst niemals den Rücken zugedreht.

»Nein, tut mir leid«, sagte seine Mutter. »Aber wir haben gerade damit angefangen. Andreas wird Gustavs Akten durchsehen und dann bekommst du die Unterlagen sofort.«

»Hm. Ja, nun. Nächste Frage.« Jobst schien gar nicht erwartet zu haben, dass die Liste mit den gestohlenen Gegenständen schon fertig war. »Wir sind die Spurenlage noch einmal ausführlich durchgegangen und es gibt keinerlei Hinweise auf einen Einbruch. Also, ich habe das genau durchdacht und es gibt exakt vier Möglichkeiten.«

Er beugte sich ein wenig nach vorn und reckte Susanne den Daumen entgegen: »Erstens: Es wurde nicht eingebrochen und du hast die Sachen nur verlegt.« Der Zeigefinger kam dazu. »Oder zweitens: Du versuchst hier einen Versicherungsbetrug.«

»Also, wirklich, Jobst«, echauffierte sich Susanne umgehend.

»Unterbrich mich bitte nicht, du darfst gleich Stellung nehmen.« Mittelfinger: »Drittens: Du hast ein Fenster oder die Haustür offen gelassen, sodass sich jedermann bequem Zutritt verschaffen konnte.« Ringfinger: »Viertens: Vermisst du vielleicht einen Hausschlüssel?«

»Hör mal, Jobst, können wir das vielleicht ein bisschen weniger aggressiv klären«, mischte sich Starck ein. Er musste sich schwer zusammenreißen, um seinen ehemaligen Schulfreund nicht körperlich anzugehen. Das waren ja vielleicht berechtigte Ermittlungsfragen, wenngleich er fand, dass Jobsts Liste nicht ganz vollständig war. Aber Starck war sich gleichzeitig sicher, dass dies nicht der richtige Zeitpunkt war, dem Kommissar sein Versäumnis unter die Nase zu reiben.

Jobst drehte sich nicht einmal zu ihm um. Starck sah aber, dass sich der Rücken von KHK Jobst Stukenbröker versteifte. »Du kannst dir wirklich absolut sicher sein, dass erstens ...«, wenn Jobst zählen wollte, dann konnte er das gern haben, »…meine Mutter dir alles sagt, was sie weiß. Sie dich zweitens niemals anlügen würde. Wir dich drittens in deiner Ermittlungsarbeit unterstützen, wo wir es nur können, und viertens selbst daran interessiert sind, dass sich der Sachverhalt schnell aufklärt und ihr Täter und Diebesgut sicherstellt, damit wir die Gegenstände wiederbekommen.« Vorsichtshalber hatte Starck die letzten beiden Punkte nicht mit den Nummern fünf und sechs versehen, um Jobst nicht zu verärgern.

»Gut.« Das nahm Jobst etwas den Wind aus den Segeln. Er drehte sich halb um und schwenkte seinen Blick mit versuchter Strenge zwischen den Starcks hin und her. »Aber lasst euch nicht zu viel Zeit.« Dann hob er die Hand zum Gruß. »Ich komme wieder.«

Die Bemerkung hatte allerdings nicht ansatzweise die melodramatische Wirkung, die Jobst vermutlich hatte erzeugen wollen. Es klang viel mehr nach Paulchen Panther als nach Arnold Schwarzeneggers Terminator.

32. KAPITEL

Später würde er selbst kochen. Zum ersten Mal seit fünf Jahren. Starck hatte sich für etwas Einfaches entschieden: grüne Oliven-Fettuccine mit frischen Champignons.

Er war noch nicht besonders hungrig, nachdem es vorhin schon Pickert gegeben hatte, aber es war die Freude am Zubereiten und Kochen, die er so lange vermisst hatte. Insofern war ihm zwar nicht völlig egal, ob er das Gericht beim ersten Versuch hinbekommen würde, aber heute stand ja auch die Tätigkeit an sich im Vordergrund.

Konnte man Kochen verlernen? Früher hatten er und Daniela gern Kalbsfilet zur Pasta gegessen, aber seit Starcks Erlebnis im Restaurant vor drei Tagen war unklar, ob er jemals wieder einen Bissen Fleisch herunterbekommen würde.

Nachdem Jobst gegangen war, hatte Starck sich wieder an die Arbeit gemacht, um in den Ordnern nach Hinweisen zum Wert der Uhrensammlung seines Vaters, der Gemälde und dem Schmuck seiner Mutter zu suchen.

Als Staatsanwalt war er ermüdende Recherchen gewohnt gewesen. Nun wurde er aber langsam ungeduldig. Nahm sich den nächsten Ordner vor. Wieder nichts. Die Vorfreude aufs Kochen war mittlerweile getrübt.

In Ordner Nummer fünf fand er Informationen, die er nicht gesucht hatte.

Und seine ohnehin bis in den Kern erschütterte kleine Welt zersprang im selben Moment in Myriaden von Einzelteilen – wie eine große Glasscheibe, die von einer gewaltigen Druckwelle getroffen wird.

»Was ist los, Andreas? Alles in Ordnung? Hast du was gefunden?«

Susanne Starck hatte am Fenster gestanden und in den dunklen Abendhimmel geschaut, als Starck – die rechte Hand um die Metallringe eines aufgeschlagenen Aktenordners gekrallt – in den Raum geeilt kam. Nun drehte sie sich zu ihm um. Er war blass und atmete schnell.

»Ihr ...« Starck musste sich erst einmal räuspern, weil seine Stimme zu belegt war vor Aufregung. Die Augen weit aufgerissen, die Fingerknöchel der Rechten, in der er den Ordner hielt, verkrampft weiß. »Ihr habt Geschäftsbeziehungen zur Banca Basòdino in Zürich?«

»Ja«, sagte seine Mutter und sah ihn irritiert an. Offenbar kannte sie den Zusammenhang nicht und konnte daher nicht einordnen, warum Starck plötzlich so aufgebracht war. »Wir hatten verschiedene Konten. Ich glaube, zwei Girokonten, ein oder zwei Sparkonten, außerdem das Depot mit Aktien und Fonds und so. Gustav hatte das im Testament alles genau aufgeführt. Soweit ich mich erinnere, wurde eines der Sparkonten sowie das Depot bei der Banca Basòdino geführt. Also nicht alles hier bei der Sparkasse. Gustav wollte nicht so gern alle Vermögenswerte in seinem eigenen Kreditinstitut verwahren.«

Starck nickte. Die Diskretion des Bankers und gleichzeitige Sorge, seine eigenen Mitarbeiter könnten zu viel über ihn und seine Geldgeschäfte in Erfahrung bringen. Pflicht zur Verschwiegenheit und Datenschutz hin oder her.

Seine Mutter fuhr fort: »Ich habe dir doch erzählt, dass ich das alles aufgelöst habe. Das war mir einfach zu umständlich, etwas mit einem Schweizer Institut zu tun zu haben. Einfach zu weit weg.«

Sie machte eine kurze Pause und sah Andreas ängstlich an. »Ist das nicht gut? Wir hatten das doch besprochen – damals … im Gefängnis, nach Gustavs Tod – weißt du noch?«

»Natürlich, Mama. Ich erinnere mich gut daran.« Es war schwer für ihn gewesen, im Gefängnis zu sitzen und seiner Mutter nicht helfen zu können, wie ein Sohn das tun sollte, wenn ein Elternteil starb und der andere allein zurückblieb. Mit einigen Fragen war Susanne Starck trotzdem zu ihm gekommen.

»Aber von einer Verbindung zur Banca Basòdino war nie die Rede«, fuhr Starck fort.

»Es tut mir leid. Ich verstehe nicht …«

»Mama, die Banca Basòdino ist die federführende Bank, die dicke Spinne inmitten des großen Firmennetzes gewesen, gegen das ich damals ermittelt habe. In der Presse war oft nur von der Infi AG in Düsseldorf die Rede. Aber ich denke, dass die Banca Basòdino mutmaßlich veranlasst hat … nein, ich bin nach allem, was ich bis jetzt weiß, sicher: die Banca Basòdino ist extrem stark in alle Vorgänge verwickelt, die mit dem Verfahren zusammenhängen und, ja, auch dem, was mir und uns passiert ist.«

Alles war wieder da. Die Erinnerung tat weh. Machte ihn wütend.

Susanne schlug sich die Hand vor den Mund und musste sich erst einmal setzen. Sank langsam in sich zusammen. »O nein! Das wusste ich nicht. Andreas, das wusste ich alles nicht. Wie furchtbar. Wenn ich das geahnt hätte ...« Ihre Stimme wurde immer leiser und erstarb schlussendlich völlig.

»Und Mama ...« Starck stand angespannt im Raum. Der Ordner hing in seiner rechten Hand. Die Fettuccine nebst Champignons waren vergessen. »Was ist in dem Schließfach gewesen?«

»Was für ein Schließfach?«

»In Papas Unterlagen findet sich der Hinweis auf ein Bankschließfach auf seinen Namen, das sich in der Banca Basòdino in Zürich befinden muss. Hast du das nicht geleert, als du die Konten aufgelöst hast?«

Susanne Starck schüttelte traurig den Kopf. Dann sagte sie ganz leise: »Ich weiß nichts von einem Schließfach. Wirklich. Das musst du mir glauben. Ich wusste nicht, dass wir ein Schließfach haben. Ein Schließfach ... das ist ...«

Starck atmete langsam aus. Was sollte er denken? Was durfte er denken?

So bewegte Mutter und Sohn nur noch die eine Frage: Wer war Gustav Starck gewesen?

Und vor allem: Was hatte er gewusst?

Oder schlimmer: Hatte er gar mit all dem zu tun, was ihrer Familie in den letzten Jahren zugestoßen und angetan worden war?

33. KAPITEL

Der erste Samstag in dieser sogenannten Freiheit. Ohne physische Mauern, Zäune und verschlossene Türen. Stattdessen mit neuen Zwängen und Verpflichtungen.

Der erste Tag im neuen Job. Einem Job, den er sich nicht ausgesucht hatte, der ihm aber den Weg zurück in die gesellschaftliche Normalität ebnen sollte. Sofern es denn so etwas überhaupt gab. Mehr denn je zweifelte Starck daran.

Der zweite Morgen als erwachsener Mann im Haus der Eltern. Aufgewacht im alten Kinderzimmer. Starck hatte nicht besonders gut geschlafen nach der Entdeckung gestern Abend. Noch dazu viel zu kurz.

Aber zumindest hatte er nun noch einen weiteren Grund, am Montag nach Zürich zu fliegen. Er musste herausfinden, was es mit Konto und Schließfach seines Vaters in der Banca Basòdino auf sich hatte.

Und er wollte Antworten. Antworten von Giacomo Moretti auf viele ungeklärte Fragen.

Starck schüttelte ungläubig den Kopf. Wie so oft in den letzten fünf Jahren.

Sein Leben war nicht so verlaufen, wie er sich das einmal vorgestellt hatte. War völlig außer Kontrolle geraten. Alle Wünsche, Pläne und Ideale eines gelungenen Lebenskonzepts waren ihm entrissen worden, ja, sie waren brutal an einer massiven Wand in der Sackgasse seines Lebensweges zerschellt. Nun musste er den Weg aus dieser Sackgasse zurückgehen und auf Umwegen eine neue Richtung finden.

Es war dunkel im Haus. Seine Mutter schlief vermutlich noch.

Zunächst galt es, wenigstens eine neue Morgenroutine zu finden. Denn nichts war mehr so, wie er es gewohnt war.

Er arbeitete nicht mehr als Staatsanwalt, lebte nicht mehr mit seiner Frau und Tochter in dem schönen Haus in Düsseldorf, wo er sich den ersten Espresso des Tages von einem chromglänzenden Kaffeevollautomaten hatte zubereiten lassen. Ebenso wenig war der Takt seines Tages durch die monotonen Abläufe des Gefängnisses bestimmt.

Letztere hatte er vom ersten Tag an gehasst. Nun – so musste er sich eingestehen – vermisste er sie. Sein neuer Chef Hans-Peter Nienhüser hatte mit den misstrauischen Fragen nicht ganz unrecht gehabt ... *Kriegst du das hin? Jetzt weckt dich ja niemand mehr hier. War im Bau so, oder?*

Starck stand in der Küche und starrte auf die Kaffeemaschine und die Mühle, die gleich daneben auf der Arbeitsplatte stand. Öffnete die große Schublade direkt darunter, in der sich Filtertüten und die Dose mit den Kaffeebohnen befanden. Entdeckte außerdem den weißen Porzellanfilter. Hielt kurz inne. Nickte zufrieden.

Ja, so würde er es machen. Ganz einfach und, wie er fand, sehr old school. Er faltete den Papierfilter an der Außennaht und setzte ihn in den Porzellanfilter ein. Diesen stellte Starck auf den großen Kaffeebecher, den er zuvor aus der Geschirrschublade geholt hatte.

Im Wasserkocher befand sich noch genügend Wasser, und Starck stellte ihn an. Welche Menge an Kaffeebohnen würde er benötigen, um einen großen Becher aufzubrühen? Er wusste es nicht, also schüttete er großzügig Bohnen in die elektrische Mühle. Drückte auf den On-Knopf.

Und erschrak furchtbar, als das Mahlwerk knirschend und laut sirrend die Stille des Hauses durchdrang. Okay, das konnte er um diese Uhrzeit nicht bringen, wenn seine Mutter noch schlief. Da musste er sich für die nächsten Male etwas anderes überlegen.

Die Prozedur an sich gefiel ihm. Nur würde er das kochende Wasser künftig etwas weniger schwungvoll in den Filter gießen. Besser vorsichtig in kreisenden Bewegungen aufgießen. Dabei zuzusehen und zuzuhören, wie sich das Wasser mit dem Kaffeepulver vermischte und langsam in den Becher tropfte, hatte schon fast etwas Meditatives. Toll!

Mehrmals musste er Wasser nachgießen.

Und was wollte er frühstücken?

Er fühlte sich fremd. In seinem eigenen Leben. Mal wieder.

34. KAPITEL

Eines der Mobiltelefone klingelte. Dasjenige für Neukunden.

Er ließ es genau zehn Mal klingeln. Dann nahm er das Gespräch an: »Ja?«

Mehr sagte er nicht. Mehr sagte er nie beim ersten Kontakt. Entrichtete keinen Gruß. Nannte nicht seinen Namen. So wollte es sein eigenes Sicherheitsprotokoll. Wer es kannte, konnte etwas bei ihm kaufen oder an ihn verkaufen. Je nachdem.

»Ich soll dich schön von Jacqueline grüßen«, sagte die Stimme am anderen Ende der Leitung.

Strunkel nickte. Die erste Zeile stimmte schon mal. Auch nach so vielen Jahren in diesem Job hatte er eine diebische Freude daran, wenn sich ein Geschäft anbahnte.

»Danke. Wie geht es Jacquelines Mutter?«

»Sie ist gestern aus dem Krankenhaus gekommen.«

»Gut.« Strunkel nickte erneut, was sein Gesprächspartner natürlich nicht sehen konnte. Wenn jemand den notwendigen Dialog kannte, der ihm den Zugang zu Strunkels weiter Welt der Hehlerei öffnete, war er von einem anderen Kunden oder Lieferanten empfohlen worden. Natürlich war es auch schon vorgekommen, dass ein Ermittler der Polizei oder ein Privatdetektiv an diese Information gelangt war, aber bisher hatte sich Strunkel immer aus der Affäre ziehen können. Also fragte er munter: »Brauchst du was oder hast du was übrig?«

»Im Angebot sind Uhren, Schmuck und Bilder.«

Strunkel ahnte bereits, worum es sich bei der Ware handelte. Gleichzeitig wunderte er sich darüber, dass sie schon jetzt auf den Markt kommen sollte. Warum hatten die beiden es nach dem Bruch so eilig? Er hatte noch nie Geschäfte mit ihnen gemacht. Aber gut – irgendwann war für irgendwas immer das erste Mal.

Allerdings hatte er an verschiedenen Ecken läuten gehört, dass es sich eigentlich um vier teure Chronographen, vier hochwertige Kopien alter Meister sowie einige Schmuckstücke handeln müsste. Nicht alles davon taugte zum Wiederverkauf. Und soweit er wusste, wurde zwar ermittelt, aber nicht besonders engagiert. Wie immer würde er erst einmal vorsichtig sein.

Außerdem – und das war das Besondere an dieser Situation – kannte er sowohl den Bestohlenen als auch den Ermittler von früher. Er hatte dieselbe Klasse des Gymnasiums besucht wie Andreas Starck und Jobst Stukenbröker, zumindest bis zur Achten. Dann waren Strunkels Noten zu schlecht geworden, und er hatte auf die Realschule gewechselt. Wo er es auch nicht unbedingt einfacher gefunden hatte, aber nun gut.

»Hm, warum gehst du damit nicht zum Pfandleiher?«

»Schlechter Preis.«

»Soso.«

»Willst du die Sachen nun kaufen?«

»Ich werde sie mir einmal ansehen und dann entscheiden.« Strunkel war sonst nicht so der selbstlose Typ, aber jetzt überlegte er tatsächlich, ob er nicht vielleicht Kontakt zu

Starck oder Stucki aufnehmen sollte. Es war immer gut, wenn einem jemand etwas schuldete.

»Morgen früh?«

Die hatten es wirklich eilig. Er jedoch nicht. Hektik war nicht gut für das Geschäft. Und er brauchte noch weitere Informationen. Ob er sie bekommen würde, wusste er nicht, aber es war immer besser, ein wenig Ruhe in eine neue Geschäftsbeziehung zu bringen.

»Dienstag.«

»Morgen.«

Tickten die noch richtig? Wie sollte dann erst die Preisverhandlung werden?

Also gut: »Montag!«

»Okay. Wo treffen wir uns?«

»Ich schicke eine SMS mit der Navigationsadresse an die Nummer, die mir angezeigt wird«, sagte Strunkel.

»Gut!«

35. KAPITEL

Kol Mortensen saß im Kaffeehaus *Zimt & Zucker* am Schiffbauerdamm. Draußen regnete es Bindfäden, durch die er den Blick über die Spree hinweg zwischen Bahnhof Friedrichstraße und den Gebäuden des Regierungsviertels hin und her schweifen ließ. Wenn ein Mann wie er überhaupt zu Gefühlen fähig war, dann – so konnte man sagen – liebte er es, Zeit für den Genuss eines guten Kaffees zu haben. Die alten Möbel aus der Gründerzeit und die warmen Wandfarben hingegen waren ihm völlig egal.

Dies war eine andere Welt für ihn. Kontrastprogramm pur. Er mochte die Mamas, die sich mit ihren Babys und einer Freundin eine Auszeit vom Alltag im Café nahmen. Schnatternde Touristen, die sich hierher verirrten, nervten ihn indes. Und so stellte er sich jedes Mal vor, wie sie nach einem aufgesetzten Genickschuss nach vorne in ihren Milchreis kippten.

Bei dem Gedanken daran grinste er höhnisch, bevor er einen weiteren Kaffee bestellte. Danach würde das Café vielleicht weniger Empfehlungen auf Trip Advisor bekommen. Vielleicht passierte aber auch genau das Gegenteil und die sensationsgeilen Touris bevölkerten erst recht eines seiner Berliner Lieblingscafés.

Mortensen lehnte sich zurück. Der Stuhl knarrte leise.

Wenn man alle Gebäude auf knapp einem halben Kilometer in westlicher Richtung dem Erdboden gleichmachen würde, könnte man von hier aus direkt bis zur hellen Werksteinfassade schauen. Die imposante Botschaft der russischen Föderation lag nur wenige Hundert Meter östlicher Richtung vom Brandenburger Tor entfernt, mit prominenter Adresse Unter den Linden. Mortensen wusste aus eigener Erfahrung sehr genau, warum Länder in anderen Ländern Botschaften eröffneten: um sogenanntes *diplomatisches Personal* einzuschleusen. Damit waren schlussendlich hoch qualifizierte Mitarbeiter der jeweiligen Auslandsgeheimdienste gemeint, die unter dem Deckmantel diplomatischer Immunität spionierten, was das Zeug hielt. Selbst schuld, Deutschland, dachte er, und zuckte innerlich mit den Schultern. Wenn er, Mortensen, was zu sagen hätte, würde er so einen Schwachsinn auf seinem Territorium auf keinen Fall zulassen.

Mortensen trank langsam seinen Kaffee aus und sann kurz über Andreas Starck nach. Der Killer hatte von Anfang an nicht verstanden, warum er die Ehefrau liquidieren sollte und nicht den ermittelnden Staatsanwalt selbst. Natürlich – Mortensen war ja nicht blöd – war es dabei um Abschreckung und Drohung gegenüber Konkurrenten und Gegnern gegangen, die Finger vom Geschäft seines Auftraggebers zu lassen. Doch jetzt war Starck draußen und Mortensens geschärfter siebter Sinn sagte ihm, dass er vielleicht doch noch zum Schuss kommen würde.

36. KAPITEL

Es war wie ein Spießrutenlauf.

Starck hatte weder erwartet, dass sich derart viele Leute ihr Auto waschen ließen, noch dass Bekannte aus vergangenen Tagen und Nachbarn so zahlreich zur Kundschaft ausgerechnet dieser Waschstraße gehörten.

Auf dem schmutzempfindlichen, aber blank gewienerten Perleffekt-Lack des dunkelgrauen Seats würde man jeden Dreckspritzer, Wasserfleck oder Vogelschiss sofort erkennen. Die blitzsauberen Alufelgen strahlten mit dem Lack um die Wette. Mit dem breiten Grinsen von Jobst Stukenbröker konnten sie es jedoch bei Weitem nicht aufnehmen.

Jobst ließ die Scheibe herunterfahren.

Starck beugte sich ein wenig nach unten. »Hallo, Stucki.«

»Ach, guten Tag, Andreas. Das ist ja eine Überraschung.«

Gelogen. Da war sich Starck sicher.

»Was können wir für dich tun?«

»Ääääähm ...« Jobst spähte an Starck vorbei zur Angebotstafel mit der Auswahl an Waschprogrammen. »Also erstmal kannst *du* was für mich tun. Hör auf, mich Stucki zu nennen. Ich hasse das!«

Starck nickte. »Wenn du meinst!« Jobst hatte offensichtlich entschieden, dass *um der alten Zeiten willen* ein Konstrukt war, das für sie beide nicht gelten sollte.

»Ja, meine ich. Und so waschprogrammmäßig? Was kannst du da empfehlen?«

Für ein frisch gewaschenes Auto? Ein Taubenschiss wäre angebracht.

Für jemanden, der sich daran ergötzen will, wie sich sein ehemaliger Schulfreund im Eingliederungsjob macht? Mitleid, vermutlich. Besser noch: eine blutige Nase.

»Wie wäre es mit Waschprogramm zwei plus Felgenreinigung?«, schlug Starck vor. *Es ist wirklich eine Farce.*

»Hm ... lass mich kurz überlegen ...«, sagte Jobst Stukenbröker und kramte im Kleingeldfach seines Portemonnaies.

»Mach ma hinne da vorne, ich hab meine Zeit auch nicht beim Bäcker geklaut.« Der Typ in dem mattschwarz folierten BMW hinter Jobsts Seat hing halb aus dem Fenster und schlug mit der flachen Hand von außen gegen die Fahrertür.

»Geht gleich weiter!«, versuchte Starck zu beschwichtigen.

Der Typ gab nicht nach. »Wieso will der Spießer auch seine saubere Karre waschen lassen?«

Berechtigte Frage, dachte Starck.

»Das ist Beamtenbeleidigung«, sagte Jobst energisch und klickte den Gurt los.

»Du bist doch gar nicht im Dienst!«, erwiderte Starck.

»Was'n da los?«, brüllte Hans-Werner Nienhüser, der Chef der Waschstraße, ungeduldig aus dem Bürofenster.

Starck atmete tief aus, drehte sich um und sagte: »Der Kunde hat sich gerade entschieden.« Und an seinen Kollegen gewandt, der die Verantwortung für die Kasse hatte: »Yasin, kommst du bitte kassieren?«

»Aber ...«

»Noch ein Wort und ich kärcher dir die Augenbrauen weg«, zischte Starck.

»Du drohst mir doch nicht ernsthaft?«

»Deine Entscheidung.«

»Na, dann buch mal Programm zwei ein«, lenkte Jobst jovial ein. »Keine Felgen. Und ...«, er konnte es nicht lassen. »Du darfst nicht mal kassieren?«

»Ich wünsche dir noch einen schönen Samstag!« Bevor sich Starck umdrehte, um den Hochdruckreiniger aus dem Lanzenhalter zu ziehen, sah er, wie sich tiefe Zufriedenheit auf Jobsts Gesicht ausbreitete.

37. KAPITEL

Strunkel war nicht stolz auf seinen Spitznamen. Aber er hatte sich daran gewöhnt.

Er trug ihn mit Fassung seit seinem ersten Filmriss in der siebten Klasse. Das war auf der Klassenfahrt nach Wangerooge gewesen und hatte ihm ordentlich Ärger eingehandelt.

Mit Starck, Stucki und – war das damals Tommy gewesen? Er wusste es nicht mehr – hatte er auf einem Viererzimmer gepennt. Die drei hatten wohl noch versucht, ihn vom Strand aus heil und vor allem heimlich ins Landschulheim zurückzubugsieren, aber er war zu *strunkelig* gewesen, wie man auf Plattdeutsch sagt. Hackedicht bis obenhin. Sie hatten ihn nicht die Treppe hochbekommen, ohne dass er alles vollgekotzt hatte. Und am nächsten Morgen hatten sie ihn kaum wach gekriegt.

Die Vorliebe für Bier war geblieben. Die Anzahl der Filmrisse pro Jahr im Laufe der Zeit jedoch weniger geworden. Vielleicht, weil er jetzt mehr vertrug. Vielleicht, weil er einfach rechtzeitig aufhörte. Man wurde ja nicht jünger.

Ohne Qualifikationsvermerk hatte er es mehr schlecht als recht noch in die Höhere Handelsschule und bis zur Fachhochschulreife gebracht. Lernen war nie sein Ding gewesen. Aber zu dem Zeitpunkt war er bereits äußerst fingerfertig darin, Dinge zu finden, die andere noch gar nicht verloren hatten.

Noch mehr Geschick bewies er damals darin, Kunden eine vermeintliche Erklärung dafür zu liefern, warum die Kabel am neuen Autoradio abgeschnitten waren: »Du ahnst ja nicht, wie dämlich meine Freundin ist. Reißt die doch tatsächlich das Radio raus, ohne darauf zu achten, dass man das vorsichtig machen muss, damit die Kabel sich nicht aus dem Kabelschuh lösen. Sorry, Mann. Jetzt zahl ich drauf. Hier, ich geb dir noch 'nen Verbinder dazu.«

So oder so ähnlich war das oft abgelaufen. Und in neunzig Prozent der Fälle hatten die Leute ihm das abgekauft. Im doppelten Sinne.

Inzwischen ging das natürlich professioneller vonstatten. Fürs Finanzamt gab es den Shop auf eBay. Wechselnde Sortimente. Autoradios wurden schon ewig nicht mehr geklaut. Und das große Geschäft lief sowieso unter der Hand.

Aber Strunkel hatte auch einen Ehrenkodex, an den er sich streng hielt. Wenn Lieferanten oder Kunden aus der – wie er es nannte – fiesen Ecke kamen, war er raus. Mit Typen aus dem Drogen- oder Rotlichtmilieu wollte er nichts zu tun haben. Er bevorzugte ehrliche Diebe. Immer. Diese Menschenhandel-Arschlöcher konnten ihm gestohlen bleiben.

Das Telefon klingelte. Er sah schon. Stucki brauchte – wie hieß das gleich? – Amtshilfe, oder so.

»'n Abend, Herr Kommissar«, flötete Strunkel ins Telefon. »Was kann ich für dich tun?«

»Ja, hallo. Hier ist Jobst. Ich wollte mal hören, wie's bei dir so aussieht.«

Na klar! »Super, wie immer. Aber du willst mir doch jetzt nicht erzählen, dass das ein Höflichkeitsanruf ist.«

»Naja, nee. Ich dachte … hast du was von dem Bruch bei Andreas und seiner Mutter gehört?«

»Fragst du das jetzt als Bulle oder als alter Schulfreund?«

»Nenn mich bitte nicht Bulle.«

»Bitte nicht Bulle.«

»Was?«

»Schon gut.« Strunkel schüttelte verächtlich den Kopf. Offensichtlich hatte Stucki immer noch nicht gelernt, wie man eine gepflegte Verarsche erkannte. »Also?«

»Tja, das kann ich grad nur schwer trennen. Also sowohl als Schulfreund als auch als Ermittler.«

»Dann lautet meine Antwort: Ich kann mich für dich umhören.«

»Würdest du?«

»Wozu hat man alte Freunde?« Was wären Ermittler ohne ihre Informanten?

Und Strunkel wusste es durchaus zu schätzen, wenn der Ermittler ihm was schuldete.

38. KAPITEL

Starck war erschöpft. Nicht komplett platt, aber der lange Arbeitstag und die Feuchtigkeit in der Waschstraße steckten ihm in den Knochen. Auch war er langes Stehen nicht gewohnt. Es war schon erstaunlich, wie viele Menschen am Samstag ihr Auto durch eine Waschstraße fuhren. Bereits nach einem Tag hatte sich bei ihm so etwas wie Routine eingestellt.

Und nach dem nervigen Zwischenfall mit Jobst hatte es auch keine weiteren Vorkommnisse gegeben, die zu Ärger mit dem Chef geführt hätten.

Starck merkte, dass ihm von der einseitigen Arbeit mit dem Hochdruckreiniger die Nackenmuskeln und die rechte Rückenseite wehtaten. Er ging jedoch davon aus, dass sich sein Körper sehr schnell an die neue Belastung gewöhnen würde.

Im Gefängnis hatte er sich die Zeit in der Zelle damit vertrieben, neben dem Lesen von Sachbüchern, Romanen und Gedichtbänden auch täglich Liegestütze und Crunches zu machen.

Außerdem hatte er regelmäßig mit Duncan Carrey im Fitnessraum trainiert. Krafttraining, klar. Duncans Ansage war eindeutig.

Aber auf Duncans Programm hatte auch eine Form von

Selbstverteidigung gestanden, für die es keinen offiziellen Namen gab. »Geh mal davon aus, dass du hier die wichtigsten Elemente aus Taekwondo, Krav Maga und Mixed Martial Arts lernst. Wichtig ist nämlich, dass du dich alleine gegen mindestens zwei Gegner verteidigen kannst. Und da ist es besser, wenn du mit denen in zehn Sekunden fertig bist und nicht erst nach einer halben Minute. Dann steckst du zu viel ein.« Diese überlebensorientierte Art von »Sport« war etwas völlig anderes als das von sanften Hip-Hop-Beats untermalte Training im Düsseldorfer Fitnessklub, wo damals irgendwelche Freizeitsportler etwas von »Blut, Schweiß und Tränen« gefaselt hatten. Starck hatte das damals schon albern gefunden.

Nun saß er wieder im Büro seines Vaters, um sich weiter mit dem umfangreichen Material vertraut zu machen, das Gustav Starck in zahlreichen Ordnern abgelegt hatte. Starck hatte sich ein Detmolder Pils in der typischen Bügelflasche aufgemacht. Bereits das dritte heute. Die anderen beiden hatte er vorhin zu dem riesigen strammen Max getrunken, den er sich genüsslich zubereitet hatte. Das pfannkuchengroße Spiegelei aus fünf Eiern auf drei Toasts mit Gurke hatte er nach dem langen Arbeitstag in der Waschstraße gebraucht. Die obligatorische Mettwurst hatte er durch Käse ersetzt. Das schmeckte zwar nicht ganz so gut, aber da war immer noch diese Sache mit dem Fleisch ...

Susanne Starck steckte den Kopf zur Tür herein. »Und, hast du noch was gefunden?«

»Komm rein, Mama. Ich glaube, langsam bekomme ich den Überblick.«

»Also«, begann Starck, als sich seine Mutter mit ihrem gut gekühlten Weißwein gesetzt hatte. »Ich würde sagen, dass Papa eure Verwaltung insgesamt gut strukturiert dokumentiert hat. Wollen wir das einmal gemeinsam durchgehen? Zumindest, soweit ich das bis hierhin überblicken kann?«

Susanne Starck nickte. »Dass ich mich da aber auch nicht schon früher drum gekümmert habe …«

»Mach dir deswegen bitte keine Gedanken, Mama. Dafür gab es ja bisher gar keinen Anlass. Die Versicherungsbeträge werden ja einfach abgebucht.«

»Danke. Dann lass mal hören.«

»Erstens: dein Schmuck. Hier gibt es eine Police, mit der Papa die wertvollsten Teile versichert hat. Du brauchst also nur zu schauen, welche Stücke aufgeführt sind und dir nun fehlen – dann haben wir die Liste für Jobst und die Versicherung fertig.«

»Das sollte ich wohl hinkriegen«, sagte sie zuversichtlich.

»Bestimmt«, bestätigte Starck. Dann sah er seine Mutter ernst an. »So, aber nun wird es spannend. Denn zweitens geht es um die Bilder.«

»Ach, die …«, winkte seine Mutter ab.

»Nein, nein, Mama. Tu das nicht einfach ab. Denn anders als angenommen, sind das nicht nur hochwertig angefertigte Kopien in tollen Rahmen … es handelt sich ausschließlich um echte Gemälde.«

»Wie bitte? Gustav hat …? Warum wusste ich nichts davon? Das gibt's doch gar nicht!«

»Doch. Gibt es scheinbar doch. Zumindest ist das hier so vermerkt.« Starck klopfte auf einen der Ordner. »Es handelt sich um zwei Gemälde des Blomberger Heimatmalers Ernst Wienke. Und – ich vermute, weil ihr so gern Urlaub in Dänemark gemacht habt – die beiden Dünenlandschaften, die hier in Papas Büro hingen, stammen von Carl Ludvig Thilson Locher und Peder Severin Krøyer.«

Susanne Starck schüttelte ungläubig den Kopf. »Gustav, Gustav, Gustav …«

»Sie haben nur die vier Kleinformatigen mitgenommen. Das da …«, Starck zeigte auf das Gemälde links an der Wand, auf dem in dunklen Farben eine Gruppe Fischer zu sehen war, »… ist ja ebenfalls ein Werk Peder Severin Krøyers. Übrigens das Wertvollste von allen.«

»Das muss ich jetzt erst einmal verarbeiten.«

»Verstehe ich. Ist ja auch schon spät. Sollen wir morgen weitermachen?«

»Nein. Ein Überblick ist gut. Dann kann ich drüber schlafen und wir reden morgen wieder. Ich könnte jetzt wohl kaum einschlafen, wenn ich nicht wüsste, was du rausbekommen hast.

»Gut. Dann sind wir also drittens wieder bei Papas Chronographen. Ebenfalls hervorragend mit Fotos, Kaufbelegen und Expertisen dokumentiert. Es gibt jeweils Einzelfotos, auf denen die Uhren aus verschiedenen Perspektiven abgebildet sind, damit sie eindeutig zu identifizieren sind. Und dann noch ein Gesamtbild von vier der fünf Zeitmesser in einer Uhrenbox mit Glasdeckel.«

»Was ist mit der fünften?«

»Das ist die *Tag Heuer*, die Papa so gern getragen hat.«

»Die konnte ich nirgendwo finden, die haben sie wohl auch mitgenommen.«

Starck nickte. »Dann kommt das gute Stück auch mit auf die Liste. Und nun: das Schließfach.«

Seine Mutter schüttelte den Kopf. »Ich kann es immer noch nicht fassen, dass Gustav ein Bankschließfach hatte und ich nichts davon wusste. Wir waren jedes Jahr mindestens einmal in Zürich. Er hat das Schließfach nie erwähnt. Aber gut …« Susanne gab sich ein wenig zerknirscht. »Ich habe mich auch nie wirklich für seine Geldgeschäfte interessiert und mich lieber ins Café gesetzt oder einen Schaufensterbummel gemacht, wenn er in die Bank wollte. Warum hätte ich ihm auch misstrauen sollen? Den Rest des Tages haben wir dann gemeinsam etwas Schönes in der Stadt unternommen oder waren wandern.«

»Das ist doch völlig in Ordnung, Mama. Mach dir doch deshalb keine Vorwürfe. Immerhin habe ich herausgefunden, dass das Bankfach die Nummer einhundertacht hat. Jetzt müssen wir nur noch den Schlüssel dafür finden.«

»Das machen wir morgen. Jetzt wird erstmal geschlafen.«

39. KAPITEL

Dieser Sonntag brachte überhaupt kein Sonntagswetter. Es goss wie aus Kübeln und der Herbstwind trieb den Regen gegen die Fensterscheiben.

Davon völlig unbeeindruckt, starrte Starck bereits seit einer Viertelstunde auf die Homepage der Banca Basòdino. Er hatte das Bild des Vorstandsvorsitzenden aufgerufen, der mit einem angedeuteten Lächeln aus dem Bildschirm zurückschaute. Jovial. Unverbindlich. Giacomo Moretti verantwortete als Vorstandsvorsitzender der Zürcher Privatbank eine Bilanzsumme von über vierundsiebzig Milliarden Schweizer Franken.

Das war er. Der Mann, der hinter allem steckte. Moretti war zwar im Prozess gegen die Infi AG nicht direkt aufgetaucht, aber als Führungsfigur der Banca Basòdino und damit auch des gesamten Unternehmensgeflechts nahm er eine zentrale Rolle bei all den Fragen ein, die Starck durch den Kopf schwirrten. Weshalb hatten sie ihn, den Staatsanwalt, als obersten Ankläger aus dem Rennen genommen? Warum musste Daniela Starck sterben? Und zu welchem Zweck war Greta Starck vollständig aus dem Leben ihres Vaters getilgt worden?

Wer, wenn nicht Moretti, kannte die Antworten auf diese und noch mehr Fragen. In den langen Gesprächen mit

Duncan war Starck sehr schnell klar geworden, dass er mit Moretti reden musste. Ohne Frage ein Unterfangen, dessen Scheitern wesentlich wahrscheinlicher war als sein Erfolg. Duncan und Starck waren sich jedoch darin einig darin gewesen, dass Aufgeben keine Option war.

Ausgelöst durch den Einbruch in das Haus seiner Eltern, hatte sich Starck mit deren Vermögensverhältnissen auseinandersetzen müssen. Und war dabei auf die Verbindung seines Vaters zu der Zürcher Privatbank – und sei sie auch nur rein geschäftlicher Natur – gestoßen. Nun, da er die Verbindung seines Vaters mit der Banca Basòdino entdeckt hatte, stand ein Gespräch mit Moretti ganz oben auf Starcks Liste.

Verdammt. Er zermarterte sich das Hirn.

Was hatte er übersehen? Etwas Wichtiges musste ihm entgangen sein. Anders konnte er sich die mutmaßlichen Zusammenhänge nicht erklären.

Sein Vater und die Banca Basòdino – nur ein Zufall?

Aber wenn dem so wäre – warum hatte sein Vater dann während des gesamten Verfahrens nichts davon erwähnt?

Starck hob den Blick vom Bildschirm zu den Fenstern, an denen sich die Regentropfen zu Rinnsalen vereinten und am Glas herunterliefen. Ein einzelner Tropfen war harmlos und kaum zu sehen. Aber aus vielen Tropfen bildete sich eine Wassermenge, die stärker wahrgenommen wurde. Eine größere Macht hatte. Bis eine Flut daraus wurde oder ein Fluss, der sogar Steinbrocken mit sich forttragen konnte.

Mit diesem Bild beruhigten sich Starcks flirrende Gedanken und er erkannte, dass es vermutlich nicht reichen würde, alleine zu kämpfen. Für Greta. Für seine Rehabilitierung.

War die Lage aussichtslos? – Ja, es schien so!

Würde er weitermachen und niemals aufgeben? – Absolut! Brauchte er Hilfe dafür? – Jede, die er kriegen konnte!

Natürlich war seine Mutter auf seiner Seite. Aber über vieles konnte er sich nicht mit ihr austauschen. Das wollte er ihr nicht zumuten.

Aber es gab einen anderen Weg. Die Entscheidung war getroffen. Später würde er eine Mail an Duncan schreiben und dessen Angebot annehmen: *»Meld dich, wenn du Hilfe brauchst. Ich schicke dir jemanden!«* Starck wusste, dass er sich darauf verlassen konnte. Duncan hatte ihn noch nie im Stich gelassen. Immer, wenn es in der Haft hart auf hart kam, hatte der Freund ihm zur Seite gestanden.

»Guck mal hier, das sind alle Schlüssel von Gustav, die ich finden konnte.« Susanne Starck hatte den Raum betreten und wedelte mit mehreren Schlüsselbunden. Sie wirkte immer noch irritiert. Leicht verstört.

Starck stand auf. »Toll, Mama. Dann lass mal sehen.«

»Hier. Der Einzelne lag im Tresor. Das ist dann ja schon mal *sehr* verdächtig«, sagte sie. »Und genau der gleiche ist auch noch mal mit einem Autoschlüssel an einem Bund.«

»Hm.« Starck nickte, während er sich über das Sammelsurium beugte. »Viele Schließfachschlüssel haben auf jeder Seite einen Bart. Mal schauen, ob wir noch eine Alternative finden ...«

»Der hier vielleicht?« Susanne hielt kurz darauf ein weiteres Exemplar in die Höhe, das ähnlich aussah.

»Ja, vielleicht«, bestätigte Starck.

»Gut!« Sie stemmte die Hände in die Hüften. »Wann fahren wir?«

»Du musst nicht mit, Mama. Das wird recht anstrengend. Schließlich habe ich ja nur montags frei.«

»Nee, nee. Ich fahre mit. Du wirst mich brauchen. Sonst lassen sie dich nicht in den Tresorraum oder wie das heißt.«

»Da hast du wohl recht. Ohne Erbschein brauchen wir da nicht aufzutauchen, denn das Depot läuft auf Papas Namen. Ich will keine Zeit verlieren, weil wir natürlich schauen müssen, was in diesem ominösen Schließfach ist. Außerdem muss ich mit dem Vorstandsvorsitzenden der Bank reden. Morgen!«

»Morgen? Das heißt, wir fliegen? Und du meinst, wir werden vorgelassen?«

Starck nickte und lächelte seine Mutter liebevoll an. Und stolz. »Danke, dass du mir hilfst. Ja, wir fliegen! Mit dem Auto ist das zu umständlich. Vielleicht haben wir nicht gleich morgen Erfolg. Aber verlass dich drauf, Mama, der wird mit uns reden.«

40. KAPITEL

Zwei Seiten hatte Starck vollgeschrieben und sie anschließend aus der A4-Kladde herausgerissen. Außerdem hatte er die wichtigsten Seiten aus dem Versicherungsordner kopiert, alles zusammen gelocht, auf eine Lasche geheftet und war mit der Blättersammlung quer über die Straße gegangen. Nun stand er vor der Haustür des Mehrfamilienhauses, in dem sich Jobst mit seiner Mutter eine Wohnung teilte.

Starck hatte sich gewundert, dass Jobst die Unterlagen nicht per Mail zugeschickt haben wollte, aber nun gut. Er war nicht – wie sonst in seiner Vergangenheit als Staatsanwalt – Herr des Verfahrens und musste sich danach richten, was sein alter Schulfreund verlangte.

»Ja?« Das war Jobsts Stimme, die aus dem Lautsprecher drang, nachdem Starck die Klingel gedrückt hatte. Das Schild daneben wies derart kleine Buchstaben auf, dass man sie kaum lesen konnte, aber anders wäre die Namenskombination »St John-Smythe/Stukenbröker« kaum auf dem kleinen Feld unterzubringen gewesen.

»Hi, Jobst. Hier ist Andreas. Ich wollte dir die Liste mit den gestohlenen Gegenständen bringen.«

»Komm morgen früh ins Kommissariat.«

Starck schüttelte genervt den Kopf. »Lässt du mich rein, bitte? Dann können wir kurz darüber reden.«

»Ja, lass ihn doch rein«, hörte Starck im Hintergrund eine Frauenstimme, die nur Moira gehören konnte.

Dann passierte erst einmal gar nichts.

»Ich komme runter«, sagte Jobst. »Kleinen Moment.«

»Okay.« Starck drückte sich ein wenig weiter unter das Vordach, weil es schon wieder angefangen hatte zu regnen.

Er hörte noch, wie Moira sagte: »Aber er kann doch hochkommen, du hast doch die gute Jogginghose an ...« Dann hatte Jobst wohl die Hand von der Gegensprechanlage genommen.

Es dauerte einige Minuten, bis er Starck schließlich gegenüberstand. Er hatte offensichtlich die von Moira benannte Sonntagsjogginghose gegen eine dunkelblaue Bundfaltenjeans getauscht. »Hättest dich besser angemeldet. Aber egal. Dann zeig mal her.«

Starck reichte ihm die Blättersammlung, woraufhin Jobst direkt zu lesen begann.

Liste Diebesgut Einbruch Starck
1. UHREN

Marke:	Modell:	versicherter Wert:
Tag Heuer	Monaco	5.800,00 EUR
Ulysse Nardin	Moonstruck	75.000 EUR
Audemars Piguet	Royal Oak Offshore Grand Complication (Titan/Keramik)	750.000 EUR
Zenith	El Primero Chronomaster 1969	16.500 EUR
Patek Philippe	Jahreskalender Chronograph Ref. 5905R	60.000 EUR

2. GEMÄLDE

Maler:	Titel / Format:	versicherter Wert:
Ernst Wienke	Feldweg bei Detmold 41 x 32 cm	1.800,00 EUR
Ernst Wienke	Heidelandschaft 40 x 30 cm	1.400,00 EUR
Carl Locher	Sturm über Skagen 45,6 x 31,5 cm	3.500,00 EUR
Peder S. Krøyer	Abendstimmung 43,5 x 32,5 cm	21.000,00 EUR

»Soso. Aha!« Jobst kratzte sich am Kopf und sah sich die zweite Seite mit der Liste des fehlenden Schmucks an. »Das ist ganz schön viel Geld, das deine Mutter da einfach so im Haus rumliegen hatte. Eine Uhr für eine dreiviertel Million. Mein lieber Scholli. Dass ihr die nicht sicher weggeschlossen habt, ist ja wohl mehr als grob fahrlässig.«

Ob Jobst nur zu Starck und seiner Mutter so unfreundlich und belehrend war, oder ob er dieses Verhalten auch gegenüber anderen Menschen zeigte, wusste Starck nicht. Es war ihm aber auch egal. Damit wollte er sich nicht auseinandersetzen. Die Situation in der Waschstraße war schon nervig genug gewesen.

Stattdessen sagte er: »Da hast du recht. Aber Mama und ich wussten bis gestern auch nicht, welchen Wert einige Gegenstände im Haus haben.«

»Dummheit schützt vor Torheit nicht.« Jobst schüttelte den Kopf. »Ihr geht hoffentlich nicht davon aus, dass ihr was von der Versicherung bekommt.«

»Das wird man sehen«, erwiderte Starck, dem unklar war, ob Jobst mit Sprichwörtern auf Kriegsfuß stand oder sich im Lustig-Sein versuchte.

»Dann passt mal auf, dass ihr nicht in die Röhre guckt.«

»Machen wir. Sag Bescheid, wenn es Neuigkeiten gibt.«

»Als Ex-Staatsanwalt weißt du doch, dass du keinen Anspruch auf Auskünfte aus dem laufenden Verfahren hast«, sagte Jobst bereits im Umdrehen.

Starck verkniff sich jede Replik. Denn durch die Hinweise, dass Jobst Susanne Starck des Versicherungsbetrugs verdächtigte, hatte der Kommissar genau diese Auskunft erteilt. »Ich wünsche euch einen schönen Abend.«

»Ja ja ...«

41. KAPITEL

»'n Abend, Herr Starck! Wie geht's?«

»Alles bestens«, log Starck. »Und selbst?«

»Läuft, würde ich sagen. Was meinen Sie wohl? Wenn ich Sie an einem heiligen Sonntagabend anrufe, muss es wohl wichtig sein.« Kriminalhauptkommissar Jan-Hendrik Steinbecks Stimme klang entspannter als die Aussage es vermuten ließ. Gelassen. Gut gelaunt.

»Wer weiß, vielleicht sind Sie einsam oder kein Tatort-Fan. Vielleicht auch beides.«

»Sie müssen weder das eine noch das andere über mich wissen.«

»Staatsanwälte sind neugierige Menschen. Das liegt in ihrer Natur. Und ... was haben Sie herausgefunden?«

»Sie glauben also, ich hätte in den letzten Tagen nichts anderes zu tun gehabt, als Ihre alte Fallakte durchzuarbeiten?«

»Nein, das glaube ich nicht. Was ich aber glaube, ist, dass auch Sie jemand sind, der hinter den Vorhang schauen möchte, weil Sie sich mit dem Offensichtlichen nicht zufriedengeben wollen.«

Steinbeck brummte irgendetwas, das nach Zustimmung klang. Dann fuhr er deutlicher fort. »Wissen Sie, Starck, das ist alles ziemlich unlogisch. Sie haben als Oberstaatsanwalt das Verfahren gegen die Infi AG geleitet. Dann tauchen plötzlich drei Millionen in Cash, ein paar Goldbarren und der Hinweis auf eine Wallet mit Krypto-Währung bei Ihnen auf, was insgesamt als Bestechung gewertet wird, und dann verschwinden in der Folge dann auch tatsächlich Beweismittel, die dazu beitragen sollten, die Infi AG zu überführen und zu Schadensersatzzahlungen gegenüber den geschädigten Personen zu verurteilen. Habe ich das so weit richtig verstanden?«

»Haben Sie. Und was ist daran nun aus Ihrer Sicht unlogisch? Wenn man einen Oberstaatsanwalt bestechen will, damit der möglichst unauffällig den Gang des Verfahrens ändert, muss man schon einen ordentlichen Betrag auf den Tisch legen. Sonst riskiert der nicht seinen Job. Damit will ich jetzt nicht sagen, dass ich das Geld genommen oder am Verfahrensablauf herumgedreht hätte.«

»Schon klar. Aber mal ehrlich ... und nichts für ungut. Aber andere Oberstaatsanwälte oder ... naja, Sie wissen schon ... Oberstaatsanwältinnen sind ja auch nicht dümmer als Sie. Was ich sagen will – irgendjemand rückt immer nach.«

»Das ist kein Geheimnis. Aber schlussendlich waren die entscheidenden Beweismittel entweder endgültig verschwunden oder derart kompromittiert, dass sie dem Verwertungsverbot unterlagen und nicht mehr vor Gericht im Sinne der Anklage verwendet werden durften.«

»Schon richtig«, bestätigte Steinbeck. »Wenn man die Bestechung und das Verschwinden der Beweise nimmt, ist das alles im Sinne der Infi AG gelaufen. Starck hat Scheiß gebaut. Wird weggeschlossen. Infi AG ist raus. Anleger sind von vorne bis hinten verarscht. Justiz ist blamiert. Fall für die Banker abgeschlossen. Fertig. Alles nicht schön, aber wenn ich nichts übersehen habe, kann ich diesen Ursache-Wirkung-Zusammenhang nachvollziehen.«

Steinbeck legte eine kurze Pause ein, in der Starck fragte: »Und wo haben Sie jetzt ein Logikproblem?«

»Kann ich Ihnen sagen. Was aus meiner Sicht nämlich überhaupt nicht passt: Warum Ihre Frau töten und es so aussehen lassen, als sei es ein Verkehrsunfall mit Fahrerflucht? Warum Ihre Tochter in einer Pflegefamilie verschwinden lassen? Das ist – mal vom Sachverhalt an sich abgesehen – doch komplett unnötig, denn die Infi AG hat ihre Ziele doch bereits erreicht.«

»Doppelter Boden? Fallschirm? Doppelt genäht hält besser?«

»Stimmt es, dass Ihre Frau am selben Tag überfahren wurde, an dem man Sie dem Haftrichter vorgeführt hat?«

»Herr Steinbeck, Sie sind der Erste, der die richtigen Fragen stellt und nicht alles so hinnimmt, wie es in den Akten und Protokollen steht. Aber ja, das gehört zu den Dingen, die tatsächlich stimmen.«

»Freuen Sie sich mal nicht zu früh. Ich hinterfrage nur. Das ist mein Job. Und Ihre Aussage ist nur Ihre Aussage. Vielleicht lügen Sie mich ja nach Strich und Faden an.«

»Stimmt«, bestätigte Starck. »Trotzdem danke, dass Sie sich an dem Gedankenexperiment beteiligen, ich könnte mit meiner Sicht auf das Erlebte und Geschehene richtig liegen.«

»Genau«, fuhr Steinbeck fort. »Nur ein Experiment. Sollten Sie recht haben, würde das ja bedeuten, dass wir an zentralen Stellen im System korrupte Kollegen haben. Daran will ich noch nicht so ganz glauben, auch wenn ich es mir natürlich vorstellen kann. So einfältig bin ich ja nun auch nicht. Haste zehn Leute, ist auch ein Arschloch dabei. Klassisch. Also, weiter im Text. Warum also Ihre Frau umbringen, wenn man Sie ohnehin in U-Haft steckt? Sicherheitshalber? Damit Sie spuren, falls noch etwas schiefgeht? Totaler Quatsch. Wenn Ihre Frau tot ist, warum sollten Sie dann noch auf irgendetwas Rücksicht nehmen? Gut, auf Ihre Tochter vielleicht, aber die wurde Ihnen ja auch entzogen.«

Ähnliche Diskussionen hatte Starck unzählige Male mit Duncan auch geführt. Aber Duncan war nun mal ein verurteilter Straftäter, der Starck zwar helfen, das System aber nicht kippen konnte. Kriminalhauptkommissar Jan-Hendrik Steinbeck jedoch war ein erfahrener und renommierter Ermittler. Ein Fünkchen Hoffnung stahl sich in Starcks Gefühlswelt. Er würde alles dafür tun, dass aus diesem Fünkchen zumindest eine kleine Flamme wurde.

»Wenn man will, kann man schon Erklärungsansätze dafür finden«, erwiderte Starck. »Und genau das wurde im Verfahren gegen mich ja auch ausführlich gemacht.«

»Reicht mir nicht.«

»Okay, vielleicht schauen Sie mal in der Asservatenkammer vorbei und gucken sich Geld und Gold an. Woher stammt das? Ist das sauber? Oder überhaupt noch auffindbar? Was ist mit den Bitcoins? Kommt man da noch dran?«

»Es gibt auch nicht nummerierte Goldbarren. Wenn ich jemanden bestechen wollte, würde ich die wohl nehmen. Und Asservaten verschwinden nicht einfach so. Allerdings ist das jetzt fünf Jahre her. Und der Fall offiziell abgeschlossen. Insofern gehe ich davon aus, dass Geld und Gold mittlerweile dem Land Nordrhein-Westfalen zugeführt wurden. Fiskus. Sie wissen schon. Und der Zugang zu einem Bitcoin-Konto ist ohnehin eine Wissenschaft für sich. Aber ich verstehe grundsätzlich, was Sie meinen. Und was die Fallakte angeht ... hab ich mir als Lektüre für die nächsten Abende aufgespart.«

»Ich ... das ... vielen Dank.« Starck hatte es geschafft und den kleinen Samen eines Zweifels an dem korrekten Ablauf des Verfahrens bei Steinbeck gesät. Nicht jede Ungereimtheit war auf den ersten Blick erkennbar. Ließ Steinbeck sich auf einen zweiten Blick ein?

»Jetzt werden Sie mal nicht gefühlsduselig, Mann. Deshalb werden wir ja nicht gleich Freunde. Aber Ungerechtigkeiten gehen mir einfach auf den Sack. Sollte sich herausstellen, dass wir auf der richtigen Spur sind, hänge ich mich auch rein. Das wissen Sie.«

Wir!

»Ja, das weiß ich nur zu gut. Ich habe Sie ja nicht zufällig angesprochen. Gibt nicht so wahnsinnig viele Leute, an die ich mich wenden kann. Und Ihre Hilfe ... die kann ich schon gut gebrauchen.« Er war zwar kein Bittsteller, aber operierte mit dem Kommissar auch nicht auf Augenhöhe. Starck hoffte, dass er das richtige Maß gefunden hatte.

»Ich melde mich, Starck. Bis dann.« Steinbeck unterbrach die Verbindung, noch bevor Starck etwas zum Abschied sagen konnte.

42. KAPITEL

HAJ lautete die internationale und seiner Ansicht nach ziemlich unlogische Kennung des Airports, der sich auf dem Stadtgebiet von Langenhagen im Norden Hannovers befand.

Als Begründung hatte der Waran gelesen, dass das Kürzel HAN bereits für Hanoi in Vietnam vergeben war, sodass man sich für das bedeutendste Luftdrehkreuz Niedersachsens etwas anderes hatte ausdenken müssen. Die Wahl für den letzten Buchstaben der Kennung war auf ein »J« gefallen und ging auf den Luftfahrtpionier Karl Jatho zurück, der sich bereits 1907 für die Einrichtung einer Landebahn eingesetzt hatte.

Fehlten dem Waran Hintergrundinformationen oder waren Zusammenhänge bestimmter Sachverhalte einmal nicht vollständig klar, forschte er so lange nach, bis er alle Details verstanden und in die richtige Beziehung zueinander gebracht hatte.

Er fühlte sich unwohl, war nicht mit sich im Gleichgewicht, wenn er nicht wusste, warum etwas so war, wie es war oder zu sein schien. Aufgrund seiner außerordentlichen Intelligenz und hervorragenden Gedächtnisleistung, verbunden mit herausragender Recherchekompetenz und Rezeptionsfähigkeit, dauerte dieser Zustand des Unwohlseins allerdings meist nicht lange an. In einigen Fällen war die Lösung des Problems ein aufwendiger Prozess, in anderen genügte eine simple Google-Suche.

Sein Gehirn funktionierte genauso gut oder schlecht wie das anderer Menschen. Der einzige Unterschied bestand darin, dass er sich an alles erinnern konnte, was er jemals mit seinen Sinnen aufgenommen hatte. Psychologen beschrieben diese Fähigkeit als eidetisches Gedächtnis. Viele Menschen bezeichneten es fälschlicherweise als fotografisch.

All das machte den Waran so gut in dem was er tat, sodass er seine Kompetenzen teuer verkaufen konnte. Für seine Auftraggeber machten ihn seine Fähigkeiten gleichermaßen wertvoll wie gefährlich. Wertvoll, weil seine Prinzipien zwei und drei – Effektivität und Effizienz – stets zu hundertprozentiger Auftragserfüllung führten. Gefährlich, weil er alles über seine Auftraggeber wusste, aber selbst seinem ersten Prinzip – Anonymität – penibel treu blieb.

Jetzt stand er in Terminal B und beobachtete die Starcks beim Check-in. Auf der Anzeigetafel stand, dass der Flug nach Zürich planmäßig um 7:25 Uhr starten würde. Noch fünfzig Minuten.

Falls nötig, würde er mitfliegen.

Das Ganze war ein profitabler Auftrag. Auf unterschiedlichen Ebenen. Gleichzeitig durchgängig langweilig, sodass der Waran aufpassen musste, in seiner Aufmerksamkeit nicht nachzulassen. Aber er wollte nicht undankbar sein.

Heute war er in die Rolle eines erfolgreichen Geschäftsmannes geschlüpft. Das fiel ihm leicht und verhieß um diese Uhrzeit am Flughafen absolute Anonymität. Im peinlichen Touristenlook wäre er sofort aufgefallen. Urlauber waren jetzt kaum unterwegs. Nicht zu dieser Tageszeit. Nicht hier.

Er trug einen modern geschnittenen, dunkelblauen Anzug, dazu ein blütenweißes Hemd mit mittelblauer Krawatte. Dem braunen Gürtel und den dazu passenden Schuhen sah ein geübtes Auge sofort das hochwertige Leder an, aus dem sie gefertigt waren. Der strenge Seitenscheitel korrespondierte perfekt mit der dunklen Hornbrille, hinter deren Fensterglas die Augen des Warans heute in einem blassen Grün die Umwelt aufmerksam musterten. Das schmale Köfferchen aus dunkelbraunem Glattleder, das neben ihm auf dem Boden stand, vervollständigte den Eindruck eines erfolgreichen Geschäftsreisenden.

Die Airport-Plaza erwachte langsam zum Leben. Vor zehn Minuten war er hinüber zum Vierundzwanzig-Stunden-Schnellimbiss geschlendert und hatte sich einen Becher mit einer Flüssigkeit besorgt, die dort als »Café grande« verkauft wurde. Ein Affront für jeden nicht vollständig abgestumpften Geschmacksnerv. Der Wegwerfbecher aus beschichteter Pappe und dessen Deckel aus Kunststoff repräsentierten in seinen Augen auf vortreffliche Weise den negativen ökologischen Fußabdruck des gesamten Burgerladens. Die Kette war weltumspannend als Franchisesystem organisiert, und auch wenn der Waran die Bedeutung des Unternehmens als Arbeitgeber anerkennen musste, fand er das Gesamtkonstrukt einfach nur asozial. Was ihn nicht daran hinderte, mit dem obligatorischen Kaffeebecher die Legende als Businessman zu vervollständigen.

Er hatte sich dafür entschieden, die Kopfhörer auf altmodische Art via Kabel mit seinem Wegwerf-Handy zu verbinden, damit auch jeder sehen konnte, dass er quasi ununterbrochen telefonierte. Was er nicht tat.

Er sprach einfach. Im Rhythmus eines Telefonats.

Das hatte er schon tausendfach erprobt. Es war die beste Möglichkeit, unauffällig irgendwo herumzustehen oder bei einer Überwachung nicht angesprochen zu werden.

Heute Morgen verwendete er ein Französisch, dessen ordinären Dialekt er vor zwanzig Jahren für einen Undercover-Job in einem der übelsten Pariser Banlieues gelernt hatte. Im Département Seine-Saint-Denis hatten die Franzosen lehrbuchmäßig vorgeführt, wie man Migration und Integration krachend scheitern ließ und stattdessen schwer kriminelle Parallelwelten erschuf.

Der Vorteil dieses Dialekts war, dass er zwar wie Französisch klang, was einem als versiert auftretenden Geschäftsreisenden gut zu Gesicht stand, ihn aber bis auf elementare Vokabeln außerhalb der kriminellen Stadtteile von Paris niemand verstand.

Und so hielt der Waran seinem Handy in aller Ruhe einen inhaltlich gähnend langweiligen Vortrag über die Grundlagen des externen Rechnungswesens, deren Bedeutung für das deutsche Finanzsystem und welche Aufgaben seitens der Buchhaltung gegenüber dem Finanzamt periodengerecht durchzuführen waren.

Manchmal machte er eine Pause, so als höre er einem Gesprächspartner zu. Dann redete er weiter. Selbst neugierig Zuhörende wären niemals darauf gekommen, dass er kein geschäftliches Telefonat führte.

Der Waran hörte die Durchsage, wie zum Boarding aufgerufen wurde. Er beendete das vorgetäuschte Telefonat und wählte die einzige Nummer, die von diesem Gerät aus jemals angerufen werden würde.

»Ja?« Selbst in diesem kurzen Wort war die schweizerische Klangfarbe deutlich zu hören.

»Das Boarding hat begonnen«, sagte der Waran.

»Steigen sie ein?« Auch sein Gegenüber erwähnte den Namen *Starck* nicht. Zur Sicherheit.

»Sind gerade dabei.«

»Ist das überhaupt erlaubt – so kurz nach der Entlassung?«

»Das Überschreiten der EU-Außengrenzen im Rahmen der gesellschaftlichen Wiedereingliederungsphase eines Straffälligen stellt kein Problem dar«, sagte der Waran. Er fand, dass sein Auftraggeber die Antwort kennen sollte und versuchte, seine Irritation über die Frage nicht allzu deutlich durchklingen zu lassen. Kritik am Auftraggeber unterließ er tunlichst, denn das war in seinen Augen unprofessionelles Verhalten. »Benötigen Sie weitere Informationen dazu?« Im Prinzip war es ihm egal, was Starck durfte oder nicht, ob er etwas tat oder unterließ. Der ganze Typ war ihm egal. Ein Auftrag eben. Nur eins war wichtig: Starck durfte dem Waran unter keinen Umständen in die Quere kommen.

»Nein, danke. Das genügt mir.« Eine kurze Pause signalisierte, dass sein Auftraggeber nachdachte. Doch schon nach wenigen Sekunden hatte er sich entschieden. »Und ich denke, Sie müssen nicht mitfliegen.«

»Okay.« Der Waran legte auf und schaltete das Handy aus. Bei nächster Gelegenheit würde er das Gerät in drei Teilen an drei verschiedenen Orten entsorgen. Wie immer.

Handy. Akku. Zerstörte SIM-Karte.

Anonymität. Erstes Prinzip. Niemand – und schon gar nicht sein Auftraggeber – sollte seine Bewegungen zurückverfolgen können.

Giacomo Moretti war zufrieden. Sie kamen zu ihm. In seine Stadt. In seine Bank.

Moretti hatte das Telefonat auf dem Rücksitz des dunkelgrauen Jaguar XJ mit langem Radstand entgegengenommen. Es handelte sich um dasselbe Fahrzeugmodell, in dem auch der britische Premierminister durch Londons Straßen chauffiert wurde. Moretti empfand es als seiner Position angemessen, dass er denselben Luxus in Zürich genoss. Deutsche Nobelmarken waren ihm zu bieder. Ein Jaguar hingegen hatte Stil. Auch wenn er vermutlich einem vergleichbaren deutschen Modell technisch unterlegen war.

Der Flug würde in gut siebzig Minuten eintreffen. Er ging davon aus, dass sie kurz nach zehn Uhr im Bankhaus erscheinen würden. Die Banca Basòdino AG war eine alteingesessene Privatbank und öffnete seit mehr als hundert Jahren jeden Morgen um Punkt zehn Uhr die schwere eisenbeschlagene Eichentür für ihre geschätzte Privatkundschaft – sowohl für solche mit großen Vermögen als auch für jene mit gigantischen Portfolios. Selbstredend erwartete die Kundschaft von ihrer Privatbank Wachstum und Schutz der anvertrauten Vermögenswerte. Aber in gleichem Maße ging es auch um Diskretion.

Moretti war stolz, dass er über dieses Imperium herrschte,

das von seiner Bank aus gesteuert wurde. Ja, er hatte Macht und Kontrolle.

Kontrolle war alles. Kontrolliere deine Umwelt und du kontrollierst deinen Erfolg.

Er dachte kurz nach und nickte. Er hatte richtig entschieden. Für das, was heute passieren würde, brauchte er den Waran nicht.

43. KAPITEL

Es war eine gefühlte Ewigkeit her, dass Starck das letzte Mal geflogen war. Nicht, dass er es vermisst hatte. Aber diese Art der Fortbewegung war sehr praktisch, um schnell von A nach B zu kommen.

Der Start war gut verlaufen und die Flugrituale hatten ihren Lauf genommen. Seine Mutter hatte ihm den Fensterplatz überlassen und er schaute hinab in die dunkle Wolkensuppe, die über Niedersachsen hing. Oder waren sie schon über Hessen?

Er dachte an Duncan, mit dem er oft über Moretti gesprochen hatte. Starck vermisste den gutmütigen Riesen. Wobei gutmütig nicht unbedingt das richtige Wort war. Aber er hatte ein großes Herz. Und die beiden waren über die Jahre gute Freunde geworden. Duncan war es wichtig gewesen, dass sich Starck nicht zu sehr auf Moretti, die Banca Basòdino und die Infi AG einschoss.

Sie waren alles immer wieder durchgegangen und Duncan hatte vernünftige Fragen gestellt.

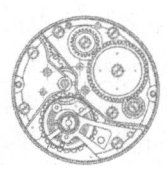

»Frage eins: Bist du wirklich unschuldig, unbestechlich?«

Starck nickt und sieht Duncan ernst an. »Ja, absolut. Selbst wenn du es nicht glaubst, nimm es bitte einfach an, wenn wir weitere Möglichkeiten besprechen.«

»Okay. Frage zwei: Wem hast du in der Vergangenheit derart ans Bein gepinkelt, dass er entweder etwas davon hat oder sich tierisch freut, wenn du weggesperrt bist?«

Bevor Starck antworten kann, winkt Duncan bereits ab. »Warte. Hier noch Frage drei, dann kannst du was sagen: Wer hasst dich so sehr oder profitiert davon, wenn deine Frau tot und deine Tochter – zumindest vorerst – deinem Einflussbereich entzogen ist? Und komm mir nicht wieder mit der abgenudelten Infi AG oder diesem Moretti. Ja, ich hab verstanden, dass die an Nummer eins gesetzt sind. Aber wir müssen auch mal neue Aspekte dieser abgefuckten Scheiße beleuchten.«

»Da hast du natürlich absolut recht. Das Problem ist, dass ich als Staatsanwalt natürlich einigen Schwergewichten Ärger gemacht habe.«

»Dann fang mit den schwersten Schwergewichten an.«

»Okay. Da wäre als Erstes Johnny Kieran, der eigentlich Erwin Hölzenbein heißt und als charismatischer Führer seiner Sekte *Die heiligen Apostel der letzten Tage* die meisten seiner Anhänger um Hab und Gut gebracht hat. Wer sein Seelenheil bei den Aposteln finden wollte, musste sein gesamtes Vermögen an die Sekte spenden, um sich vom Ballast alles Weltlichen zu trennen. So weit, so vorhersehbar. Am Ende ging es um Geldwäsche, Drogengeschäfte und Prostitution. Der widerliche Hohepriester selbst verging sich an Minderjährigen beiden Geschlechts, was wir ihm in immerhin fünfzehn Fällen nachweisen konnten.«

Duncan schlägt sich wütend mit der gewaltigen rechten Faust in die linke Pranke. »Priester ... die echten wie die falschen ...«.

Starck sagt nur: »Ja.« Dann schweigen die beiden für einen Moment.

Duncan räuspert sich. »Und – Motiv, Mittel, Gelegenheit?«

»Auf jeden Fall. Aus irgendwelchen Gründen, die sich mir nicht erschließen, da sie mit Logik meines Erachtens nach nichts zu tun haben, hat er immer noch mehrere Hundert verblendete Anhänger, die alles für ihn tun würden.«

»Arschlöcher.« Duncan schüttelt den Kopf. »Das ist also Alternativ-Kandidat Nummer eins.«

»So sieht's aus. Von dem Nächsten hast du bestimmt schon einmal gehört: Onkel Pablo.«

»Na toll! Der Mafia-Pate, von dem keiner weiß, wer er ist, und der sich wie dieser Maler nennt. Oder so benannt wurde. Oder was auch immer. Hab ich nie kapiert. Du?«

Starck nickt. »Hast du mal ein Bild von Pablo Picasso gesehen?«

Duncan zuckt mit den muskelbepackten Schultern. »Vielleicht. Kann sein. Erzähl.«

»Picasso hat seine Bilder von Menschen sehr abstrakt gemalt, sodass es so aussieht, als lägen bestimmte Körperteile auf derselben Ebene nebeneinander. Naja, und Onkel Pablo hat seine Opfer zu Beginn seiner Karriere ja noch selbst getötet, dann auseinandergehackt und die Körperteile in Picassos Malstil angeordnet. Als Warnung. Damit keiner wagt, ihm in die Quere zu kommen.«

»Verstehe. Und du warst so blöd, ihm in den Vorgarten zu kacken?«

»Wie's halt so geht. Hafen Duisburg. Container. Koks.

Waffen. Irgendein kleines Licht singt, bevor ihm ein größeres dasselbige auspusten kann.«

»Womit sich die Frage nach Motiv, Mittel und Gelegenheit wohl erübrigt.«

»Ja, aber mal ehrlich: Das ist doch bei allen großen Fällen so, an denen ich beteiligt war. Wo es um viel Geld geht, hast du auch immer einen, der für viel Geld viel erledigt.«

»Bis ins Gefängnis hinein«, erinnert Duncan.

»Davon müssen wir wohl ausgehen«, bestätigt Starck.

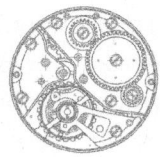

Als das Flugzeug in den Landeanflug ging, wurde Starck aus seinen Gedanken gerissen. Er sah zu seiner Mutter, die eingeschlafen war, beugte sich hinüber und legte ihr den Sicherheitsgurt an.

44. KAPITEL

Anonymität war nicht zufällig das erste Prinzip des Warans. Privatsphäre und damit das Verschleiern seiner wahren Identität waren ihm heilig. Nicht immer war er so umsichtig gewesen, wie es ihm heute zur zweiten Haut geworden war. Diese Vorsicht schützte ihn wie seinen tierischen Namensgeber die Schuppen.

Zu Beginn seiner Tätigkeit hatte er sich noch persönlich mit Auftraggebern getroffen. Später, glücklicherweise aber noch nicht zu spät, hatte er erkannt, dass dies ein großer Fehler gewesen war. Er hatte aufräumen müssen. Bis es keine Menschen aus der Anfangszeit mehr gab, die sein Gesicht mit seiner Tätigkeit in Verbindung bringen konnten. Er hatte eine Entscheidung getroffen. Nicht leichtherzig, aber konsequent.

So wenig es zu seinem Selbstbild passte, so ungern er es sich selbst eingestand: Es gab eine Schwäche in seinem Leben. Eine einzige. Er liebte seine Frau über alles. Vielleicht ungewöhnlich für einen Typen wie ihn. Vielleicht aber auch nur die logische Konsequenz daraus, dass er ein harmonisches Umfeld, einen gesunden Ausgleich zu seiner Tätigkeit brauchte, um nicht die Kontrolle zu verlieren.

Er würde alles dafür tun, um das nahezu sorgenfreie und glückliche Leben seiner Frau zu schützen. Wenn niemand wusste, wer er war, konnte auch niemand seine Familienidylle bedrohen oder gar zerstören.

Der Kinderwunsch seiner Frau war lange unerfüllt geblieben. Der Waran konnte mit Kindern nicht besonders viel anfangen. Aber seiner Frau zuliebe hatte er seine Zweifel nicht ein einziges Mal thematisiert. Um nichts in der Welt wollte er sie verlieren. Sie war sein Fixstern. Der Grund, warum er auf sich aufpasste. Um für sie da zu sein. Er musste, er wollte seinen Job perfekt durchziehen. War hart in der Sache und hart zu den Menschen. Sehr hart.

Aber für seine Frau würde er alles tun. Wirklich alles. Zwei Fehlgeburten hatten ihre Beziehung dennoch auf eine harte Probe gestellt.

Dann endlich war der Tag gekommen, der alles geändert hatte. Der Tag, an dem sie ihr kleines Mädchen nach Hause gebracht hatten.

45. KAPITEL

Entgegen Starcks Erwartung befand sich der Tresorraum mit den Bankschließfächern nicht im Keller der Bank. Sie waren mit dem Aufzug in das dritte Obergeschoss des fünfstöckigen Gebäudes gefahren, dessen neobarocke Schlossarchitektur mit Jugendstileinflüssen eine besondere Stellung am Utoquai einnahm. Starck fand den aus seiner Sicht protzigen Stilmix architektonisch irritierend, vor allem, weil sich über dem Eingangsportal zudem ein gotisches Rosettenfenster mit Zentralpentagramm befand.

Der Utoquai verlief zweigeteilt am Ufer der nordöstlichen Spitze des Zürichsees. Von der mehrspurigen Straße durch einen Grüngürtel getrennt, waren Mutter und Sohn auf ihrem Weg vom Bahnhof zur Bank direkt am Wasser entlanggelaufen.

Starck war von der Idee beeindruckt, den Tresorraum mitten in das Gebäude zu verlegen. Damit waren typische Szenarien für einen Einbruch ausgeschlossen. Er ging auch davon aus, dass sich irgendwo in der Nähe der Serverraum befinden würde. Ebenfalls gut abgeschirmt von der Außenwelt. Vermutlich mit einem Notstromaggregat versehen.

Nach Vorlage des Erbscheins und von Susanne Starcks Personalausweis hatte ein freundlicher Bankmitarbeiter sie zu den Schließfächern begleitet, ihnen das Fach mit der Nummer einhundertacht gezeigt und sich anschließend diskret zurückgezogen.

Nun war es also so weit.

»Okay, Mama. Bist du bereit?«

»Ich bin vor allem aufgeregt. Ist schon komisch, hier vor dem Schließfach zu stehen, das Gustav zuletzt auf- und zugeschlossen hat. Dann wollen wir doch mal sehen, ob wir einen passenden Schlüssel dabeihaben.«

Sie kramte in ihrer Handtasche. »Wo ... ach, jetzt hab ich ihn.« Dann steckte sie den Schlüssel in den waagerechten Schlitz. »Das passt schon mal.« Sie drehte den Schlüssel nach links. Er bewegte sich nicht. Dann nach rechts. Es klickte. »Die machen es ja spannend«, sagte sie. »Holst du die Kiste bitte heraus?«

Starck sah seine Mutter an. »Sicher?«

Sie nickte.

Er zog die längliche Metallbox aus dem Fach und ging damit zum Tisch in der Mitte des Raumes. Sah seine Mutter erneut an.

»Nun fabrizier kein Drama und mach auf.«

Starck öffnete den Metalldeckel. Die beiden stießen fast mit den Köpfen zusammen, als sie sich über die Box beugten.

Wenn es nach ihm ginge, würde er mit Andreas Starck kurzen Prozess machen. Eigentlich nicht sein Stil, denn Kol

Mortensen genoss es, mehrere Stunden mit seinen Opfern zuzubringen und ihnen beim Leiden zuzusehen.

Bei Starck war das anders. Da hatte er schlicht keine Lust mehr. So viele Jahre ging das nun schon ...

Aufgesetzter Genickschuss. Fertig. Das würde extrem schnell die Runde machen, und jeder Bulle oder Justizheini wüsste, dass man sich mit ihm und seiner Organisation besser nicht anlegte.

Aber nein – der Boss wollte es anders. Geheimnisvoll sollte es sein. Über lange Zeit andauernd. Zumindest im Moment noch.

Wer sich mit ihnen anlegte, hatte eben nicht immer das Glück, nach kurzer Folter eines schnellen Todes zu sterben. Der Boss wollte zeigen, dass es noch viel schmerzhafter ging. Wie bei Andreas Starck. Die Ehefrau aus dem Leben gerissen, die Tochter unerreichbar in einer anderen Familie. Okay, für den Tod des Vaters konnten sie nichts. Den hatte einfach das Alter dahingerafft. Aber es passte ihnen gut in den Kram.

Sie hatten die Macht, Leben zu nehmen oder Leben zu zerstören. Je nachdem. Besser, man legte sich nicht mit ihnen an.

Mortensen griff nach dem Telefon. Er wollte seinen Blutdurst heute noch befriedigen. Und auf der »Liste der 23« waren noch zu viele Namen offen.

In der Metallkiste lagen nur zwei Gegenstände. Ein weißer A4-Briefumschlag, auf dem in großen Druckbuchstaben »Andreas« geschrieben stand, und eine Uhr mit schwarzem Lederband, eckigem Stahlgehäuse, blauem Zifferblatt und weiß-roten Zeigern. Der Sekundenzeiger bewegte sich nicht.

»Papas *Tag Heuer*.« Starck bemerkte, dass er geflüstert hatte.

»Ja, und was ist da nun wieder drin?« Susanne Starck langte pragmatisch in die Box, schob die Uhr zur Seite und holte den Umschlag heraus. Die Lasche war nur eingesteckt. »Ach so, darf ich? Dein Name steht drauf.«

»Natürlich, Mama. Das ist ja merkwürdig.«

»Ja, wie so vieles.« Mit zusammengekniffenem Mund holte seine Mutter die beiden Blätter hervor, die in dem Umschlag steckten.

Dann lasen sie, was auf dem oberen stand.

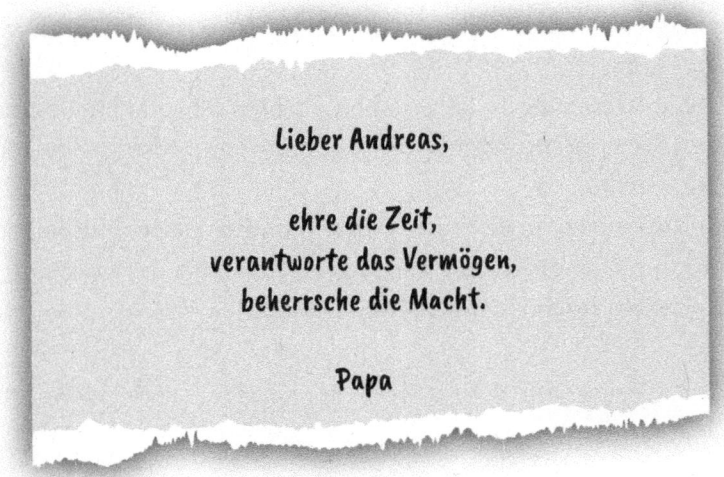

»Eine Nachricht von Papa«, sagte Starck.

»Sehr geheimnisvoll.« Susanne Starck drehte das Blatt um, aber es stand nichts weiter darauf.

Starck nickte. »Darüber werde ich nachdenken müssen.«

»Das wirst du.« Seine Mutter zog das zweite Papier hervor. »So, und das hier ist ...«

»... ein Kontoauszug ... mit einem Saldo von zehn Millionen Euro?«, ergänzte Starck. Überrascht. Erstaunt. Verwirrt.

»Und du bist der Kontoinhaber?« Susanne war ebenso irritiert. »Geht das überhaupt?«

»Scheint so.« Starcks Name stand im Adressfeld. »Und ja, das geht schon. Man kann ja ein Konto zugunsten eines anderen anlegen. Wenngleich das sicherlich nicht zum Tagesgeschäft einer Bank gehört.« Sie studierten schweigend den Auszug, aber für den Moment konnten sie ihm keine Erklärung entlocken. Eines aber hatte Starck mit seinem geschulten Blick für Details entdeckt. »Die Kontonummer endet ebenfalls auf einhundertacht, genau wie die Nummer dieses Schließfachs.«

»Nette Idee von Gustav.«

Er sah seiner Mutter an, dass sie nun doch enttäuscht war, dass ihr Mann keine Botschaft für SIE hinterlassen hatte. Natürlich hatten beide nicht gewusst, was sie hier erwarten würde. Trotzdem hatte sich jeder von ihnen Gedanken gemacht. Ein geheimnisvolles Schließfach in einer Schweizer Privatbank – das würde wohl jedem so gehen – ließ Fantasie, Hoffnungen und Wünsche aufblühen. Es musste einen Grund dafür geben, dass sein Vater nicht einfach eine Nachricht im Haustresor der Starcks hinterlassen hatte.

Dass es schlussendlich nur eine – wenn auch sehr

kryptische – Nachricht für Starck gab, nahm seine Mutter nun doch mit. Er verstand das.

Seine Eltern waren jahrzehntelang durch dick und dünn gegangen, hatten Höhen und Tiefen durchlebt und stets zueinandergestanden. Wenigstens hatte es so auf ihn gewirkt. Nicht zuletzt die Sorge um ihren Sohn, die Trauer um die Schwiegertochter und das Bangen um das Enkelkind hatten Spuren im Leben der beiden hinterlassen. Seit dem ernüchternden Gespräch mit Frau Schmitz im Düsseldorfer Jugendamt verstand Starck viel besser, warum seine Eltern bei dem Ringen um Gretas Sorgerecht erfolglos geblieben waren.

Ohne Frage hatte seine Mutter ein gutes Auskommen mit der Witwenrente, dem schuldenfreien Haus und einigem Barvermögen. Aber die Entdeckung dieses Schließfachs, in dem sich nur Gegenstände und Vermögen für den Sohn befanden, warf nun doch einige Fragen auf.

»Mama, es tut mir leid, dass Papa scheinbar nur Dinge für mich hier hinterlegt hat.« Starck nahm seine Mutter in den Arm.

Sie ließ es kurz geschehen, sagte »Papperlapapp« und schob ihn dann resolut zur Seite. »Das ist bestimmt alles richtig so. Außerdem ist jetzt nicht der richtige Zeitpunkt, um über Gustavs Verhalten nachzudenken und uns zu wundern. Wir packen das hier ein und sprechen erstmal mit diesem Moretti.«

46. KAPITEL

»Guten Morgen! Wir möchten gern Herrn Moretti sprechen«, sagte Starck mit großer Selbstverständlichkeit. Er schätzte die Mitarbeiterin hinter dem Schalter auf Anfang dreißig und das goldene Namensschild, das mit ihrem blonden Pagenkopf um die Wette glänzte, wies sie als Fabienne Wehrli aus.

»Guten Morgen. Schön, dass Sie bei uns sind«, sagte sie freundlich und mit der distinguierten Distanz, die im Bankensektor Vertrauen in professionellen Umgang mit den Vermögenswerten der Kundschaft vermitteln sollte. Dabei nickte sie den Starcks nacheinander zu. »Wen darf ich melden?«

»Susanne und Andreas Starck.«

Fabienne Wehrli klickte zweimal mit der Maus und schaute auf ihren Bildschirm. Starck stellte sich auf eine energische Diskussion ein. Er würde hartnäckig bleiben. Sich nicht schnell und vor allem nicht leise abwimmeln lassen. Wenn nötig ...

»Herr Moretti erwartet Sie«, sagte die Dame in diesem Moment. »Wenn Sie mir bitte folgen wollen?«

Fabienne Wehrli ging zügig voran. Selbstbewusst. Aufrecht. Immer tiefer in das große Bankgebäude hinein.

»Herr Moretti erwartet Sie«? Überwacht er mich etwa? Also liege ich mit meinem Verdacht richtig, dass er hinter allem steckt? Dann weiß er auch von unserer Anwesenheit, seit wir die Bank betreten haben. Starck dachte an die schwarzen Glashalbkugeln, die er an allen Decken der Bank ausgemacht hatte. Mit Ausnahme des Tresorraums.

Im Fahrstuhl entstand eine unangenehme Minute, die sie mit Small Talk über das wechselhafte Herbstwetter zu überbrücken suchten. Dann ging es weiter in einen langen Flur mit schweren Teppichen, Stuckverzierungen und großen Ölgemälden in gewaltigen goldenen Rahmen.

Es war jedoch nicht die beeindruckende Noblesse der Bank, die Starck schaudern ließ. Vielmehr ein Gefühl von aufkommender Klaustrophobie, von dem er gar nicht gewusst hatte, dass es ihn auch nach der düsteren Gefängniszeit heimsuchen konnte.

Sind wir tatsächlich auf dem Weg zu Giacomo Moretti? Oder laufen wir direkt in eine Falle? Werden wir die Bank in einem Stück wieder verlassen?

Ihm kam der saudi-arabische Journalist Jamal Kashoggi in den Sinn, der die Botschaft seines Landes in Istanbul betreten hatte, dort getötet wurde und dessen Körper seitdem als verschwunden galt. Zugegebenermaßen hatte Starck zwar auf ein Treffen mit Moretti gehofft, war aber nicht ernsthaft davon ausgegangen, dass es gleich heute dazu kommen würde. Er war so mit Recherche und Planung beschäftigt gewesen ... *»Herr Moretti erwartet Sie«. Zu schlecht vorbereitet. Scheiße!*

Fabienne Wehrli klopfte an eine geschosshohe

Doppelflügeltür und trat direkt ein, ohne eine Reaktion abzuwarten. »Familie Starck für Herrn Moretti«, sagte sie zu der Frau hinter dem Schreibtisch, die Starck spontan an Lois Maxwell alias Miss Moneypenny aus zahlreichen frühen James-Bond-Filmen erinnerte.

Miss Moneypenny nickte wortlos in Richtung der nächsten doppelflügeligen Tür und widmete sich dann wieder den drei Bildschirmen, die nebeneinander auf ihrem Schreibtisch standen.

Erneut klopfte Fabienne Wehrli, wartete dieses Mal kurz und öffnete dann den rechten Flügel. »Herr Moretti, Familie Starck für Sie.«

»Danke«, sagte Giacomo Moretti.

Und Starck stand das erste Mal dem Mann Auge in Auge gegenüber, den er für all das Leid der vergangenen Jahre verantwortlich machte.

Strunkel interessierte der Deal durchaus. Mit Chronographen konnte man unter bestimmten Voraussetzungen gute Geschäfte machen. Nicht ganz unkompliziert, aber er hatte Abnehmer. Was den Schmuck anging, nun, das würde man sehen. Die Bilder interessierten ihn nicht besonders. Er ging aber davon aus, dass er den Lieferanten einen Paketpreis machen musste.

Oder er würde sie hinhängen. Das könnte er später noch entscheiden.

Natürlich kannte er Andreas Starck von früher. Aber war er ihm deshalb etwas schuldig? Wohl kaum. *Allerdings würde Andreas mir etwas schulden, wenn ich zumindest einen Teil der Beute an die Starcks zurückgebe. Wenngleich ich im Moment noch nicht sehe, wie mir das helfen könnte. Schließlich ist Andreas ja kein Staatsanwalt mehr. Aber man weiß ja nie!* Strunkel hielt sich für erfahren genug, um in der entsprechenden Situation die richtige Entscheidung treffen zu können.

Und Stukenbröker? Der nervte ihn ohnehin jedes Mal, wenn irgendwo etwas verschwunden war. Außerdem war es so, dass Stucki – der offenbar nicht mehr Stucki genannt werden wollte – zwar gerne Unterstützung von Strunkel in Anspruch nahm, ihm aber nie etwas zurückgegeben hatte. Das war bisher eine absolute Einbahnstraße. Eine sehr ungleiche Geschäftsbeziehung, wie Strunkel fand. *Das muss sich dringend einmal ändern.*

Wenn also ein gutes Geschäft zu machen war, würde er darauf eingehen und dann konnte er Andreas die Sachen immer noch zum Rückkauf anbieten. Oder teilweise auch für lau übergeben. Vielleicht konnten sie sogar gemeinsam die Versicherung abzocken. Schließlich hatte Andreas ja die Seiten gewechselt.

Ja, so könnte es gehen. Manchmal muss man nur lange genug über eine Sache nachdenken, dann fällt einem auch eine schlaue Lösung ein.

Auf dem Wanderparkplatz beim Donoper Teich hatte er zuletzt vor zwei Jahren einen Deal durchgeführt. Deshalb konnte er den Ort jetzt wieder einmal verwenden.

Strunkel holte sein Handy hervor und tippte Koordinaten, Tag, Uhrzeit und das Automodell ein. Dann drückte er auf »senden«.

47. KAPITEL

»Sie kommen spät«, eröffnete Giacomo Moretti das Gespräch, nachdem sie zu dritt in der hochmodernen Stahlrohr-Sitzecke Platz genommen hatten, die einen harten Kontrapunkt zu den schweren Vorhängen, dicken Teppichen und der dunklen Wandvertäfelung bildete. Von draußen drang kein einziges Geräusch zu ihnen herein. Der auffälligste Einrichtungsgegenstand dieses Büros aber war das überlebensgroße Ölgemälde, das Moretti mit stolzem Gesichtsausdruck zeigte und die Wand hinter seinem Schreibtisch dominierte. Auf dem Bild trug Moretti dasselbe Uhrenmodell, das die Starcks erst vor wenigen Minuten im Tresorraum der Bank aus dem Schließfach geholt hatten: eine *Tag Heuer Monaco*.

»Aha?«, sagte Starck und musste sich zusammenreißen, um dem Mann, dem er die Schuld für all sein Leid gab, nicht körperlich anzugehen. Sollte sich Moretti sperren, alle Informationen herauszugeben, die Starck benötigte, würde er weitersehen.

»Nun ja. Die Familie von Gustav Starck hätte ich früher erwartet.« Moretti gab sich betont gelassen, was Starck umso mehr aufregte. Waren sie in einen Hinterhalt gelockt worden? Hier – in einer Bank?

»Wie das? Ich bin gerade erst aus dem Gefängnis entlassen worden. Und darf wohl davon ausgehen, dass Sie das ganz genau wissen. Immerhin waren Sie es doch, der erst dafür gesorgt hat, dass ich eingesperrt wurde.«

»Aber Sie, verehrte Frau Starck« – Moretti ignorierte Starcks letzten Satz und wandte sich stattdessen seiner Mutter zu – »hätten uns ja schon etwas früher beehren dürfen.«

»Das müssen Sie erklären«, erhob diese zum ersten Mal das Wort, seit sie die Schalterhalle verlassen hatten.

»Liebend gern,« antwortete Moretti.

»Sagen Sie mir, wo Greta ist. Das ist nach allem wohl das Mindeste, was Sie machen können«, grätschte Starck wieder in das Gespräch. Strategisch vielleicht etwas unklug. Aber er war nicht hier, um Höflichkeiten auszutauschen. »Ihr Plan ist doch aufgegangen. Meine Frau ist tot. Ich war im Gefängnis aus dem Verkehr gezogen und der Prozess ist mit der neuen Staatsanwältin genau so gelaufen, wie das für Ihren Konzern wünschenswert war. Und Sie konnten weiterhin ungestört Ihren miesen Geschäften nachgehen.«

Starck hatte seine Nachfolgerin, die ehrgeizige Staatsanwältin Nina Reinhard, in Verdacht, ebenfalls in die ganze Sache verwickelt zu sein.

»Beruhigen Sie sich«, stoppte Moretti Starcks Redefluss. »Wenn Sie erst alles verstanden haben ...«

»Sie wollen mir erzählen, es gäbe etwas zu verstehen? Ich finde das alles ziemlich eindeutig.«

»Nichts ist so, wie es scheint«, sagte Moretti ernst, lehnte sich langsam zurück und legte die Finger zu einem Dreieck zusammen.

Starck hingegen beugte sich vor. »Ach was?! Und was soll das heißen?«

»Das soll heißen, dass Ihre Inhaftierung, der Tod Ihrer Frau und das sogenannte Verschwinden von Greta nicht auf das Betreiben desselben Personenkreises hin veranlasst wurden. Wir haben nichts mit den zwei ersteren Geschehnissen zu tun. Und auch die Drohungen, die in unserem Namen ausgesprochen wurden, kamen nicht von uns.«

»Ich glaube Ihnen kein Wort!«

Moretti nickte. »Das kann ich Ihnen kaum verübeln. Aber: Ja! Denn um Greta haben wir uns gekümmert. Ihr geht es gut. Wir wollten Sie aus der Schusslinie haben, als alles eskalierte. Für Ihre Frau war es leider schon zu spät und für Sie konnten wir auch nichts mehr tun. Zumindest konnten wir Ihre Verurteilung nicht verhindern.«

»Sie behaupten, etwas mit der Unterbringung meiner Tochter zu tun zu haben.« Starck fixierte Moretti mit hartem Blick. »Warum wurde sie dann gleich adoptiert?«

»Von einer Adoption weiß ich leider nichts. Wir haben uns um eine Pflegefamilie gekümmert. Da muss es ein Missverständnis geben, das ich gerne für Sie klären kann.«

Du behauptest, Greta aus der Schusslinie genommen zu haben, aber von der Adoption weißt du nichts. Das ist doch bullshit!

Starck sprang auf, ging zum Schreibtisch und lehnte sich mit verschränkten Armen an. Hatte nun den Gemälde-Moretti im Rücken, den echten vor sich. »Soso, ein Missverständnis! Da waren aber viele Missverständnisse unterwegs, die den Tod meiner Frau und meine fünfjährige Haft nach sich zogen.«

»Herr Starck.« Moretti hob beide Hände in die Luft. »Es tut mir leid.«

»Ach, und das fällt Ihnen erst heute ein? Und dann sagen Sie uns, *wir* seien spät? Also wirklich! Angenommen, also wirklich nur mal angenommen, ich würde Ihnen glauben, dass Sie in positiver Weise Einfluss auf Gretas Aufenthaltsort haben. Dann beeilen Sie sich bitte. Denn beim Jugendamt in Düsseldorf habe ich auf Granit gebissen.«

»Ich kläre das, aber Greta kann ohnehin noch nicht zu Ihnen zurück.«

»Doch. Kann sie. Ich muss bei ihr sein. Und sie muss auch wieder bei mir sein. Ich bin schließlich ihr Vater.«

»Das verstehe ich, aber es ist noch zu früh. Das wäre zu gefährlich.«

»Zu früh? Zu gefährlich? Weshalb? Was muss denn noch alles passieren?«

»Es sind noch Dinge zu regeln.«

»Welche Dinge?«

»Das ist eine Nummer zu groß für Sie. Überlassen Sie das uns.«

»Ich bin kein kleines Kind. Hören Sie auf, mich zu verarschen. Und wer ist überhaupt *uns*?«

»Ihr Vater hat es Ihnen nicht erzählt?«

»Was?«

»Was er mit uns zu tun hatte?«

»Nein.«

»Gut. Denn das sollte er auch nicht. Sie werden es erfahren, wenn es so weit ist. Sie haben die Uhr und den Kontoauszug im Schließfach gefunden?«

»Davon wissen Sie?«

Moretti nickte und lächelte. »Selbstverständlich.«

»Das ist mir alles zu kryptisch.«

»Sie müssen sich keine Sorgen machen. Wir passen auf Greta auf. Ihr geht es gut und sie ist bei einer fürsorglichen Familie.«

»Das genügt mir nicht. Ich will eine Adresse.«

Moretti nickte. »Auch das verstehe ich. Aber zunächst

werde ich Ihnen etwas erklären. Bitte setzen Sie sich doch wieder. Möchten Sie einen Kaffee?

Starck schüttelte genervt den Kopf. »Okay, wir hören uns Ihre Version an. Was nicht bedeutet, dass wir Ihnen auch alles glauben, was Sie uns auftischen. Und – Sie müssen verstehen, dass meine Geduld nicht mehr besonders strapazierfähig ist.«

»Also, ich nehme gern einen Kaffee«, sagte seine Mutter. Vermutlich, um etwas Ruhe in das Gespräch zu bringen. *Dennoch – wäre* es *vielleicht doch besser gewesen, Mama nicht mitzunehmen?*

»Sehr gerne«, sagte Moretti, beugte sich vor und goss ihr eine große Tasse voll. »Bitte bedienen Sie sich bei Milch und Zucker. Oder Süßstoff. Und greifen Sie bitte auch bei den Keksen und dem Obst zu.«

Und an Starck gewandt: »Verständlich. Tun wir doch für einen Moment so, als wäre das, was ich sage, tatsächlich wahr. Ich möchte Ihnen gerne die Sorge um Ihr kleines Mädchen nehmen. Sie ist bei uns sicherer als bei Ihnen.«

Starck ging zu seinem Sitzplatz zurück. »Gut. Nehmen wir also kurz an, Sie würden die Wahrheit sagen. Wenn Sie meiner Familie all das Leid nicht angetan haben, wer war es dann?«

»Wir sind uns nahezu sicher.«

»Hören Sie auf mit diesem kryptischen Quatsch. Warum haben Sie nichts unternommen, um diese ganze Katastrophe abzuwenden?«

»Das stand uns nicht zu. Wir beschützen die Familien unserer Mitglieder, aber ein direktes Eingreifen ist nach unseren Statuten nur für direkte Mitglieder möglich.

»Mitglieder? Was für Mitglieder? Sie meinen Bankkunden, wie mein Vater einer war?«

Moretti lächelte wissend, beantwortete die Frage aber nicht. Stattdessen fuhr er fort: »Glauben Sie mir, Ihr Vater hat alles in seiner Macht Stehende getan, um Ihnen zu helfen, und wir haben vieles für Sie organisiert.«

»Dann taugen wahrscheinlich Ihre Statuten nichts. Warum haben Sie den Tod meiner Frau nicht verhindert?«

»Wir sind weder allwissend noch allmächtig – dennoch hatten ihre Gegenspieler wesentlich Böseres im Sinn. Das Ihnen zugefügte Leid ... nun ja, glauben Sie mir ... da wäre noch Steigerungspotenzial gewesen.«

Schlimmer als das, was mir zugestoßen ist? Starck nickte. Ahnte, dass Moretti womöglich recht hatte. Wollte es sich aber lieber nicht vorstellen.

»Also«, sagte Moretti. »Geben Sie mir bitte einen Moment Zeit, Ihnen eine Geschichte zu erzählen. Eine wahre Geschichte. Wenn Sie sich mit Bankhistorie auskennen, will ich Sie natürlich nicht langweilen, andernfalls finde ich einen guten Ansatz, Ihnen unsere Organisation etwas näher zu bringen."

Starck und seine Mutter sahen Moretti aufmerksam an. »Überzeugen Sie uns!«

Ping.
Adam Melko öffnete die SMS.

> 51°55'37.7"N 8°48'13.0"E
> Montag 1200
> Octavia

Das war schon in einer Stunde, aber er hatte mit einem kurzen Vorlauf gerechnet. Er gab die Koordinaten bei Google Maps ein. *Gute Wahl,* fand er. Und nickte zufrieden.

48. KAPITEL

Es gab zwei gute Gründe, weshalb Kol Mortensen niemals danach gefragt wurde, wie er in so kurzer Zeit zu einem der gefährlichsten Werkzeuge des mächtigsten Paten Mitteleuropas aufgestiegen war. Schließlich war Mortensen erst neunundzwanzig Jahre alt.

Standen sie dem brutalen Killer mit den kalten Augen erst einmal gegenüber, trauten sich die meisten Menschen nicht mehr, ihn überhaupt anzusprechen. Geschweige denn nach seiner kriminellen Karriere zu fragen. Einfach, weil seine gesamte Aura ihnen Angst machte. Das war Grund Nummer eins.

Alle anderen hatten die Legende seines spektakulären Aufstiegs in der dänischen Unterwelt von jemandem gehört, der sie von jemandem gehört hatte, der jemanden aus Mortensens Bekanntenkreis kannte ... der Schwager des Bruders einer Freundin ... Das war Grund Nummer zwei.

Man erzählte sich, dass Mortensen aus armen Verhältnissen stammte. Dass er seinen Vater nicht kannte, der seine

Familie verlassen hatte, als der Kleine gerade ein halbes Jahr alt war.

Die Mutter habe sich und den Sohn mit einer kleinen Putzstelle über Wasser gehalten und Sozialhilfe wegen einer leichten Behinderung bekommen. Anderen Berichten zufolge war sie eine billige Straßennutte. Die schäbige Wohnung war eine von vielen in der sechsten Etage eines achtstöckigen Plattenbaus im seelenlosen Stadtteil Gellerupparken. Einen sozial schwächeren und heruntergekommeneren Stadtteil suchte man in Aarhus vergeblich. Die Plattenbausiedlung war Ende der 1960er entstanden und lag nur wenige Kilometer westlich des Stadtzentrums. Hier lebte nur, wer sich eine bessere Wohngegend nicht leisten konnte.

Mortensen lernte schnell, dass Tabak, Zigaretten und – für dänische Verhältnisse – billiger Schnaps die einzige Währung waren, die hier zählte. Und dass man dafür nichts bezahlen musste, wenn man die Leute in den ranzigen Supermärkten ein wenig ablenkte. Es begann als Mutprobe, doch bald klaute er für den eigenen Bedarf. Aber mit zehn konnte er gar nicht so viel rauchen, wie er mit seinen flinken Fingern mitgehen ließ.

Er wurde größer und stärker, raufte sich ständig mit älteren Jungs, die seine Beute abziehen wollten. Und er gewann. Immer. Auch wenn sie zu mehreren waren. Mit vierzehn drehte er den Spieß einfach um und holte sich ihre Beute. Dazu stellte er sich seinen Mitschülern einfach in den Weg. Sie gaben ihm freiwillig, was er von ihnen verlangte. Er musste sie noch nicht einmal mehr verprügeln.

Auch wenn er häufig die Schule schwänzte, bekam er gute Noten. Nicht, weil er besonders viel gelernt hätte oder sonderlich schlau war. Vielmehr entwickelte er auch gegenüber den Lehrkräften das ein oder andere Gewalt- oder Erpressungsszenario. Ohne sich dabei erwischen zu lassen.

Jeder, der jemals versucht hatte, ihm ans Bein zu pinkeln, hatte dieses Ansinnen bitter bereut. Dabei ging Mortensen gerne indirekt vor, indem er die Familie seines Gegenspielers ausspionierte, um dann während dessen Abwesenheit seine stets perfiden, häufig gnadenlos brutalen Exempel zu statuieren. Zu Anfang drohte er lediglich damit, vorbeizukommen und jemanden aufzuschlitzen oder ans Auto zu binden und durchs Viertel zu schleifen. Wenn der gewünschte Effekt ausblieb, wurde er aktiv.

Und nachdem ihm das Husarenstück gelungen war, den albanischen Clan-Chef Tariq Shabani von seinen Leibwächtern zu separieren, ihn bewusstlos zu prügeln und dann an einem klapprigen geklauten Lada Niva den viel befahrenen Silkeborgvej solange zwischen zwei Bushaltestellen hin und her zu schleifen bis sein Körper nur noch ein blutiger Fleischklumpen war, schlug niemand mehr eine Drohung Mortensens in den Wind.

Natürlich hatte die Antwort des Clans nicht lange auf sich warten lassen. Aber Mortensen war nicht dumm und hatte damit gerechnet. Was dazu führte, dass kurz darauf zwei albanische Killer im Brabrand Sø trieben.

Statt ihm das Handwerk zu legen, wurde er vom dänischen Inlandsnachrichtendienst PET rekrutiert. Nachdem Mortensens Mutter kurz nach seinem achtzehnten Geburtstag verstorben war, passten ihn zwei Offiziere auf dem Weg von der Beerdigung nach Hause ab. Wie sich herausstellte, hatten sie ihn schon seit einiger Zeit beobachtet und zahlreiche seiner skrupellosen Machenschaften dokumentiert. Sie sahen davon ab, ihn zu verhaften und vor zu Gericht zu bringen – vielmehr erhielt er ein Angebot, das er nicht ausschlagen konnte.

Unter fachkundiger Anleitung verfeinerte er seine Fähigkeiten und Vorgehensweisen. Und als seine Vorgesetzten die Zeit für ihn gekommen sahen, schleusten sie ihn in die unterste Ebene des mächtigsten Mafiaclans im nordeuropäischen Raum ein. Ziel war es, an die nebulöse Führungsgestalt am Kopf der Organisation heranzukommen.

An den Mann, der *Onkel Pablo* genannt wurde. Wie es hieß, hatte er als junger Mann in Russland irgendeinen Scheiß gebaut und musste unter Leonid Iljitsch Breschnew zwei Jahre in einem Straflager im nordostsibirischen Tscherskigebirge verbringen. Die Geschichte, wie er dabei durch Erfrierungen vier Finger und einen Fuß eingebüßt hatte, machte Onkel Pablo regelmäßig zum Thema, wenn es um Abschied ging. Also zum Beispiel um Abschied vom Leben. Gerne auch kurz bevor ein Widersacher hingerichtet wurde. Mortensen fand die Story dramaturgisch zwar gut ausgedacht – er hatte für sich ja ebenfalls eine spannende Legende konstruiert – aber eben auch völlig unglaubwürdig, weil Onkel Pablo viel zu jung dafür war. Wahrscheinlich war Pablo selbst verschuldet in eine Kreissäge geraten. Aber das wirkte natürlich weniger spektakulär, wenn man es erzählte.

Mortensen gelang es, innerhalb von nur zwei Jahren zu Onkel Pablos persönlichem Killer aufzusteigen. Weil Pablo besser bezahlte als der dänische Staat und Mortensen zudem nicht unbedingt zu Patriotismus neigte, ihm dafür die eigenen Bankkonten aber sehr nah waren, wechselte er schnell die Seiten. Da hatten sich die Führungsoffiziere in seiner Beurteilung wohl geirrt. Schließlich war er schon immer ein Gangster gewesen – nun zahlte sich das richtig aus, denn er hatte eine bedeutsame Position in der Organisation und war unverzichtbar für seinen Auftraggeber.

Darauf war er stolz. Mit Recht, wie er fand.

Als Mortensen herausfand, dass sein Führungsoffizier beim PET ebenfalls auf der Gehaltsliste Onkel Pablos stand, blieb ihm keine andere Möglichkeit, als den Mann vorsichtshalber verschwinden zu lassen. Der PET ersetzte ihn durch einen Offizier, der vorerst keine Gefahr für Mortensens doppeltes Spiel darstellte.

Das war eine schöne Geschichte. Nicht nur, weil Märchen und Geschichten in Dänemark Tradition haben.

Wichtig war, dass Mortensens Fingerabdrücke zu dieser Legende passten, bei der es sich jedoch um eine von vorne bis hinten erlogene Coverstory handelte, die seine wahre Identität verschleiern sollte. Was bisher gelungen war. Nicht einmal sein Name war echt. Aber er hatte sich daran gewöhnt.

Er, der verwöhnte Sohn des ehemaligen dänischen Botschafters, war in Wirklichkeit vor zweiunddreißig Jahren in der Berliner Charité geboren und hatte seine ersten zehn Lebensjahre behütet und mit einem hervorragenden Bildungsangebot in der deutschen Hauptstadt des wiedervereinigten Deutschlands zugebracht. Deshalb sprach er mehrere Sprachen fließend.

Diese Tatsache war für seine Tätigkeit höchst bedeutsam,

denn er hätte es absolut unprofessionell gefunden, wenn man seine Herkunft am Akzent erkannt hätte.

Erlogene Coverstory hin oder her – dass er für Onkel Pablo Menschen dazu brachte, Dinge zu tun, die sie nicht wollten, und dass sie den Kontakt mit ihm meist nicht überlebten, war die Wahrheit.

Und die Sache mit Tariq Shabani auch.

49. KAPITEL

Giacomo Moretti sah Susanne Starck an, nickte kurz, dann suchte er Blickkontakt zu Starck.

»Im Jahr 1250 gründete die Familie Bardi ihr erstes Bankhaus in Florenz und legte damit den Grundstein für eine erfolgreiche Expansion über ganz Europa. In der Folge betrieben sie ein weit verzweigtes Filialnetz in bedeutenden europäischen Handelsstädten wie Paris, Barcelona, Brügge, im damaligen Konstantinopel und sogar in Jerusalem. Die Bardi standen damit in direktem Wettbewerb mit den Peruzzi, ebenfalls eine erfolgreiche florentinische Bankerfamilie. Bedeutende Immobilien der Peruzzi finden sich heute noch an der *Piazza dei Peruzzi* in Florenz, nur einen Steinwurf entfernt von der Franziskanerkirche *Santa Croce di Firenze*. Beiden Bankhäusern war gemein, dass sie jeweils ihr erstes Haus in Florenz gründeten und infolge das Bankgeschäft von dort aus in die damals bekannten Teile der Welt exportierten. Übrigens – über einhundert Jahre, bevor die Medici auf den Plan traten. Um 1343 gingen die Peruzzi durch weitreichende Fehlinvestitionen bankrott. Zumindest ist dies die in den Geschichtsbüchern offiziell vermerkte Fassung. In Wahrheit hatten sich die Peruzzi längst mit den Bardi und den Medici verbündet. Der Bankrott war vorgegaukelt, damit sich eine der Familien um die Geschäfte des neuen

Bankenbundes kümmern konnte. Mit dem scheinbaren Niedergang der Peruzzi und der offiziellen Fehde zwischen den Familien Bardi und Medici lenkte man von etwas völlig Neuem mit historischer Tragweite ab: Die Cancellari waren geboren.«

In Morettis dramatische Kunstpause hinein sagte Starck mit unverhohlenem Sarkasmus: »Die Cancellari? Ein Geheimbund? Ernsthaft? Ich fürchte, Sie haben den Vatikan vergessen. Beziehungsweise die Vatikanbank. Kein Verschwörungsmythos ohne Vatikan.«

Moretti verzog keine Miene. »Ich verstehe Ihre Skepsis. Sie spricht für Ihren gesunden Menschenverstand. Auch wenn das *Istituto per le Opere di Religione*, wie die Vatikanbank offiziell heißt, noch keine hundert Jahre alt ist, hatten Macht und Geld des Heiligen Stuhls natürlich auch im vierzehnten Jahrhundert bereits Einfluss auf italienische Bankgeschäfte. Aber das ist eine andere Geschichte.«

»Tatsächlich?«

Diesmal lächelte Moretti. »Wie auch immer. Bei den Cancellari gibt es keine institutionellen Mitglieder; das heißt, dass nur Menschen Mitglieder werden können. Nicht Banken, andere Wirtschaftsunternehmen oder gar Kommunen. Natürlich vertrete ich die Banca Basòdino nach außen und bin ihr Vorstandsvorsitzender. Aber das endet mit meiner Pensionierung. Zu den Cancellari werde ich jedoch bis zu meinem Tod gehören und solange ich diesen Beruf ausübe, werde ich diese Bank in ihrem Sinne führen und sie für die guten Zwecke der Cancellari einsetzen.«

»Und Gustav war auch einer von diesen ... von Ihnen?« Starcks Mutter hielt die Kaffeetasse in der Hand und sah Moretti ungläubig an. Starck verstand sie nur zu gut. Das war sehr viel Information in solch kurzer Zeit. Er hoffte, seine Mutter würde den Tag gut überstehen.

Moretti nickte. »Ja. Diese Entdeckung fällt in der Aufarbeitung vielen Familien schwer. Aber, liebe Frau Starck, lassen Sie es mich so formulieren: Ihr Mann hat sich für eine gute Sache eingesetzt, auch wenn wir im Verborgenen agieren.«

»Na, ich weiß ja nicht ... was sind das denn für gute Zwekke?«

Starck sah seiner Mutter an, dass sie daran glauben wollte, dass ihr Mann nichts Unrechtes getan, vielleicht sogar aus guten Motiven gehandelt hatte, aufgrund der Gesamtsituation aber daran zweifelte.

»Ich gebe Ihnen gleich eine Idee davon, was wir tun und dass dies redlicher Natur ist. Aber zunächst zurück zur Struktur unseres Bundes. Wir verwalten – nur um Ihnen eine grobe Orientierung über die Dimension zu geben – direkt beziehungsweise indirekt sechzig Prozent des gesamten Geldvermögens auf der Welt und sind so in der Lage, zentrale welt- und landespolitische Entscheidungen beeinflussen zu können.«

»Das ist wenig demokratisch«, merkte Starck an.

»Ich halte Sie für einen gebildeten Menschen, Herr Starck. Also: Wie viele demokratisch regierte Staaten fallen Ihnen ein, die nicht in den letzten Legislaturperioden, durch Lobbyverbände beeinflusst, milliardenschwere Fehlentscheidungen getroffen haben?«

Starck dachte spontan an das deutsche Verkehrsministerium. Sowohl als Staatsanwalt, der sich auf Wirtschaftsfragen spezialisiert hatte und somit viele wirtschaftspolitische Zusammenhänge verstand, als auch als einfacher Bundesbürger begriff er nicht ansatzweise, wie ein

Ministerium derart viel Geld verschwenden und dafür nicht zur Rechenschaft gezogen werden konnte. Ja, der Bundesrechnungshof und auch der Bund der Steuerzahler hatten nach Starcks Kenntnisstand das verschwenderische Treiben angeprangert. Aber hatte das jemals Konsequenzen gehabt?

Er nickte zögerlich.

»Sehen Sie? Wir Cancellari sind gar nicht so schlimm. Im Gegenteil. Wir stoßen viel Gutes an. Manches davon gelingt. Manches nicht. Das gebe ich gern zu. Aber glauben Sie mir: Ohne uns wäre die Welt ein viel schlechterer Ort.«

»Es ist tatsächlich schwer zu glauben«, sagte Starcks Mutter.

»Ich komme jetzt abschließend noch zu einigen Regeln, damit Sie verstehen, was das alles mit Ihnen zu tun hat. Erstens: Vermögen und einflussreiche Positionen sollen in der Familie weitergegeben werden. Das bedeutet in Ihrem Fall, dass nicht nur das Vermögen weitergegeben wird, sondern auch die Position, die Ihr Vater innehatte. Auch als Staatsanwalt sind Sie in der Lage, sich für die Cancellari und ihre Ziele einzusetzen. Sollte das nicht möglich sein, überträgt das jeweilige Mitglied mindestens ein Drittel seines Vermögens auf die Cancellari. Zweitens: Die Familie darf von den Cancellari nichts erfahren, wird jedoch von ihnen geschützt. Das habe ich Ihnen wohl ausführlich dargelegt. In Ihrem Fall ...« Moretti neigte seinen Kopf leicht in Susanne Starcks Richtung, »... haben wir eine kleine Ausnahme gemacht. Drittens: Die Aufnahme in unseren Bund erfolgt in der Regel durch erbliche Weitergabe des Amtes innerhalb der Familie. Neue Mitglieder werden ausführlich überprüft. Bei Ihnen, Herr Starck, ist beides erfolgt. Eine kleine Aufgabe müssen Sie allerdings noch lösen, sofern Sie sich für uns entscheiden. Ihr Vermögenskonto ist zwar für Sie freigeschaltet, Sie benötigen allerdings für den Zugang wie bei allen Konten einen numerischen Code, der in diesem Fall zehnstellig ist. Einen Hinweis darauf dürften Sie von Ihrem Vater im Rahmen Ihres Erbes erhalten haben. Viertens: ...«

»Moment, bitte«, hakte Starck ein. »Sie wollen mir erzählen, dass ich einen zehnstelligen Code knacken soll mit ... warten Sie ... zehn hoch zehn, also zehn Milliarden Kombinationsmöglichkeiten?«

Moretti nickte und lächelte zufrieden. »Sehen Sie, das ist einer der Gründe, warum wir uns neben der Erbfolge für Sie entschieden haben. Sie können schnell rechnen, obwohl Sie Jurist sind.« Er lachte leise, weil er das wohl für einen gelungenen Witz hielt. »Ihr Vater hat die Möglichkeiten mit seinem Hinweis schon sehr eingeschränkt. Glauben Sie mir. Sie müssen sich nur darauf einlassen.«

Starck winkte ab.

»Und«, nun wurde Moretti ganz ernst, »Sie dürfen den Code nur alleine knacken. Keine Hilfe von außen. Nur Sie. Alleine! Alle Cancellari müssen von ausgesprochener Integrität sein. Wir vertrauen uns. Und halten uns grundsätzlich an die Statuten.«

»Keine Kontrolle?«

Nach einer kurzen, aber sehr intensiven Pause, in der Moretti Starck mit seinem Blick fixierte, schloss der Banker in entschiedenem Tonfall: »Sie werden es schaffen und müssen sich keine Sorgen darum machen, ob und wie wir überprüfen, inwieweit Sie das allein hinbekommen haben. Es ist Ihr Charakter, Herr Starck, der nichts anderes zulassen würde.«

»Ich verstehe langsam nur noch Bahnhof«, warf Susanne Starck ein. »Können Sie das noch einmal etwas langsamer erklären.«

»Ich bedaure, meine Zeit ist begrenzt«, erwiderte Moretti und schien das sogar ernst zu meinen. »Aber ich denke, Sie haben auf dem Rückflug ausreichend Gelegenheit, sich offene Fragen von Ihrem Sohn beantworten zu lassen. Nun also abschließend und viertens: Es gibt ein Erkennungszeichen. Für andere nicht weiter augenfällig, für uns sehr eindeutig. Dazu kommen wir aber später, falls Sie sich für uns entscheiden sollten.«

Geduld gehörte zu seinen wichtigsten Fähigkeiten. Dieses Mal allerdings stellte der Auftraggeber diese auf eine harte Probe.

Zugegeben. Der Banker bezahlte ihn gut. Sehr gut sogar.

Der Flug nach Zürich war nicht als notwendig erachtet worden, sodass sich der Waran Zeit lassen konnte. Was er auch tat und nicht auf der durch elend lange Baustellen und Staus blockierten A7 nach Hamburg fuhr. Vielmehr wählte er eine gemächlich zu fahrende Nebenstrecke durch die Lüneburger Heide.

Er verdiente in diesem Job als Babysitter deutlich mehr, als er jemals für eine »nasse Sache« verlangt hatte. Dennoch fehlte ihm der Nervenkitzel eines Auftragsmordes. Das Ausspähen des Opfers. Das Schmieden eines ausgeklügelten

Plans, der immer um einen perfekten Notfallplan mit diversen Exit-Strategien ergänzt wurde. Schlussendlich das Adrenalin bei der Ausführung.

Sicher. Er brachte die Fähigkeiten dafür mit, auf Andreas Starck aufzupassen und für diese Aufgabe astronomische Beträge vom Banker zu kassieren. Eine Zeit lang würde er diese zahnlose Nummer noch mitmachen, die sich schon fast ein wenig nach Ruhestand anfühlte. Oder danach, wie er sich den Ruhestand für jemanden wie sich vorstellte.

Allerdings war er noch nicht bereit dafür, auch wenn er längst genug Geld hatte und er dann mehr Zeit mit der Familie verbringen könnte.

Aber – wollte er das überhaupt?

Natürlich war es schön, nach Hause zu kommen. In einen bürgerlich-friedlichen Heimathafen einzulaufen, wo er von Frau und Kind erwartet wurde.

Nein. Der Waran schüttelte energisch den Kopf. Das war die eine Seite seines Lebens, die er mochte. Die andere aufregende Seite mochte er nicht nur, er brauchte sie. Und er würde sie nicht aufgeben.

Das Beste aus beiden Welten.

Wenn er so darüber nachdachte, war er wieder zufrieden.

»Verehrte Frau Starck, lieber Herr Starck, so weit einige Informationen zu unserer Organisation«, beendete Moretti seinen Vortrag. »Mehr darf ich Ihnen nicht erzählen, bis

Sie, Herr Starck, sich entschieden haben, die Nachfolge Ihres Vaters bei den Cancellari anzutreten. Sollten Sie beide jemals etwas von dem soeben Gehörten gegenüber Dritten erwähnen – egal, ob Sie sich nun für oder gegen uns entscheiden, Herr Starck – werden wir alles energisch abstreiten und gegebenenfalls Schritte gegen die indiskrete Person einleiten.«

Schritte gegen die indiskrete Person? So kann man das natürlich auch umschreiben, wenn man einen Killer losschickt!

»Erstens: Warum sollten wir Ihnen überhaupt glauben? Das klingt mir doch ein bisschen zu sehr nach einer Dan-Brown-Verschwörungsgeschichte«, wandte Starck ein. »Zweitens: Weshalb sollte *ich* mir das überlegen? Und warum nicht meine Mutter?« Den leicht aggressiven Unterton setzte er bewusst ein und stellte ausgerechnet in diesem Moment fest, dass er seine Arbeit als Staatsanwalt vermisste.

»Nun, das liegt ganz bei Ihnen.« Moretti wandte sich um und deutete auf das prunkvolle Ölgemälde an der Wand hinter seinem Schreibtisch, das jedem Besucher direkt ins Auge fiel, weil sich der Schreibtisch direkt gegenüber der Tür befand. »Fällt Ihnen etwas auf?« Moretti sah Starck erwartungsvoll an.

Abgesehen davon, dass du ein krankhaft überzogenes Ego hast?

»Ja«, sagte Starck unbeeindruckt. Es war ihm zur zweiten Natur geworden, jeden Raum beim Betreten komplett abzuscannen. Vor allem, um mögliche Gefahrenquellen auszumachen. Darum war ihm bereits beim Hereinkommen ein Detail aufgefallen: Der gemalte Moretti hatte die Arme überkreuzt und trug am linken Handgelenk eine *Tag Heuer Monaco*. Dabei handelte es sich nicht nur um das identische Modell wie der geerbte Chronograph, der nun in Susanne Starcks

Handtasche ruhte. Beide Uhren zeigten auch dieselbe Uhrzeit an. Und: Starck erinnerte sich, dass im Vorstandsbüro in der Sparkasse ein nahezu zwillingsgleich komponiertes Gemälde seines Vaters gehangen hatte.

»Mir fällt etwas auf, aber das würde ich höchstens als schwammiges Indiz durchgehen lassen. Ich nehme an, die *Tag Heuer Monaco* ist das bei Ihren Regeln aufgeführte ominöse Erkennungszeichen, das ich allerdings für nicht halb so geheimnisvoll halte, wie Sie sich vielleicht einbilden.«

Moretti nickte. Antwortete aber nicht. Es sollte wohl ein väterlich-verständnisvolles Nicken werden.

Starck fand es einfach nur arrogant und setzte nach: »Die kann doch quasi jeder kaufen und tragen.«

»Das ist nicht ganz korrekt. Glauben Sie ernsthaft, wir würden so etwas Wichtiges dem Zufall überlassen?« Moretti schüttelte quasi als Antwort auf seine Frage mit dem Kopf. »Ohne Sie erneut mit historischen Details langweilen zu wollen ... wir haben 1970 eine Vereinbarung mit Jack Heuer getroffen, dass genau diese Uhr, die Monaco, nur von Mitgliedern der Cancellari getragen werden darf.«

»Aber Steve McQueen ...«

»... hat sie zu Recht getragen. Mehr sage ich dazu nicht, solange Sie nicht zu uns gehören. Sie dürfen sich aber gerne Ihren Teil denken.«

»Tue ich. Wie wäre es damit: Töte und bestehle einen Cancellari, trag die Uhr als Erkennungszeichen und schleich dich dann in die Organisation ein.«

Wieder lächelte Moretti. »Ihr Verständnis für kriminelle Energie in allen Ehren. Erstens gibt es ja die eine oder andere Hürde, um sich bei uns in Position zu bringen. Zweitens, nun ja ... wir haben Mittel und Wege, dieses zu verhindern.

Was zur Folge hat, dass ein vergleichbares Szenario nicht von Erfolg gekrönt sein wird.«

»Wie auch immer. Was die Nachfolge meines Vaters angeht ...«

»Sie sollten ernsthaft darüber nachdenken, denn das würde Sie auf Lebenszeit in eine komfortable Position bringen. Finanziell natürlich, aber vor allem unter dem Gesichtspunkt eines mächtigen Netzwerkes. Verstehen Sie mich nicht falsch. Ihre Arbeit als Vorwäscher in der Waschstraße ist ehrenwert. Allerdings wäre uns daran gelegen, Ihre Kompetenzen anderweitig einsetzen zu können. Und Ihre Mutter kann Ihrem Vater nicht nachfolgen.« Moretti wandte sich ihr zu. »Es tut mir leid, liebe Frau Starck. Ihre heutige Anwesenheit ist ein Zugeständnis an die Verdienste Ihres verstorbenen Gatten und somit eine absolute Ausnahme. Aber unsere Statuten sehen eine Nachfolge ausschließlich für die Erbfolge in gerader Linie vor, also für Abkömmlinge unserer Mitglieder.«

Starck sah Moretti misstrauisch an, worauf dieser ergänzte: »Gleich welchen Geschlechts natürlich, falls Sie sich das gefragt haben. Wir leben ja nicht mehr im Mittelalter. Ihre Tochter würde also zu gegebener Zeit Ihnen nachfolgen – wenn sie dies wünscht.«

50. KAPITEL

Montagmittag. Zwölf Uhr. Nicht besonders viel los an dem beliebten Ausflugsziel Donoper Teich im Detmolder Westen. Ziemlich gute Zeit für einen Deal.

Adam Melko saß am Steuer des blauen VW Tourans, den er im hinteren Bereich des Wanderparkplatzes mit dem Heck in Richtung Wald geparkt hatte. So konnte der Hehler später unter der geöffneten Heckklappe in aller Ruhe die Ware checken, ohne von möglichen Spaziergängern gesehen zu werden. Melko war lange im Geschäft und ging davon aus, dass sie sich schnell handelseinig würden. Gemeinsam mit Wolfgang »Wolle« Leine, der auf dem Beifahrersitz saß, würden sie den Parkplatz mit einem ordentlichen Packen Fünfziger wieder verlassen. Siebzig Prozent waren für den Auftraggeber. Dreißig für sie.

Melko hatte sich schlaugemacht und den Wert der Uhrenmodelle im Internet auf verschiedenen Plattformen überprüft. So konnte er den offiziellen Marktwert einschätzen und daraus den Schwarzmarktpreis ableiten, den er erzielen wollte. Bei der einen Uhr musste jedoch ein Fehler vorliegen. 750.000 Euro – so viel bezahlte doch niemand für eine Uhr! Oder sie hatten den großen Jackpot geschossen. Würde man sehen.

Wolle griff sich in den Schritt und sagte: »Ich muss noch pissen, bevor der kommt.«

»Na dann los. Nicht, dass du noch mit offener Hose dastehst.«

Melkos Kollege brummte irgendetwas, stieg aus und erleichterte sich am nächsten Baum.

Kurz darauf bog ein schmutzig-weißer Škoda Octavia Kombi von der Straße auf den Parkplatz ein. Melko betätigte dreimal die Lichthupe. Der Octavia kam in Schrittgeschwindigkeit auf den Touran zu und parkte dann eine Wagenlänge entfernt.

Fast zeitgleich stiegen die drei Männer aus ihren Fahrzeugen.

Melko hatte Wolle angewiesen, sich im Hintergrund zu halten und vorsichtshalber die Hände in den Jackentaschen zu lassen. Dort verbarg er eine Waffe.

Als Melko den Hehler sah, machte er sich allerdings nicht mehr allzu große Sorgen. Ein ziemlich durchschnittlicher Typ in einer albernen Blouson-Jacke zur ausgewaschenen Jeans und einem schwarzen Basecap. Der Kerl war schlank, sodass sich Melko sicher war, dass der Typ gleich umkippen würde, wenn der ordentlich eine verpasst kriegte. Sie waren zwar zum Geschäftemachen und nicht zum Prügeln hier, trotzdem war man besser auf Meinungsverschiedenheiten vorbereitet.

»So, Jungs. Dann lasst mal sehen«, sagte der Mann in lockerem Plauderton, was Melko mächtig gegen den Strich ging. Er würde sich keinesfalls von so einem dämlichen Small-Talk-Gequatsche einlullen und dann übers Ohr hauen lassen. »Was habt ihr den Schönes für mich?«

»Uhren. Schmuck. Bilder.«

»Wollen wir dann?«

»Nicht so schnell. Ich zeige dir ein Muster und du gibst mir 'nen Kurs.«

»Habt ihr nicht alles dabei?«

»Ist unser erster Deal, oder?«

»Ich habe einen Ruf zu verlieren, verehrte Herren Misstrauisch«, sagte der Hehler mit unverhohlener Ironie.

»Kann sein«, sagte Melko und holte eine Uhr aus der Hosentasche, legte ein Handtuch auf die Motorhaube des Octavias und dann die Uhr darauf.

Der Hehler holte eine Lupe und Latexhandschuhe aus der Jacke. »Darf ich?«

»Nur zu.«

Nach knapp zwei Minuten wurde Melko unruhig. »Und?«

»Soweit ich das beurteilen kann, ist die echt. Ich geb euch zehn Cent für den Euro.«

»Wir brauchen fünfzig.«

»Und ich brauch 'ne Marge beim Weiterverkauf. Zwanzig.«

»Vierzig.«

»Okay, dann bin ich raus.«

»Dreißig.«

»Zeig mir erstmal den Rest der Ware.«

Melko nickte und ging zum Kofferraum. Dabei achtete er darauf, dass Wolle – beide Hände wie verabredet in den Jackentaschen – den Typen die ganze Zeit im Blick hatte. Es ging nichts über Rückendeckung.

Sie hatten den Deal gut vorbereitet, die Gegenstände auf den Kofferraumboden gelegt und mit einem Laken abgedeckt. Um das Laken wegzuziehen, beugte sich Melko in das Fahrzeuginnere.

Im selben Moment spürte er eine schnelle Bewegung hinter sich.

»Sorry, Jungs. Ist nichts Persönliches.«

Kol Mortensen drückte ab. Der Dicke war bereits tot, bevor er mit dem Oberkörper in den Kofferraum gekippt war. Aus den Augenwinkeln nahm Mortensen wahr, dass der lange Dünne versuchte, die rechte Hand aus der Jackentasche zu bekommen, sich aber verhedderte. Also drehte er sich gemütlich um, grinste den panisch dreinblickenden Kerl breit an und schoss ihm in die Stirn.

Die Glock G43 war eine kleine Waffe, die hervorragend verdeckt getragen werden konnte. Mortensen liebte sie. Für Einsätze wie diesen war sie perfekt.

Er sah sich um. Alles war ruhig. Dann holte er die Klebefolien hervor, um Fingerabdrücke auf der Waffe anzubringen. Keine hundertprozentig sichere Methode. Darum zog er anschließend noch ein gebrauchtes Papiertaschentuch aus einer Tüte und ließ es fallen. Ein Windstoß trieb es bis zum rechten Hinterreifen des Minivans.

Sicher ist sicher. Man weiß ja nie, wie doof die Bullen sich anstellen.

Es war kurz vor halb eins, als Strunkel von der Stoddardstraße auf den Wanderparkplatz Donoper Teich einbog. Drei Autos standen mit großem Abstand auf der holperigen

Fläche. Links, in der Nähe der Wanderschilder, ein grüner alter Renault Twingo. Auf zwölf Uhr ein weißer Škoda Octavia Kombi und auf drei Uhr ein blauer VW Touran mit geöffneter Heckklappe.

Strunkel lenkte den Wagen in die Nähe des blauen Tourans. In diesem Moment fuhr der Octavia los in Richtung Ausfahrt. Strunkel sah ihn kurz im Rückspiegel, schenkte ihm dann aber keine weitere Beachtung.

Als er ausstieg, war es merkwürdig still. Ein paar Vögel zwitscherten. Vereinzelt fuhren Autos auf der Landstraße vorbei. So weit normal. Aber müssten sich die Verkäufer nicht bemerkbar machen? Wo waren sie? War er zu früh?

Zwanzig Sekunden später stand Strunkel am Heck des Tourans und erkannte, dass sich die zwei nie wieder bei irgendwem bemerkbar machen würden. Die Köpfe waren blutverschmiert, und die Ware war ebenfalls versaut.

Scheiße. Scheiße. Scheiße.

Er sah sich um.

Und jetzt? Was mache ich denn nun?

Auf jeden Fall ruhig bleiben und keinen Mist bauen. Leichter gesagt als getan. Die richtigen Entscheidungen treffen. Nur – was waren die richtigen Entscheidungen?

Strunkel war ein Hehler mit langjähriger Berufserfahrung, wenn man das so nennen wollte. Ja, er war abgebrüht, was sein Geschäft und die Typen anging, mit denen er Geschäfte machte. Aber Mord? Das war selbst für ihn neu.

Nein, damit wollte er nichts zu tun haben und auf keinen Fall damit in Verbindung gebracht werden.

Er machte zwei Schritte auf sein Auto zu. Blieb stehen. Drehte sich zum Tatort um. Stöhnte.

Konnte er jetzt einfach wegfahren? Das wäre nicht richtig. Oder doch?

Die Typen waren tot. Sollte doch jemand anders die Polizei rufen. Das konnte unmöglich seine Aufgabe sein. Bürgerpflicht? Wann hatte der Staat das letzte Mal etwas für ihn getan?

Scheiße. Scheiße. Scheiße.

51. KAPITEL

Kriminalhauptkommissar Jobst Stukenbröker saß in seinem Büro in der Polizeidienststelle an der Bielefelder Straße in Detmold. Er war allein, sein Kollege gerade unterwegs. Jobst hielt die Augen geschlossen, hatte die Hände hinter dem Nacken verschränkt und die Beine entspannt unter dem Schreibtisch lang ausgestreckt. Während er auf den Feierabend wartete, dachte er ... gar nichts.

Bildete er sich zumindest ein.

Darauf war er unglaublich stolz, denn er hatte einmal gelesen, dass man eigentlich nicht nichts denken könne. O ja, da war er eine Ausnahme. Vielleicht sollte er sich ein Management suchen und mit »Nichts-Denken« im Fernsehen auftreten? Zwanzig Uhr fünfzehn. Die große Show für die ganze Familie im ZDF am Samstagabend mit einer Einschalt- und Streamingquote, die alle Erwartungen der Senderverantwortlichen sprengte: Jobst Stukenbröker – der Mann, der nichts dachte.

Als es klopfte, zuckte er heftig zusammen. Fast wäre er vom Schreibtischstuhl gerutscht.

»Ja«, wollte er sagen, allerdings verließ nur ein heiseres Krächzen seine Kehle. Also räusperte er sich, rückte sich auf dem Stuhl gerade und sagte erneut »Ja!«

Im selben Moment ging schon die Tür auf und Kollege

Florian Dreier, Mordermittler vom Kriminalkommissariat eins, hausintern kurz KK1 genannt, steckte den Kopf ins Zimmer. »Hallo, Jobst. Hast du einen Moment?«

»Klar. Komm rein. Kaffee?«

Florian nickte. »Wenn er heiß ist.«

»Ähm ...«

»Ist okay, dann nicht«, erwiderte Florian und lachte. »Kalten Kaffee hatte ich heute schon genug.«

»Na gut. Was kann ich für dich tun?«

»Ich denke eher, dass *ich* etwas für *dich* tun kann. Bevor es aber gleich eine große Besprechung unter Beteiligung unserer Abteilungen gibt, wollte ich ein paar Dinge mit dir bereden.«

Jobst gehörte zum KK2, das für Raub- und Einbruchsdelikte zuständig war.

»Schieß los«, sagte er und kicherte, weil er es extrem lustig fand, gerade einen Polizisten mit dieser Aussage zum Sprechen aufzufordern.

»Wir haben heute zwei Leichen am Donoper Teich gefunden. Den Ausweispapieren zufolge handelt es sich um Adam Melko und Wolfgang Leine, die wir als Kleinkriminelle im System führen.«

»Todesart?«

»Sie wurden erschossen. Mit einer Glock G43, auf der wir brauchbare Teilabdrücke gefunden haben.«

»Das ist gut. Und was hat das jetzt mit mir zu tun?«

Florian Dreier nickte. »Dazu komme ich jetzt. Im Kofferraum des Minivans, der am Tatort stand und wohl von Melko und Leine gefahren wurde, haben wir, fein säuberlich ausgebreitet, Schmuck, Bilder und teure Uhren gefunden. Vermutlich ...«

»... das Diebesgut aus dem mutmaßlichen Einbruch bei Familie Starck in der Bülowstraße?«, unterbrach Jobst Stukenbröker aufgeregt. Gleichzeitig spürte er, wie er rot wurde. Die von Andreas geschriebene Liste hatte Jobst vor sich auf dem Schreibtisch liegen, weil er sie noch ins Computersystem eingeben wollte, es aber bislang hinausgeschoben hatte.

»Das könnte sein. Hast du schon eine detaillierte Liste der gestohlenen Gegenstände?«

»Hab ich grad bekommen«, log Jobst. Er hatte sie schließlich schon seit gestern Abend. »Muss ich nur noch erfassen.«

»Gut«, fuhr Dreier fort. »Es weist aber noch etwas auf eine Verbindung zwischen dem Fundort der Leichen – der nach ersten Erkenntnissen auch der Tatort ist – und deinem Fall hin.«

»Und zwar?«

»Die Fingerabdrücke auf der Waffe haben wir Andreas Starck zugeordnet.«

Sieh an, sieh an, dachte Jobst Stukenbröker.

Mortensen war sehr zufrieden mit sich. Das hatte er gut eingefädelt, und wie üblich war sein Plan perfekt aufgegangen. Das Einzige, das ihn störte, war die Tatsache, dass der Auftraggeber ihn nur kleine Hiebe ausführen ließ, statt dass er endlich zum großen Schlag ausholen durfte.

Die Polizei würde nun ständig bei Andreas Starck zu

Hause aufkreuzen und ihn nicht vom Haken lassen, bis letzte Zweifel ausgeräumt waren.

Der Hehler würde sicherlich auch etwas abbekommen. Aber der war ja Kummer mit der Polizei gewöhnt.

Die Fingerabdrücke auf der Waffe würden keinen vernünftigen Forensiker davon überzeugen, dass Starck abgedrückt hatte. Sie waren kein Beweis, taugten vermutlich nicht einmal als Indiz. Aber die Bullen würden sich fragen, *weshalb* die Abdrücke auf der Waffe waren. Und so hatte Mortensen allen etwas zum Nachdenken gegeben, vor allem aber Andreas Starck einmal mehr ordentlich Ärger bereitet.

Das gefiel Mortensen. Wenngleich *er* den Kerl längst umgelegt hätte. Aber gut. Der Boss wollte mit Starck spielen wie die Katze mit der Maus. Mortensen hoffte allerdings, dass das Katz-und-Maus-Spiel möglichst bald genauso ausging wie in der Natur: wenn die Katze genug gespielt hatte und endlich ihren Hunger stillte.

52. KAPITEL

Jobst Stukenbröker war nun richtig aufgeregt. »Hast du schon einen Haftbefehl?«

»Moment! Nicht so schnell.« Florian Dreier hob beide Hände. »Ja, wir waren schon bei ihm zu Hause, um die Schmauchspuren zu sichern, aber es war niemand da. Kollege Wackernagel ist vor dem Haus postiert. Der sagt Bescheid, sobald Herr Starck auftaucht. Würdest du denn sagen, dass Fluchtgefahr besteht?«

»Ähm«, Jobst überlegte kurz. »Er ist ja grad erst aus dem Knast gekommen, hat vorgestern einen Job im Rahmen der beruflichen Wiedereingliederung von Straffälligen angefangen und auch sonst noch einen Sack voll familiärer Probleme zu lösen. Also würde ich sagen: vermutlich nicht.«

»Gut. Dann warten wir zunächst weitere Ergebnisse der Spurensicherung ab. Beziehungsweise, bis Kollege Wackernagel meldet, dass die Starcks wieder zu Hause sind. Hast du eine Handynummer?«

»Ja, natürlich!« Jobst sah Florian irritiert an.

»Ich meine von Starck.«

»Ähm, nö. Nur Festnetz von der Mutter.«

»Okay. Wir erwischen ihn schon. Plöger hat übrigens für neunzehn Uhr dreißig eine Besprechung angesetzt.«

Jobst nickte. »Alles klar. Sagst du mir Bescheid?« *Mist, zur schönsten Feierabendzeit. Aber was will man machen ...*

»Natürlich. Ich ruf kurz vorher an.«

Jobst hatte großen Respekt vor Staatsanwalt Dr. Henning Plöger. Naja, vielleicht war Angst das bessere Wort. Nee, das traf es auch nicht so richtig. Jedenfalls versuchte Jobst, dem Staatsanwalt aus dem Weg zu gehen.

Plöger hatte so eine Art an sich. Freundlich zwar, aber auch ein bisschen von oben herab. Viele von Jobsts Kollegen mochten Plöger nicht. Er war ihnen zu arrogant. Wie man hörte, hatte er außerdem aufgrund schlechter Vorbereitung schon machen Fall bei Gericht vor die Wand gefahren. Daraufhin hatte das »Hilfsorgan der Staatsanwaltschaft«, wie Plöger »seine« Ermittler zu deren Unmut gerne nannte, die Fälle neu aufrollen müssen.

Auf derlei Schwierigkeiten konnte Jobst getrost verzichten, weshalb er jetzt auf Nummer sicher gehen wollte.

»Kann ich mir die am Tatort aufgefundenen Gegenstände in der Kriminaltechnik anschauen, um sie mit meiner Liste abzugleichen?« Jetzt war Jobst wieder der durch und durch professionelle Ermittler. So sah er sich am liebsten.

»Ja, das wäre gut. Schau mal, ob es tatsächlich eine Verbindung gibt. Alles am Tatort wirkte wie ein schiefgelaufener Deal mit einem Hehler. Das ist ja dein Fachgebiet. Vielleicht hast du ja eine Idee, mit wem wir sprechen könnten.«

> Lieber Andreas,
>
> ehre die Zeit,
> verantworte das Vermögen,
> beherrsche die Macht.
>
> Papa

Starck starrte auf das mit wenigen Worten beschriebene Blatt Papier. Er konnte die Sätze bereits auswendig in Gedanken hersagen und sein Hirn arbeitete unermüdlich an der Frage: Was wollte ihm sein Vater damit sagen?

Obwohl seine Mutter darauf bestanden hatte, dass er auch auf dem Rückflug den Fensterplatz nahm, hatte Starck keine Muße für einen letzten Blick auf den Zürichsee aus der Vogelperspektive.

Moretti wusste also, wo Greta sich befand, wollte es aber nicht verraten. Noch nicht, wie er behauptet hatte. Aber konnte Starck das wirklich glauben? Sollte er sich auf das Angebot einlassen und den Cancellari beitreten wie sein Vater? Als ehemaliger Staatsanwalt und nicht als Banker. Was würde das für ihn und seine Familie bedeuten?

Sofern er sich dafür entschied, Moretti zu glauben, müsste er dem Banker sogar vertrauen. Und dann würde der gesamte von der Banca Basòdino gelenkte Bankenverbund nebst Infi AG als Widersacher ausscheiden. Das hätte zur Folge, dass Starck sich neu orientieren musste, um herauszufinden, wer nun tatsächlich hinter dem Verlauf seines Schicksals steckte. Sofern Rache das Motiv war.

Starck hatte Erwin Hölzenbein alias Johnny Kieran und seinen *heiligen Aposteln der letzten Tage* das verbrecherische Handwerk gelegt. Die Sekte war wegen Geldwäsche, Drogengeschäften und Prostitution aufgelöst und der Priester für den Missbrauch von Minderjährigen zu einer fünfzehnjährigen Freiheitsstrafe mit anschließender Sicherheitsverwahrung verurteilt worden. Nach wie vor hatte der fiese Priester aus der Haft heraus gleichwohl Macht über viele seiner Anhänger.

Der mächtige Mafiapate Onkel Pablo hingegen war immer noch frei. Allerdings war der Organisation beim Zugriff im Duisburger Hafen ein gewaltiger finanzieller Schaden entstanden. Näher waren die Ermittler bisher an Pablo jedoch nicht herangekommen. Er traute niemandem und umgab sich mit einem Sicherheitskokon aus gut bezahlten, hochkarätigen und kaltblütigen Söldnern.

Starck traute sowohl Hölzenbein als auch Pablo alles zu. Nach den Regeln der Logik hatte Hölzenbein das stärkere Motiv. Schließlich ging Pablo nach wie vor seinen Geschäften nach, und das – soweit Starck informiert war – nahezu unbehelligt von behördlichen Ermittlungen.

Oder gab es ein anderes Motiv? Wer aus seiner Vergangenheit wollte ihm derart schaden? Kam einer seiner anderen Fälle als Ausgangspunkt für weitere Überlegungen in Betracht? Gab es ein privates Problem, dem er nicht genügend Bedeutung zugemessen hatte?

Rund um die Infi AG rankten sich ebenfalls immer noch viele Fragen. Schließlich hatte Starck genug Beweismaterial gesammelt, um das Unternehmen für den Anlagebetrug zur Rechenschaft zu ziehen. Sollte er sich geirrt haben? Hatte er das Material falsch interpretiert? Was hatte er übersehen?

Wie sollte er die Situation bewerten? Hatte sich sein Vater in ein korruptes System hineinziehen lassen?

Nach dem Gespräch mit Giacomo Moretti trieb ihn noch eine weitere, höchst persönliche Frage um, die ihm wie aus dem Nichts durch den Kopf geschossen war: War Duncan Carrey von Moretti beauftragt worden, um auf Starck aufzupassen oder war die Gefängnisfreundschaft zwischen den beiden ungleichen Männern purer Zufall oder schlicht Fügung gewesen?

Wie auch immer. Starck würde noch einige weitere Male nach Zürich kommen und mit Moretti reden müssen. Das nächste Gespräch allerdings, so der zugegebenermaßen noch unfertige Plan, würde weniger offiziell werden, und er würde Moretti notfalls zwingen, den Aufenthaltsort seiner Tochter preiszugeben. Früher hatte Starck körperliche Gewalt als Mittel zum Zweck zutiefst verabscheut. Heute hatten sich die Grenzen verschoben. Und wenn es um seine Tochter ging ...

»Andreas«, sagte seine Mutter plötzlich und stoppte damit das Gedankenkarussell. »Was machen wir jetzt? Wieso hat er uns nicht gesagt, wo Greta ist? Und was ist das nur alles mit dieser Organisation, in der Gustav all die Jahre aktiv war und von deren Existenz wir nichts wussten?«

Starck wandte ihr den Kopf zu und lächelte sie an. Beruhigend, wie er hoffte. »Das habe ich auch gerade überlegt, Mama. Es gibt so viele Fragen, auf die wir Antworten finden müssen. Aber was Greta angeht ...«, er nahm die Hand seiner Mutter, »... da denke ich, wird uns schon etwas einfallen.«

»Gustav war vielleicht kein Mann, den man als weise bezeichnen würde. Aber er war klug. Sehr klug, würde ich sogar sagen. Und auch, wenn wir von dem, was er gemacht, gedacht oder geplant hat, vieles noch nicht verstehen, möchte ich, dass du eines weißt: Dein Vater hat dich sehr geliebt, keine Sekunde lang an deiner Unschuld gezweifelt und – wie du nun siehst – er traute dir viel zu.«

»Ja, das mag sein. Aber ich weiß trotzdem nicht, ob uns das hier auch nur einen Schritt näher an Greta heranbringt.« Starck klang verzweifelter als beabsichtigt. Es ging ihm alles viel zu langsam.

»Das kann ich dir auch nicht sagen, aber wenn ich heute eines gelernt habe, dann, dass es viel mehr Verbindungen und Zusammenhänge gibt, als ich bisher angenommen hatte«, sagte seine Mutter.

53. KAPITEL

Die Polizeidienststelle an der Bielefelder Straße 90 in Detmold war ein vierstöckiger roter Klinkerbau, der von oben aussah wie ein Y. In der Raucherecke, die sich auf der Nordseite des Gebäudes befand, steckte sich Jobst Stukenbröker gerade eine Marlboro an. Dazu verwendete er ein silbernes Zippo-Feuerzeug, das ihn noch nie im Stich gelassen hatte. So gesehen war das Zippo zuverlässiger als jeder seiner Kollegen oder Freunde.

Zu Hause durfte Jobst nicht rauchen. Nicht mal auf dem Balkon. Das erlaubte seine Mutter nicht.

Die Sonne war längst untergegangen und er genoss das knisternde Aufglühen der Zigarette, während er auf den Anruf von Florian Dreier wartete.

Seit seiner Kindheit war Jobst Cowboy-Fan. Er wollte beim Spielen nie der Indianerhäuptling sein. O nein, sein Herz schlug für die coolen Jungs mit den rauchenden Colts, die mit ihren treuen American Quarter Horses der rauen Arbeit nachgingen und abends am Lagerfeuer den Stetson zum Schlafen über die Augen zogen.

Und seit er als Teenager das erste Mal den Marlboro-Mann im Kino gesehen hatte, war er in seiner Ansicht bestärkt worden, dass es nichts Cooleres gab als die harten Männer auf Viehtrieb in der amerikanischen Steppe.

Wie gern wäre Jobst einmal die Route 66 gefahren. Das stellte er sich grandios vor. Weite. Freiheit. Eine fette Harley. Diner-Restaurants mit Sitzbänken aus verschlissenen roten Kunststoffpolstern an abgenutzten Resopaltischen. Motels mit blinkender Lichtreklame am staubigen Straßenrand. O ja, das wäre toll.

Aber seine Mutter machte lieber Urlaub auf Norderney. Das war eine schöne ostfriesische Insel. Ohne Frage. Aber Abenteuer, die gab es dort nicht zu erleben. Große Eisbecher auf der Strandpromenade, die seine Mutter so gern genoss. Okay. Manchmal hübsche Frauen im Minirock oder Bikini. Ja, das war auch nicht schlecht, wie Jobst zugeben musste. Dennoch war es nichts gegen die Route 66. Irgendwann, da war er sich sicher, würde er sie entlangcruisen.

Als das Handy in seiner Hosentasche vibrierte, zog er es hervor und nahm den Anruf entgegen.

»Ja?«

»Kommst du rüber? Plöger ist auf dem Weg.«

»Yes«, sagte Jobst Stukenbröker., weil er »Yiiieeehaah!« dann doch für ein wenig zu übertrieben hielt.

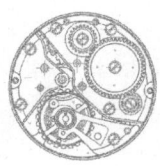

Sie waren pünktlich in Hannover gelandet und hatten die alte Mercedes S-Klasse seines Vaters aus dem Parkhaus geholt. Nun waren Starck und seine Mutter auf dem Weg zurück nach Detmold. In gut einer halben Stunde würden sie zu Hause sein.

Zu Hause? Was bedeutete das überhaupt? Gleichzeitig wusste Starck, dass er sich nach den harten Jahren im Gefängnis irgendwo auch räumlich verorten musste, um zur Ruhe zu kommen. *Ist zuhause vielleicht dort, wo das Herz bzw. die Familie ist, wie es so schön heißt?* Sein Herz war nach der kurzen Zeit noch nicht in Detmold angekommen. Und da seine Familie nur noch aus seiner Mutter und Greta bestand, Letztere für ihn aber noch unendlich weit entfernt war, fiel es Starck schwer, sich räumlich und emotional festzulegen. Vielleicht würde er umziehen müssen, um seiner Tochter nahe zu sein. Wenn er sie gefunden hatte.

»Ist schon merkwürdig, was Gustav dir da hinterlassen hat, oder? Hast du schon eine Idee, was das bedeuten könnte?«, unterbrach seine Mutter das Gedankenspiel.

»Weißt du, ich habe mir überlegt, dass die Botschaft mehrere Sinnebenen haben könnte. Papa hat das bestimmt nicht ohne Grund auf diese Art und Weise aufgeschrieben. Einerseits muss ihm klar gewesen sein, dass wir nicht einfach so über die Hinweise auf das Bankfach stolpern. Andererseits war es ja kein großes Geheimnis, dass ihr ein Bankfach habt. Schließlich war es in den Bankunterlagen dokumentiert. Tja ...«

Obwohl es bereits dunkel war und nur ab und zu die Scheinwerfer entgegenkommender Autos das Fahrzeuginnere erhellten, spürte Starck, dass seine Mutter erwartungsvoll zu ihm herüberblickte. »Ja, und ...? Meinst du nicht, dass er einfach meint: Nimm das Geld und tritt den Cancellari bei?«

»Das ist auf jeden Fall die naheliegende Möglichkeit. Dazu muss ich allerdings erst einmal den zehnstelligen PIN knacken. Und das ist schon schwierig genug.«

»Das musst du. Und Greta? Wie geht es mit Greta weiter?«

»Ich habe einen Plan, für den ich allerdings ein bisschen Hilfe brauche.«

»Was soll ich tun?«

»Danke, Mama. Das ist sehr lieb, wie du mich unterstützt.« *Aber für das, was ich als Nächstes vorhabe, brauche ich eine andere Form von Hilfe.*

»Was heißt das nun wieder?«

»Ich brauche Hilfe ... hm ... von außen. Vertrau mir bitte, okay?«

»Erzählst du es mir nicht?«

»Wenn es so weit ist.«

54. KAPITEL

»Also, was haben wir?« Dr. Henning Plöger stolzierte durch den Besprechungsraum, in dem sich alle an der Ermittlung Beteiligten versammelt hatten. In dem schmal geschnittenen dunkelgrauen Anzug und dem weißen Rollkragenpullover sah der Staatsanwalt so aus, als befände er sich nicht am Ende eines langen Arbeitstages, sondern sei gerade frisch von einem Armani-Werbeplakat herabgestiegen.

Ungewollt fühlte sich Jobst Stukenbröker daneben klein und schäbig, obwohl er Plögers Aufzug lächerlich fand. Er konnte sich gerade noch beherrschen, an seinen Achseln zu schnuppern.

Plöger wandte sich um: »Dreier?«

Jobsts Kollege erhob sich, nickte dem Staatswalt zu und retournierte »Plöger«, was dem offensichtlich komplett missfiel.

»*Doktor* Plöger. So viel Zeit muss sein.«

Jobst hielt kurz die Luft an.

Florian antwortete unbeeindruckt: »Gerne doch. Und weil das keine Einbahnstraße ist, wäre ich demnach wohl ... *Herr* Dreier!«

Man hätte eine Stecknadel fallen hören können. Auf dem Teppich.

»Wie auch immer«, sagte Plöger und wedelte mit der

rechten Hand, als wolle er eine lästige Fliege vertreiben. »Bringen Sie uns auf den Stand.«

Jobst atmete vorsichtig aus. Er selbst verspürte keine große Lust, dem Staatsanwalt die Stirn zu bieten. Offensichtlich war vieles von dem wahr, was man sich auf den Fluren, in den Büros und Kaffeeküchen der Kreispolizeibehörde an Schlechtem über Dr. Henning Plöger erzählte. Nur gut, dass Jobst bisher mit ihm nichts zu tun gehabt hatte.

Florian Dreier nahm – scheinbar ungerührt von Plögers despektierlichem Verhalten – den Presenter und begann mit dem ersten Foto, das über den Beamer auf die Leinwand projiziert wurde. Es war mit einer 360-Grad-Tatortkamera aufgenommen worden und zeigte den rückwärtigen Bereich des Wanderparkplatzes Donoper Teich. Ein dunkelblauer Minivan mit geöffneter Heckklappe der Marke Volkswagen, in dem sich blutbespritzte Gegenstände befanden. Eine Pistole unterhalb des rechten Kotflügels. Zwei Tote, von denen einer hinter dem Fahrzeug auf dem Rücken lag, der andere noch halb im Kofferraum hing. Es folgten Detailaufnahmen. Florian verwendete hin und wieder den Laserpointer, um auf Einzelheiten hinzuweisen.

»Die beiden Opfer sind alte Bekannte. Adam Melko und Wolfgang Leine. Kleinkriminelle, die meistens auf eigene Rechnung gearbeitet haben, aber auch Auftragsarbeiten übernommen haben. Sie hatten zwar Papiere dabei, aber wir haben keine Handys gefunden. Das kann verschiedene Gründe haben. Eine Möglichkeit besteht in der Annahme, dass der oder die Täter vor der Tat Kontakt zu den Opfern hatten und daher die Handys unserer Durchsuchung entzogen haben, um uns die Identifizierung zu erschweren. Ob Opfer und Täter so schlau waren, die Geräte vor der Zusammenkunft auszuschalten, damit sie sich nicht gemeinsam in die nächste Funkzelle einloggen, ist derzeit offen. Herr Staatsanwalt ...«, Florian wandte sich Plöger zu, »... wenn Sie sich bitte um die entsprechenden Anträge kümmern würden.«

Plöger nickte lustlos.

»Der oder die Täter müssen eiskalt und professionell vorgegangen sein. Für nur je einen Kopfschuss – aus kurzer Distanz abgegeben – muss man schon sehr schnell und erfahren sein. Die beiden Kleinkriminellen waren durchaus auf ein gewaltsames Aufeinandertreffen vorbereitet. Der als Wolfgang Leine identifizierte Tote hat vermutlich noch nach seiner Springfield Armory 911 gegriffen. Seine rechte Hand hielt die Waffe in der Jackentasche umschlossen. Offensichtlich war er nicht schnell genug, um sich und seinen Kollegen zu verteidigen, was den Schluss nahelegen könnte, dass es sich um mehrere Angreifer handelte. Ein alternativer Einzeltäter müsste für eine solche Aktion schon sehr erfahren sein und läge damit eigentlich außerhalb des Wirkungskreises der beiden Kleinkriminellen. Ausschließen dürfen wir das natürlich nicht. Wir haben Spuren am Tatort gesichert, und nach der Obduktion und ballistischen Untersuchung können wir dazu gesicherte Aussagen treffen.«

Florian sah zu Plöger, aber der schien keine Fragen zu haben, also fuhr er fort: »Zunächst einmal zwei Ansätze. Erstens: Welcher Hehler ist skrupellos genug, Kunden nach oder während einer möglicherweise nicht in seinem Sinne verlaufenen Verhandlung auszuschalten? Die Tatsache, dass sich die Ware noch am Tatort befand, legt dabei jedoch nahe, dass der Täter davon ausgehen musste, dass wir«, Florian nickte Jobst zu, »über das KK2 bereits wussten, worum es sich handelt, beziehungsweise woher die Ware stammte.

Andernfalls hätte er die Sachen mitnehmen können, und wir hätten sie nie mit der Tat in Verbindung gebracht.«

»Gut. Und Ansatz zwei?«, wollte Plöger wissen.

»Wie Ihnen Frau Lange gleich noch im Detail erläutern wird«, Florian unterbrach sich kurz, um zu der Kriminaltechnikerin hinüberzuschauen, »haben wir auf der Tatwaffe Teilabdrücke gefunden, die zu dem verurteilten Wirtschaftsstraftäter Andreas Starck gehören. Er wiederum ist der Sohn von Susanne Starck, die – wie Herr Stukenbröker gleich ausführen wird – kürzlich einen Einbruch in ihrem Haus angezeigt hat. Die Ware könnte also aus dieser Quelle stammen. Auch dieses Szenario hat allerdings einige Logikbrüche. Es bleibt unklar, wie es zu dem Zusammentreffen der Herren Melko, Leine und Starck gekommen ist und warum der Sohn der Bestohlenen dann die Ware und die Waffe am Tatort zurückgelassen haben sollte. Wir werden dem aber selbstverständlich sorgfältig nachgehen.«

»Zeugen?« Plöger hatte die Arme vor der Brust verschränkt und saß mittlerweile halb auf der Fensterbrüstung.

Florian schüttelte den Kopf. »Leider nein. Zwar befand sich beim Eintreffen der ersten Kollegen noch ein zweites Fahrzeug auf dem Parkplatz, die Halterin kam aber mit ihrem Hund erst zum Auto zurück, als wir bereits vor Ort waren. Ihrer Aussage nach befand sie sich auf einer ausgiebigen Gassirunde und hat nichts mitbekommen, was durchaus glaubwürdig ist. Der Notruf wurde um 12:34 Uhr von einer männlich klingenden Stimme abgesetzt. Wir konnten vor Ort aber keinen weiteren Zeugen finden, obwohl der Anrufer seitens der Leitstelle selbstverständlich darum gebeten wurde, auf das Eintreffen der Kollegen zu warten.«

»Finden Sie den Anrufer! Wenn der richterliche Beschluss für die Funkzellenauswertung vorliegt, sollte es Ihnen wohl möglich sein, über die Anruferkennung an ihn heranzukommen. Und aufgrund der Einzelverbindungsnachweise haben wir die Gesprächspartner auch gleich am Schlafittchen.«

Florian nickte unmerklich und Jobst verfolgte aufmerksam die weitere Zusammenfassung der bisherigen Ermittlungsergebnisse.

Weitere Fragen oder wertvolle Tipps hatte Plöger scheinbar nicht. Also ergänzte Florian noch einige Details und übergab dann an die Kriminaltechnikerin Bettina Lange, die die Erkenntnisse der Spurensicherung bis zum jetzigen Zeitpunkt vorstellte.

Eine sehr attraktive Kollegin, wie Jobst fand. *Wenn bloß die bunt gefärbten Haare und die Tattoos nicht gewesen wären ... und extrem sportlich war die auch.* Starke Frauen machten Jobst immer ein bisschen Angst.

Zwischen Bettina und Plöger schien es ebenfalls Spannungen zu geben. Es kursierten einige Gerüchte, dass es bei den beiden schon häufiger gekracht hatte. Immerhin hatte der Staatsanwalt sie mit »*Frau* Lange« angesprochen. Allerdings hatten es beide vermieden, sich direkt anzuschauen.

»Stukenbröker?«, riss Dr. Henning Plöger Jobst aus seinen Gedanken. Der Staatsanwalt sah sich ungeduldig im Raum um. »Wer ist jetzt der Stukenbröker vom KK2?«

Mist. Das kam zwar nicht unerwartet, aber doch etwas überraschend. »Das bin dann wohl ich, Herr ... ähm ... Doktor Plöger.« Jobst sah Plöger an und fühlte sich wie das Kaninchen vor der Schlange. Mit gnadenlos bohrendem Blick starrte der Staatsanwalt zurück, sodass Jobst beinahe Angst bekam, sein Kopf könne explodieren.

»Na dann, was haben Sie beizutragen?«

Jobst stand auf. »Letzte Woche Donnerstag gab es in der Bülowstraße einen Einbruch bei der verwitweten Susanne Starck.« Er war stolz darauf, sich so schnell wieder gefangen zu haben. »Aufgrund der vom Opfer angefertigten Liste sowie Kopien von Versicherungsunterlagen der gestohlenen Gegenstände könnte es gut sein – ich habe diese vorhin mit den am Mordtatort aufgefundenen Gemälden, Chronographen und diversen Schmuckstücken abgeglichen – ... ähm ...« Jobst hatte vergessen, wie er den Satz begonnen hatte, mit dem er Plöger hatte beeindrucken wollen. »Jedenfalls ist es mit an Sicherheit grenzender Wahrscheinlichkeit möglich, dass es sich um das Diebesgut handelt. Die Uhren weisen fast alle Seriennummern auf. Die Bilder und der Schmuck müssten jetzt noch von der Familie überprüft und gegebenenfalls als ihr Eigentum bestätigt werden.« Die Floskel »mit an Sicherheit grenzender Wahrscheinlichkeit« hatte er schon oft von Juristen gehört, und wann, wenn nicht jetzt, war der richtige Zeitpunkt, sie zu benutzen?

»Haben Sie sich bereits mit der Bestohlenen in Verbindung gesetzt?«

»Nein. Ich wollte erst einmal die Besprechung abwarten«, sagte Jobst. Und weil er sich unsicher war, ob das eher wie eine Ausrede oder doch wie eine kluge Entscheidung klang, schob er nach: »Wie Frau Lange eben ausgeführt hat, gehören ja die Teilabdrücke auf der Tatwaffe zum Sohn des Einbruchsopfers, der erst vor einer Woche aus dem Strafvollzug entlassen wurde und nun bei seiner Mutter wohnt.«

»Na, dann haben wir ja einen Verdächtigen, der als Täter hervorragend infrage kommt. Wir wissen ja, dass die

Rückfallquote hoch ist. Sie zwei«, Plöger schwenkte mit ausgestrecktem Zeigefinger zwischen Jobst und Florian hin und her, »kümmern sich um diesen Andreas Starck.«

Jobst kannte die Statistik auch, und ja, er konnte Andreas nicht besonders gut leiden. Allerdings fand er es doch ein wenig übertrieben, einen kaltblütig ausgeführten Doppelmord als Rückfall in Bezug auf Wirtschaftsstraftaten wie Bestechlichkeit und Unterschlagung zu interpretieren.

»Wenn Sie meinen«, sagte Jobst und setzte sich wieder. Er hatte keine Lust auf eine Auseinandersetzung mit Plöger. Einerseits war der Staatsanwalt zwar ein studierter Kerl in einer deutlich attraktiveren Besoldungsgruppe als Jobst. Andererseits schätzte sich Jobst selbst als äußerst erfahrenen Kommissar ein. Wozu sich also unnötigen Stress machen?

»Verdächtig ist ein wenig übertrieben«, widersprach nun Bettina Lange. »Wie ich eben bereits dargelegt habe, passen die Schussverletzungen der Opfer zwar zu der aufgefundenen Glock und den Projektilen, aber es befinden sich nur Teilabdrücke auf der Tatwaffe, und die beiden Hülsen sind komplett sauber. Von daher ist die Frage ...«

»Perfekt«, fuhr Plöger ungeduldig dazwischen.

Jobst war ein wenig enttäuscht, denn ihn hätte durchaus interessiert, was Bettina sagen wollte. Er selbst hatte auch schon eine Idee dazu entwickelt und war gespannt, ob die Kollegin in dieselbe Richtung dachte.

Plöger startete erneut mit dem Gefuchtele und erweiterte dabei den Kreis der Zeigefinger-Auserwählten auf Bettina Lange. »Dann sind Sie am besten auch gleich dabei. Verhören Sie ihn, machen Sie eine Schmauchspuren-Analyse und beeilen Sie sich damit gefälligst. Hätte längst gemacht werden müssen. Spätestens morgen früh möchte ich die Presse über unseren Ermittlungserfolg und die Festnahme des mutmaßlichen Täters informieren.«

Jobst verstand, warum Florian den Kopf schüttelte.

Nicht unbedingt wasserdicht.

Das war sie also, die oft kritisierte Hektik des Staatsanwaltes, die lediglich darauf abzielte, den Fall schnell abzuschließen. Jetzt hatte Jobst sie am eigenen Leibe miterlebt. Bettina und Florian war anzusehen, dass sie ebenfalls Zweifel hegten – und wie sehr sie es zu schätzen wussten, dass Plöger ihnen erklärte, wie sie ihre Arbeit zu machen hatten.

55. KAPITEL

Zehn Minuten, nachdem Starck den Wagen in der Garage abgestellt und das Licht im Haus eingeschaltet hatte, klingelte es an der Haustür. »Ich geh schon«, rief er seiner Mutter zu und öffnete genervt. Er war müde, hatte Hunger und war gerade dabei, sich nach dem langen Tag noch eine ordentliche Portion Bratkartoffeln zuzubereiten, bevor er ins Bett wollte.

Sie waren zu dritt. Eine Frau, zwei Männer.

»'n Abend, Andreas", sagte Jobst, der einen Schritt vor den anderen beiden stand.

»Hallo, Jobst.« Und »Guten Abend!«, in Richtung der hinter Jobst Stehenden. Plötzlich war Starck hellwach. Falls Jobst Ermittlungsergebnisse zum Einbruch hatte, warum tauchten sie dann hier um diese Uhrzeit und zu dritt auf? Oder ging es um etwas völlig anderes? Starck hatte viele schlechte Erfahrungen sammeln müssen und das Misstrauen gegenüber den Behörden saß tief. »Was gibt es denn?«

»Dürfen wir kurz reinkommen oder willst du mit uns auf der Straße besprechen, wo du heute Morgen zwischen zehn und dreizehn Uhr warst?«, fiel Jobst buchstäblich mit der Tür ins Haus.

Was war denn hier plötzlich los? Starck zog die Augenbrauen hoch und gab wortlos den Weg frei. Vorsicht und Misstrauen waren offensichtlich angebracht.

»Wohnzimmer?« Jobst stiefelte direkt los. »Ich find's schon.«

»Ja, bitte«, sagte Starck, der immer noch die Hand am Türblatt hatte.

»Kriminalhauptkommissar Florian Dreier«, stellte sich Jobsts Kollege freundlich vor, schüttelte den Kopf, als Starck ihm die Hand reichen wollte und hielt ihm stattdessen den Dienstausweis hin. »Entschuldigen Sie bitte die späte Störung. Aber wir wären nicht hier, wenn es nicht wichtig wäre.«

Starck nickte.

»Bettina Lange«, sagte die Frau. Sie trug einen klobigen Alukoffer in der Rechten und zeigte mit der Linken den Dienstausweis. »Ich bin von der Kriminaltechnik und wir geben Ihnen jetzt nicht die Hand. Weshalb das so ist, erkläre ich Ihnen sofort.«

Starck kannte das Verfahren, auch wenn seine berufliche Vergangenheit eine gefühlte Ewigkeit zurücklag. Nachdem Bettina Lange von seinen Händen Proben für die rasterelektronenmikroskopische Untersuchung und die Röntgenmikroanalyse genommen hatte, führte Kriminalhauptkommissar Florian Dreier eine gründliche Befragung durch. Starck beschränkte sich bei der Schilderung des Tages mit Hin-, Rückflug und dem Aufenthalt in der Zürcher Bank auf die aus seiner Sicht zentralen Punkte.

»Haben Sie eine Schusswaffe im Haus?«

»Nein«, sagte Starck. Er war müde. Gleichzeitig dankbar, dass die Kripoleute nicht gleich ein SEK aufgeboten hatten, dessen Eindringen seiner Mutter sicherlich große Angst gemacht hätte. Seiner Erfahrung nach konnte man bei Straftaten mit Schusswaffenbeteiligung bei Verdächtigen schließlich nicht vorsichtig genug sein. Wer eine Waffe besaß, verfügte oft auch noch über eine zweite. Offenbar hatte man sich in seinem Fall anders entschieden. Dafür konnte es mehrere Gründe geben.

»Herr Starck, wie wollen Sie beweisen, dass Sie zur fraglichen Zeit nicht in Detmold waren?«

»Genügt Ihnen das Flugticket? Die Parkquittung habe ich wohl noch im Auto. Die kann ich Ihnen natürlich auch gleich noch geben.« Starck hatte ein Alibi. Aber war es stark genug?

»Vorerst vielleicht. Vielen Dank«, sagte Dreier. »Sie verstehen aber bestimmt, dass wir weitere Erkundigungen einziehen müssen, denn ein Ticket bedeutet ja nicht, dass Sie tatsächlich geflogen sind. Und Ihre Mutter ist als Familienangehörige keine zuverlässige Zeugin. Das muss ich Ihnen wohl nicht erklären.«

Starck rieb sich die Schläfen zwischen den Händen. Seine Augen brannten. Der Magen knurrte. Und er hatte das Gefühl, dass das Maß an Konzentrationsfähigkeit für einen Tag längst aufgebraucht war.

Verdammt. Das kann ja wohl nicht wahr sein. Muss ich wirklich schon wieder meine Unschuld beweisen?

»Ja, natürlich. Das verstehe ich.« Er mochte sorgfältige Ermittler, denn ebenso wie Dreier kurz zuvor, würde er als Staatsanwalt gegenüber der Verteidigung argumentieren.

Dass der Kommissar auf Starcks Zeit als Chefankläger anspielte – wer sollte es dem Ermittler verdenken? Wer konnte das System besser an der Nase herumführen als jemand, der es von innen kannte?

Also schlug er vor: »Die Überwachungskameras am Flughafen? Das Gate steht ja auf dem Ticket. Funkzellenauswertung für mein Handy?« *War es möglich, die Bank herauszuhalten?*

Dreiers Mundwinkel zuckten. Natürlich. Ermittlungshinweise von neunmalklugen Verdächtigen brauchte der Mann nicht. »Herr Starck, Sie wissen so gut wie ich, dass Ihr Handy sich auch ohne Ihr Zutun jederzeit irgendwo in eine Funkzelle einwählen kann. Sie müssen es nur jemandem mitgeben. Wir werden sehen, was die Analyse ergibt ...«, Dreier nickte zu seiner Kollegin hinüber, »... und dann wäre es wohl das Einfachste, Sie gäben uns schon einmal einen Kontakt in der Bank. Falls Sie tatsächlich dort gewesen sind, und – wie Sie sagen – ein längeres Gespräch geführt haben, wird man sich sicher an Sie erinnern.«

Den Namen des Mitarbeiters, der sie zum Schließfach in der Banca Basòdino geführt hatte, wusste Starck nicht mehr. Fabienne Wehrli hatte sie zu Moretti begleitet. Wie hieß Miss Moneypenny wirklich?

Würden sie ihm helfen? Oder sich gegebenenfalls auf das Schweizer Bankgeheimnis berufen, das allerdings in den letzten Jahren sehr zum Missfallen von Anlegern und Bankern stark in die Kritik und damit in den Fokus der Öffentlichkeit geraten war? Immer wieder tauchten geleakte Daten zum Beweis auf, dass Steuerhinterzieher, korrupte Politiker, Diktatoren und Kirchenoberhäupter ihr Geld in der Schweiz versteckten.

Die reine Bestätigung, dass Starck heute dort gewesen war, sollte hoffentlich nicht zum Problem werden.

Widerstrebend schrieb er zwei Namen auf einen Zettel.

56. KAPITEL

Na toll. Der Wecker zeigte kurz nach halb fünf.

Irgendwann war Starck nach dem aufregenden und überaus ereignisreichen Tag gestern tatsächlich eingeschlafen. Es wunderte ihn, dass sein Hirn überhaupt zur Ruhe gekommen war und nicht völlig überdreht hatte. So viele neue Informationen und Eindrücke, ausgelöst durch das Gespräch mit Moretti in Zürich, die es nun einzuordnen und zu bewerten galt. Der späte Besuch von Jobst, Florian Dreier und Bettina Lange und die Notwendigkeit, möglicherweise Moretti als Alibizeugen bemühen zu müssen. Wenigstens waren die drei Kripoleute nicht in der Waschstraße aufgetaucht. Das war das einzig Gute, das Starck in dem Chaos ausmachen konnte. Er spürte sowohl körperliche als auch geistige Erschöpfung.

Sein Leben war ein einziger Albtraum. Zwei Menschen waren tot. Seine Fingerabdrücke befanden sich auf der Tatwaffe. Und ganz oben auf der Verdächtigenliste stand sein Name. Was, wenn er gestern nicht nach Zürich geflogen wäre, sondern den freien Tag in Detmold verbracht hätte? Dann würde es sich mit dem Beweis des Alibis noch schwieriger gestalten.

Starck glaubte nicht an einen Zufall. Vielmehr daran, dass es sich erneut um einen perfiden Plan seines Widersachers handelte, der Starck die Familie, den Job und die Zukunft geraubt hatte. Nicht einmal eine Woche war Starck aus dem Gefängnis heraus, nun hatte die Person oder Organisation schon wieder zugeschlagen, um ihm einen Doppelmord unterzuschieben. Damit war klar: Er würde die andere Seite ausschalten müssen, wenn er in Frieden leben wollte. Wer immer es war.

Vielleicht hatte Moretti doch recht, dass es zu früh, zu gefährlich war, Greta zurückzuholen. Dennoch musste Starck wissen, wo Greta sich aufhielt. Und sich selbst davon überzeugen, dass es ihr gut ging.

Sein Instinkt sagte ihm, dass er umdenken musste. Plötzlich schien alles anders zu sein. Eine mehr als zufällige geschäftliche Beziehung seines Vaters zur Banca Basòdino und damit zur Infi AG. Jahrelang hatte Starck Giacomo Moretti abgrundtief gehasst – und nun sollte er sich sogar mit dem Banker verbünden? Seine Gedankenwelt, sein Selbstverständnis waren innerhalb weniger Tage komplett auf links gedreht worden.

Er war am Arsch. So richtig. Aber er würde nicht aufgeben. Jetzt schon gar nicht.

Vor dem Zubettgehen hatte er noch eine Mail an Duncan verfasst, die nun im Entwurfsordner eines durch mehrere Zwiebelrouter geschützten Accounts darauf wartete, von Duncan gelesen zu werden. Eine nicht verschickte Nachricht hinterließ keine digitalen Spuren. Das war die derzeit sicherste Kommunikationsart zwischen Gefangenen und der Außenwelt. Ein hochmoderner Kassiber.

Duncan würde die Mail lesen, um eine Antwort ergänzen und wiederum als Entwurf speichern.

Oder direkt Hilfe schicken.

Als ihn zwei Stunden später ein penetrantes Geräusch aus der Tiefschlafphase riss, wusste Starck zunächst nicht, wo er überhaupt war. Er stöhnte. Der Wecker piepte weiter, bis Starck ihn fahrig erwischte und den kleinen Pin auf der Rückseite in die richtige Position schob. Ruhe.

Starck rieb sich die Augen. *Aufstehen. Arbeiten. Scheiße.*

Langsam richtete er sich auf, verharrte einen Moment auf der Bettkante, um sich zu sammeln, und machte sich anschließend auf den Weg in die Küche.

Krankmelden war keine Option. Nicht am zweiten Arbeitstag.

Er brauchte Koffein. Sehr viel davon.

57. KAPITEL

Soweit Kriminalhauptkommissar Jobst Stukenbröker das mitbekommen hatte, war von der Staatsanwaltschaft heute Morgen keine Pressekonferenz abgehalten worden. Er hielt Dr. Plöger für einigermaßen mediengeil, aber so dumm, ohne nennenswerte Erkenntnisse vor die vierte Gewalt im Staat zu treten, war der eitle Kerl dann wohl doch nicht.

Im Gegensatz dazu sah Jobst *seinen* Fall nun als nahezu gelöst an. Ja, gut. Ein paar Fragen waren noch offen. Aber die gestohlenen Gegenstände waren immerhin wieder aufgetaucht. Ob alles vollständig war, wusste Jobst nicht. Und dass die Sachen ein wenig Blut abbekommen hatten, war schließlich auch nicht sein Problem. Er brauchte nur noch Susanne Starck Bescheid zu geben, damit sie die Gegenstände identifizierte. Damit musste er allerdings noch warten, bis die Bilder, die Uhren und der Schmuck von der Kriminaltechnik freigegeben wurden.

Jobst ging davon aus, dass sich Bettina Lange heute oder spätestens morgen melden würde und er Susanne dann die gute Nachricht überbringen konnte. Seine Mutter würde sicherlich stolz sein, wenn sie erfuhr, dass Jobst den Einbruchsdiebstahl in der Nachbarschaft so schnell aufgeklärt hatte.

Naja, vielleicht nicht ganz lückenlos aufgeklärt, aber Jobst zählte sich selbst zu der Gattung Kriminalbeamten, denen die Lösung eines Falles im Urin lag. Er musste nur noch herausfinden, ob Susanne Starck mit drinhing ... *das ist wohl eher unwahrscheinlich.* Und wie das alles mit dem Doppelmord zusammenpasste ... *aber das ist ja Florians Bereich.* Vielleicht wurden die Fälle ja auch zusammengezogen ... *kann auch gut sein, dann bin ich den Ärger komplett los.*

Deshalb begann Jobst nach dem zweiten Kaffee und einer Kippe, ein paar Merkzettel auf die Fallakte zu kleben, weil es leider noch etwas zu früh war, sie für die Schließung vorzubereiten.

58. KAPITEL

Das war so ein richtiger Scheißtag gewesen.

Erst hatte der Wind die Regenwolken für ein paar Stunden weggepustet, sodass die Sonne hervorgekommen war. Viel zu viel Licht für übermüdete Augen.

Und dann hatte Starck bei zwei Kunden etwas zu lange vorgewaschen, während er in Gedanken bei Greta war. Was normalerweise nicht weiter aufgefallen wäre.

Allerdings hatten die Kunden nach dem Waschvorgang im Staubsaugerbereich geparkt und waren zu ihm zurückgekommen. Sie hatten ihm lauthals dafür gedankt, wie gut und ordentlich er vorgewaschen hätte, das sei ja vorher noch nie so sorgfältig gemacht worden und so hätten sie sich das schon immer gewünscht. Nach der Lobhudelei hatte ihm der eine zwei und der andere einen Euro Trinkgeld gegeben.

Das war Starcks Chef natürlich nicht entgangen. Nienhüser hatte ihm umgehend und wutschnaubend die drei Euro abgenommen, ihn wegen der Wasser- und Arbeitszeitverschwendung verwarnt und ihm deutlich zu verstehen gegeben, dass so etwas nie wieder vorkommen durfte. Starck war es schlicht zu blöd gewesen, sich mit seinem Chef deshalb anzulegen. An anderen Tagen – vielleicht. Aber nicht heute.

Dann waren mehrere Anrufe in Abwesenheit aufgelaufen.

Alle von Florian Dreier inklusive Bitte um Rückruf. Dieser war Starck in der nächsten Pause nachgekommen. Wenigstens eine gute Neuigkeit. Der Kommissar hatte bezüglich der Schmauchspuren-Analyse Entwarnung gegeben. Die Tests waren negativ. Für Starck nicht überraschend. Für die Ermittler allerdings kein Grund, ihn vom Haken zu lassen. Das war ihm klar. Schließlich hätte Starck bei der Tat Handschuhe tragen können, dann allerdings wäre es sehr dämlich gewesen, die Fingerabdrücke nicht vorher von der Waffe abzuwischen. Außerdem mussten die Ermittler sicherlich noch der Frage nachgehen, woher die Waffe überhaupt stammte.

Nun war Starck endlich wieder zu Hause und durchstöberte den Dachboden, nachdem er im Keller vergeblich gesucht hatte. Er entdeckte viele Dinge, bei denen er davon ausgegangen war, dass seine Eltern sie längst entsorgt hatten. Fast sein gesamtes Kinderspielzeug und einige Kleidungsstücke – vom Strampler bis zum Konfirmationsanzug – fand er in ordentlich aufgestapelten Kartons, die fein säuberlich beschriftet waren.

Das gesuchte Objekt stand in der hinteren Ecke des Raums und war mit einem Laken abgedeckt. Starck entfernte das Tuch – und tatsächlich: Gustav Starck war auf dem Gemälde in fast identischer Haltung zu sehen wie Giacomo Moretti auf seinem Bild. Den linken Arm so platziert, dass man die Uhr sehen konnte. Die *Tag Heuer* zeigte circa zehn nach zehn. Starck hatte gelesen, dass Marketingfachleute herausgefunden hatten, dass dies die perfekte Zeigerstellung für Uhrenwerbung war, weil sie ein freundliches Lächeln simulierte.

Das Portrait Gustav Starcks war das erste Indiz, das den Wahrheitsgehalt von Morettis Aussage bestätigte. Jetzt konnte Starck den nächsten Schritt wagen.

Er betrat das dunkle Arbeitszimmer. Starck musste sich mit dem Rätsel auseinandersetzen, das Moretti, nein, sein Vater ihm aufgegeben hatte. Vor den Fenstern war es stockfinster, aber das Flurlicht begleitete ihn bis zum Schreibtisch. Noch bevor er die Bankerleuchte mit grünem Glasschirm und massivem Messingfuß einschalten konnte, hielt er inne.

Er stockte. Spürte, dass etwas anders war. Seine Nackenhaare stellten sich auf. Instinktiv scannte er den Raum. Hielt den Atem an und neigte leicht den Kopf, um die gefühlte Anomalie zu orten.

Eine der Terrassentüren stand einen Spalt weit offen.

»Hm«, brummte er, ging zur Tür und schob sie zu. Blieb wachsam.

Aber da war noch mehr. Starcks Sinne waren im Gefängnis geschärft worden. Und in diesem Raum war etwas, das hier nicht hingehörte. Da war er sich sicher.

Wer hat die Terrassentür geöffnet? Wieder ein Einbruch?

Er fuhr herum, bemerkte aber keine Veränderung auf dem Schreibtisch. Der Drehstuhl zeigte mit dem Rücken zu ihm. Starck nahm eine Bewegung wahr und ging in die Hocke, um weniger Angriffsfläche zu bieten.

»Du hast recht.« Starck hielt den Atem an. »*Du* hast die Terrassentür *nicht* offen gelassen.« Eine Frauenstimme. Ihm unbekannt. »Das war ich. Einen kleinen Hinweis wollte ich dir schon geben. Was sonst nicht meine Art ist.« Aus einer der schmalen Nischen zwischen zwei Regalen trat eine dunkel gekleidete Person.

Starck atmete erleichtert aus. »Das hat Duncan mir erzählt.«

»So, hat er das, das alte Plappermaul. Ich lebe von der Diskretion.«

»Auch davon habe ich gehört.« Starcks Augen hatten sich an die Dunkelheit gewöhnt. »Wir hatten viel Zeit in der Haft.« Nun war sie hier, um ihm zu helfen.

Sie war einen Kopf kleiner als er und kam jetzt auf ihn zu. Ihre Bewegungen waren geschmeidig. Der Händedruck fiel kraftvoll aus. »Hi. Ich bin Vanessa. Aber du kannst mich *Cat* nennen. Musst du aber nicht. Falls du allerdings auf den dummen Gedanken kommen solltest, meinen Vornamen in irgendeiner Form zu verniedlichen – also so etwas krankes wie Nessa, oder Vanni zum Beispiel – dann breche ich dir den Arm.«

Sie war schlank, fast schon zierlich. Dennoch glaubte Starck ihr jedes Wort. Wie eine Turnerin strahlte sie Kraft und Eleganz aus. Zur engen schwarzen Jeans trug sie einen schwarzen Kapuzenpulli.

»Dann bleibe ich bei Vanessa. Cat ist dein ... Künstlername?«

Sie lachte und warf dabei den Kopf leicht nach hinten. *Ein schönes, ehrliches Lachen. Warm. Hell. Melodiös.* »Wenn du so willst. Hat Duncan dir den Grund nicht erzählt?

»Doch, hat er.« Starck ging zum Schreibtisch und knipste die Leuchte an.

»Du darfst nicht jeden Scheiß glauben, den man dir erzählt.«

»Das tue ich wirklich nicht.« Weder heute noch früher.

»Ich hörte davon.«

»Ich schicke dir Hilfe.« Duncan ist sehr bestimmt. Er hat sich leicht über den Tisch gebeugt, damit sein Gegenüber ihn trotz der Geräuschkulisse aus Stühlerücken, Tablettklappern und Gesprächen im Speisesaal besser hören kann.

»Warum?« Mehr sagt Starck nicht, weil er nicht mehr sagen will und sich lieber einen weiteren Löffel Erbsensuppe in den Mund schiebt.

»Meinst du, du kriegst das da draußen alleine hin?«

Starck zögert. Schluckt erst die Suppe, dann seinen Stolz herunter. Springt über seinen Schatten. Nickt. »Ja! Also, ich meine nein. Vielleicht. Jedenfalls: Es wird hart.«

»Siehst du – ich kenn da wen.«

»Dem du vertraust?«

»Ja, hundert Prozent. Wie meiner rechten Faust.«

»Wie kann ich ihn erreichen?«

»Gar nicht. *Sie* wird sich bei *dir* melden.«

»Sie?«

»Sie! Wenn sie bei meinem letzten Job dabei gewesen wäre, säße ich nicht hier ein.«

»Okay. Und ... nun ja ... was kann sie?«

»Viel. Altmodisch formuliert würde man sie wohl eine Meisterdiebin nennen.«

»Na toll.«

»Mach dich locker, Mann. Sie hat nicht mal eine Akte bei euch.«

»Uns?«

»Alter, bei den Bullen. Also, deinem Ex-Uns. Und sie dreht normalerweise die ganz großen Dinger.«

Starck verzieht das Gesicht. »Und wurde noch nie erwischt?«

»Noch nie.«

»Spricht für Qualität.«

Und wieder ging es um Vertrauen. Er musste darauf vertrauen, dass Vanessa ihm tatsächlich helfen würde. Auf seiner Seite stand. Nicht von der anderen Seite war. Was war überhaupt die andere Seite?

»Schön, dass du da bist. Magst du dich setzen?«

»Gerne. Am liebsten in der Küche. Was gibt's zu essen?«

Starck lachte.

Im selben Moment steckte seine Mutter den Kopf zur Tür herein. »Wir haben Besuch? Ich habe Stimmen gehört. Wann hat es denn geklingelt?«

»Hallo, ich bin Vanessa«, sagte sie und ging auf Susanne Starck zu, um ihr die Hand zu geben. »Nett, Sie kennenzulernen. Ich bin eine Freundin von Andreas.«

»Das ist ja eine schöne Überraschung.« Starcks Mutter erwiderte den forschen Händedruck. »Ich bin … ähm … Susanne. Wenn ihr euch duzt … naja, ihr wisst schon.«

Starck lächelte. Ihm gefiel das lockere Szenario. Es nahm seiner gegenwärtigen Lebenssituation ein wenig die Schwere.

Vanessa zog das Haargummi aus dem hohen Zopf, strich in einer fließenden Bewegung die brünette Mähne nach hinten wieder glatt und nahm sie mit dem Haargummi erneut zusammen. Ihre großen Augen strahlten, als sie fragte: »Wo geht's zur Küche?«

»Komm mit«, sagte Starck.

Als er an seiner Mutter vorüberging, flüsterte sie ihm zu: »Die ist aber forsch.«

59. KAPITEL

Während seine Mutter und Vanessa am Küchentisch Platz genommen hatten, werkelte Starck an der Arbeitsplatte, um grünes Pesto zuzubereiten. Ein großer Topf mit Wasser, Salz und Olivenöl stand bereits auf dem Herd. Gerade war er dabei, eine ordentliche Portion Parmesan in die Rührschüssel zu hobeln, in der bereits Basilikumblätter, Pinienkerne, Knoblauch und ein Hauch Pfeffer und Salz auf den Einsatz des Mixers warteten.

»Hat dir Duncan erzählt, worum es geht?«, fragte Starck.

Vanessa warf einen fragenden Blick in Susanne Starcks Richtung.

Starck nickte.

»In groben Zügen«, antwortete Vanessa. »Aber ich würde es gern noch einmal von dir hören. Ich nehme übrigens ein Bier. Und da wir hier schon in direkter Nachbarschaft zu einer Brauerei hocken und zudem mit zwei starken Frauen in der Überzahl sind ... habt ihr *Thusnelda-Bier* im Haus?«

Bier zur Pasta? Starck lächelte. Er fühlte sich nicht direkt überfahren, aber nach all den Jahren, in denen er ständig Vorsicht hatte walten lassen müssen, tat ihm die offene und direkte Art gut. Er verstand, was Duncan menschlich an Vanessa schätzte. Auch wenn es bei dem Kontakt eher um ihre zahlreichen Fähigkeiten als professionelle Einbrecherin und

Planerin perfekt ausgeführter Coups ging.

»Ja, haben wir«, sagte Starcks Mutter. »Es ist allerdings nur kellerkalt. Aber das ist ein altes Haus. Da müsste das Bier wohl genießbar sein.«

Vanessa wackelte mit dem Kopf. »Fein. Danke.«

»Ich hole gleich ein paar Flaschen«, sagte Starck. »Lass mich nur noch die Nudeln ins Wasser geben.«

»Nur kein Stress. Und dann erzählst du mir deine Geschichte. Deine Version der Geschichte.«

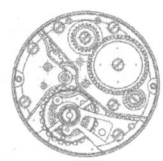

»Thusnelda war die Ehefrau von Arminius, also Hermann, dem Cherusker, oder?« Vanessa knibbelte zwischen zwei Bissen am Etikett der Bügelflasche herum, die aus der Detmolder Privatbrauerei Strate stammte, nur wenige Gehminuten vom Haus der Starcks entfernt.

Weil Starck sich gerade am Rand seines Tellers eine Gabel voll Spaghetti aufgedreht und in den Mund befördert hatte, nickte er nur.

»Coole Frau«, plauderte Vanessa weiter. »Kompletter Skandal, dass Tussi heute ein Schimpfwort ist. Wenn ich die Frau von dem Kerl wäre, der in der Varusschlacht die Römer in die Flucht geschlagen hat, würde ich mir das nicht gefallen lassen.« Sie überlegte kurz. »Na gut, wenn ich nicht schon tot wäre.«

»Gutes Argument«, sagte Starck.

Seine Mutter lachte. »So habe ich das noch nie gesehen.«

Dann wurde sie ernst. »Und wenn du uns jetzt hilfst, wie wirst du denn bezahlt?«

Vanessa legte die Gabel hin. »Von euch? Gar nicht. Duncan hat bei mir mehr gut, als ich je im Leben zurückzahlen könnte. Das geht also auf seinen Deckel.«

Starck nickte nachdenklich. »So ist das bei mir auch.«

Seine Mutter hatte sich vor zehn Minuten verabschiedet und war ins Bett gegangen.

»Okay«, sagte Vanessa. »Ich will gleich auch los. Deine Mama ist eine tolle Frau.«

»Danke dir. Das finde ich auch. Sie hat es ja nicht so leicht mit mir gehabt die letzten Jahre.«

»Heul nicht rum. Mamas halten eine Menge aus. So, und jetzt klärst du mich bitte noch darüber auf, was du vorhast.«

Starck nickte. Und erklärte es ihr.

»Naja.« Vanessa wiegte nachdenklich den Kopf hin und her. Dann trank sie seelenruhig den letzten Schluck Wasser aus, der sich noch in ihrem Glas befunden hatte, und sah Starck an. »Ich würde der Idee höchstens eine drei minus geben, aber das verfeinern wir noch, wenn es so weit ist.«

»Das heißt, du bist dabei?«

»Natürlich bin ich dabei. Sonst wäre ich wohl nicht hier.« Sie stand auf. »Danke für den …«, Vanessa kratzte sich am Kinn, »… schönen Abend.«

»Nee, ich danke dir, ich weiß echt nicht …«

»Lass es. Okay? Sonst wird unsere Zusammenarbeit echt zu anstrengend. Ich denke über alles nach und auf der Fahrt besprechen wir das Fein-Tuning.«

»Klingt gut«, sagte Starck.

»Bis Sonntag.«

60. KAPITEL

Donnerstag. Tag zehn in Freiheit.

Gestern hatte Starck bei der Arbeit viel über das nachgedacht, was er am Abend zuvor mit Vanessa besprochen hatte. Nach Feierabend waren er und seine Mutter zur Polizeidienststelle gefahren und sie hatten in Anwesenheit von Jobst Stukenbröker und Bettina Lange die aufgefundenen Gegenstände identifiziert. So wie es aussah, war noch alles da. Die Gemälde bedurften allerdings einer Restauration. Vielleicht gab es dafür Unterstützung von der Versicherung.

Zunächst war allerdings noch offen, wie lange das Diebesgut noch als Beweismittel in den laufenden Strafverfahren benötigt wurde. Außerdem fragte sich Starck, für welchen Zeitraum er und seine Mutter noch als verdächtig gelten würden. Sowohl was den Diebstahl als auch den Doppelmord anging.

Nachdem sie von der Dienststelle zurückgekehrt waren, hatte Starck den gesamten Mittwochabend damit zugebracht, nach Hinweisen für den Zugangscode zu suchen. Dafür war er alle Ordner noch einmal sorgfältig durchgegangen, hatte erneut den Dachboden und den Keller durchsucht sowie mit seiner Mutter über alle möglichen und unmöglichen Stellen diskutiert, die noch infrage kommen könnten. Am Ende war Starck erschöpft, aber unruhig ins Bett gefallen.

Weil es heute den ganzen Tag leise vor sich hin genieselt hatte, war in der Waschstraße wenig los gewesen und Starck hatte viel Zeit gehabt, über die Frage nachzudenken, wie er das Rätsel lösen konnte. Und dazu gehörte die Entscheidung, die Herausforderung seines Vaters anzunehmen und sich somit die Möglichkeit offenzuhalten, an den Machtstrukturen der Cancellari teilzuhaben. Während sich Ersteres noch gut anfühlte, löste Zweiteres bei Starck zwiespältige Gefühle aus. Würde es ihn Greta näherbringen?

Was das Konto anging, war er einigermaßen emotionslos. Die große Summe war derzeit noch abstrakt und beeindruckte ihn wenig. Das Geld war ihm eigentlich nicht wichtig, aber es würde ihm seine Aufgabe erleichtern, Greta zu finden. Auch wenn Starck nicht pleite war. Denn aus dem Verkauf des Düsseldorfer Hauses war von dem Erlös nach Abzug der Anwaltskosten noch etwas übrig. Nicht viel. Aber wenn man bescheiden war, reichte es eine kleine Zeit lang.

Nachdem er keine weiteren Hinweise im Haus seines Vaters gefunden hatte – vielleicht gab es auch keine – konzentrierte sich Starck auf den ersten Satz im Brief seines Vaters.

EHRE DIE ZEIT.

Eine Phrase, die pausenlos in Starcks Hirn rotierte.

Uhrzeit? Tageszeit? Mondphasen? Stand der Sonne?

EHRE DIE ZEIT.

Dieser Hinweis in Verbindung mit der Tatsache, dass sein Vater ihm die Sammlung der fünf Chronographen hinterlassen hatte, nahm Starck als Hinweis darauf, dass er auf der richtigen Spur sein könnte. Zudem bestand der Zugangscode aus zehn Stellen, sodass jede der fünf Uhren für zwei Stellen stehen könnte.

EHRE DIE ZEIT.

Starck sah sich wiederholt und in Ruhe die Bilder der Chronographen an.

Die Uhrzeit wurde natürlich von allen angezeigt. Allerdings nicht die aktuelle, denn keine der Uhren lief. Die jeweilige Zeitanzeige war identisch mit den Fotos in den Versicherungsunterlagen.

Einen Jahreskalender boten jedoch nur die *Patek Philippe* und die *Audemars Piguet* an und – der Name wies bereits darauf hin – das Zifferblatt der *Moonstruck* von *Ulysse Nardin* zeigte Sonne und Mond in Relation zur Erde.

Auch der *El Primero Chronomaster* von *Zenith* wies eine Besonderheit auf: Wenn sie lief, konnte man durch das geöffnete Zifferblatt dem Uhrwerk bei der Arbeit zuschauen.

Starck hatte Zweifel, ob all diese schönen Spielereien ihm weiterhelfen würden, weil sich daraus keine Regelmäßigkeit ergab. Er nahm aber an, dass er genau diese Übereinstimmung zur Lösung finden musste. Bis auf die Anzeige der Uhrzeit hatten alle fünf Chronographen jedoch kaum Funktionen gemein.

Also würde sich Starck zunächst auf die Uhrzeit konzentrieren. Der Übersichtlichkeit halber druckte er sich schlichte Zifferblätter in A4-Größe aus und übertrug die Zeigerstellung mit rotem Filzstift auf die Blätter.

Er startete mit der *Monaco* von *Tag Heuer*, die neun nach zehn anzeigte. Auf der *Patek Philippe* war es neun Uhr drei und auf der *Moonstruck* drei vor drei. Oder vierzehn beziehungsweise zwei Uhr siebenundfünfzig, was bedeutete, dass unterschiedliche Zahlen infrage kamen. Aber dieser Frage wollte sich Starck später widmen. Die *Royal Oak Offshore Grand Complication* von *Audemars Piguet* zeigte fünf Minuten nach halb elf und der *El Primero Chronomaster* von *Zenith* fünf Minuten vor halb zwei.

Starck breitete die Blätter auf dem Schreibtisch aus. Besser als die Fotos, aber immer noch zu unübersichtlich. Also hängte er die Bögen an eines der bodentiefen Fenster.

Anschließend zog er sich einen Sessel heran, sodass er die fünf Uhrzeiten in Ruhe betrachten und auf sich wirken lassen konnte.

»Hm«, sagte Starck zu sich selbst. Laut. So als wäre jemand mit im Raum. »Also, ich brauche eine Ziffernfolge aus zehn Zahlen. Oder fünfmal zwei. Oder zweimal fünf. ‚Ehre die Zeit‘ hat Papa geschrieben und mir fünf Uhren hinterlassen. Dann sollte es ja wohl nicht völlig abwegig sein, wenn ich davon ausgehe, dass mir jede Uhr zwei Stellen des Codes spendiert. Die ich dann irgendwie noch sortieren muss, um eine PIN zu bekommen …«

Er kratzte sich am Kinn. Legte den Kopf schief. Dann stand er auf und holte sich den Schreibblock. Überlegte noch einmal und traf dann die Entscheidung, wie er die Uhrzeiten aufschreiben wollte:

Zehn Uhr neun.

Neun Uhr drei.

Zwei Uhr siebenundfünfzig.

Zehn Uhr fünfunddreißig.

Ein Uhr fünfundzwanzig.

Daraus ergaben sich zwei Möglichkeiten für die Erstellung eines zehnstelligen Codes – entweder die Stunden oder die Minuten. Also unsortiert: 10, 09, 02, 10, 01 oder 09, 03, 57, 35, 25.

Starck entschied sich, mit den Minutenangaben weiterzumachen, weil sie eindeutigere Werte ergaben als die

Stundenzahlen, für die es je nach Tageszeit eine zweite Alternative gab.

Nun musste die Frage beantwortet werden, wie die fünf Zahlen miteinander kombiniert werden konnten. Vermutlich sollte jede Zahl nur einmal in dem Code vorkommen, sonst machte das alles keinen Sinn.

Wenn die erste Stelle mit einer Zahl besetzt war, kamen für die zweite Stelle ja nur noch vier Zahlen infrage, für die dritte noch drei, für die vierte zwei und für die fünfte Stelle nur noch eine Zahl. Also multiplizierte er 5 x 4 x 3 x 2 x 1 und bekam 120 heraus. Mist.

Ernüchternde 120 Kombinationsmöglichkeiten!

Moretti hatte zu ihm gesagt: »Wenn Sie den Code haben, geben Sie im Online-Banking die Kontonummer und den Code ein. Es ist alles für Sie eingerichtet. Aber bedenken Sie: Sie haben nur drei Versuche!«

61. KAPITEL

Er fuhr durch den Grunewald auf dem Hüttenweg in nordwestlicher Richtung. An der Kreuzung Waldparkplatz Kleiner Stern bog Kol Mortensen nach links ab. Er starrte angestrengt durch die Frontscheibe. Kaum hatten die Scheibenwischer den feinen Nieselregen zur Seite geschoben, überzog die Scheibe bereits ein neuer Wasserfilm. Auf halber Strecke nach Zehlendorf drosselte er die Geschwindigkeit seines alten Land Rovers, um den Abzweig in den schmalen Waldweg nicht zu verpassen. Die große Kiefer, die lange Jahre als Orientierung gedient hatte, war bei dem letzten Unwetter einfach quer über die Straße gekippt und anschließend entsorgt worden.

Von der Straße aus war der Hof nicht zu sehen, weil er fast einen halben Kilometer entfernt lag. Zudem verlief der unbefestigte Waldweg in Schwüngen dorthin, die Gebäude wurden von Bäumen verdeckt.

Nach knapp dreißig Metern passierte er das obligatorische »Privatweg. Befahren und Begehen verboten«-Schild. Mortensen wusste, dass er seit dem Abbiegen von den Kameras auf die Monitore im Überwachungsraum übertragen wurde, während sein Handy nur noch zwei Balken anzeigte. Kurz darauf überfuhr er ein dickes Kabel. Mit Gummi ummantelt. Der nächste Signalgeber für die Überwachung, dass sich jemand dem Haus näherte.

Nach zweihundert Metern kam er an den ersten Kontrollposten. Drei schwarz gekleidete Wachmänner. Die Kalaschnikows gut versteckt. Ein aufmerksamer Dobermann. Nur noch ein Balken.

Mortensen ließ das Fenster auf der Fahrerseite herunter und grüßte mit einem Nicken. Sie erkannten ihn und winkten ihn wortlos durch. Das war zwar gegen das Sicherheitsprotokoll, das Mortensen selbst für dieses Anwesen entwickelt hatte – schließlich hätte er jemanden im Kofferraum oder eine Bombe im Fußraum einschmuggeln können – aber das sollte nicht sein Problem sein.

Nach weiteren holperigen zweihundert Metern erreichte er das Tor. Links und rechts davon lief ein massiver Zaun in den Wald, oben mit NATO-Draht gekrönt, einer besonders sicheren Stacheldraht-Variante mit rasiermesserscharfen Doppelklingen. Davor wuchsen im Abstand von knapp drei Metern kleine Kiefern, zwischen denen sich Tschechenigel aus über Kreuz verschweißten Stahlträgern versteckten.

Wieder ließ Mortensen die Kontrolle über sich ergehen. Zum Glück kannte er auch diese drei Wachhabenden, sodass es kein Theater gab. Einer von ihnen trottete lustlos ins Wärterhäuschen. Auf Knopfdruck fuhr das stählerne Torungetüm lautlos nach rechts und gab Mortensen den Weg frei. Nun hatte er keinen Handyempfang mehr.

Kurz darauf erreichte er das weiß gestrichene Haupthaus, vor dem eine uralte Eiche den Mittelpunkt einer kreisrunden, gekiesten Fläche bildete, die von vier schwarzen Range Rover und zwei Volkswagen Multivan zugeparkt war.

Es kam nicht oft vor, dass Onkel Pablo ihn sehen wollte,

was Mortensen durchaus recht war. Die meisten Aufträge bedurften keines persönlichen Gesprächs. Nur im Fall einer besonderen Order waren diese Treffen notwendig. Nach der Besprechung wurde mindestens einen Tag lang gesoffen und es waren reichlich junge Frauen und Männer da, um die Bedürfnisse der Anwesenden zu befriedigen. Business as usual.

An der Tür erwartete ihn der widerliche Zerberus, der jeden Ankömmling nach Waffen durchsuchte. Eigentlich hieß der tumbe Kerl Anatol. Er stank nach Schweiß und Zwiebeln und hasste es, von Mortensen Zerberus genannt zu werden, weil er nicht begriff, was das sollte.

An Zerberus war alles eckig. Und überdimensional groß. Der gewaltige Schädel, der monströse Oberkörper, die vorschlaghammerähnlichen Fäuste. Mortensen verstand sehr gut, warum Onkel Pablo dem furchteinflößenden Mann die Aufgabe übertragen hatte, Besucher in Empfang zu nehmen und zu durchsuchen. Gleichzeitig wunderte er sich, dass es heute so still war im Haus.

Den Fahrzeugen draußen nach zu urteilen, müssten einige von Pablos Männern hier sein. Aber es war nichts zu hören. Keine Musik. Kein besoffenes Gegröle. Kein Billard-Geklickere. Keine Sexgeräusche. Nur der Heizkörper rechts neben der Tür rauschte.

»Na, mein Großer, alles klar?«, sagte Mortensen, weil er sowohl irgendetwas sagen, als auch Zerberus ein wenig ärgern wollte.

Der Hüne ließ ein tiefes Knurren hören, das von einem ausgewachsenen Löwenmännchen hätte stammen können.

»Wand!« Komplett humorfrei.

Mortensen kannte das Prozedere, daher hatte er die Glock

gleich im Auto gelassen. Er befolgte die Anweisung, stützte sich breitbeinig mit den Handflächen gegen die Wand links neben der Eingangstür und ließ den groben Durchsuchungsvorgang gelassen über sich ergehen.

»Gut!«, brummte Zerberus. »Reingehen.«

Mortensen nickte. Grinste ihn breit an und foppte ihn mit: »Allet klärchen, mein Bärchen.« Dann duckte er sich unter dem Faustschlag hinweg, den Zerberus in seine Richtung ausführte. Weil der Riese ihn nicht traf, kam der leicht aus dem Gleichgewicht und knurrte wieder wütend. Mortensen grinste noch breiter.

Der schwarz-weiß gefliese Flur führte direkt auf eine raumhohe Doppelflügeltür zu. Links standen weiße Schachfiguren auf den schwarzen Fliesen. Mortensen wusste, dass jede der mindestens kniehohen Figuren aus massivem Marmor gefertigt war. Rechts säumten den Weg schwarze Figuren auf weißen Fliesen. Beginnend mit einem Bauern an der Eingangstür, endend mit dem König auf der vorletzten Fliese vor der Doppelflügeltür. »Wenn man schon eine Hütte im Grunewald hat, soll es ja auch ein bisschen gemütlich sein«, hatte Pablo einmal den Einrichtungsstil begründet.

Mortensen klopfte und trat ein, ohne eine Antwort abzuwarten.

Was er sah, erklärte die Stille. Oder besser: was er nicht sah. Keine Nutten. Keine Lustknaben, wie Pablo seine Stricher altmodisch nannte. Kein einziger von Pablos Männern.

Nur Onkel Pablo war da. Er saß am Kopfende des langen, massiven Eichentischs, eine halb leere Flasche Wodka und zwei Gläser vor sich. Mittig über der wuchtigen Tafel schwebte ein ausladender Hirschgeweihleuchter, der den riesigen Raum in weißes Licht tauchte. In dem aus roten Backsteinen gemauerten Kamin lagen kalte, verkohlte Scheite.

Pablo sah Mortensen durchdringend an.

»Setz dich. Trink mit mir.«

62. KAPITEL

Drei Versuche. Nur drei Versuche hatte er, um den richtigen Code einzugeben. Verdammt wenig, wenn es zehn hoch zehn Variationsmöglichkeiten gab.

Starck war ins Bett gegangen, um seinen Gedanken und seinem Körper Ruhe zu gönnen. Er wusste aus Erfahrung, dass »darüber schlafen« tatsächlich helfen konnte, weil sich in bestimmten Schlafphasen vieles im Unterbewusstsein sortierte und manchmal ein gesuchter Baustein an die richtige Stelle fiel.

Nicht heute. Er starrte hellwach und mit weit offenen Augen durch die Dunkelheit, ohne die Zimmerdecke zu sehen. Von Einschlafen war Starck weit entfernt.

10.000.000.000. Eine Eins mit zehn Nullen. Zehn Milliarden. Und nur eine Kombination war die richtige. Also 9.999.999.999 Möglichkeiten zu scheitern.

Starck schüttelte den Kopf. Scheitern war keine Option. Nun war sein Ehrgeiz geweckt, sich Zugang zu dem ominösen Konto seines Vaters zu verschaffen. Er stand wieder auf, zog dicke Socken und eine Jogginghose an und holte sich ein großes Glas Wasser aus der Küche.

Angenommen, die Uhrzeiten und eine der daraus resultierenden Zahlenreihen waren tatsächlich der Schlüssel. Wie konnte Starck die Zahlen in die richtige Reihenfolge bringen?

EHRE DIE ZEIT!

Er ging ins Arbeitszimmer und stellte sich vor das Fenster, an das er die A-4-Zettel mit den aufgemalten Uhrzeiten gehängt hatte. Legte den Kopf schief nach rechts. Dann nach links. Irgendwo im Hinterkopf spürte er ein Pochen, das ihm sagte, dass er der Lösung des Rätsels nahe war.

Starck fixierte die Zettel mit seinem Blick. Allein, sie blieben stumm. Gaben keine Lösung preis. »Okay. Das hilft zwar schon irgendwie, aber ich brauch das Ganze noch ein weiteres Mal.«

Als Starck einen weiteren Satz Blätter produziert hatte, nahm er zwei davon, um etwas auszuprobieren. Er legte »9:03« und »2:57« übereinander. Dann drehte er den Schirm der Schreibtischleuchte so, dass das Licht nach oben schien und hielt die übereinanderliegenden Blätter gegen das Licht.

Die Stundenzeiger bildeten eine gerade Linie von neun bis drei. Die Minutenzeiger ein spitzes V.

»Hm.« Er schüttelte den Kopf. »Ein Ansatz, aber ...« Es sprang ihn keine Erkenntnis an.

Anschließend drehte er die Blätter so übereinander, dass sich die großen Zeiger überdeckten.

»Sieh an, sieh an.« Die kleinen Zeiger waren ebenfalls deckungsgleich.

Starck wiederholte die Prozedur solange, bis er jede Kombination einmal geprüft hatte. Nickte zufrieden und suchte in der Schreibtischschublade seines Vaters nach einem Geodreieck.

»Wie war das noch?« Er legte es an die Neun-nach-zehn-Zeigerstellung der *Tag Heuer*. Sein Herz schlug schneller. »Das gibt es doch nicht.«

Der Innenwinkel betrug genau 108 Grad. Starck wurde

heiß. Er spürte die Aufregung, das Adrenalin. Er war auf dem richtigen Weg! Denn bei dieser Entdeckung konnte es sich wohl kaum um einen Zufall handeln.

Das Bankschließfach trug die Nummer 108. Das fragliche Konto endete ebenfalls auf 108. Und alle Uhren zeigten eine Zeigerstellung an, die als Innenwinkel genau 108 Grad aufwies.

Erst nach Mortensens erstem Wodka brach Pablo das Schweigen. Regel des Hauses. Der Boss sprach zuerst.

Normalerweise kein Problem für Kol Mortensen. Denn er war niemand, den die Gegenwart eines anderen Menschen nervös machte oder der es nicht aushalten konnte, sich eine Zeit lang anzuschweigen.

Hier und heute jedoch war etwas anders. Ein Mann wie Mortensen hatte geschärfte Sinne. Und die Zusammenkunft mit seinem Boss wirkte bereits ohne ein gesprochenes Wort bedrohlich. Die ungewohnte Stille des Raums, ja des gesamten Hauses lastete mehr auf ihm und der gesamten Szenerie, als er sich zunächst eingestehen wollte.

Mortensen war auf der Hut.

»Wie ich höre, fand das Geschenk nicht den gewünschten Anklang. Das ist sehr bedauerlich.«

Onkel Pablo sprach nie Klartext. Mortensen wusste, dass sein Boss niemandem traute, egal, wie lange man schon für ihn arbeitete und was man schon alles für ihn getan hatte.

Onkel Pablo ging grundsätzlich davon aus, dass jede Person in seinem Umfeld bestechlich, erpressbar oder kompromittierbar war. Und niemand wusste besser als Mortensen, dass diese Annahme auch tatsächlich ab und zu bestätigt wurde. Schließlich war ihm schon häufig die Aufgabe zugefallen, die jeweiligen Gefahrenquellen zu eliminieren.

Pablos verklausulierter Hinweis auf das Geschenk war ein Vorwurf erster Güte, der gleichzeitig eine Drohung beinhaltete. *Bedauerlich.* Mortensen nickte langsam. Darum ging es also.

»Ja«, musste der erfahrene Killer zugeben. »Das ist leider so. Sehr ärgerlich.«

Sich zu entschuldigen, war sinnlos. Nicht bei Onkel Pablo. Nicht nach so vielen Jahren. Ohnehin ärgerte es Mortensen selbst am meisten, dass er das nicht hatte kommen sehen. Starck und seine Mutter waren ausgerechnet zu dem Zeitpunkt im Ausland gewesen, für die Mortensen die schöne Inszenierung mit den Einbrechern und dem Hehler organisiert hatte. Somit verfügte Starck über ein wasserdichtes Alibi und hatte vermutlich nicht lange unter den Ermittlungen der Polizei zu leiden. Er würde demnächst unbehelligt weiterleben können.

»Es wäre gut«, fuhr Onkel Pablo mit leiser Stimme fort, »wenn du das Geschenk beim nächsten Mal besser auswählen würdest. Sorgfältiger übergeben. Den Zeitpunkt besser wählen. Schließlich fällt es auf *mich* zurück, wenn ein Gast mit seinem Präsent nichts anfangen kann.«

Droht er mir? Mortensens Puls beschleunigte sich.

63. KAPITEL

Fünf Uhren. 108 Grad. Fünf mal 108 sind 540.
Eine Uhr ist ein Kreis. Ein Kreis hat 360 Grad. Kein Bezug zu 540.
Zumindest keiner, den Starck sehen konnte.
Also weiter. *360 geteilt durch 5 sind 72.*
72?
Hm.
Was haben 72 und 108 gemeinsam?
108 minus 72 sind 36. Der zehnte Teil von 360. Schon mal nicht dumm.
108 plus 72 sind 180. Die Hälfte von 360, also ein Halbkreis. Auch nicht blöd.

Starck gähnte und dachte kurz daran, schlafen zu gehen, weil er wusste, dass sein Gehirn zur Ruhe kommen musste, wenn er eine Lösung finden wollte. Aber er konnte nicht aufhören. Brauchte einen neuen Impuls.

Also öffnete er erneut den Laptop, startete das Suchprogramm im Browser und tippte: »5 und 108«.

Die ersten Treffer bezogen sich auf das Hörspiel »Fünf Freunde von Enid Blyton, Folge 108«.

Interessant. Er hatte als Kind die *Fünf Freunde*-, *Drei Fragezeichen*- und *Emil und die Detektive*-Bücher verschlungen, wodurch früh seine Passion für akribische Ermittlungsarbeit geweckt wurde. Aber 108 *Fünf Freunde*-Folgen? Waren das alles noch Originalgeschichten?

Gestern Abend waren ihm auf dem Dachboden drei große Kartons mit der Aufschrift »Jugendbücher« in die Hände gefallen. Darin schlummerte so manches Buch, das er früher gern gelesen hatte. Vielleicht sollte er die Kisten vom Boden holen und wieder in die Regale einsortieren. Für Greta. Für sich. *Und*, dachte er, *weil uns ohne Vergangenheit die Basis für die Zukunft fehlt.*

Weiter unten wurden ihm als Suchtreffer »Peugeot 108, Fünfganggetriebe« und »§ 108 Absatz 5 Sozialgesetzbuch« angezeigt.

Er schüttelte zum wiederholten Mal an diesem Abend den Kopf und sagte: »So geht das wirklich nicht.«

Also änderte Starck die Eingabe auf »fünf« und »108 Grad«. Nun wurde ihm ein Video mit dem Titel »Fünfeck konstruieren« vorgeschlagen. Auf einer weiteren Matheseite ging es darum, die fünf Ecken jeweils mit Geraden zu verbinden, und so entstand innerhalb des Fünfecks ein ... Pentagramm?!

»Das ist jetzt nicht dein Ernst ...« Starck war wie elektrisiert. Dachte an das Pentagramm inmitten des Rundfensters über dem Eingangsportal der Banca Basòdino in Zürich. Starrte abwechselnd auf den fünfzackigen Stern, der ihm auf dem Laptop-Bildschirm angezeigt wurde, dann wieder auf die Bilder mit den Uhrzeiten. Hin und her. Und her und hin.

War es das? Hatte er einen Ansatz gefunden, der zwar einigermaßen skurril, aber dennoch am Ende logisch war?

Starck nahm sich wieder »9:03« und »2:57« vor, legte die Zeigerstellungen ein weiteres Mal direkt übereinander und zog sie dann langsam so lange auf der Horizontalachse zwischen neun und drei Uhr auseinander, bis sich die äußeren Enden der beiden Minutenzeiger berührten.

»Passt!« Er betrachtete fasziniert das Ergebnis, das aussah, wie ein hoher spitzer Zauberhut mit gerader Krempe. Die Spitze eines Pentagramms war entstanden.

Starck atmete tief ein. Danach tief aus. Noch mal ein. »Also dann ...«

Als Nächstes schob er »1:25« und »10:35« in das Konstrukt.

Nun waren die oberen drei Zacken vollständig, nach unten war der Stern allerdings vorerst noch offen.

Ein seltsames Hochgefühl machte sich in ihm breit. So wie damals, als er mit seinen Ermittlern gerungen und diskutiert hatte. Ein ums andere Puzzleteil eines scheinbar unlösbaren Falles fand seinen Platz, und sie merkten, dass genug Material für eine wasserdichte Anklage zusammengetragen worden war.

Das hatte er schon lange nicht mehr erlebt. Ein Erfolgserlebnis. Es tat gut, auch wenn natürlich Zweifel blieben.

Nun die letzte Uhrzeit: »10:09«.

Mist. Da stimmte etwas noch nicht. Wie ein fünfzackiger Stern sah das nun wirklich nicht aus, was nicht unbedingt mit der der Zeigerstellung zusammenhängen musste. Aber Starck hatte eine Vermutung, denn die Winkel passten.

Was, wenn ...?

Starck drehte die »10:09« um 180 Grad.

Ja! Das war es. Oder musste es sein. Ein vollständiges Pentagramm. Symmetrisch zusammengestellt aus den Uhrzeiten der fünf Chronographen, die er von seinem Vater geerbt hatte.

War er der Lösung ein weiteres Stück näher gekommen?

Oder steigerte er sich da nur in etwas hinein, das morgen bei Tageslicht völlig absurd wirken würde?

Er konnte nicht aufhören. Nicht jetzt.

Wenn Starck für den Code nun die Zeiten im Pentagramm in eine Reihenfolge bringen wollte, wäre es da nicht sinnvoll, dies im Uhrzeigersinn zu tun? Dann müsste er oben rechts beginnen.

Oder, er wählte die Reihenfolge, in der man ein Pentagramm mithilfe eines Fünfecks zeichnete.

Scheiße! Es gab so viele Varianten.

Starck entschied sich dafür, dem ersten Gedanken zu trauen.

Zwei Uhr siebenundfünfzig.
Ein Uhr fünfundzwanzig.
Zehn Uhr neun.
Zehn Uhr fünfunddreißig.
Neun Uhr drei.

Für die Minuten ergab sich die Folge 57, 25, 09, 35, 03 – die zehnstellige PIN müsste also 5725093503 lauten.

Starck starrte die Zahlfolge an, die er auf ein leeres Blatt übertragen hatte.

Hatte er einen Fehler gemacht?

Oder konnte er den Versuch wagen?

Er musste.

Langsam ging er mit dem Code zum Laptop, rief im Browser die Private-Banking-Seite der Banca Basòdino auf und gab die Kontonummer ein.

So weit, so gut.

Langsam tippte Starck die zehnstellige PIN ein.

Jetzt galt es.

Enter.

»Ihre Anmeldedaten sind ungültig!«
Scheiße!
Nur noch zwei Versuche!

Dieses Gelaber von einem angeblichen Geschenk nervte Mortensen gewaltig. Ihm waren klare Ansagen lieber. Aber wenn sein Boss es so wollte, machte er natürlich notgedrungen mit. »Hast du einen besonderen Wunsch, welche Art von Geschenk ich auswählen soll?«, fragte er.

Onkel Pablo durchbohrte ihn mit einem harten Blick aus kalten Augen und legte dann seine rechte Hand auf den Tisch. Mortensen musste nicht hinschauen, um zu wissen, dass die verstümmelten Überreste kein schöner Anblick waren, auch wenn er schon deutlich Schlimmeres gesehen hatte. Das oberste Daumenglied fehlte, von Mittel-, Ring- und kleinem Finger war je nur ein hässlicher Stumpf übrig.

Mortensen schluckte schwer und es kam ihm vor, als würde der Raum von dem Geräusch widerhallen. Trotzdem hielt er Onkel Pablos durchdringenden Blick stand.

»Du weißt, wann und warum ich mich von meinen Fingern verabschieden musste, nicht wahr?« Der Boss machte eine kurze Pause, erwartete aber offensichtlich keine Antwort. »Und bei welchen Gelegenheiten ich diese Geschichte erzähle?« Er brachte die Sätze mit derselben bedrohlich heiseren Flüsterstimme vor, die er immer dann einsetzte, wenn er das Todesurteil über eine Person längst gefällt hatte.

Unzählige Male war Mortensen Teil des Rituals gewesen. Meist mit dem Finger am Abzug. In deutlich selteneren Fällen mit einem Hammer oder einem Armeemesser in der Hand.

Würde gleich Zerberus oder ein anderer Scherge hereinkommen, um Mortensen zu liquidieren? Nun, da müssten schon mehrere kommen. Kampflos würde er sich nicht das Leben nehmen lassen. Im Gegenteil. Der alte Pablo wäre der Erste, dem Mortensen das Genick brechen würde.

Er nickte langsam. »Ja, ich weiß, wann du deine Geschichte erzählst. Und für wen sie bestimmt ist.« Und ging in die Offensive. *Was soll's?* »Das beantwortet allerdings nicht meine Frage.«

Pablos linkes Auge zuckte. Er zögerte kurz, dann schenkte er zunächst sich selbst und anschließend Mortensen Wodka nach und leerte genussvoll das Glas.

»Nun«, sagte Onkel Pablo langsam. »Der Gedanke hinter einer gelungenen Geschenkidee ist ja der, dass man lange etwas davon haben soll. Sehr lange. Und keinesfalls, dass der Beschenkte nicht einmal merkt, dass er etwas bekommen hat. Ich erwarte, dass du für unseren Gast ein Geschenk mit Grußkarte auswählst, die ihn lange beeindruckt. Tief beeindruckt. Sehr lange. Vielleicht sogar … den Rest seines Lebens.«

64. KAPITEL

Fuck. Das wäre ja auch zu schön gewesen.
Versuch eins von drei war ungültig.
Starck lehnte sich auf dem Schreibtischstuhl zurück. Starrte auf den Bildschirm und die Login-Seite der Bank.
Scheiße.
Nun blieben nur noch zwei Chancen.
»Mensch, Papa! Muss das so kompliziert sein?«
Er ging in die Küche und machte sich einen Kaffee. Dachte währenddessen die ganze Zeit darüber nach, an welcher Stelle er wohl verkehrt abgebogen sein könnte.
Falscher Gedanke oder Logikfehler?
Mit dem Pott Kaffee vor sich prüfte Starck in den nächsten zwanzig Minuten noch einmal konzentriert, ob er bei der Anordnung der Zahlen einen Fehler gemacht hatte. Kam allerdings zu dem Ergebnis, dass alles passen *musste*.
Also war die Zahlenfolge falsch.
Verdammt!
Hatte er sich verrannt? Musste er die gesamte Botschaft seines Vaters berücksichtigen? Versteckten sich in Zeile zwei und drei Hinweise auf die gesuchte Ziffernfolge?
EHRE DIE ZEIT,
VERANTWORTE DAS VERMÖGEN,
BEHERRSCHE DIE MACHT.

Es waren neun Wörter und drei Satzzeichen. Oder kam als zehnte Ziffer die Summe in Betracht? *Es ist zum Verrücktwerden!* Starck zählte die Buchstaben in den Wörtern und reihte sie aneinander. 4, 3, 4, 11, 3, 8, 10, 3, 5.

Er schüttelte den Kopf. Nein, das ging nicht auf. Durch die 11 und die 10 hatte er eine Ziffer zu viel. Das war eine Sackgasse. Also machte er mit der ursprünglichen Idee weiter.

Gleicher Ansatz. Neue Zahlenfolge.

Starck brachte nun die Zahlen der Stundenzeiger in die – wie er nach wie vor fand – richtige Reihenfolge, indem er sie im Uhrzeigersinn des Pentagramms anordnete.

02, 01, 10, 10, 09.

Die PIN lautet also: 0201101009. Hm. Wirkte bei den vielen Nullen und Einsen ja schon fast wie ein binärer Code. *Auch nicht komplett unlogisch.*

Also dann.

Versuch Nummer zwei. Erneut gab er die Kontonummer ein. Und ergänzte sie im nächsten Eingabefeld durch die PIN.

Enter.

»Ihre Anmeldedaten sind ungültig!«

Scheiße!

Nur noch ein Versuch.

»Ich Vollidiot!« Starck rieb sich mit beiden Händen die Schläfen. »Mann, Mann, Mann. Wie kann man so dermaßen blind sein?«

Natürlich!

Das musste der Fehler sein: Er hatte die zehn-Uhr-neun-Zeigerstellung gespiegelt, um das Pentagramm zu vervollständigen.

Entweder war er mit dem Pentagramm auf der völlig falschen Spur oder er hatte beim Spiegeln etwas falsch gemacht.

Der Stundenzeiger stand bei zehn Uhr neun auf neun vor und der Minutenzeiger auf neun nach. Das – so wurde Starck schnell klar – ergab beim Spiegeln zwar die richtigen Geraden im Pentagramm, allerdings keine mögliche Zeigerstellung einer Uhr. Denn einer der Zeiger dieser Uhr müsste auf der »21 nach« und der andere auf »21 vor« stehen. Dies war keine reale Uhrzeit, die sich aus der natürlichen Stellung des kleinen und großen Zeigers ergab.

Mist.

Starck nahm einen Schluck Kaffee. Überlegte, ob er jetzt aufhören und schlafen gehen sollte. Entschied, dass es klüger wäre, morgen weiterzumachen.

Mit Abstand.

Resigniert zog er eine Schreibtischschublade auf, um überhaupt etwas zu tun. Was hatte er übersehen? Der Blick in die Schublade offenbarte lediglich Gegenstände, die er bei seiner Suche schon gefühlt hundertmal gesehen hatte. Büromaterialien. Ein Sammelsurium aus Klebestiften, Blöcken in A5 und A4, Tesafilmrollen, Büroklammern.

Kein Hinweis.

Nächste Schublade. Ebenfalls ein bekanntes Bild. Briefumschläge und Marken. Eine Rolle Paketklebeband.

Er gähnte. Trotz des Kaffees. Durchstöberte eine weitere Schublade. Hier hatte Gustav Starck Stifte aufbewahrt. Und den alten Taschenrechner. Starck lächelte gedankenverloren, als er sich daran erinnerte, wie sein Vater ihn als Kind gefoppt hatte.

»Was ist das für ein Ding, Papa?«

»Das ist ein Taschenrechner.«

»Und was kann man damit machen?«

»Er kann dir dabei helfen, schwierige Aufgaben auszurechnen.«

»Oh, darf ich ihn mit in die Schule nehmen?«

Gustav Starck hatte gelacht. »Später vielleicht. Wenn du nicht mehr in der Grundschule bist. Aber erst einmal musst du lernen, Zahlen im Kopf zusammenzurechnen. Oder auf dem Papier.«

»Schade.« Aber der kleine Andreas hatte nicht aufgegeben. »Ich will es ausprobieren.«

»Gut«, hatte sein Vater gesagt. »Hier oben machst du den Taschenrechner an.«

»Gibst du mir eine Aufgabe, Papa?« Neugierig.

»Na klar. Ich gebe dir eine Aufgabe, du rechnest sie im Kopf aus und dann probierst du es mit dem Rechner.«

»Na gut.«

»Fünf mal drei.«

»Das ist fünfzehn. Aber ich sehe kein Malzeichen.«

»Das ist das ‚x'. Und wenn du alles eingegeben hast, drückst du noch auf das Gleich-Zeichen.«

»Ach so.« Er hatte getippt und fasziniert beobachtet, dass nun die 15 auf dem Display stand. »Jetzt eine schwierigere Aufgabe.«

»Wenn du meinst: 9 mal 817.«

»Das kann ich nicht im Kopf. Ich tippe es ein.« Begeistert hatte Starck die Zahlen eingegeben. »7353 kommt da raus.«

»Das stimmt. Jetzt dreh den Taschenrechner einmal um und lies, was dort steht.«

Verwirrt war Starck der Anweisung seines Vaters gefolgt. Brauchte einen Moment. »Du bist gemein«, hatte er dann gerufen, laut gelacht und Gustav Starck hatte seinen Sohn liebevoll in die Arme genommen.

Das Display hatte ESEL angezeigt.

Während er an den Nachmittag mit seinem Vater dachte, machte Starck den Taschenrechner an. Es war ein altes Gerät. Noch keines mit Solarbetrieb. Aber es funktionierte. Die Batterie hatte noch genug Saft.

Starcks Blick fiel auf die Typenbezeichnung neben dem On-Knopf. TX-108.

»Das gibt's doch nicht.« Wieder die 108.

Schließfachnummer 108.

Letzte drei Stellen der Kontonummer die 108.

108-Grad-Winkel der Zeigerstellung und im Pentagramm.

»Na dann. Probieren wir das mal.«

Starck tippte zehn Uhr neun in den Taschenrechner.

1009

Drehte den Rechner herum.

Wenig überraschend erschien: 6001

Wieder neue Zahlen: 60 und 01.

Wieder die Frage: Welche davon sollte er nehmen?

Eine Stunde hatte sechzig Minuten, eine Minute sechzig Sekunden. Eins. Sechzig. Beides logisch. Irgendwie.

»Tja, Herr Starck. Da haben Sie ja wohl ordentlich Scheiße gebaut.« Er wusste selbst nicht so genau, ob er damit nun sich selbst oder seinen Vater meinte, von dem er zunehmend genervt war, weil er ihm die Lösung so schwer gemacht hatte. Vielleicht sogar unmöglich.

Aber er wollte der neuen Fährte folgen. Nur: Sollte er in der Minuten-Zahlenfolge die neun durch die eins ersetzen oder in der Stundenfolge die zehn durch die sechzig? Bei nur noch einem Versuch ohnehin nur eine Fünfzig-fünfzig-Chance. Zumindest, sofern er sich nicht vollständig auf einen falschen Dampfer verfrachtet hatte.

Die Laptop-Uhr zeigte ein Uhr fünfundzwanzig.

Starck schüttelte den Kopf. Langsam sah er wirklich Mäuse.

Es reicht. Ich werde nicht bis morgen warten.

Und da die sechzig üblicherweise in Uhrzeitangaben nicht vorkam, entschied er sich dafür, die neun durch die eins zu ersetzen.

Starck atmete einmal tief ein, ebenso tief wieder aus, hielt die Luft an und gab die 5725013503 als PIN ein.

65. KAPITEL

Der Mann, der sich daran gewöhnt hatte, Kol Mortensen zu sein, starrte wütend auf die Zeiger der Analoguhr im alten Land Rover.

Kurz nach halb zwei.

Wut war üblicherweise kein Gefühl, das er sich erlaubte, wodurch er sich aber nun umso mehr ärgerte.

Er war wütend auf Onkel Pablo, weil der sich plötzlich gegen ihn wandte, obwohl sein bester Mann – und dafür hielt sich Mortensen nicht unbegründet – immer treu, erfolgreich und ohne Aufsehen zu erregen jeden Auftrag erledigte, den Onkel Pablo ihm erteilt hatte. Vielleicht hatte er die »Liste der 23« nicht schnell genug abgearbeitet. Es waren immer noch drei davon am Leben. *Scheiß drauf!* Zwanzig Personen von der Liste hatte Mortensen geräuschlos eliminiert. Über keinen von ihnen war je etwas in den Medien zu lesen gewesen.

Natürlich war er wütend auf Andreas Starck, der sich als überaus renitentes Ziel erwies. Am Ende war Mortensen aber reflektiert genug, um auch wütend auf sich selbst zu sein. Er hätte einfach besser recherchieren müssen, um den Job mit den Kleinkriminellen sicher abzuschließen.

Mortensen schob mit einem derben Fluch den knubbeligen Schlüssel ins Zündschloss. »Verfickte Scheiße!« Im Laufe des Abends hatte er zwar nicht übermäßig viel Wodka getrunken, aber um noch fahren zu dürfen, war es trotzdem zu viel. Das war klarer als der kalte Alkohol selbst. Dennoch hatte Onkel Pablo ihn – zum ersten Mal, seit Mortensen für den Alten arbeitete – nicht eingeladen zu bleiben, zu trinken und zu entspannen.

Mortensen startete den Landy und rumpelte über den Waldweg Richtung Straße. Er wollte jetzt nur noch weg von hier. Auf Nebenstraßen. Das Letzte, was er jetzt gebrauchen konnte, war, dass die Bullen ihn anhielten und er pusten müsste.

Die Entscheidung, was er mit Starck anstellen würde, verschob er auf morgen. Das hatte Zeit. Und musste gut geplant werden.

Er sollte dem Kerl einen weiteren Denkzettel verpassen. Das erwartete Pablo. Nicht final, dafür sehr nachhaltig. Die Ansage war eindeutig.

An diese Anweisung würde sich Mortensen jedoch nicht halten. Nach dem Gespräch mit seinem Boss hatte er eigene Pläne. Onkel Pablo konnte ihn mal.

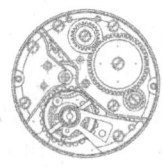

Starck starrte auf den Bildschirm.

Schlug mit beiden Fäusten links und rechts neben dem Laptop mit voller Kraft auf den Schreibtisch.

»Heiliger Bimbam!«

Er war drin! Er hatte es tatsächlich geschafft!

Das Konto zeigte einen Saldo von zehn Millionen Euro.

66. KAPITEL

Starck nutzte die Pause, um sich einen ruhigen Platz zum Telefonieren zu suchen. Er entfernte sich nur so weit von der Waschstraße, dass er es bestimmt pünktlich wieder zurückschaffen würde, auch wenn das Gespräch etwas länger dauern sollte.

Wovon er allerdings nicht ausging.

»Banca Basòdino in Zürich, guten Morgen. Vorzimmer Giacomo Moretti, wie darf ich Ihnen weiterhelfen?«

Miss Moneypenny.

»Andreas Starck. Guten Morgen. Ich möchte gerne Herrn Moretti sprechen.«

»Das ist leider nicht möglich, Herr Starck.«

»Wann wird Herr Moretti wieder erreichbar sein?«

»Darüber darf ich leider keine Auskunft erteilen.«

»Würden Sie ihn dann wohl bitten, dass er mich zurückruft?«

»Das kann ich zwar tun, aber es wird nichts nützen.«

Mehr sagte sie nicht.

Was ist das nur für ein orakelmäßiger Scheiß mit dieser Bank, diesem Moretti und diesen Cancellari?

»Wie darf ich das verstehen?«, fragte Starck beherrscht.

»Herr Moretti lässt Ihnen ausrichten, dass er über Ihren erfolgreichen Abschluss informiert ist und sich zu gegebener

Zeit bei Ihnen melden wird. Über das entsprechende Zeitfenster hat er mich leider in Unkenntnis gelassen.«

Zu gegebener Zeit? Wann, zum Henker, sollte das denn nun wieder sein? Zeitfenster? Unkenntnis? Der Typ nervt!

»Vielen Dank. Wären Sie wohl dennoch so freundlich, ihn über meinen Anruf zu informieren?«

»Liebend gern.« Sie schwieg kurz, als erwarte sie, dass Starck noch etwas sagte. Er holte bereits Luft, aber sie fuhr fort, als habe sie seine Gedanken erraten: »Die andere Sache haben wir für Sie in Ordnung gebracht.«

Das Alibi?

»Das ist sehr freundlich von Ihnen. Ich hätte Sie natürlich gerne vorab über die Ermittlungen informiert. Aber das erschien mir in Anbetracht der Umstände eher unklug.«

»Damit hatten Sie völlig recht. Wie gesagt: Herr Moretti wird sich bei Ihnen melden. Ich wünsche Ihnen einen schönen Tag.«

»Vielen Dank. Den wünsche ich Ihnen auch.«

Kommissar Dreier hatte tatsächlich in Zürich angerufen. Wenn Starck ehrlich war, hatte er aber auch nichts anderes erwartet. Ein negatives Schmauchspuren-Ergebnis und ein Alibi. Genügte das den Detmolder Ermittlern und der Staatsanwaltschaft? Starck hätte als Staatsanwalt darauf gedrungen, dass sich die Kommissare noch um die Auswertung der Flughafen-Überwachung kümmerten.

Perfektionistisch? Vielleicht. Starck nannte das eher sorgfältig.

Jedenfalls musste er sich diesbezüglich erst einmal keine Sorgen mehr machen.

Vielmehr richtete er seinen Fokus nun wieder auf Moretti, mit dem Starck dringend sprechen musste.

67. KAPITEL

Sie waren erstaunlich gut durchgekommen, was vermutlich dem Sonntagsfahrverbot für Lkw geschuldet war. In Schaffhausen verließen sie die Autobahn, um zu tanken. Starck brachte aus dem Tankstellenshop außerdem eine Vignette mit und klebte sie von innen an die Scheibe der alten silbernen S-Klasse seines Vaters.

»Wo essen wir? Also was Warmes.« Vanessa lehnte mit verschränkten Armen am Heck des Autos und sah Starck erwartungsvoll an.

»Keine Ahnung. Kennst du dich hier aus?« Er hatte eine Menge zu essen eingepackt, von dem Vanessa jedoch während der Fahrt schon einen Großteil verzehrt hatte.

Sie nickte. »Klar. Am besten was Einfaches. Ist Pizza okay?«

»Immer. Wir haben ja noch ein bisschen Zeit, bis es dunkel wird.«

»Warst du echt noch nie hier?«

Er schüttelte den Kopf. »Wir haben früher häufiger Urlaub in Locarno gemacht, aber da sind wir über Basel gefahren.«

»Dann holen wir uns Pizza und fahren noch zum Rheinfall. Ist zwar nicht so spannend, wie alle immer tun, aber was soll's.«

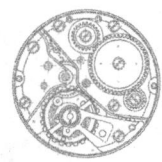

Der Waran verschmolz mit der Dunkelheit.

Leicht amüsiert beobachtete er die Zielperson und ihre Begleitung dabei, wie sie ihrerseits das Haus seines Auftraggebers ausspionierten.

Er war froh darüber, dass der heutige Tag durch die Fahrt nach Zürich etwas abwechslungsreicher war. Vielleicht auch noch spannender zu werden versprach. Je nachdem, was die beiden Gestalten dort drüben anstellen würden. Und abhängig davon, ob ein direktes Eingreifen notwendig werden würde.

»Weißt du, was merkwürdig ist?« Vanessa flüsterte. Sie hatten den Mercedes weiter unten am noblen Zürichberg abgestellt und sich einen Beobachtungsposten auf dem Nachbargrundstück etwas oberhalb von Morettis Anwesen ausgesucht. Beide waren schwarz gekleidet. Morettis Haus lag dunkel und verlassen da.

»Weißt du, was *nicht* merkwürdig ist?«, gab Starck zurück.

Sie schüttelte den Kopf. »Musst du immer so ... gesamtweltschmerzig sein?«

»Was ist denn das für ein Wort?«

»Nun ... ich halte es für ein Adjektiv, wenn auch für eines, das es möglicherweise nicht gegeben hat, bevor ich es ausgesprochen habe.«

»Du bist eine wahre Philosophin.«

»Wir werden beschattet.«

»Was? Seit wann?«

»Wir haben auf dem Weg vom Auto hierher eine Seitenstraße überquert. Weißt du noch?«

»Ja.«

Beide flüsterten immer noch.

»Grauer Audi. Rechter Fahrbahnrand. Münchener Kennzeichen. Vermutlich ein Mietwagen. Oder gefälschtes Nummernschild.«

Mist. Dabei war Starck doch immer so aufmerksam gewesen. Er war sich sicher gewesen, dass sein Instinkt, seine Wahrnehmung einschließlich des peripheren Sehens gut sensibilisiert war. Wie sehr man sich irren konnte.

»Und? Wo ist er?«

»Auf neun Uhr hinter uns.«

Starck drehte sich um. Sah nichts als Schemen von Bäumen und Büschen, dunkle Umrisse von Hausdächern und das gelblich diffuse Licht einer Straßenlaterne.

»Wie kannst du ...«

Vanessa legte ihm sanft die Hand auf den Arm. Er vermutete mehr als er es sah, dass sie lächelte. »Meinen Spitznamen trage ich aus verschiedenen Gründen.«

The Cat. Okay. Duncan hatte ihm von ihren besonderen Fähigkeiten erzählt. Nicht alles hatte Starck für bare Münze genommen. Die Katze. Wie in dem alten Hitchcock-Film *Über den Dächern von Nizza*. Darüber würde er später noch mit ihr reden. »Und was machen wir jetzt? Abbruch?«

»Kommt nicht infrage«, sagte Vanessa und schob sich lautlos in die Dunkelheit zurück.

68. KAPITEL

Durch sein Nachtsichtgerät beobachtete der Waran, wie sich die kleinere der beiden Personen, die Frau, von Starck entfernte. Zunächst zwischen Buschwerk verschwand. Anschließend auf der Straße wieder auftauchte.

Wo wollte sie hin? Er musste sich entscheiden. An Starck dranbleiben? Oder an seiner Begleitung? Ärgerlicherweise hatte er bisher nicht einmal herausbekommen können, um wen es sich dabei handelte.

Starck hielt scheinbar den Posten, also entschied sich der Waran für die Frau. Er machte sich bereit, ihr zu folgen.

Aber was war das? Sie kam zielstrebig auf seinen Standort zu. Machte überhaupt keinen Hehl daraus, dass sie seine Position kannte. In einer schnellen, geschmeidigen Bewegung überwand sie den einen Meter fünfzig hohen Zaun, der das Grundstück umgab, auf dem der Waran Stellung bezogen hatte.

Unmöglich. Das konnte nicht sein.

Er zögerte weitere zwei Sekunden. Dann war die Entscheidung gefallen.

Er sah keinen Sinn darin, sich auf eine Konfrontation einzulassen. Nicht heute. Nicht an diesem Ort.

Das oberste Prinzip der Anonymität dominierte stets die nachrangigen Prinzipien Effizienz und Effektivität.

Der Waran zog sich zurück.

Starck erschrak, als Vanessa wie aus dem Nichts wieder neben ihm auftauchte.

»So. Da bin ich wieder«, flüsterte sie fröhlich.

»Was hast du gemacht?«

»Ihn vertrieben.«

»Wie das?«

»Meiner Erfahrung nach lässt es ein Beschatter in neun von zehn Fällen nicht auf eine Konfrontation ankommen, damit er nicht erkannt wird und sich später wieder an dich dranhängen kann. Es sei denn, sein Auftrag lautet, dich körperlich anzugehen. Und wie du siehst ...«

»Und die restlichen zehn Prozent?«

Sie lachte leise. »Hätten vermutlich einem von uns wehgetan. Aber in diesem Fall hätte ihm durch mein Auftauchen für einen Angriff das Überraschungsmoment gefehlt. Damit wäre er in einer ungünstigen Ausgangssituation gewesen.«

Unglaublich, dachte Starck. Wenngleich ihm in diesem Moment auffiel, dass er ihr glaubte. Denn er hatte weder den Beschatter selbst gesehen noch wie dieser sich zurückzog.

»Und was machen wir jetzt?«, fragte er.

»Wir gehen rein. Ist zwar nach wie vor ein etwas merkwürdiger Plan, aber jetzt ziehen wir ihn durch.« Dabei hielt sie ein kleines Etui aus schwarzem Leder hoch, in dem Starck Einbruchswerkzeug vermutete.

69. KAPITEL

Starck hatte gerade in einem großen Ohrensessel Platz genommen, als er hörte, wie die Haustür aufgeschlossen wurde.

Der Ankömmling hielt einen Moment inne. Dann fiel die Tür wieder ins Schloss.

»Ich nehme an«, sagte Giacomo Moretti unbestimmt in die Stille des Hauses hinein, »dass ich die Alarmanlage nicht mehr ausschalten muss.«

Das Licht ging an und fiel vom Flur aus durch die Wohnzimmertür hinein. Ledersohlen bewegten sich auf dem alten Parkett.

Starck knipste die Stehleuchte an, die sich neben dem Sessel befand.

»Guten Abend, Herr Moretti. Bitte entschuldigen Sie die kleine Unhöflichkeit. Es kommt eher selten vor, dass der Gast vor dem Gastgeber vor Ort ist.«

»Sie hätten anrufen können.«

»Versuchen Sie sich bitte nicht als Spaßvogel.«

»Touché.« Moretti legte seinen Mantel sorgfältig über die Couch und ging zum Barschrank. »Einen Drink?«

»Ich muss noch fahren.«

»Das ist sehr alter Whiskey. Sie verpassen was. Aber sei's drum: Wie sind Sie hier hereingekommen?«

»Ich hatte Hilfe und gehe wohl recht in der Annahme, dass Ihnen das bereits bekannt ist.«

»Ich hätte die Dame gerne kennengelernt.« Moretti setzte sich mit dem schweren Kristallglas in der Hand Starck gegenüber auf die Couch.

»Ihr Wachhund hat Sie also informiert?«

Moretti zuckte mit den Schultern.

»Wie auch immer. Allerdings legt die Dame großen Wert auf Privatsphäre.«

»Und missachtet gleichzeitig den Anspruch ihrer Mitmenschen auf das gleiche Recht. Ist das nicht ein Dilemma?« Moretti nahm genüsslich einen großen Schluck und behielt ihn einen Moment im Mund, bevor er ihn hinunterschluckte.

Starck schüttelte den Kopf. »Mir geht ein wenig die Geduld aus. Ich brauche mehr Informationen über Greta, denn es wird Zeit, dass sie zu mir zurückkommt. Da ich Sie telefonisch nicht erreichen konnte, musste ich herkommen.«

»Herr Starck, bitte denken Sie einmal kurz darüber nach, was in dieser Woche alles passiert ist, seit Sie am Montag die Räumlichkeiten der Bank verlassen haben.«

Eine Menge, wie Starck zugeben musste. *Außerdem war eine Menge Scheiße dabei.*

»Das wissen Sie also auch?«

Moretti machte eine zustimmende Geste, indem er die Augenlider einen Moment länger geschlossen hielt, als ein Wimpernschlag normalerweise dauerte. »*Darum* kann Greta nicht zu Ihnen zurückkehren. Noch nicht. Sie werden sich ebenfalls erinnern, dass ich Ihnen das am Montag bereits sagte. Die Mühe mit der Fahrt und dem Einbruch hätten Sie sich also gern ersparen können. Mir übrigens auch.« Er hielt einen kurzen Moment inne. »Ach, da fällt mir ein: Welchen

Schaden haben Sie durch Ihr Eindringen eigentlich angerichtet?«

»Sie haben Sorgen ... für wie stümperhaft halten Sie meine Partnerin?«

Moretti nahm einen weiteren Schluck. Genoss ihn. Gab keine Antwort.

Starck stand auf. Was jetzt kam, widerstrebte ihm. Als Staatsanwalt war er immer der Angreifer gewesen. In der Haft hatte er lernen müssen, sich zu verteidigen. Nun also wieder: Angriff. »Jetzt kommt der Moment, in dem ich Sie erneut auffordere, mir die Kontaktdaten zu geben. Sie sich wiederum energisch weigern, meinem Wunsch nachzukommen, und ich daraufhin handgreiflich werde. Anfangs tun Sie noch standhaft und erzählen etwas davon, alles sei zu meinem Besten. Ich wiederum erkläre ihnen die lebenswichtige Funktion Ihrer Leber und welche Auswirkungen der von Boxern so gefürchtete Haken gegen dieses Organ hat. Was Sie auf die leichte Schulter nehmen und sich nicht beeindrucken lassen. Wenn aber anschließend ein Auge zuschwillt und Sie mit Kreislaufproblemen durch den Leberhaken auf die Knie sacken, werden Sie mit zittrigen Händen eine Adresse aufschreiben.«

Moretti lachte herzhaft. Vollkommen unbeeindruckt. »Bitte setzen Sie sich wieder. Und seien Sie nicht derart melodramatisch. Ihr Gegenspieler ist offensichtlich erpicht darauf, Ihnen Ärger zu machen. Sehen Sie zu, dass Sie ihn finden und ausschalten. Und dabei am Leben bleiben. Ob allein oder mithilfe Ihrer Freundin da draußen ...« Moretti nickte in Richtung des großen Fensters, hinter dem man die Lichter Zürichs sehen konnte. »Das ist für den Moment Herausforderung genug. Die Kapazitäten der Cancellari stehen Ihnen so schnell nicht zur Verfügung, auch wenn Sie erfolgreich den Zugangscode geknackt haben. Glückwunsch übrigens dazu. Wir müssen Sie erst offiziell in unsere Reihen aufnehmen, allerdings haben Sie sich dazu noch gar nicht geäußert. Zu Ihrer Drohung: Ich verabscheue körperliche Gewalt.«

»Ihre Wahl.«

»Kompromissvorschlag.«

»Ich höre.«

»Ich gebe Ihnen Gretas Adresse. Falsch: Ich sage sie Ihnen. Sie müssen sie sich merken und dürfen unter keinen Umständen Kontakt aufnehmen. Außerdem, Herr Starck: Wenn Sie Ihre Tochter aufsuchen, um sie zu sehen, seien Sie um Himmels willen vorsichtig, dass Ihnen auch wirklich niemand folgt. Wie Sie spätestens seit heute wissen, sind Sie darin nicht unbedingt der Beste. Erzählen Sie es auch nicht Ihrer Mutter. Die ist ohnehin bereits viel zu sehr involviert. Falls in dieser Phase Greta etwas zustoßen sollte, nachdem Sie nach ihr gesehen haben, ist das allein Ihre Schuld.«

70. KAPITEL

Das war genau die Situation, in die Strunkel unter keinen Umständen hatte geraten wollen. Stucki, der Arsch, hatte ihn noch nicht einmal vorgewarnt. *Der kriegt nie wieder eine Info von mir gesteckt.*

Eine Woche war seit dem Desaster am Donoper Teich vergangen. Seitdem hatte er jeden Tag damit gerechnet, dass sie ihn holen würden. Nun war es so weit.

»Name?«

»Frank Heckel.« Und weil er wusste, was kam, leierte Strunkel alle anderen identifikationsrelevanten Personendaten für das Vernehmungsprotokoll auch gleich herunter. *Was soll man machen?*

»Danke schön«, sagte der Kommissar, der sich als Florian Dreier vorgestellt und Strunkel bereits ausführlich belehrt hatte. »Was machen Sie beruflich?«

»Handel«, sagte Strunkel. *Was für 'ne dämliche Frage. Als ob der nicht weiß, was ich mache.*

»Und womit handeln Sie? Handel ist ja ein sehr weites Feld.«

Strunkel nickte. »Ich hab da einen Shop auf ebay für Trödel und so. Können Sie sich gern angucken. Gibt immer schöne Sachen. Und bevor Sie fragen: Das ist alles offiziell angemeldet. Gewerbeschein. Finanzamt. Das ganze Trara.

Und nur national. Nicht, dass Sie denken, ich wäre so ein undurchsichtiger Import-Export-Typ.«

Dreier lehnte sich zurück. Schaute Strunkel aufmerksam an. »Meinen Sie damit auch Antiquitäten?«

»Da kann auch schon mal 'ne Antiquität dabei sein. Klar. Ha'm Sie da irgendwas im Shop gefunden, was nicht sauber war? Echt, ich prüf das immer, so gut es geht. Aber wenn mir der Verkäufer versichert, dass er das auf dem Dachboden gefunden oder geerbt hat oder so, warum soll ich das nicht glauben?«

»Verstehe«, sagte Dreier.

Pause. Der Kommissar starrte ihn an. *Der ist schlau. Der will mich aus der Reserve locken.*

»Tja, dann ...« *Das hat definitiv was mit letztem Montag zu tun. Ich darf vielleicht nicht so viel quatschen. Nicht mehr beantworten, als er gefragt hat.*

»Herr Heckel, wenn ich Ihnen zum Beispiel ein Gemälde zeige, können Sie mir dann sagen, ob es echt ist?«

»Hm.« Strunkel kratzte sich am Kinn. »Kommt ein bisschen drauf an. Ich bin da jetzt nicht so der Mega-Spezialist, aber etwas Ahnung hab ich schon.«

»Haben Sie ein Spezialgebiet?«

»Alte Kuckucksuhren.« *Das geht den überhaupt nichts an.*

»Interessant.«

Schweigen.

Nee, da fall ich jetzt nicht drauf rein. Soll er doch jetzt erst mal damit rausrücken, was er eigentlich will.

Dreier setzte sich wieder gerade hin und legte die Hände auf die dünne hellgraue Pappmappe, die neben dem Tablet-Computer auf dem Tisch lag.

»Führen Sie einen Terminkalender, Herr Heckel?«

»Joa, allerdings jetzt nicht so besonders sorgfältig.«

»Wo waren Sie am letzten Montag zwischen zehn und dreizehn Uhr?«

»Puh. Das ist jetzt ja schon 'ne Woche her. Bin ich wegen was verdächtig?«

»Beantworten Sie bitte meine Frage.«

»Da war ich ...« Strunkel zog die Antwort etwas in die Länge, obwohl er sich natürlich schon überlegt hatte, was er in einem Fall wie diesem sagen wollte. »... letzten Montag ... ähm, lassen Sie mich kurz überlegen ... da hatte ich ... ach ja, genau ... erst eine Besichtigung in Bad Salzuflen und später dann noch einen Termin in Hiddesen.« Er war wirklich in Bad Salzuflen gewesen, um bei einer Haushaltsauflösung zu schauen, ob es etwas für den ebay-Shop zu holen gab. Vorgefunden hatte er allerdings einen Messi-Haushalt, den die Erben möglichst kostengünstig entrümpeln wollten. Strunkel hatte jedoch keine gesteigerte Lust verspürt, in dem nach Katzenpisse stinkenden Haus länger als zehn Minuten zu verbringen. Es war ohnehin alles Schrott. Nach Hiddesen war er anschließend nur gefahren, um für einen Fall wie diesen vorbereitet zu sein. Der Donoper Teich lag nämlich genau auf der Strecke.

Der Kommissar nickte. »Sind Sie direkt von Bad Salzuflen nach Hiddesen gefahren?«

»Ja.«

»Welche Strecke?«

»Naja, wie man eben so fährt.«

»Etwas genauer bitte.« Dreier zog eine Landkarte aus der Mappe und faltete sie auseinander. »Zeigen Sie mir bitte Ihre Route.«

Strunkel startete im Bad Salzufler Ortsteil Schötmar, fuhr

dann mit dem Zeigefinger auf der B239 entlang, bis diese hinter Lage in die Pivitsheider Straße überging. Von dort bis zur Stoddardstraße, der er in weitem Bogen bis zur abknickenden Vorfahrt folgte, bis er in der Straße Unter der Grotenburg in Hiddesen, einem Ortsteil von Detmold, angekommen war.

»So war das, glaube ich.«

»Glauben Sie?«

»Sie wissen doch, wie das ist, wenn man so 'ne Strecke schon häufiger gefahren ist. Irgendwann schaltet man innerlich auf Autopilot und schwupps, ist man da.«

»Haben Sie zwischendurch irgendwo angehalten?«

»Soweit ich mich erinnere nicht.«

»Was haben Sie in Hiddesen gemacht?«

»Da wohnt ein Freund von mir, der mir was zeigen wollte.«

»Und der Freund in Hiddesen und die Familie in Bad Salzuflen können bestätigen, dass Sie jeweils bei ihnen gewesen sind?«

»Wenn die nicht unter geistiger Umnachtung leiden, sollte das wohl klappen.«

»Zu welchen Zeiten waren Sie verabredet?«

Strunkel tat so, als würde er kurz nachdenken. »Naja, das war halt vormittags, ne?«

»Und wann genau?«

»Da müsste ich noch mal nachschauen.«

»Führen Sie Ihren Terminkalender im Telefon?«

»Nee, da bin ich altmodisch. Hab da noch so einen aus Papier. Find ich besser.«

»Den haben Sie zu Hause?«

»So ist es, Herr Kommissar.«

»Möchten Sie einen Kaffee?«, fragte Dreier.
Will der mich einschüchtern?
»Grad nicht. Brauchen wir denn noch lange?«

71. KAPITEL

Moira St John-Smythe mochte den Herbst und Winter nicht besonders. Die Tage waren kurz und wenn sie von ihrem Platz am Fenster aus beobachten wollte, was auf der Straße vor sich ging, war sie bereits am Nachmittag auf das Licht der Straßenlaternen angewiesen.

Jobst kam in letzter Zeit auch immer erst spät nach Hause. Weil er mit einem Mord viel zu tun hätte, hatte er ihr erzählt. Was sie erst nicht richtig verstand, weil er doch im Einbruchsdezernat arbeitete. Allerdings hatte er schon immer davon geträumt, als Mordermittler zu arbeiten. Jetzt witterte er seine große Chance. Wenn er den Mörder erwischte, würde er vielleicht die Abteilung wechseln können. Moira war sehr stolz auf ihren Jungen.

Bei den Starcks war in der Zwischenzeit nicht viel passiert. Jobst hatte den Einbruch aufgeklärt und das Diebesgut sichergestellt. Moira konnte kaum fassen, wie unglaublich erfolgreich ihr Sohn in letzter Zeit war. Vielleicht würde er ja doch demnächst in die nächste Gehaltsgruppe befördert werden.

Vorhin hatte Moira beobachtet, wie Andreas Starck nach Hause gekommen war. *Die arme Susanne!* Erst kürzlich war Jobst mit Moira durch die Waschstraße gefahren, in der Andreas arbeitete, um ihr zu zeigen, was der da eigentlich machte. Sie hatte eigentlich kein Problem damit, wenn Menschen mit einfachen Tätigkeiten ihr Geld verdienten. Gleichzeitig war sie froh, dass Jobst einen so wichtigen Beruf ausübte.

Nach Andreas' Ankunft hatte sich auf der Straße nicht mehr viel getan. Jetzt stand eine Person vor der Tür der Starcks und wartete darauf, eingelassen zu werden. Eine Frau. Mehr konnte Moira in der Dunkelheit und über die Straße hinweg nicht erkennen. Andreas ließ sie ein.

Der ging doch wohl nicht schon wieder eine Beziehung ein? Seine Frau war gerade fünf Jahre tot und von – wie hieß die Tochter noch? Ach ja – Greta war auch bisher noch nichts zu sehen. Das gehörte sich ja nun wirklich nicht!

Kurze Zeit später kam die Frau wieder aus dem Haus und machte sich am Haustürschloss zu schaffen. Ja, es war eingebrochen worden und da verstand Moira sehr gut, dass man nach so einem traumatischen Erlebnis sein Zuhause zukünftig sicherer machen wollte. Aber eine Handwerkerin? Um sieben Uhr abends?

Merkwürdig.

Moira würde wohl ein Auge darauf haben müssen, wann die Frau wieder ging.

72. KAPITEL

»Okay. Noch mal zurück zu Ihrer Fahrt von Lage nach Hiddesen«, sagte Florian Dreier und sah Strunkel an. »Ist ja erst eine Woche her. Vielleicht erinnern Sie sich, ob Sie direkt durchgefahren sind oder irgendwo angehalten haben.«
»Hab ich das nicht eben schon beantwortet?« Strunkel war zunehmend genervt. Versuchte aber, sich das nicht anmerken zu lassen.
»Ja.«
»Und warum fragen Sie dann noch mal?«
»Um Ihnen die Möglichkeit zu geben, sich noch einmal genau zu erinnern und gegebenenfalls Ihre Aussage zu korrigieren.«
»Was wollen Sie hören?«
Dreier schüttelte den Kopf.
»Ähm ...« Strunkel kratzte sich erneut am Kinn. Ärgerte sich im selben Moment darüber, weil er ahnte, dass der Kommissar das als Übersprungshandlung deuten könnte, die Strunkels Nervosität geschuldet war. Dann schlug er sich melodramatisch an den Kopf und sagte: »Ach ... stimmt. Jetzt weiß ich es wieder, ich musste pinkeln. Da hab ich am Waldrand kurz angehalten.«
»Wildpinkeln ist eine Ordnungswidrigkeit.«
»Ja, ich weiß, aber wenn man muss, muss man. Kennen Sie

doch bestimmt auch. Wenn Sie mal ... jemanden beobachten. Also observieren, ne?«

Dreier sah ihn ungerührt an. »Und wo war das ungefähr? Der Waldrand, an dem Sie angehalten haben?«

»Das muss ..., ach ja. Das war da auf dem Parkplatz beim Donoper Teich.«

»Aha. Und ist Ihnen da etwas aufgefallen?«

»Naja ...« Beunruhigt stellte Strunkel fest, dass er langsam so richtig in die Bredouille kam. Vielleicht auch schon längst darin gefangen war.

»Herr Heckel, darf ich Ihnen eine Tonaufnahme vorspielen?«

Ach. Du. Scheiße.

»Tun Sie sich keinen Zwang an, Herr Kommissar.«

Dreier schaltete das Tablet ein und startete die Aufnahme.

Mein Anruf bei der 110. Jetzt bin ich am Arsch.

»Erkennen Sie die Stimme?«

Strunkel wand sich. »Was soll das Getue? Wir wissen beide, dass es meine ist.« *Der verkackte Notruf. Hätte ich das bloß gelassen.*

»Warum haben Sie sich vom Tatort entfernt?«

»Ich wollte nicht, dass Sie denken, ich hätte was damit zu tun.«

»Und Ihnen ist nicht in den Sinn gekommen, dass wir genau das denken werden, wenn Sie sich einfach vom Tatort entfernen?«

»Doch ... aber ... Scheiße ... haben Sie gesehen, was da los war?«

Dreier zog die Stirn kraus.

Ja, klar. Blöde Frage. Der hat die Toten und das Blut natürlich gesehen.

»Tut mir leid. Ich hab Panik gekriegt. Wenigstens hab ich Bescheid gesagt. Zählt das gar nicht? Nie im Leben könnt ich jemandem so was antun. Ich hab nicht mal 'ne Waffe. Oder 'nen Waffenschein. Ja, gut. Manchmal verticke ich was unter der Hand. Wahrscheinlich hat Ihnen das Stucki, ich meine der Jobst Stukenbröker, sowieso schon erzählt. Ansonsten bin ich voll nett. Wenn ich gewusst hätte, dass da so ein Scheiß abläuft, wäre ich da nie hingefahren.«

»Und was war der Grund?«

Mist! Ich quatsche zu viel. Wussten die das vielleicht noch gar nicht?

»Neukundendeal.«

»Geben Sie mir bitte die Nummer, über die Sie sich verabredet haben. Wir brauchen auch Ihr Handy, damit wir den Chatverlauf überprüfen können.«

Strunkel ließ den Kopf hängen. »Ist gut.«

»Warten Sie bitte hier.«

73. KAPITEL

Dr. Henning Plöger brüllte Florian Dreier ungehalten an. »Sie haben den Hehler wieder laufen lassen?«

Die Besprechung war gleich für Dienstagmorgen angesetzt worden, und der Staatsanwalt ging direkt in die Vollen. Einerseits war Jobst Stukenbröker stolz auf seine Mitarbeit bei dem Fall. Schließlich war er es gewesen, der Strunkels Stimme in der Aufnahme des Notrufs erkannt hatte. Trotzdem machte er sich jetzt in der hintersten Ecke des Raumes so klein es nur irgendwie ging. Er wartete nur darauf, endlich als Berater des KK2 für die beiden Mordfälle abgezogen zu werden. Der cholerische Staatsanwalt nervte ihn.

Plöger schlug mit der Faust auf den Tisch. »Da passt doch alles. Zeit. Ort. Motiv. Mittel. Gelegenheit. Heckel war am Tatort. Sein Handy in der Funkzelle angemeldet. Er kann sich mit Melko und Leine nicht einigen, erschießt sie, kriegt Panik und haut ab. Wo, verdammt noch mal, ist Ihr Problem, *Herr Dreier*?«

Florian stand langsam auf. »Zunächst einmal vielen Dank dafür«, sagte er in Plögers Richtung, »dass wir den Gerichtsbeschluss für die Providerabfrage sehr zeitnah von Frau Wolf bekommen haben. Zum Stand der Ermittlungen: Wenn Sie meinen Bericht gelesen hätten ...«

»Kommen Sie mir nicht so«, knurrte Plöger, ließ Florian aber gewähren.

»… wären Ihnen meine Zweifel an der Tatbeteiligung von Frank Heckel an dem Doppelmord präsent.« Florian klickte etwas am Laptop an, und auf der Leinwand erschien eine einfache Grafik, die die Namen von Frank Heckel und Adam Melko zeigte, darunter jeweils Pfeile, die auf ein großes Fragezeichen zuliefen.

»Wir haben vier relevante Handynummern. Eine von Heckel, je eine von Melko und Leine und eine vierte, die wir derzeit noch nicht zuordnen können. Wir gehen mal für einen Moment von der Arbeitshypothese aus, dass es sich um das Handy des Mörders handelt. Daher vermuten wir …«

»Wer ist eigentlich *wir*?«, wollte Plöger wissen.

»Das Team und ich.« Florian schaute in die Runde.

Jobst wunderte sich über Plöger. Es gab eine Mordkommission, die Florian leitete. Warum hinterfragte der Staatsanwalt das Offensichtliche?

»Soso«, brummte Plöger.

Dreier fuhr fort: »Wir vermuten, dass es der Auftraggeber der beiden Kleinkriminellen sein könnte, weil wir Verbindungsdaten zwischen Melkos und der fraglichen Nummer gefunden haben, die bereits zwei Wochen vor dem Mord datieren. Dieselbe Nummer findet sich laut Provider ab Samstag vor der Tat ebenfalls in den Daten von Frank Heckel, ein Telefonat, eine SMS. Natürlich könnte man argumentieren, Heckel habe mit dem Handy sowohl mit den Kleinkriminellen als auch mit sich selbst kommuniziert, um so von sich abzulenken. Das erscheint uns aber etwas weit hergeholt, weil es ja bedeuten würde, dass Heckel die Morde von Anfang an geplant hat. Dafür haben wir aber bislang keine stichhaltigen Anhaltspunkte gefunden.«

Plöger starrte auf die schlichte Grafik. Und Jobst hoffte, dass er heute nichts beitragen musste. Er konnte sich nicht daran erinnern, wann er das letzte Mal einen Staatsanwalt oder Vorgesetzten derart schlecht gelaunt erlebt hatte.

»Melkos und Leines Handys haben sich gegen elf Uhr fünfundvierzig in die Funkzelle eingewählt, die den Donoper Teich abdeckt. Ab zwölf Uhr fünfzehn gab es keine Verbindung mehr. Um halb eins wählt sich Heckels Handy ein, von dem aus kurz danach dann auch der Notruf abgesetzt wird.«

»Und warum soll es der Hehler nicht gewesen sein?«

»Wie gesagt,« erwiderte Dreier. »Ausschließen können und wollen wir ihn nicht, aber gleichzeitig gibt es nicht genug, was gegen ihn spricht und einer Anklage vor Gericht standhalten könnte. Einzig stichhaltig ist lediglich die Tatsache, dass er nachweislich vor Ort war.«

»Wir suchen also den großen Unbekannten? Das erscheint mir in Anbetracht der Rahmenbedingungen ein wenig weit hergeholt.«

Dreier zuckte mit den Schultern. »Es könnte sich bei der fraglichen Nummer um das Handy einer Person handeln, die als Vermittler zwischen Heckel und den beiden Kleinkriminellen agierte und – davon gehen wir im Moment aufgrund der Aktenlage aus – der Mörder ist. Das Motiv kennen wir noch nicht. Da sich aber bekanntlich auf der Tatwaffe die Teilabdrücke von Andreas Starck befinden, der jedoch nachweislich über ein Alibi verfügt, müssen wir von einer wie auch immer gearteten Verbindung zwischen dem Unbekannten und Starck ausgehen. Wir behalten Heckel im Auge und ermitteln natürlich weiter.«

»Könnte Starck den Killer beauftragt haben?«

Florian schüttelte den Kopf. »Nach aktuellem Stand der Ermittlungen wäre das sehr unwahrscheinlich, aber ausschließen können wir es natürlich nicht. Wir bleiben dran.«

»Holen Sie ihn her. Drehen Sie ihn durch die Mangel.«

»Das kommt sicherlich bei Gelegenheit in Betracht, wenn wir neue Erkenntnisse gewonnen haben.«

»Dann sehen Sie zu, dass das möglichst schnell geht.«

Jobst bewunderte Florian dafür, wie er so ruhig bleiben konnte und war erleichtert, als Plöger den Raum verließ und alle an der Ermittlung Beteiligten wieder unter sich waren.

74. KAPITEL

Als Starck am Dienstagabend nach der Arbeit zu Hause eintraf, kam seine Mutter gerade von einem langen Spaziergang zurück.

»Wir müssen reden«, sagte sie ernst, nachdem Starck sie zur Begrüßung umarmt hatte. »Komm, wir setzen uns in die Küche.«

»Okay?!«

Irgendetwas hatte seine Mutter aus der Fassung gebracht. An anderen Tagen erkundigte sie sich zuerst nach seinem Job und fragte danach, was er essen oder ob er ein Bier wolle.

In der Küche lagen zwei Schlüssel und ein Schließzylinder auf dem Tisch. Einer der Schlüssel war neu und gehörte zu den Schlössern der Anlage, die Vanessa gestern Abend in die Außentüren des Hauses eingebaut hatte. Der andere passte in das alte Haustürschloss. Starcks Mutter hatte schon länger Probleme beim Auf- und Zuschließen gehabt, und spätestens seit dem Einbruch war es Zeit für einen Wechsel gewesen.

Starck wartete gespannt darauf, was seine Mutter zu sagen hatte.

Sie sah sehr unglücklich aus. »Ich fürchte, wir sind ein bisschen dumm.«

Er entschied, dass die Replik »Das kommt in den besten

Familien vor« im Moment unpassend war. Also sagte er: »Was meinst du mit *wir*, Mama?«

»Na, du, Jobst und vor allem ich. Du erinnerst dich doch bestimmt an den Tag des Einbruchs, nicht wahr?«

Er nickte.

»Und dass alle froh waren, dass niemand im Haus war, als die Tat geschah.«

»Ja ...?«

»Ich habe Frau Dudek vergessen.«

Seit Jahren half die freundliche Irena Dudek seiner Mutter beim Saubermachen. Das passierte bevorzugt an den Detmolder Markttagen dienstags und donnerstags, dann konnten beide Frauen in Ruhe ihre jeweiligen Erledigungen machen und kamen sich im Haus nicht in die Quere.

»Ja, du hast recht. Wir haben beide nicht daran gedacht.«

So langsam fiel bei Starck der Groschen und er wurde sich der Tragweite der Erkenntnis bewusst. »War sie denn krank und hat sich abgemeldet?«

Seine Mutter nickte. »Ja, aber schon einen Tag vorher. Darum war ich ja so froh gewesen, dass niemand im Haus war ... während ... naja, der Tat. Und Jobst, also, der hat das auch nicht weiter hinterfragt, soweit ich mich erinnere.«

Interessant, dass seine Mutter die Ermittlungsmethoden seines ehemaligen Schulfreundes kritisch sah. »Aber wie kommst du gerade jetzt darauf?«, fragte Starck, wenngleich er beim Blick auf den Tisch die Antwort bereits zu erahnen glaubte.

»Ich gar nicht. Nachdem Vanessa gestern Abend die Schlösser gewechselt hat, kam Frau Dudek heute Morgen natürlich nicht rein. Sie war früh dran, sodass ich noch zu Hause war, und hat geklingelt. Das ist sonst auch schon hin und wieder vorgekommen. Als ich ihr dann den neuen Schlüssel geben wollte, hat sie losgeheult, es täte ihr leid, sie habe das nicht gewollt und so weiter.«

»Sie hat mit den Einbrechern kooperiert?«

»Ja, einer von denen ist wohl der Cousin eines Cousins, keine Ahnung. Ich habe das nicht so genau verstanden. Jedenfalls hat er sie bedroht, sie hat ihm den Schlüssel gegeben und er hat ihr gesagt, sie solle sich an dem Tag von unserem Haus fernhalten. Seitdem hat sie ein furchtbar schlechtes Gewissen und auch nicht mehr ruhig geschlafen.«

»Sie tut dir leid?«, schlussfolgerte Starck.

»Ach, ich weiß auch nicht ...«

»Du hast recht, Mama. Wir sind wirklich ein bisschen dumm«, gab Starck ungern zu. »Dass uns das aber auch gar nicht aufgefallen ist. Obwohl Jobst ja noch gefragt hatte, ob jemand im Haus war.«

»Wir waren halt einfach froh, dass niemandem etwas passiert ist«, sagte seine Mutter. »Und jetzt?«

»Was hast du ihr gesagt?«

»Dass sie erst mal nach Hause gehen soll. Ich wollte sie nicht mehr im Haus haben, die Polizei zu holen, fand ich zuerst übertrieben und dich konnte ich ja bei der Arbeit schlecht anrufen, um das zu besprechen. Kam ja jetzt auch nicht mehr auf ein paar Stunden an.«

»Hm.« Starck ärgerte sich extrem über sich selbst. Wie hatte er etwas so Naheliegendes übersehen können? Ja, Ausreden gab es genug. Dass er den Kopf mit anderen Fragen voll hatte zum Beispiel. Trotzdem! »Das ist Beihilfe zum Wohnungseinbruchdiebstahl einer dauerhaft genutzten Privatwohnung nach zweivierundvierzig drei StGB«, murmelte er. Juristensprache. Passives Wissen, an das er lange nicht gedacht hatte, es aber sofort abrufen konnte. Das Strafmaß für die Beihilfe würde im Urteil zwar gemildert, aber eine Freiheitsstrafe von mindestens drei Monaten kam für Irena Dudek dennoch in Betracht.

»Wie bitte?«

»Entschuldige. Wir finden eine Lösung.« Plötzlich musste er lachen. »Weißt du, was mich am meisten wundert?«

»Ich weiß nicht, was daran so lustig ist«, sagte seine Mutter verwirrt.

»Gar nichts natürlich. Aber ist es nicht ein bisschen merkwürdig, dass Moira nichts aufgefallen ist?«

Später am Abend, als beide mit einem Glas Rotwein bewaffnet im Wohnzimmer saßen, sagte Starck: »Das erklärt zumindest, warum die Spurensicherung keine Aufbruchspuren an der Haustür gefunden hat. Wenngleich mir die Erklärung eines modernen Elektropicks bei dem altmodischen Schloss auch durchaus eingeleuchtet hat. Ohne sichtbare Spuren hätte die Versicherung ohnehin nichts bezahlt.«

»Sprichst du mit mir oder denkst du nur laut nach? Ich habe nämlich kein Wort verstanden.«

Starck lachte und erklärte seiner Mutter, was er gemeint hatte.

»Und was machen wir jetzt mit Frau Dudek?«

»Ach, darüber denke ich schon den ganzen Tag nach. Erst habe ich mir überlegt, dass das für sie bestimmt auch alles schwierig war, darum soll sie doch weiter hier arbeiten, damit ich sie – wie soll ich das jetzt sagen, ohne dass es gemein klingt – ein bisschen unter Aufsicht habe. Wenn ich mir das dann aber vorstelle, fühle ich mich dabei sehr unwohl, einen Menschen im Haus zu haben, von dem ich hintergangen worden bin.«

»Das verstehe ich«, sagte Starck. *Warum passiert das alles? Ist das nur ein Einbruch oder steckt mehr dahinter?*

Eigentlich war es ihre Pflicht, Irena Dudek anzuzeigen. Aber musste nicht gerade *er* als Anwalt der zweiten Chance auftreten?

75. KAPITEL

Am Sonntag darauf war Starck erneut auf der Autobahn unterwegs. Dieses Mal in die entgegengesetzte Richtung. Auf der A7 Richtung Norden.

Würde sein Plan aufgehen? War heute der Tag, an dem er endlich seine Tochter wiedersah?

Es war eine Woche voll strahlender Spätherbsttage vergangen, was für ihn und seine Kollegen in der Waschstraße pausenloses Arbeiten bedeutet hatte. Der Chef hatte gestern Abend gesagt, es sei ja nicht komplett schlecht gelaufen. Vermutlich war diese Aussage die höchste Form des Lobes, zu der Nienhüser fähig war.

Nach Feierabend war Vanessa oft mit allerlei Hightech-Equipment bei Starck gewesen, um erst einmal das gesamte Haus, den Laptop, das Auto sowie Festnetz- und Mobiltelefone zu checken. Einige der Geräte kannte er aus seiner Zeit als leitender Staatsanwalt. Andere waren neu für ihn. Er vermutete, dass es sich entweder um Neuentwicklungen handelte oder dass Vanessa sie aus Quellen bezog, über die man besser nicht nachdachte. Er hatte mittlerweile gelernt, dass man sich von ihrer fröhlichen und unbekümmerten Art nicht darüber hinwegtäuschen lassen durfte, wie unfassbar gut sie in allem war, was sie tat.

Einer der Detektoren war ein Tausendsassa, der unter

anderem in der Lage war, auch Quellen mit sehr geringer Sendeleistung aufzuspüren. Starck hatte den Verdacht, dass er aus israelischer Produktion stammte. In nahezu jedem technischen Gerät im Haus hatten sie hard- oder softwarebasierte Arten von Überwachungstechnik gefunden. Es gab lediglich zwei erfreuliche Ausnahmen.

»Dein neues Handy ist zwar nicht verseucht, aber wenn man die Nummer kennt, kann man das natürlich trotzdem jederzeit tracken. Nur das hier …«, Vanessa hatte das Zwillingsgerät zu dem Telefon in die Hand genommen, das Starck auch an den Düsseldorfer Kommissar Jan-Hendrik Steinbeck weitergegeben hatte, »…ist einigermaßen save. Da kommt man nicht mal rein, wenn man mit 'nem IMSI-Catcher in deinem Wohnzimmer sitzt. Hast du gut ausgesucht.«

Welcher Teil der aufgefundenen Abhörtechnik auf Morettis Anweisung installiert worden war und was davon auf das Konto von Starcks Widersachern und damit einer möglichen anderen Partei ging, würde vermutlich für immer im Dunkeln bleiben. Entscheidend war die Erkenntnis, dass für den Moment nichts sicher war und sie Starcks Umfeld regelmäßig mit Vanessas nachrichtendienstlichem Equipment überprüfen mussten.

Nachdem sie die Schlösser an der Haustür und den Nebeneingangstüren ausgetauscht hatte, war seine Mutter begeistert gewesen. Sie fühlte sich nun viel sicherer und wohler. Zumindest für eine Nacht. Wenn das Böse in Gestalt einer bedrohten Putzfrau von innen kam, half auch das beste Schloss nichts. Als Nächstes stand die Installation einer Alarmanlage auf dem Programm. Allen war klar, dass es dafür höchste Zeit war.

Nun war Starck auf dem Weg nach Hamburg. Vorher

hatte Vanessa penibel den Mercedes gecheckt. Das Auto war sauber und das Handy ausgeschaltet. Vanessa befand sich in einem PS-starken Mini Cooper knapp zweihundert Meter hinter ihm. Für die Kommunikation verwendeten sie abhörsichere Funkgeräte aus Vanessas Arsenal. Ab und zu überholte sie ihn, ließ sich dann aber nach einiger Zeit wieder zurückfallen.

Starck war aufgeregt. Würde er Greta heute zu sehen bekommen? Und würde er sie überhaupt wiedererkennen?

Noch etwas anderes quälte ihn. Er hatte seine Mutter angelogen, weil er ihr keine Hoffnung wegen ihrer Enkelin machen wollte. Ihr lediglich erzählt, dass er einen Studienfreund in Münster besuchen wolle. Sie hatte sich gefreut, weil er sozialen Kontakt hatte. Dabei hatte Starck gespürt, dass sie sich Sorgen machte, ob er wohl je in ein normales Leben zurückfinden würde.

Das Schlimmste daran war jedoch, dass ihm die Lüge nicht einmal schwergefallen war.

Rechts von der A7 tauchten nun die rotblauen Portalkräne des Containerterminals Altenwerder auf. Für kurze Zeit wirkte es so, als erhebe sich die Köhlbrandbrücke direkt über dem Kai an der Süderelbe. Dann musste sich Starck wieder auf die Autobahn konzentrieren, um in den Elbtunnel einzufahren.

76. KAPITEL

Es war kalt. Nahezu windstill. Die Novembersonne hatte zu wenig Kraft, um die milchigen Schleierwolken zu durchdringen, die sich weit oben über der Hansestadt nur unmerklich elbaufwärts bewegten. Als Starck einen Parkplatz am Straßenrand gefunden hatte, schaltete er den Motor aus, aber verließ den Wagen noch nicht.

Eine kurze Abstimmung mit Vanessa via Funk. Dann drückte er sich den kleinen schwarzen Stöpsel ins Ohr. Checkte die Funktion. Alles klar. Es war wichtig, dass sie ihn warnen konnte.

Er versuchte, sich ganz auf das zu konzentrieren, was vor ihm lag. Das war möglich, weil Vanessa ihm den Rücken deckte. Er brauchte noch einen Moment, um kurz innezuhalten und sich zu sammeln.

Es war keine einfache Aufgabe, die er heute zu bewältigen hatte. Emotional herausfordernd. Wieder einmal betrat er Neuland. Aber er würde es schaffen. Denn es war wichtig, dass er Klarheit bekam. Immens wichtig. Nicht nur für ihn.

Und er wollte es. Unbedingt.

Wie schwer würde es werden, an sie heranzukommen? Würde er eine List anwenden müssen?

Er hatte sich verschiedene Varianten ausgedacht, von denen hoffentlich eine funktionieren würde. Falls es heute nicht gelang, würde er morgen wiederkommen und sie auf dem Weg in die Schule abpassen.

Er atmete tief ein, die Arme ausgestreckt, das Lenkrad mit beiden Händen fest umklammert. Ließ langsam die Luft ausströmen, gab sich einen Ruck und stieg aus. Ein Rabe krächzte, was ihn kurz irritierte. Möwengeschrei hätte er hier eher erwartet. Wann war er das letzte Mal in Hamburg gewesen? Der Gedanke tat weh. Es war zu lange her. Ein anderes Leben. Eine andere Zeit.

Sein Ziel lag nur zwei Straßen entfernt. Gleich war es so weit.

Würde er sie erkennen, wenn er sie sah?

Den großen Kragen seiner dunkelblauen Seemannsjacke schlug er bis zu den Ohren hoch und zog die grau-braun melierte Schiebermütze tief in die Stirn. Wenn er den Kopf ein wenig senkte, sollte er kaum zu identifizieren sein und war dennoch lässig elegant unterwegs. Ein wichtiger Aspekt, um in diesem gut situierten Viertel nicht aufzufallen.

Er hatte sich intensiv auf diesen Tag vorbereitet. Mithilfe von Satellitenbildern eines Online-Kartendienstes hatte er am Bildschirm die Gegend erkundet und sich sowohl die Straßenverläufe als auch die Lage von Grundstücken und Gebäuden eingeprägt. Das war die Voraussetzung dafür, dass er zielsicher durch die Straßen gehen konnte. Nichts war für Anwohner auffälliger und alarmierender als eine Person, die suchend durch ein Viertel schlenderte.

Ein dandyhaft gekleideter Mann mit einem hellen Rollkragenpullover unter dem kräftig türkisfarbenen Kurzmantel, karierter Hose und Lackschuhen kam ihm entgegen, einen weißen Mops an der Leine. Als sich die beiden Männer passierten, nickten sie einander zu. Ein knapper Gruß. Nicht übermäßig freundlich, aber mit angemessener Höflichkeit. Wie man es eben macht, wenn man sich zwar nicht kennt, sich auch im Viertel noch nie begegnet ist, aber auf der Straße zu wenig los ist, um sich – in städtischer Anonymität geborgen – gegenseitig ignorieren zu können.

Mit einem Mal wurde Starck unsicher. Er wusste einfach nicht, was er als Gruß hätte sagen sollen. Konnte sich nicht erinnern. Verwendete man in Hamburg »Moin« so wie an der Nordseeküste? Noch dazu in einem teuren Wohnviertel? Hätte er sich mit einem einfachen »Hallo« als Fremder geoutet? Was war nur los mit ihm?

In Gedanken versunken, entstand ein Moment von Unaufmerksamkeit, in dem er mehr als fünfzig Meter zurücklegte. Nun war er fast da.

Vor dem Nachbarhaus stand der dunkelgrüne Pritschenwagen eines Garten- und Landschaftsbaubetriebes. *An einem Sonntag? In diesem Viertel?* Starck blickte sich vorsichtig um, konnte aber keine Menschenseele entdecken.

Es sah alles genau so aus wie auf den Satellitenbildern, sodass er sich schnell orientieren konnte. Da vorne war der kleine Durchgang, der zwischen den Grundstücken die beiden Straßen verband. Jetzt war Starck wieder ganz bei sich.

Und er war seinem Ziel sehr nah gekommen. Das Grundstück lag direkt vor ihm. Noch bevor er in den grasbewachsenen Pfad einbog, sah er sie. Sie waren im Garten.

Das Mädchen. Und die Frau.

Das Herz schlug ihm bis zum Hals. Er spürte, dass sein Mund trocken wurde. War das Greta, die ihm schaukelnd den Rücken zuwandte?

Der mannshohe schmiedeeiserne Zaun mit Spitzen aus

klassischen Lilienelementen umgab zwar schützend das weitläufige Grundstück, vermochte es aber nicht, neugierige Blicke fernzuhalten. Diese Aufgabe hätte die am Zaun entlang gepflanzte Rhododendronhecke übernehmen müssen. Offensichtlich war aber jede zweite der alten Pflanzen nach der Blüte auf den Stock gesetzt worden, sodass sich erst wenige neue Triebe aus den verholzten Zweigen entwickelt hatten.

Starck wollte unbedingt vermeiden, dass die beiden ihn bemerkten oder ein aufmerksamer Nachbar ihn entdeckte. Falls es dennoch passieren sollte, wäre es vermutlich auch nicht so schlimm – es war heller Tag, dies ein öffentlicher Weg und er ein harmloser Typ, der wie selbstverständlich den schmalen Fußweg zwischen den beiden Grundstücken entlangging.

Als er auf derselben Höhe der beiden angekommen war, kniete er sich hin, öffnete langsam den rechten Schnürsenkel und begann seelenruhig so zu tun, als würde er ihn wieder zubinden.

»Gibst du mir noch mehr Anschwung?« Das Mädchen saß, eingemummelt in einen knallroten Schneeanzug, auf dem Schaukelsitz, der mit langen Seilen an einem stabilen Ast der knorrigen Buche befestigt war, und wedelte ungeduldig mit den Beinen. Der alte Baum dominierte das Grundstück auf der Südseite des frisch renovierten Patrizierhauses mit Mansarddach, an dessen schneeweißer Fassade eine rote Leuchte potenzielle Einbrecher auf das Vorhandensein einer Alarmanlage hinweisen sollte.

Die Frau, über die er mit Vanessas Hilfe und entgegen Morettis Anweisung herausgefunden hatte, dass sie Karen Meier hieß, Anfang dreißig war und mit dem erfolgreichen

Versicherungsmakler Stefan Meier verheiratet war, saß in der Nähe der Schaukel in einem Strandkorb. Sie stellte den großen Becher auf das kleine Klapptischchen und stand auf.

»Natürlich, mein Schatz. Ich komme.«

Mein Schatz. Starcks Zwerchfell verkrampfte sich.

Sie ging hinüber zu dem Kind, antizipierte die Rückwärtsbewegung der Schaukel und drückte das Mädchen kräftig nach vorn.

»Höher. Das macht Spaß!« Die Kleine lachte und schaute sich um.

Er sah ihr Gesicht. Ihre Züge, die nicht mehr kleinkindhaft waren wie noch vor fünf Jahren, als er sie das letzte Mal gesehen hatte.

»Guck mal, ich zeige dir gleich, was Jonas mir gestern vorgemacht hat.« Sie bewegte ihre Beine vor und zurück und schaukelte immer höher hinauf.

Nach all der Unsicherheit war Starck erleichtert, dass er seine Tochter sofort wiedererkannte. Nach all den Jahren, die er ohne sie hatte leben müssen. Aber es war, wie es sein musste. Er sah ihre Mutter in ihren Augen, entdeckte sich selbst in ihrem Lachen.

»Toll! Du machst das super, Greta. Aber übertreibe es bitte nicht. Wir erzählen Papa nachher, wie hoch du schon schaukeln kannst.«

Papa? Tiefer Schmerz bohrte sich in sein Herz. Starck merkte nicht einmal, wie lange er die Luft anhielt. Wusste nur, was falsch war an dem Bild, das sich ihm bot.

Ja, das Mädchen hatte einen Papa. Das war er. Andreas Starck. Er allein. Greta war *seine* Tochter. Und weder war die fremde Frau dort im Garten Gretas Mutter noch irgendein anderer Mann ihr Vater. Daran würde auch eine illegale

Adoption nichts ändern, die Karen und Stefan Meier – wie auch immer – eingefädelt hatten. Er merkte, wie es in ihm zu brodeln begann und war dennoch gleichzeitig froh, hier zu sein und seine Tochter zu sehen.

»Neeeiiiiiiin, warte. Jetzt kommt erst noch das Wichtigste!«, rief Greta und nahm noch mehr Anschwung. Die Schaukelseile waren am höchsten Punkt schon fast parallel zum Boden.

Knapp einsachtzig, schätzte Starck und ahnte bereits, was nun kommen würde. Genauso hatte er es als Kind gemacht. Er hatte ein kleines bisschen Angst um seine Tochter und war gleichzeitig sehr stolz auf sie.

»Was denn?«, fragte Karen Meier und schlug sich einen Moment später vor Schreck die Hand vor den Mund.

Greta hatte in der Vorwärtsbewegung die Seile losgelassen und war in hohem Bogen juchzend von der Schaukel abgesprungen. Sie landete auf allen vieren auf dem Rasen.

Sein gesamter Körper wurde von unsagbarer Liebe, riesigem Stolz und gleichzeitig großer Sorge durchflutet, die ihm die Tränen in die Augen trieben.

Er hatte sie gefunden. Endlich.

Endlich wusste Starck, wo seine Tochter war und dass es ihr gut ging – zumindest, soweit das in dem kurzen Moment und auf die Entfernung zu erkennen war.

Er war so auf das Bild vor ihm fokussiert, dass er den Mann und den Hund erst wahrnahm, als der weiße Mops an seiner Hand schnüffelte, mit der er noch immer das Schuhband hielt.

»Sehr brav, Trixie«, sagte der Dandy zu dem Mops. Und an Starck gewandt: »Man sieht sich immer zweimal im Leben.«

»Soll vorkommen«, gab Starck lahm zurück. Und ärgerte

sich im selben Moment über sich selbst. Einerseits, weil er unaufmerksam gewesen war und den Mann nicht hatte kommen sehen. Andererseits, dass ihm in diesem Moment jegliche Schlagfertigkeit und Eloquenz gefehlt hatten, die im Gerichtssaal seine Karriere begründet und ihn im Gefängnis aus manch kniffliger Situation gerettet hatten.

77. KAPITEL

»Und wie geht es dir jetzt?«

Sie hatten die Autos im Parkhaus in der Speicherstadt abgestellt, weil es dort diagonal angeordnete Parkplätze gab. Anders hätte Starck die S-Klasse kaum unterbringen können. Von dort aus war er mit Vanessa an der Elbphilharmonie vorbei Richtung Portugiesenviertel geschlendert, wo sie später noch essen gehen wollten. Zunächst waren sie allerdings abgebogen, um über die Michelwiese nach oben zur Kirche zu gelangen. Nun saßen sie allein im Hauptraum der St.-Michaelis-Kirche auf dem Senatsgestühl und genossen die abgeschiedene Ruhe mit Blick auf die üppige Pracht der weiß-goldenen Barock-Ausstattung.

Jeden Moment konnten Touristen hereinkommen.

Starck hatte Vanessa bereits ausführlich erzählt, wie er den kurzen Moment, in dem er Greta gesehen hatte, erlebt hatte. Seit sie in der Kirche saßen, war kein weiteres Wort gefallen, bis Vanessa mit ihrer Frage das Schweigen gebrochen hatte.

»Und wie geht es dir jetzt?«

»Keine Ahnung«, sagte Starck. »Ich weiß es nicht. Eigentlich müsste ich ruhiger sein, nun, da ich weiß, dass es ihr scheinbar gut geht. Gleichzeitig ist die Sehnsucht nach meiner Tochter umso größer.«

Vanessa legte ihre Hand auf seine und sagte, während sie

weiterhin nach vorne schaute: »Ich bin froh, dass ich dich dabei unterstützen konnte. Danke für dein Vertrauen.«

Starck sah sie erstaunt an. »Wäre es ... ich meine ... bisher ging es immer nur um mich. Ich weiß aber überhaupt nichts über dich.«

Jetzt drehte sie ihm den Kopf zu und lächelte. Ließ die Hand noch einen Moment liegen, drückte dann kurz zu und zog sie zurück. »Was möchtest du wissen? Vanessa Conrad, einunddreißig, eins zweiundsechzig groß, fünfzig Kilo, Fachhochschulreife«, sie stockte kurz, »kein Kaninchen. Wie du weißt, ist eines meiner Hobbys Essen, wann immer sich die Gelegenheit dazu bietet, das andere ist eher berufsbedingt Klettern in allen Variationen.«

»Hast du Geschwister?«

Sie drehte den Kopf zurück und starrte das Altarbild an, das zwei Engel zeigte, die zu Füßen des auferstandenen Christus knieten. »Eine Zwillingsschwester.«

Starck wartete einen Moment. »Und ...?«

»Sie ist tot.«

Es war bereits kurz nach einundzwanzig Uhr, als Starck die Haustür aufschloss. Er rief »Bin zu Hause!« wie in seiner Kindheit und legte das Schlüsselbund in das kunstvoll geschnitzte Schälchen. Seine Mutter hatte es schon vor langer Zeit im Eine-Welt-Laden gekauft. Sie war der Auffassung, dass regelmäßige Spenden an ausgewählte Hilfsorganisationen zwar hilfreich waren, man aber auch sonst die Augen und das Herz dafür offenhalten dürfe, wie man zu einem fairen Zusammenleben auf der Welt beitragen konnte.

»Hallo!«, hörte er sie aus dem Wohnzimmer. Starck zog sich die Schuhe aus, wusch sich die Hände und machte sich auf den Weg zu seiner Mutter.

»Hallo, Mama«, sagte Starck und küsste sie auf die Stirn. Sie hatte es sich auf der Couch gemütlich gemacht und ließ nun den neuesten Kriminalroman von Klaus-Peter Wolf in den Schoß sinken.

»Wie war der Tag mit deinem Freund? Münster ist ja so eine tolle Stadt. Und dann das schöne Wetter heute. Konntet ihr noch irgendwo draußen sitzen?«

Starck setzte sich und sah sie ernst an. »Mama, ich war heute nicht in Münster.«

»Was? Warum? Was ist passiert?«

»Ich ... es tut mir furchtbar leid, aber ... ich ... habe dir nicht die Wahrheit gesagt.«

»Du hast ...? Warum?«

Er kniete sich vor die Couch, nahm ihre Hände in seine und sah sie lange an. Dann sagte er: »Weil ... ich dich schützen wollte und Greta ...« Wieder machte er eine Pause.

»Greta? Was hat das denn mit Greta zu tun?«

»Ich habe sie heute gesehen. In Hamburg. Aber ich wusste nicht, ob das klappen würde und wollte dich nicht enttäuschen.« Wieder machte er eine Pause. »Ich glaube, es geht ihr gut.«

Seine Mutter sah Starck fassungslos an.

Starck lag im Bett und starrte in die Dunkelheit.

Welch ein emotionaler Tag.

Er hatte Greta wiedergesehen. Seine Mutter angelogen. Ihr später die halbe Wahrheit erzählt, indem er nur davon berichtet hatte, dass er ihre Enkeltochter immerhin von fern hatte beobachten können, nicht aber, wo sich Greta aufhielt.

Starck war froh, dass seine Mutter ihm die Lüge vergeben hatte. Dennoch würde es eine Zeit dauern, bis das nicht mehr zwischen ihnen stand.

Und Vanessa? Mit der Frage nach ihrer Schwester war der kurze, scheinbar intime Moment im Michel vorbei gewesen. »Ich erzähle dir vielleicht irgendwann mehr«, hatte sie nur gesagt. Was mehrerlei bedeuten konnte. Auf jeden Fall war klar, dass sie das Timing bestimmen würde.

Sie verstanden sich nach wie vor gut. Hatten sich beim Essen hervorragend unterhalten. Die anfängliche Unbeschwertheit im Miteinander war allerdings nur noch an der Oberfläche spürbar gewesen.

Das machte Starck traurig. Denn er hätte gern mehr über Vanessas Schwester erfahren. Und damit auch über Vanessa und ihr Leben. Was ihn vermutlich mehr interessierte, als es sollte.

78. KAPITEL

Starck musste raus. Den Kopf frei bekommen. Brauchte frische Luft und Bewegung, um vernünftig nachdenken zu können.
Und er wusste auch, welche Stelle sich dafür hervorragend eignete.
Eine halbe Stunde später stellte er den Mercedes bereits auf dem Parkplatz Energiepark in Wendlinghausen ab. Er überquerte die Donoper Straße und folgte dem Themenweg *Natur & Kultur um Wendlinghausen* durch die landwirtschaftliche Hofanlage des Wasserschlosses. Der Weserrenaissancebau war Anfang des siebzehnten Jahrhunderts von Hilmar von Münchhausen errichtet worden und im achtzehnten Jahrhundert war sein Nachfahre, der Lügenbaron Hieronymus von Münchhausen, häufig zu Gast.
Früher war Starck hier häufig mit seinen Eltern gewandert, als die Strecke noch nicht als Qualitätswanderweg ausgewiesen und deutlich weniger frequentiert war.
Die heutige Wanderung sollte ihm die erhoffte Klarheit bringen. Sobald er den Weserrenaissancebau hinter sich gelassen und durch die feuchten Wiesen hinauf zum Ruheforst gewandert war, wusste Starck bereits, was als Nächstes zu tun war. Er musste mit Duncan reden. Kein mühsamer Mailaustausch. Ein richtiges Gespräch. Eine Diskussion. Das

war durchaus mit Risiken behaftet, weil man nicht wusste, wer mithörte, aber das Schreiben und Lesen von Mails hatte seine Grenze erreicht.

Während Starck langsam den Ruheforst durchquerte, war sein Gehirn längst mit Überlegungen beschäftigt, wie das Gespräch zu organisieren war. Die JVA Düsseldorf bot nur von Mittwoch bis Samstag Besuchszeiten an, Starck hatte jedoch am Montag seinen freien Tag. Außerdem wollte er keine Woche darauf warten, seine Überlegungen Duncans kritischer Prüfung zu unterziehen.

Er bog im Wald Richtung Westen ab und war bald in den Feldern unterwegs. Bodennebel lag über der weiten, lippischen Hügellandschaft und es roch feucht und schwer nach Erde. Nun war es nicht mehr weit bis zu dem kleinen Friedhof am Sievertsberg.

Starck dachte über zwei Alternativen nach. Wenn er als Erstes in der Waschstraße um Urlaub bat, konnte es sein, dass er für den fraglichen Tag keine Zusage von der JVA bekam. Versuchte er es umgekehrt, klappte es zwar vielleicht mit dem Besuchstermin, sein Chef versagte ihm aber womöglich den Urlaub. Es war ein Dilemma.

79. KAPITEL

Onkel Pablo wollte also, dass Starck einen weiteren Denkzettel bekam, den er nicht so schnell vergaß. Und Kol Mortensen sollte sich ausdenken, wie der Denkzettel auszusehen hatte und erfolgreich umzusetzen war.

Tja, alter Mann. Da musst du dir in Zukunft jemand anderen suchen.

Mortensen würde nach dem letzten und äußerst entwürdigenden Besuch bei Onkel Pablo sowohl dessen Deutschland-Hauptquartier als auch jedem anderen Unterschlupf der Organisation zwischen Palermo und Stockholm für immer fernbleiben. Die gemeinsamen Zeiten waren vorbei. Das Risiko, dass Pablo ihn beim nächsten Treffen eliminieren würde, war ihm viel zu hoch.

Deshalb arbeitete Mortensen bereits an einer Exit-Strategie.

Im Prinzip war alles ganz einfach. Er war ja nicht blöd und hatte diesen Tag kommen sehen. In dieser Branche ging so eine Beziehung nur eine begrenzte Zeit gut. Das war schon immer so gewesen. Und würde auch immer so sein.

Mortensen würde von der Bildfläche verschwinden. Mit neuem Gesicht. Neuer Identität. In einem neuen Land. In einer wuseligen Stadt wie Marseille oder Kapstadt konnte man gut untertauchen. Obwohl er perfekt Englisch sprach, kam New York für ihn nicht infrage. Dann schon lieber Seattle oder San Francisco, die Mortensen eher an europäische Lebensart erinnerten als an die typisch nordamerikanische. Oder Vancouver?

Na gut, vermutlich blieb ihm nichts anderes übrig, als auch zukünftig in seinem alten Beruf weiterzuarbeiten. Aber egal, wo er landen würde, seine Kompetenzen wurden überall gebraucht.

Und Starck? Der würde Mortensen nicht länger auf der Nase herumtanzen und nach dem Zusammentreffen mit seiner Glock ebenfalls ein neues Gesicht brauchen. Allerdings käme plastische Chirurgie zu spät. Denn der Rechtsmediziner war dafür die völlig falsche Adresse.

80. KAPITEL

Die Friedhofsbank war tropfnass von Nachtluft und Morgennebel. Starck wischte die Sitzfläche mit einem Taschentuch ab und setzte sich. Breitete die Arme aus und atmete tief die frische, feuchte Luft ein. Das tat gut. Seine Gedanken hatten sich in der Zwischenzeit ein wenig beruhigt.

Er ließ den Blick nach Norden schweifen, suchte und fand die kleine Lücke im Wald oben auf dem Dörenberg, wo die Burg Sternberg seit über achthundert Jahren trutzig über das Land wachte. Sie würde dort noch stehen und die Jahreszeiten über sich hinwegziehen lassen, wenn Starck längst selbst zu Erde geworden war.

Er zog sein Handy aus der Tasche und rief die Nummer für private Besucher der JVA an. Besetzt.

Nach zwei weiteren Versuchen kam er durch und erhielt tatsächlich einen Termin für Donnerstag.

Das war gut.

Allerdings wusste er nicht, ob er freibekommen würde. Sein Chef hatte ja doch eine ganz spezielle Sicht auf seine Angestellten und vor allem auf ihn, den ehemaligen Häftling. Eine Krankmeldung war unvermeidbar.

Das war schlecht.

Starck musste lügen. Schon wieder.

81. KAPITEL

Drei Wochen waren vergangen, seit Starck aus der Haft entlassen worden und nach Detmold zurückgekehrt war. Drei ereignisreiche Wochen, die ihm vorkamen wie drei Monate. Er war sehr traurig, dass sich Danielas Grab in Düsseldorf befand. Natürlich wusste er, wie unlogisch dieser Gedanke war. Schließlich zählte nur, dass er die Liebe zu seiner Frau im Herzen bewahrte und demnächst, wenn Greta wieder bei ihm war, für sie die Erinnerung an ihre Mutter wachhielt.

Bis es allerdings so weit war, hatte er noch einiges zu tun.

Die einsame, kleine Wanderung half Starck dabei, Abstand zu den eigenen Grübeleien zu bekommen. Er wollte versuchen, einmal von außen auf sich, vergangene Erlebnisse, vermeintliche Erkenntnisse und zukünftige Vorhaben zu schauen.

Er stand auf und machte sich an den kurzen Aufstieg. Er folgte auf seiner Runde nun dem *Weg der Blicke* auf Forstwegen und schmalen Wanderpfaden bis zum Weiler Blomenstein und wanderte von dort wieder hinab nach Wendlinghausen.

Während er am Waldrand entlangging, schweifte sein Blick über die sanften Hügel bis hinüber zum Höhenzug des Teutoburger Waldes. Was hatte er übersehen? Heute und damals? Die Beweislage bezüglich der Infi AG war stichhaltig.

Die Kleinanleger waren betrogen worden. Was war mit Gerechtigkeit? Konnte er Teil der Cancellari werden, solange keine Ausgleichszahlungen erfolgt waren? Vielleicht käme Starck bei den Cancellari in die Position, um genau das zu veranlassen. Letzteres war für ihn eine Frage des Anstands. Und ein elementarer Punkt, den er mit Moretti klären musste. Unabhängig davon, ob es Starck gelungen war, den Code zu dem Konto zu knacken, das sein Vater ihm hinterlassen hatte.

Er bog in den Waldweg ein, der von schwerem Forstgerät völlig aufgewühlt und zerfurcht war. Gut, dass er sich vorhin für die alten Wanderschuhe entschieden hatte.

Giacomo Moretti.

Viel zu oft tauchte der einflussreiche Banker in seinen Gedanken auf. Durfte Starck das zulassen? *Musste* er es vielleicht sogar zulassen? Was war die Alternative? Er vertraute darauf, dass der moralische Kompass seines Vaters nicht versagt hatte und nun den Sohn nicht auf eine falsche Fährte lockte.

Moretti wusste, wo Greta war. Und hatte sich auch darum gekümmert, sie in die Pflegefamilie zu geben, um sie aus der Schusslinie zu bekommen. *Aber* von der Adoption wusste er nichts. Wer zog da die Fäden?

Für den Moment wollte Starck davon ausgehen, dass es seiner Tochter gut ging und sie in Sicherheit war. Soweit er wusste, trug sie den Nachnamen seiner Adoptiveltern Karen und Stefan Meier. Eine Greta Meier in Hamburg, so hoffte Starck, verschwand in der Masse. Und wurde dadurch den Widersachern ihres leiblichen Vaters entzogen. Zumindest war dies wohl die letzten fünf Jahre gelungen. Geburtsdatum und -ort, ja, das waren schon eindeutige Identifikationsmerkmale. Allerdings war die Adoption – von wem auch immer – manipuliert worden. Irgendwann, nicht weit in der Zukunft, würde Greta zu Starck zurückkehren. Da war er sich sicher.

Während er sich verzweifelt an den Gedanken klammerte, sah er sich um. Wie in anderen Wäldern auch, hatte der Borkenkäfer hier in einigen monokulturell angelegten Fichtenbeständen ganze Arbeit geleistet. Was das ursprüngliche und Starck bekannte Gesicht der Landschaft nachhaltig verändert hatte. Bekannte Wegmarken fehlten einfach. Dennoch genügte sein Orientierungssinn, um sich zwischen noch brachliegenden und bereits in Aufforstung befindlichen Waldstücken zurechtzufinden.

Starck wusste heute viel mehr als noch bei seiner Haftentlassung vor drei Wochen. War Greta nähergekommen. Hatte Moretti als Widersacher ausgeschlossen. Zumindest vorerst. Und mit Vanessa eine wunderbare Helferin zur Seite gestellt bekommen.

Aber wo sollte er nun weitermachen? Auf Duncans Drängen hin, hatte Starck weitere Kandidaten benannt, denen er als Staatsanwalt in die kriminelle Suppe gespuckt und deren Rache heraufbeschworen haben könnte. Und ganz oben auf der Liste waren direkt unter Moretti der pädophile Sektenführer Johnny Kieran und der mächtige und bisher unangreifbare Mafiapate Onkel Pablo aufgeführt. Er hatte sein Gedächtnis nach Hinweisen durchforstet, welcher von beiden wohl ein stärkeres Motiv hatte. Der widerliche Priester saß immer noch in Haft und würde anschließend in Sicherungsverwahrung überstellt werden. Der hatte ein überaus starkes Motiv, aber das galt für Dutzende andere auch, an deren Verurteilung Starck maßgeblich beteiligt gewesen war. Und Onkel Pablo? Ja, der hatte durch ihn sehr viel Geld verloren und ein Menge Ärger gehabt. Aber reichte das als Motiv, Starck derart zuzusetzen? Aus Erfahrung wusste er allerdings, dass ein krimineller Psychopath keinen großen Auslöser brauchte, um komplett auszurasten.

Oder war es eventuell doch keiner von beiden und er musste noch einmal von vorne anfangen und alte Fälle durchwühlen?

Starck schüttelte den Kopf. Später vielleicht. Denn für ein derart perfides Vorgehen inklusive der Zerstörung seiner Familie und seines Lebens musste sein Widersacher über üppige Mittel und beste Kontakte verfügen. Das schloss einige der Verurteilten von vornherein aus.

Als Starck wieder in Detmold in der Bülowstraße angekommen war, machte er sich sofort daran, aus dem Gedächtnis möglichst viele Details aufzuschreiben, die ihm zu den Machenschaften des Sektenführers Erwin Hölzenbein alias Johnny Kieran einfielen. Kurz darauf klingelte das Telefon.

Steinbeck.

»Lange nichts gehört«, sagte Starck.

»Was haben Sie denn für ein Zeitverständnis? Es ist erst zwei Wochen her.«

»Kommt mir länger vor.«

»Mag sein. Also, hören Sie zu. Ich habe einige alte Akten durchgesehen. Was, wie Sie wissen, ja nicht verboten ist.«

»Natürlich nicht.« Es kam immer wieder vor, dass sich aus einem aktuellen Fall Hinweise auf ältere Fälle ergaben. Egal, ob offen oder geschlossen. Oder dass man eine Information zu einer Person oder einem Sachverhalt benötigte, die bereits aktenkundig war.

»So. Und dann ist etwas passiert, das war selbst für mich neu. Irgendetwas, irgendwer ... hat scheinbar einen stillen Alarm ausgelöst. Zack. Strammstehen bei der Staatsanwältin. Echt mal, Starck! In was für eine gequirlte Scheiße sind Sie da verwickelt?«

»Fein umschrieben. Heißt das, Sie sind raus?«

»Ich war nie drin.«

»Gutes Argument.«

»Wissen Sie noch, warum Sie mich angesprochen haben?«

»Klar. Ich halte Sie für einen hervorragenden und grundehrlichen Ermittler. Klingt nach Schleimerei. Ist aber so.«

»Ja ja, Sie und Ihre Gefühlsduselei. Also, wenn mir jemand *so* kommt, mich gingen irgendwelche Akten nichts an ... dann hat der ja wohl erst mal überhaupt keine Ahnung, wie ich ticke!«

»Das heißt?«

»Ich glaube Ihnen!«

82. KAPITEL

Jeden Tag schoben sich Tausende Besucher über die Plaza, die sich in siebenunddreißig Metern Höhe zwischen dem Backsteinsockel des ehemaligen Kaiserspeichers und der sich darüber erhebenden Glasfassade befand, in der sich, myriadenfach variiert, Hafen und Stadt, Wolken, Mond und Sonne spektakulär widerspiegelten. Drei weiße Halbportalkräne erinnerten an der Südostspitze der Elbphilharmonie an vergangene Tage, als auf der Kaispitze zwischen Sandtorhafen und Grasbrookhafen noch Kakao, Tabak und Tee eingelagert und umgeschlagen wurden.

Stefan Meier war schnell gewesen. Als andere noch zweifelten und zögerten, hatte er den Mietvertrag bereits unterschrieben. So gehörte seine Versicherungsagentur zu den ersten Unternehmen, die sich eines der Büros in dem lichtdurchfluteten Gebäude am Kaiserkai gegenüber der Elbphilharmonie gesichert hatten, in das die Besucher beim Umrunden der Außenplaza Stunde um Stunde hineinzuschauen versuchten. Was die neugierigen Touristen daran fanden, erschloss sich ihm nicht.

Meier legte Wert auf klare Formen und Strukturen. Sein Schreibtisch war meist aufgeräumt und die wenigen Schriftstücke, Mappen und Ordner akkurat ausgerichtet. Die rechte Ecke der Tischplatte zierte ein Bilderrahmen, dessen schmale Leisten aus gebürstetem Alu perfekt zum Design des großen iMac-Monitors passten. Das Familienfoto zeigte seine Frau Karen und ihre Adoptivtochter Greta. Beide lachten in die Kamera. Seine Frau sah glücklich aus. Sie *war* glücklich. Das Foto hatte Meier an dem Tag aufgenommen, als er seine Frau mit der guten Nachricht überrascht hatte, dass sie Greta, damals nur Pflegetochter, jetzt adoptieren durften.

Wenn er über das Bild hinweg nach draußen schaute, genoss er den Blick auf den Hafen, vorbei an der Ostfassade der Elphi. Besonders spektakuläre Anblicke boten sich von seinem Büro aus, wenn sich die Fensterputzer an der glänzenden Fassade abseilten. Dann wurde die Fläche darunter, der Eingangsbereich zur Plaza, so abgesperrt, dass den Besuchern kein Putzmittel auf den Kopf tropfte. Oder Schlimmeres.

Meiers einzige Angestellte, Wiebke Hansen, kümmerte sich um das Privatkundengeschäft, während er ausschließlich für Großkunden tätig war. Darum war der Versicherungsmakler Stefan Meier nur selten im Büro anzutreffen und fast ausschließlich im Außendienst unterwegs. Durchschnittlich einen Tag pro Woche verbrachte er am Schreibtisch.

Heute war einer dieser seltenen Bürotage, aber weil er den Abend mit Frau und Tochter verbringen wollte, würde er schon um siebzehn Uhr Feierabend machen.

Eine halbe Stunde, nachdem er die Hafencity über die Oberbaumbrücke verlassen hatte, ließ Stefan Meier mithilfe der Fernbedienung das Tor im dunkelgrünen Metallzaun aufschwingen, fuhr auf das Grundstück und parkte hinter dem Audi Q5 seiner Frau. Einen Moment lang blieb er noch im Auto sitzen und überlegte, um wieviel besser ihr Leben in den letzten Jahren geworden war, seitdem Greta bei ihnen wohnte.

Die Diagnose, dass sie keine Kinder bekommen konnten, war niederschmetternd gewesen. Zumindest für einen der beiden. Er selbst hätte damit leben können. Aber Karen nicht. Sie hatte sich seit der Hochzeit nichts sehnlicher gewünscht, als endlich schwanger zu werden. Die vielen Untersuchungen, Tests, Hormone. Sie hatten alles versucht. Nichts hatte gefruchtet. Doch dann hatte sich eine einzigartige Möglichkeit ergeben: Sie hatten ein problemloses Pflegekind bei sich aufgenommen und Greta später sogar adoptieren können.

Er stieg aus, ging auf die Haustür zu und schloss auf.

Hörte, wie Greta Klavier übte.

Atmete den Essensgeruch ein, der das Haus erfüllte. Gretas Lieblingsessen. Pommes und Bratwürstchen.

Er konnte nicht verhindern, dass er anfing zu lächeln.

Er rief »Ich bin zu Hause!«, stellte den Aktenkoffer im Flur ab und hängte den Mantel auf.

Karen kam ihm entgegen. »Perfekt. Die Pommes sind gleich fertig. Dann können wir endlich einmal wieder gemeinsam essen.«

Er nahm seine Frau in den Arm und küsste sie. »Ich wasch mir grad noch die Hände und dann komme ich.«

Er ging ins Gästebad, das sich gleich rechts neben der

Haustür befand, drehte den Wasserhahn auf und stützte sich mit beiden Händen am Waschbeckenrand ab.

    Stefan Meier starrte in den goldumrandeten Spiegel. Manchmal war er sich nicht sicher, ob Karen ihn lieben würde, wenn sie alles über ihn wüsste.

    Er fürchtete sich vor der Antwort.

    Vielleicht, weil er sie ahnte. Falsch ... weil er sie kannte.

83. KAPITEL

Er stand mit entblößtem Oberkörper vor dem Spiegel. In der rechten Hand ein Rasiermesser, mit dem er gerade einen Kreuzschnitt an seinem Oberarm setzte, den er zuvor mit einer Jodlösung desinfiziert hatte. Es fing sofort an zu bluten. Kol Mortensen ignorierte den Schmerz und legte blitzschnell die Klinge auf den Waschbeckenrand, griff nach der zuvor sterilisierten Pinzette und zog den Chip hervor.

Durch dieses winzige Elektronikbauteil in seinem Arm wusste Onkel Pablos Organisation immer, wo sich Mortensen gerade aufhielt. Das hatte zwei Gründe. Zum einen konnte ihm ein Team zu Hilfe eilen, falls es bei einem der Aufträge knifflig wurde. Das war in der gesamten Zeit, in der er für Onkel Pablo arbeitete, kein einziges Mal passiert. Zum anderen konnte der Boss kontrollieren, wo sich sein Mitarbeiter gerade aufhielt. Das hatte jetzt ein Ende.

Mortensen desinfizierte die Schnittstelle mit Wasserstoffperoxid, bevor er sie mit Steristrips versorgte. Anschließend legte er eine sterile Kompresse darüber und fixierte sie mit einem Mullverband. Vorsichtshalber nahm er ein Antibiotikum und zwei Ibuprofen.

Exit strategy part one: completed.

Den Chip würde er noch etwas behalten, damit der kleine rote Punkt in Bewegung blieb. In wenigen Stunden würde das Signal dann vom Monitor verschwinden.

Ungefähr zum gleichen Zeitpunkt würde auch Andreas Starck seinen letzten Atemzug tun.

84. KAPITEL

Mittlerweile hatte er sich daran gewöhnt, dass ein durchschnittlicher Parkplatz zu kurz und zu eng für die silberne Mercedes S-Klasse war, die er von seinem verstorbenen Vater übernommen hatte. Es war ein Erinnerungsstück. Bequem und komfortabel. Nur in der Handhabung etwas sperrig. Ob er den Wagen irgendwann verkaufen würde? Vielleicht. Im Moment brachte er es aus sentimentalen Gründen nicht übers Herz. Auch wenn sich herausgestellt hatte, dass sein Vater mehr Geheimnisse gehabt hatte, als es der Familie guttat.

Zum Glück fand Starck eine Stelle ganz hinten am Zaun, wo er das große Auto ohne schlechtes Gewissen auf einenhalb Parkplätzen abstellen konnte. Er rangierte das Schiff rückwärts ein und blieb noch einen Moment sitzen. Müde lehnte er sich an die weiche, mit Leder bezogene Kopfstütze. Was tat er hier? Würde ihn das Gespräch mit Duncan weiterbringen?

Er schaute hinüber zum Eingang der JVA, die er erst vor kurzer Zeit nach fünf Jahren Haft verlassen hatte.

Natürlich würde es helfen. Wie immer.

Eine Unterhaltung mit Duncan war wie ein kräftiger Gewitterregen, der nach einem schwülen Tag die Luft reinigte. Sie brachte Klarheit.

Duncan wusste stets die richtigen Fragen zu stellen. Genau wie das ein guter Staatsanwalt tun sollte, gestand sich Starck ein. Wie er selbst das hinbekommen wollte, es aber oft genug nicht schaffte. *Kein Wunder.* Er drehte sich zu sehr in seinem Gedankenkarussell und schaffte es nur selten, einen Schritt zurückzutreten und wie ein Außenstehender auf sein Leben zu blicken. Duncan hingegen war genau dieser neutrale Außenstehende, den er so dringend brauchte.

Außerdem freute er sich darauf, den Freund wiederzusehen.

Als Starck ausstieg, hörte er den Verkehr auf der nur wenige Meter entfernten A44 vorbeirauschen. Jenseits des Zauns fuhr ein weißer Sattelzug auf der Oberhausener Straße vorbei, sicherlich auf dem Weg zu dem benachbarten Maschinenbau-Unternehmen.

Ein bisschen wie immer. Ein bisschen wie früher. Ein bisschen aus einer anderen Welt. Und dennoch vertraut.

Er ging hinüber zum Besuchereingang der JVA Düsseldorf.

Komisches Gefühl. Später würde er wieder herauskommen – und einfach nach Hause fahren können.

Wenn er früher Aufträge ausgeführt hatte, stellte sich Mortensen gerne die Möglichkeiten vor, wie er mit der Ausgestaltung umgehen wollte. Es gab jeweils eine schnelle und eine langsame Variante des Sterbens. Das gehörte zum

Genießen der Auftragsausführung dazu. Und er schaffte es immer wieder auf höchst kunstvolle Weise, einen fließenden Übergang vom Leben zum Tod zu kreieren.

Dieses Mal jedoch gab kein externer Auftraggeber den Takt vor. Dieses Mal war er sein eigener Auftraggeber.

Leck mich, Pablo.

Das war einer der beiden Gründe, warum Mortensen Starck nicht am Leben lassen konnte. Er wollte seinen alten Boss ärgern. Eigentlich unwichtig, aber doch ein schöner Nebeneffekt.

Der Hauptgrund aber war das »Prinzip Mortensen«! Für ihn war ein Job erst dann erledigt, wenn das Ziel nicht mehr lebte. Alles andere war Kinderkacke.

Die Anschläge auf Starck waren im Gefängnis glimpflich ausgegangen. Außerhalb der Mauern sah das ganz anders aus.

Mortensen malte sich die schnelle Variante aus, die einen gezielten Schuss in die Stirn oder einen schnellen Schnitt quer über die Kehle vorsah.

Die langsame Variante sah ein wesentlich genussvolleres Szenario vor.

Um das vorzubereiten, hatte er seine Verbindungen in den Knast spielen lassen. Genau zum richtigen Zeitpunkt würden die Außenkameras der JVA Düsseldorf eine kleine Störung haben.

85. KAPITEL

Fünf Jahre hatte er als Gefangener in der JVA Düsseldorf überlebt. Nun war er als Besucher hier. *Eigenartig.*

Vieles war vertraut.

Manches neu. Wie etwa der in psychedelischen Farben gestrichene Besuchertunnel oder der Körperscanner im Flur der Besucherzuführung.

Einige der Vollzugsbediensteten kannte Starck, andere nicht.

Die meisten hatten einen flotten Spruch für ihn parat.

»Na, Kumpel? Auch mal wieder hier?«

»Na, was haste angestellt? Oder nur auf Knastologen-Besuch?«

»Du hast es ja nicht lange ohne uns ausgehalten.«

»Sieh an, der Herr Staatsanwalt ohne Staat und ohne Anwaltschaft gibt sich schon wieder die Ehre ...«

Zwanzig Minuten nach seiner Ankunft in der JVA befand sich Starck endlich im Besuchsraum.

Helles Linoleum. Gitter vor den Fenstern. Kaltes Neonlicht.

Der typische Geruch nach Desinfektionsmitteln, der die Mischung aus Schweiß, verschiedenen Deos und Parfüms nicht vollständig zu überdecken vermochte.

Kalte Holzstühle mit schwarzen Metallgestellen, zu

denen die Tische in einem völlig anderen Furnier-Design überhaupt nicht passten. Letztere waren aus vier Platten konstruiert. Zwei fast quadratische Wangen, die die bündig verbaute Tischplatte verbanden. Darunter befand sich mittig eine senkrecht eingebaute Platte, sodass der Austausch von Gegenständen unterhalb der Tischplatte unmöglich war.

Ungemütlich. Vertraut. Und dennoch fremd.

Starck wusste nicht, wie er sich fühlen sollte.

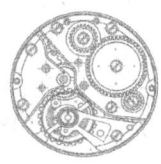

»Kam ein Typ auf Straffälligenwiedereingliederung ins Gefängnis ...«, sagte Duncan breit grinsend.

»... und besuchte den Typen, der lebenslänglich saß«, gab Starck zurück.

»Schlechte Witze können wir.«

»Aber so was von.«

»Setz dich.« Duncan machte eine Handbewegung wie ein Hausherr, der seinen Gästen im Wohnzimmer einen Platz auf bequemen Sitzmöbeln anbietet. »Cappuccino? Espresso? Champagner zum Hummer?«

»Lass mich überlegen.« Starck rieb sich gespielt nachdenklich das Kinn. »Ich denke, ich nehme eine Handbreit vom alten Single Malt. Aber versau ihn nicht wieder mit Eis.«

»Junge. Das Gesöff kostet dreihundertfünfzig Schleifen die Flasche. Aber nur weil du's bist.« Der Stuhl quietschte, weil die Beine etwas nachgaben, als sich der riesige Duncan darauffallen ließ. Dann zeigte er auf die beiden Papiertüten, die Starck ihm über den Tisch zuschob. »Was hast'n da mitgebracht?«

»Vorgezogenes Weihnachtsgeschenk. Mach auf.«

Duncan griff zu. »Bäckertüten? Jetzt bin ich aber gespannt.« Er verschwand mit dem halben Gesicht in der ersten Tüte und sog hörbar die Luft ein. »Danke, Alter! Eine Tüte Strohsemmeln für mich alleine. Junge, wie geil!«

Duncan stammte aus Bielefeld. Starck aus Detmold. Beide liebten die Spezialität aus der Alten Hansestadt Lemgo seit ihrer Kindheit.

»Das andere ist ein Gruß von Mama Starck. Hat sie gestern extra für dich gebacken.«

»Erzähl keinen Scheiß. Das ist der Rest, den du mir übrig gelassen hast.« Duncan linste in die zweite Tüte, die lippischen Pickert enthielt. »Danke. Und Grüße an Mama.«

Starcks Mutter hatte schon bei ihrem ersten Besuch Pickert dabeigehabt. Und für ihn war es selbstverständlich gewesen, mit Duncan zu teilen.

Er sah seinen Freund an. »Lass es dir schmecken, Großer.«

»Also«, sagte Duncan. »Lass hören. Geht's Greta gut?« Dann biss er herzhaft in eine der Strohsemmeln.

Starck sah sich um. »Können wir ungestört reden?«

Duncan erwiderte mit vollem Mund: »Ist der alte Duncan schwarz?«

»Findest du das nicht ein bisschen rassistisch?«

Lachend fuhr sich Duncan mit der rechten Hand über den kahlen Schädel. »Ich darf auch Witze über Glatzköpfe machen.«

Starck nickte und wurde wieder ernst. Nachdem er seinen Freund über die bisherigen Ereignisse ins Bild gesetzt hatte, sagte er: »Ja, so wie es aussieht, geht es Greta wirklich gut. Ich habe nur gesehen, was außerhalb des Hauses bei den Leuten passiert, aber die ... ähm, Adoptivmutter geht scheinbar sehr liebevoll mit Greta um. Was im Haus passiert, kann ich natürlich nicht beurteilen und das macht mich alles schon ziemlich verrückt.«

»Und was willst du jetzt von mir? Was ist so wichtig, dass wir das nicht digital klären können?«

»Erstmal: mich bedanken, obwohl ich nicht weiß, wie. Vanessa ist großartig!«

Duncan nickte und zeigte wieder einmal sein vielschichtiges, breites und sehr freundliches Grinsen. »Hättest du mir auch schreiben können. Aber stimmt. Ein ganz tolles Mädchen. Freut mich, dass sie dir helfen kann.«

»Absolut. Und dann wollte ich einfach mal ein paar Ideen mit dir besprechen, wie es weitergehen könnte. Damit am Ende die am wenigsten dämliche übrig bleibt. Die Sache mit der Adoption ist nämlich zutiefst irritierend, weil Moretti glaubhaft behauptet, nichts davon zu wissen. Außerdem musste ich ja umdenken, was die Infi AG angeht.«

Duncan nickte langsam. Riss eine weitere Lemgoer Strohsemmel in der Mitte durch. Und bevor er sie sich in den Mund schob, sagte er: »Dann mal raus damit.«

86. KAPITEL

Der Waran gähnte. Was war das doch für ein langweiliger Auftrag.

Er beobachtete Starck durch das Fernglas dabei, wie er gedankenverloren vom Besuchereingang zurück zu seinem Auto ging. Knapp zehn Meter vor dem parkenden Mercedes griff Starck in die Hosentasche. Sanft öffnete sich die Kofferraumklappe.

Zwei Parkplätze weiter stieg ein Mann aus seinem Fahrzeug aus, der vor zehn Minuten angekommen war. Er trug eine Baseballcap mit langem Schirm. Wollte er jemanden abholen und sich bis dahin noch ein wenig die Beine vertreten? Oder ...?

Der Waran war jetzt hellwach.

Starck ließ den Rucksack von der Schulter rutschen und nickte dem Fremden zu. Da der Mercedes mit der Front Richtung JVA geparkt war, musste er um das Auto herumgehen, um in einer fließenden Bewegung den Rucksack in den Kofferraum zu schwingen. Dafür beugte er sich ein wenig nach vorn.

Darauf schien der andere Kerl nur gewartet zu haben. Blitzschnell war er bei Starck und drückte ihm etwas an die Schulter, sodass Starcks Körper extrem zitterte. Der Waran vermutete einen Elektroschocker hinter dieser Reaktion.

Starck wankte, kämpfte mit der Schwerkraft, hielt sich aber für den Moment noch nahezu aufrecht. Der Angreifer versetzte ihm einen brutalen Schlag und Starck sank halb in den Kofferraum.

Blitzschnell schob der Kerl Starcks Beine hinterher und konnte nun, gedeckt von der offen stehenden Kofferraumklappe, in Ruhe nach dem Autoschlüssel in Starcks Hose suchen.

Als er ihn gefunden hatte, schlug er die Klappe zu und setzte sich hinters Steuer.

Der Waran beeilte sich, zu seinem Auto zu kommen.

Als Starck wach wurde, sah er Dunkelheit. Hörte leise Motorengeräusche und wurde durchgeschüttelt.

Sein Kopf tat höllisch weh. Die linke Schulter fühlte sich taub an.

Verdammt. Wie hatte er sich nur so überrumpeln lassen können? Im Augenwinkel hatte er den Kerl sogar kommen sehen.

Was bist du nur für eine kompletter Vollidiot, Andreas Starck! Hast du aus den letzten Jahren gar nichts gelernt? Du musst IMMER auf der Hut sein!

Er vermutete, dass er sich im Kofferraum des eigenen Autos befand. Der typische Geruch kam ihm bekannt vor. Zum Glück protzte der Mercedes mit einem großzügigen Raumangebot – auch im Kofferraum. Wo war sein Rucksack? War etwas darin, das ihm helfen würde?

Der Wagen hielt. Den gedämpften Geräuschen nach zu urteilen, war der Kerl ausgestiegen. Irgendwann würde er nach hinten kommen und die Kofferraumklappe öffnen. Oder hatte er den Wagen im Nirgendwo abgestellt und würde verschwinden, um Starck einfach in dem blechernen Gefängnis elend verrecken zu lassen?

Sollte er sich weiter ohnmächtig stellen, damit der Typ ihm möglichst nahekam? Welchen Plan verfolgte sein Widersacher?

Starck traf eine Entscheidung. Er bereitete sich vor. Drückte die schmerzenden Schultern gegen die Sitzlehne. Stemmte das linke Bein gegen das Heck, damit er den Kerl mit dem rechten treten konnte, sobald die Klappe aufging.

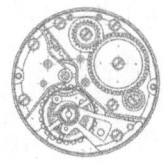

Gute Stelle, dachte Mortensen. Er sah sich um. Vor sich hatte er den ruhig daliegenden See, hinter sich die A44, die mit ihrer Geräuschkulisse Mortensens Vorhaben überdecken würde.

Ungewöhnlich für ihn, an der frischen Luft zu arbeiten, weil er meist in verlassenen Gebäuden agierte. Es sei denn, die Botschaft sollte etwas lauter verkündet werden.

Wie damals, bei Tariq Shabani.

Oder wie in diesem Fall.

Es nieselte und war den ganzen Vormittag über noch nicht richtig hell geworden. Insofern war die Wahrscheinlichkeit eher gering, dass jemand vorbeispazierte, -joggte oder -ritt.

Sollte trotzdem jemand das Pech haben, ungewollt Zeuge des Geschehens zu werden ... das Magazin der Glock hatte Mortensen bis zur letzten Patrone sorgfältig gefüllt. Zwei Reservemagazine hatte er auch dabei.

Er war nicht sicher, ob Starck sich schon wieder berappelt hatte oder noch im Reich der Träume weilte. Mortensen ging kein Risiko ein. Er unterschätzte den Mann im Kofferraum nicht. Dafür hatte der Arsch ihm schon zu viel Ärger bereitet. Falls Starck wach war, würde er versuchen, gegen seinen Entführer vorzugehen, sobald die Kofferraumklappe aufging.

Da gab es für Mortensen keine Zweifel. Aber kein Problem. Er hatte die Funkfernbedienung, um die Klappe zu öffnen, und seine Glock mit dem Schalldämpfer.

Er tippte die Fernbedienung an und die Elektronik des silbernen Mercedes tat zuverlässig, was sie tun sollte.

Die Klappe öffnete sich.

»Na, gut geschlafen?«, fragte Mortensen.

Keine Reaktion aus dem Kofferraum.

»Bist du echt noch weg? Ach, komm schon, Staatsanwalt, 500.000 Volt und ein kleiner Schlag auf den Hinterkopf – jetzt mach hier mal nicht auf Weichei.«

Mortensen näherte sich vorsichtig dem Heck der S-Klasse. Schabte mit dem dicken Armeestiefel unterhalb der Höhe der Stoßstange im Dreck. Das war das Signal für den Mann im Kofferraum. Blitzschnell schoss ein Bein aus der Öffnung.

Mortensen schlug mit der Glock brutal gegen das Schienbein.

87. KAPITEL

Der Schmerz raste ihm direkt bis unter die Schädeldecke. Starck stöhnte.

»Glaubst du, ich bin bescheuert?«, fragte der Kerl. »Los, aussteigen.«

Starck rührte sich nicht.

»Willst du, dass ich dir direkt in den Kopf schieße und du die flauschige Auslegware vollblutest?«

Es fiel ihm schwer nachzudenken.

Er musste Zeit gewinnen.

Also rappelte er sich auf und kletterte aus dem Kofferraum. Der Kerl stand einen Meter entfernt und zielte auf ihn. Dabei trug er blaue OP-Handschuhe. So wie der Typ die Waffe hielt, hatte er viel Erfahrung. Würde nicht danebenschießen.

»Was willst du?«

»Schönen Gruß von Onkel Pablo. Ihm reicht's.«

»Sieh mal an. Onkel Pablo. Wer hätte das gedacht?«

»Ja, sieh mal an.«

»Und was will er?« Starck dachte an Duncans wenig prosaische Frage, wem er neben der Infi AG sonst noch »in den Garten gekackt« hatte. Onkel Pablo also. Der mächtige Mafiapate, der bisher nur auf Platz drei seiner Verdächtigenliste gestanden hatte. So konnte man sich irren.

Oder?

Einerseits hatten viele Menschen die spektakulären Fälle verfolgt, in denen Staatsanwalt Andreas Starck die Anklage geführt hatte. Was, wenn jemand das jetzt Onkel Pablo nur unterschieben wollte? Andererseits ließ der Kerl keinen Zweifel daran, dass Starck die nächste Stunde nicht überleben würde.

»Vorwärts. Geh da rüber zum Wasser.«

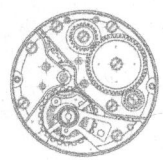

»Und dann?«

Er wollte – falsch – er *würde* nicht sterben. Nicht hier. Nicht heute. Und schon gar nicht auf diese Art. Nicht, nachdem er Greta gefunden hatte und nun endlich daran arbeiten konnte, sie zurückzubekommen.

Starck hatte die Arme erhoben und die Finger hinter dem Kopf verschränkt. Der Kerl stand einen Meter hinter ihm.

Zu weit. Scheiße!

»Na, rate mal.«

Zeit gewinnen war gut. Auch wenn Starck davon ausging, dass dieser Kerl hier ein anderes Kaliber war als die Gegner im Gefängnis. Warum quatschte der herum? Was wollte er noch von ihm?

Starck spielte mit. »Der liebe Onkel Pablo will mich also tot sehen?«

Der Kerl lachte. »O nein. Wie du schon festgestellt hast, findet Pablo großen Gefallen daran, dir wehzutun. Deinen Schmerz in die Länge zu ziehen.«

»Aber?«

»*Ich* habe keine Lust mehr auf die Spielchen. Du gehst mir schlicht auf den Sack.«

»Wieso grüßt du mich noch von ihm, wenn du mich eh gleich liquidierst? Das ergibt doch keinen Sinn.«

»Muss es nicht. Für dich ist das die Gnade des letzten Moments, damit du weißt, warum das hier passiert. Und für mich … ich gönn mir einfach ein bisschen Spaß. Dafür sind Donnerstage doch wie gemacht. Tage des Donners. Wie passend.«

»Hab ich schon geahnt« sagte Starck und überlegte fieberhaft, wie er aus dieser Situation herauskommen sollte. Er schaute über die rechte Schulter.

»Denk nicht mal dran.«

Er richtete den Blick wieder auf den See, der trübe vor ihm lag. Der Regen hinterließ ein unruhiges Muster auf der Wasseroberfläche.

»Du und deine Leute«, fuhr der Kerl fort, »ihr macht echt 'ne Menge Arbeit … deine Frau, dein Vater … die Tante aus der Rechtsmedizin, die partout keine Ruhe geben wollte, weil sie meinte, Ungereimtheiten bei der Obduktion deiner Frau gefunden zu haben … ach ja, die dämlichen Einbrecher nicht zu vergessen … und du bist ja auch eine Nervensäge erster Güte. Was musste ich mir nicht alles einfallen lassen, damit es dir in der Haft nicht langweilig wird.« Er machte eine kurze Pause. »Echt schade um deine Frau. War ja ein echter Hingucker. Erzähl … hattest du mehr Spaß mit ihr oder mit den behaarten Typen im Knast?« Er lachte kurz und hart auf.

Dann fuhr er fort: »Übrigens war das schon sehr besonders mit ihr. Ich erwische sie frontal. Und was macht das zähe kleine Miststück? Bleibt nicht etwa einfach liegen und verreckt. O nein. Da sehe ich doch im Rückspiegel, wie sie sich halb aufrichtet. Also wirklich! Ich musste noch mal zurücksetzen. Kommt auch nicht häufig vor, dass man die Karre bei so 'nem Job vorne *und* hinten einsaut.«

Starck atmete schnell und flach. Spürte, wie ihm Magensäure die Speiseröhre hochstieg. Wenn er jetzt kotzen musste …

NEIN! Ich muss mich konzentrieren. Daniela … Schatz … es tut mir so leid!

Starck atmete tief aus. Langsam wieder ein. Versuchte sich zu beruhigen. Er wollte sich keinesfalls provozieren lassen. Die Bilder von Danielas Tod durften ihn jetzt nicht ablenken. Er glaubte auch nicht, dass der Kerl seinen Vater umgebracht hatte.

»Also, Meister.« Starck musste den Spieß irgendwie umdrehen. Wenngleich sich das sicherlich nicht einfach bewerkstelligen ließ. Dieser Mann war ein Profi durch und durch. »Professorin Thalbach gehört nicht zu meinen Leuten. Was die beiden Einbrecher angeht: Wie lautete dein Plan? Sie brechen bei uns ein, du bestellst sie an ein abgelegenes Örtchen und dann schiebst du mir die Liquidierung in die Schuhe? Kein besonders ausgeklügelter Plan, meiner Meinung nach.«

»Nur gut, dass deine Meinung niemanden interessiert.«

Am Tonfall hörte Starck, dass er einen Nerv getroffen hatte. Die Stimme klang minimal höher. Er war also auf dem richtigen Weg.

»Aber schön, dass es wenigstens meiner Tochter gut geht. Nicht wahr?«

Der Typ hinter ihm grunzte. »Deine süße Greta ist auch noch dran. Gleich nach dir.«

»Lass Greta aus der Sache raus. Sie ist noch ein Kind und

hat mit dem Ganzen nichts zu tun. Und wage ja nicht, noch einmal ihren Namen in den Mund zu nehmen!«, stieß Starck wütend hervor.

Bestialisches Lachen. Dann sagte der Kerl: »Das lass mal meine Sorge sein. Ich nehme noch ganz andere Dinge in den Mund.«

»Ach ja?« Starck ahnte, dass es schwierig werden würde, den Killer zu provozieren, damit der einen Fehler machte. »Du weißt also, wo du sie findest?«

»Natürlich.«

88. KAPITEL

Das Timing des Warans war stets perfekt. Effizienz und Effektivität in höchster Vollendung. Er erkannte im Bruchteil einer Sekunde, was an einer beobachteten Szene nicht stimmte oder was aufgrund eines Vorkommnisses als Nächstes passieren würde.

Ursache und Wirkung. Das waren keine hellseherischen Fähigkeiten, sondern eine ausgeprägte Auffassungsgabe, verbunden mit hoher Intelligenz. Wenngleich der Waran die Situation auf dem Parkplatz unterschätzt hatte.

Um zu erkennen, was hier am See nicht stimmte, brauchte man weder intelligent noch besonders erfahren zu sein.

Wenn ein Mann mit einer schallgedämpften Pistole in kurzer Distanz auf den Hinterkopf eines anderen zielte, war klar, was als Nächstes passieren würde.

Falls der Waran jetzt eingriff, würde er sich selbst in Gefahr bringen, denn er hatte keine Langwaffe dabei, mit der er auf Distanz das Problem für Starck erledigen konnte. Das hier war anders als seine anderen Aufträge, die er penibel planen und jeden Schritt so lange durchgehen konnte, bis alles perfekt war.

Nein! Diese Situation war Risiko pur. Das er nicht bereit war, einzugehen. Wofür?

Wer sollte davon erfahren? Wie sollte sich herumsprechen,

dass er diesen Auftrag nicht korrekt ausgeführt hatte? Niemand wusste, wer der Waran war.

Würde Moretti es wagen, mit dem »Versagen« des Warans hausieren zu gehen?

Und wenn ja, was sollte ihm überhaupt passieren? Würde es Einfluss auf seine Reputation und potenzielle Kunden haben?

All diese Gedanken rasten in Sekundenbruchteilen durch sein Gehirn. Dabei hatte er längst eine Entscheidung getroffen.

Dies war die Chance, auf die er gewartet hatte.

Er würde Starck nicht helfen. Starck würde sterben. Und das war gut so. Er würde ihn loswerden, ohne dafür auch nur einen Finger krummzumachen. Zack. Einfach so. Perfekt.

Alles andere würde sich finden.

»Ach ja? Und wo ist Greta?« Starck musste diese Frage stellen. Und Zeit gewinnen.

Der Kerl zögerte kurz. »Ich gebe zu, dass sie mir damals durch die Finger geflutscht ist. Da war jemand anderes schneller als ich. Sehr ärgerlich. So ein süßes, kleines Mädchen.« Er betonte jedes der drei letzten Wörter. »Als Ex-Staatsanwalt *und* Ex-Knacki weißt du bestimmt, was so ein unschuldiges kleines Ding für einen Marktwert hat.«

»Du Schwein.«

»Tja, weißt du, Schweine fressen alles. Sogar ihresgleichen.

Klingelt da was bei dir?« Der Typ machte eine kurze Pause. »Und jetzt: Hinknien.«

»Wer bist du eigentlich?«

»Das möchtest du noch wissen? Witzig. Aber gut. Wenn es dir Seelenfrieden bringt. Man nennt mich Mortensen. Kol Mortensen.«

»Und ...?«

»Mehr musst du nicht wissen. Ich sagte: Hinknien.«

»Warum?«

»Stell dich nicht so blöd an. Es ist vorbei.«

»Du hast recht. Eine Hinrichtung im Stehen ist wenig elegant und erinnert doch sehr ans Dritte Reich oder den berüchtigten ‚unerwarteten Nahschuss' in der DDR. Andererseits ...«

»Was?«

»Andererseits ist es erst vorbei, wenn es vorbei ist.« Starck würde alles tun, um das hier zu überleben.

»Du bist ein dämlicher Klugscheißer. Und darum ist das hier auch JETZT vorbei.«

Mortensen trat mit voller Wucht in Starcks linke Kniekehle.

Der Waran war nicht unzufrieden mit der Situation. Im Gegenteil.

Das war die Chance, auf die er gewartet hatte!

Eventuell würde er sich selber verletzen, um gegenüber

Moretti darstellen zu können, dass er erfolglos in den Kampf eingegriffen hatte.

Starck stöhnte und ging auf die Knie. Der Schmerz pochte durch den Körper. Endlich war wenigstens die linke Hand nach dem Elektroschock-Angriff nicht mehr taub.

»Siehst du. Geht doch«, sagte Mortensen und drückte Starck den Schalldämpfer auf den Hinterkopf. Dann stimmte er leise »Häschen in der Grube« an.

»Du bist zu nah dran«, sagte Starck mit zusammengebissenen Zähnen in den schiefen Gesang hinein, weil er ahnte, dass der Killer das Lied nicht zu Ende singen würde.

»Was?«

Blitzschnell duckte sich Starck nach links weg, während er gleichzeitig mit der rechten Faust nach oben boxte und tatsächlich die Glock erwischte.

Der Schuss ging nach oben.

Starck fing sich mit der linken Hand am Boden ab, der Schmerz des Elektroschockers war wieder da und stach in die Schulter. Wie in Zeitlupe nahm er über seine rechte Schulter hinweg wahr, dass Mortensen die Pistole wieder senkte.

Gleichzeitig nutzte Starck den eigenen Schwung und trat dem Gegner in der halben Drehung von vorn gegen das linke Knie. Es knackte hässlich. Knochen brachen. Bänder rissen. Mortensen jaulte auf, griff instinktiv mit der Hand an das malträtierte Gelenk und sackte unkontrolliert zur Seite. Dabei feuerte er weiter.

Starck bekam einen Schlag gegen die Taille. Er war getroffen.

89. KAPITEL

Schon wieder ein Fehler. Was war nur mit ihm los? Starck war zäher als gedacht.

Mortensen fiel nach links. Hatte keine Kontrolle über seinen Körper. Reflexhaft ging die linke Hand zum zerschmetterten Knie.

Sein rechter Zeigefinger arbeitete weiter am Abzug der Glock.

Er musste sich mit der linken Schulter abfangen, egal, ob die frische Wunde wieder aufplatzte oder nicht. Es zählte nur eins: Starck erledigen.

Dann spürte er einen heftigen Schlag, und es wurde dunkel.

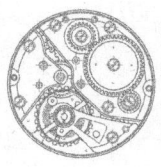

Starck hatte sich schnell zum Wasser hin gerollt. Plötzlich hörten die Schüsse auf. Das heisere schallgedämpfte Ploppen. In seinen Ohren pulste das Blut.

Er sah hinüber zu Mortensen, der auf der Seite lag. Sein Kopf lag in einem unnatürlichen Winkel auf dem Baumstumpf.

War er tot? Oder nur bewusstlos? Irgendetwas stimmte mit der Halswirbelsäule nicht.

Langsam atmete Starck aus. Er hatte nicht viel Zeit, auch wenn der Gegner für einen Moment ausgeknockt war. Unter Schmerzen richtete Starck sich auf und humpelte zu Mortensen. Trat ihm schnell die Pistole aus der Hand. Und entfernte sich wieder, um aus der Gefahrenzone zu kommen.

Dann hob er die Pistole mit rechts auf, während er sich mit der Linken die Taille hielt. Der Stoff fühlte sich warm und feucht an.

Mortensen regte sich nicht.

Starck blieb zwei Meter entfernt stehen.

Wartete.

Sah, dass sich der Brustkorb weder hob noch senkte. Außerdem die weit aufgerissenen Augen, die glasig in die Unendlichkeit zu starren schienen.

Er wagte sich ein wenig näher heran. Stieß gegen das verletzte Bein. Nichts.

In sicherer Entfernung umrundete er den Mann.

Dann nahm sich Starck ein Herz, beugte sich vor und legte zwei Finger an die Halsschlagader. Kein Puls.

Hatte sich Mortensen das Genick gebrochen, als er mit dem Kopf auf dem Baumstumpf aufschlug?

Starck setzte sich erschöpft auf einen großen Stein, einen Meter von Mortensen entfernt, der nach wie vor dalag wie gefällt und sich nicht rührte.

Und jetzt?

Nein!

Starck war am Leben.

Auftrag doch erfüllt.

Ungewollt. Verdammt!

Langsam. Ganz langsam wie sein tierisches Vorbild zog sich der Waran zurück.

90. KAPITEL

Kriminalhauptkommissar Jan-Hendrik Steinbeck griff in die offene Tüte mit den Hot-Chili-Tortilla-Chips.
Leer. »Mist.«
Er streckte sich nach dem Kaffeebecher, der links am Schreibtischrand windschief auf einem wackelig aussehenden Aktenstapel thronte. Nahm einen Schluck.
Kalt. »Scheiße.«
»Komm«, sagte Freddy Hommes schon im Aufstehen und hielt Steinbeck die offene Hand hin. »Gib her, ich hol frischen.«
»Musst du nicht.«
»Seit wann lässt du dich bitten?«
»Danke«, sagte Steinbeck und reichte Hommes den Becher rüber.
Die beiden erfolgreichen Kriminalhauptkommissare galten als ungleiches Paar in der Düsseldorfer Kriminalinspektion 1. Während Steinbeck nicht viel auf sein Äußeres gab, Schrottautos kurz vor dem Verfallsdatum fuhr und, ohne dabei zuzunehmen, unregelmäßig und ungesund aß, war der knapp zwanzig Jahre ältere Hommes das genaue Gegenteil. Zu den stets perfekt gebügelten weißen Hemden trug er gewöhnlich Fliege und bunte Hosenträger, achtete konsequent auf gesunde und ausgewogene Ernährung und

wechselte seinen schicken fahrbaren Untersatz, sobald der Leasingvertrag es zuließ.

Kurz nachdem Hommes den Raum verlassen hatte, summte in Steinbecks Hosentasche das Handy, in dem nur eine einzige Nummer gespeichert war.

Was wollte Starck am helllichten Tag von ihm?

Er nahm das Gespräch an, sagte »Moment!«, legte auf und verließ das Büro.

Starck war zum Auto zurückgehumpelt und hatte das sichere Handy aus seinem Rucksack geholt. Während er auf Steinbecks Rückruf wartete, suchte er sich aus dem Verbandskasten Material zusammen, mit dem er sich einen Druckverband um den Bauch wickelte, um die Blutung an der Taille zu stoppen. Drei Minuten später rief Steinbeck zurück.

»Was gibt's?«

»Es hat einen Unfall gegeben.«

»Personenschaden?«

»Ja. Aber ein Krankenwagen wird zu spät kommen.«

»Wo?«

»Am Silbersee.«

»Ihre Rolle?«

»Ich wurde angegriffen.«

»Sie spielen wieder einmal das Opfer?«

»Wenn ich jetzt ins Krankenhaus gehen würde, müsste ich mindestens eine Nacht dableiben.«

»Schwaches Argument. Dem anderen geht es schlechter?«

»Viel.«

»Und Sie vermuten, es handelt sich um die Organisation, die Sie schon die ganze Zeit auf dem Kieker hatte?«

»Ich weiß es sogar. Er hat es mir gesagt. Sein Name ist Mortensen.«

»Verschwinden Sie.« Der Kommissar war sehr bestimmt.

»Wie bitte?« Starck konnte es nicht fassen. »Unsere Kommunikation kann zwar nicht zurückverfolgt werden, aber ...«

»Verschwinden Sie. Ich kümmere mich darum.«

Das hielt Starck auch für das Beste, wenngleich eine Entfernung vom Tatort durchaus nicht regelkonform war. Genau genommen machte Steinbeck sich sogar strafbar. Die Alternative wäre allerdings eine nicht enden wollende Odyssee aus schalen Erklärungen und wenig glaubhaften Rechtfertigungen, die mit hoher Wahrscheinlichkeit mit einer vorläufigen Festnahme enden würde. »Ich schicke Ihnen Fotos, damit Sie die Stelle sofort finden.«

»Tun Sie das.«

»Und ...«, Starck zögerte kurz, »... was mache ich mit der Glock, mit der er auf mich geschossen hat?«

»Liegen lassen.«

»Ich habe sie angefasst.«

»Ach, Mann, Starck.«

91. KAPITEL

In gleichem Maße wie das Adrenalin in seinem Körper abgebaut wurde, nahmen die Schmerzen zu, die Starck zuvor durch den Schock kaum gespürt hatte. Nun pochten Schulter, Kopf und Schienbein um die Wette. Von der Taille ganz zu schweigen. Weil er den Fahrersitz nicht vollbluten wollte, hatte Starck noch eine alte Decke untergelegt. Regelmäßig und in kleinen Schlucken trank er Wasser, um nicht zu dehydrieren.

Über die Freisprechanlage wählte er Vanessas Nummer.

»Hi«, sagte sie fröhlich. »Schön, von dir zu hören. Wie war's?«

»Es tat gut, Duncan wiederzusehen und mit ihm zu reden. Erzähl ich dir noch ausführlich. Danach wurde es allerdings hässlich. Mir geht es nicht so gut. Sorry, dass ich störe, aber … kennst du dich mit Wundversorgung aus?«

Ihre eben noch so beschwingte Stimme wurde ernst. »Was ist passiert? Wie kann ich helfen?«

Kein: »Warum gehst du nicht ins Krankenhaus? Schussverletzungen unterliegen der ärztlichen Schweigepflicht und müssen nicht zwingend gemeldet werden.« Oder: »Es passt grad ganz schlecht.« Dafür war Starck unendlich dankbar.

»Der Plan des anderen Kerls sah wohl vor, mich zu liquidieren. Aber irgendwie hat sich das Blatt gewendet und ihm geht es nun schlechter als mir.«

»Was hast du?«

»Elektroschockerwunde. Prellungen durch Schläge. Nicht so wild. Es ist der Streifschuss, der mir Sorgen macht.«

»Verständlich. Du kannst selbst fahren?«

»Ja.« Starck war froh, dass sie derart cool blieb. Genau das brauchte er in dieser Situation.

»Gut. Sonst melde dich, wenn es nicht mehr geht. Wann bist du in Detmold?«

»Ungefähr zwei Stunden. Je nachdem, wie es auf den Ruhrgebietsautobahnen und der A2 am frühen Nachmittag so läuft.«

»Wir treffen uns bei dir.«

92. KAPITEL

Seine Mutter war nicht zu Hause, als er eintraf. Das sparte einiges an Erklärungen, zu denen Starck jetzt kaum die Kraft aufgebracht hätte. Sie war mit einer Freundin nach Paderborn gefahren, um bummeln und später noch etwas essen zu gehen. Es war gut, dass sie seine frischen Verletzungen nicht sehen musste. Morgen war auch noch Zeit für Erklärungen seinerseits und sorgenvolle Fragen ihrerseits.

»So, dann lass mal sehen«, sagte Vanessa und gab ihm zu verstehen, dass er den Oberkörper frei machen sollte.

Die Hose hatte er bereits ausgezogen und würde sich später noch eine dicke Schicht Arnika-Gel auf das schmerzende Schienbein schmieren. Nun stand er in Boxershorts und mit erhobenen Armen vor ihr, was die Schmerzen im Oberkörper verstärkte. Ein Gedanke schoss ihm durch den Kopf. *Eigentlich müsste es mir peinlich sein, so vor ihr zu stehen.*

Vanessa wickelte den Verband ab, den Starck vorhin notdürftig angelegt hatte. Anschließend kümmerte sie sich um die Schusswunde. Dabei arbeitete sie geschickt und konzentriert. Wie vermutet, machte sie das nicht zum ersten Mal.

Er wusste selbst, wie unangemessen das in dieser Situation war. Aber Starck genoss es trotz aller Schmerzen, Vanessas Hände auf seiner Haut zu spüren.

Er sah sie an.

»So«, sagte sie. »Jetzt gibt's noch eine ordentliche Portion Schmerzmittel. Dann wird geschlafen. Und morgen gehst du nicht arbeiten.«

»Mit welcher Begründung?«

»Haushaltsunfall.«

Starck verzog das Gesicht. Nickte trotzdem. Treppenstürze und ähnliche Ausreden verursachten ihm ein übles Gefühl im Magen. Sie wurden zu häufig verwendet, um häusliche Gewalt zu vertuschen. Wenn es dann tatsächlich zur Anzeige kam, wurde es in der Regel hässlich. Das waren Verfahren, die ihm bis heute tief in den Knochen saßen.

»Du weißt eine ganze Menge über verschiedene Wunden und deren Behandlung.«

»Ach.« Vanessa winkte ab. Sah ihn verschmitzt an. »Nicht nur das. Ich habe dir auch gleich eine Krankschreibung mitgebracht.« Sie kramte in ihrem Rucksack herum und zog schließlich eine offizielle Arbeitsunfähigkeitsbescheinigung hervor.

»Gefälscht?«

»Also wirklich. Was denkst du von mir?«

»Nur das Beste.«

»Mein Vater ist Arzt.«

Bevor Starck erstaunt antworten konnte, klingelte sein Handy. Er beugte sich vor. Kam nicht an seinen Rucksack. »Autsch.«

Vanessa kramte das Telefon hervor und reichte es ihm.

»Hallo«, sagte Starck.

93. KAPITEL

»Es wurde nichts gefunden«, sagte Kriminalhauptkommissar Jan-Hendrik Steinbeck. »Kein herrenloses Auto vor der JVA, kein Toter am See. Nur etwas Blut an einem Baumstumpf.«

»Was?«

»Sie haben mich schon richtig verstanden.«

»Oh.« Starck rieb sich das Kinn. »Das ... ähm ...«

»Ja, genau. Das gibt eine Menge Rückfragen, wenn du aufgrund eines anonymen Anrufs zu einem mutmaßlichen Tatort ausrückst und dann ist da nix. Wenigstens hatte die Spurensicherung mit dem Blut ein bisschen was zu tun. Das wird ein lustiges Tänzchen morgen früh.«

»Tut mir leid.«

»Sie erinnern sich an Staatsanwältin Reinhard?«

»Natürlich.« Nach Starcks Verhaftung hatte die aufstrebende Nina Reinhard die Anklageführung gegen die Infi AG übernommen. Und verloren. Zufall? Unfähigkeit? Manipulation? Starck vermutete Letzteres. Und traute ihr daher nicht. Denn er hatte die ehrgeizige Nina Reinhard in Verdacht, ebenfalls mit seinen skrupellosen Kontrahenten unter einer Decke zu stecken.

»Sie hat irgendwie Wind von der Ermittlung bekommen. Wie Sie wissen, sind anonyme Tipps immer ein wenig diffizil.« Steinbeck klang weder vorwurfsvoll noch selbstkritisch. Nur ein wenig genervt.

»Ja. Soll ich vielleicht doch ...?«

»Natürlich nicht. Halten Sie sich da raus! Darum habe ich nicht angerufen.«

Also sagte Starck: »Korrigieren Sie mich, falls ich falschliege. Aber ich würde meinen: Es gibt zwei Möglichkeiten.«

»Richtig. Es gibt genau zwei Möglichkeiten. Entweder Sie haben mir riesengroße Scheiße erzählt. Oder die andere Mannschaft hat einen Cleaner.«

»Ihre erste Variante habe ich natürlich nicht mitgezählt.«

»Sie ziehen in Betracht, dass Sie mit Ihrer laienhaften Todesfeststellung falschlagen? Dann sind Ihre beiden Varianten allerdings beunruhigend.«

»Mehr als das.«

Dann sprach der Kommissar aus, was Starck dachte: »Falls sich jemand darum gekümmert hat, die Leiche unseren Ermittlungen zu entziehen, wird man das verwenden, um Druck auf Sie auszuüben. Wenn aber der Kerl, den Sie Mortensen nennen, nicht tot sein sollte, wird er – um es mal vorsichtig auszudrücken – sehr wütend auf Sie sein.«

94. KAPITEL

Ach Mist. Jobst ärgerte sich, weil der Kaffee schon wieder kalt geworden war. Jedes Mal, wenn er sich heute Nachmittag einen frischen Becher voll geholt hatte, war etwas passiert, das ihn daran hinderte, den Kaffee in Ruhe zu genießen.

Gerade war Florian Dreier zur Tür heraus. Er hatte Jobst darüber in Kenntnis gesetzt, dass sich bei den Gegenständen, die die Spurensicherung auf dem Parkplatz Donoper Teich rund um das Fahrzeug der toten Einbrecher sichergestellt hatte, ein Papiertaschentuch mit Andreas Starcks DNS befand.

Weil aber Starcks Alibi von dem Ermittlerteam als stichhaltig eingeschätzt wurde, bewerteten Florian Dreier und sein Team das Taschentuch genauso wie die Teilabdrücke auf der Tatwaffe: als Hinweis darauf, dass jemand versuchen wollte, Starck die Tat anzuhängen oder ihn zumindest damit in Verbindung zu bringen.

Jobst gab sich damit zufrieden. Er stand auf, um die lauwarme Brühe wegzukippen, und freute sich endlich auf einen schönen, heißen Kaffee. Davon würde er sich nicht wieder ablenken lassen.

Kaum, dass er den Drehstuhl zurückgeschoben hatte, klingelte das Telefon auf seinem Schreibtisch. *Scheiße!*

Er kämpfte kurz mit sich. Schaute zumindest aufs Display, sah die Nummer und nahm ab.

»Stukenbröker.«

»Martin hier. Hallo, Jobst. Du, hier steht eine Dame, die zu dir möchte.«

»Ist grad schlecht. Worum geht es denn?«

»Sie sagt, ihr Name sei Irena Dudek und sie möchte eine Aussage zu der Einbruchssache Starck machen. Sie hat was von einem Geständnis gesagt, aber vielleicht kennt sie auch nur den Unterschied nicht.«

Dudek? Dudek? Den Namen hatte er doch schon einmal gehört. Ach richtig! Jetzt fiel es ihm wieder ein. Susanne Starcks Putzfrau. Seine Mutter war immer ein wenig eifersüchtig, dass Susanne sich eine Putzhilfe leisten konnte.

Aussage? Geständnis? Das ist ja interessant. Was weiß die denn? Und überhaupt – warum haben wir die nicht schon früher befragt?

»Ich komme runter und hole sie ab.«

95. KAPITEL

Er hatte Starck, dieses verdammte Arschloch, komplett unterschätzt. Kraft, Kampfbereitschaft, Überlebenswillen. Alles. Der erste Fehler seines Lebens, der ihm gleich das Genick gebrochen hatte. Buchstäblich.

Halsabwärts spürte Kol Mortensen überhaupt nichts mehr. Er hing mehr, als dass er auf dem Stuhl saß, der an einem T-Träger stand. Mortensen kannte die Szenerie nur zu gut. Den Oberkörper hatten sie so mit Gaffa-Tape an der Lehne fixiert, dass Mortensen nicht vom Stuhl rutschte. Sein Kopf ruhte leicht überstreckt aufrecht an dem kalten Metall des T-Trägers, ebenfalls gehalten von schwarzem Gewebeband, mit dem Stirn und Stahlträger umwickelt waren.

Mortensen sah nur die Männer, die im Halbkreis vor ihm standen, wusste aber, dass sich in seinem Rücken ebenfalls Publikum befand.

Onkel Pablo und Zerberus hatten sich in drei Meter Entfernung von ihm aufgebaut.

»Ich muss dir wohl nicht sagen, wie enttäuscht ich bin«, sagte Onkel Pablo.

»Weil du dir jetzt einen neuen Killer suchen musst?« Mortensen kannte das Spiel. Er war tot. Da sein Körper nichts mehr spürte, würde sich Pablo an seinem Kopf vergreifen.

Seinen Augen. Ohren. Zähnen. Es würde hässlich werden. Und lange dauern.

»Ja, das auch«, sagte Onkel Pablo und zog einen Löffel aus der Tasche.

»Mach dich nicht lächerlich. Ernsthaft? Die alte Löffelnummer? Wen willst du denn damit noch beeindrucken?«

»Ich will«, grunzte Zerberus.

Onkel Pablo schüttelte den Kopf. »Das verstehe ich, Anatol. Aber das geht leider nicht.« Dann ging er einen Schritt auf Mortensen zu und machte mit dem rechten Arm eine einladende Geste: »Ich möchte dir jemanden vorstellen.«

»Meinen Nachfolger? Du hast immer noch eine Vorliebe für Melodramatik, alter Mann. Soll er mich nur töten oder anschließend auch gleich ins Säurebad kippen?« Mortensen hatte diesen Raum, diese perfekt ausgestattete Folterkammer, selbst eingerichtet. Säurebadbehälter und Krematoriumsofen inklusive.

Pablos Männer machten Platz für eine schwarz gekleidete Person, die nun mit geschmeidigen Schritten neben den Boss trat. Mortensen kannte sie nicht. Offensichtlich hatte er noch einen Fehler gemacht: nämlich Onkel Pablo unterschätzt, der schon länger auf eine Situation wie diese vorbereitet war. Wenig überraschend für einen der mächtigsten Kriminellen in Nordeuropa.

Die Frau war nicht im klassischen Sinne schön. Dennoch attraktiv. Sie stand Mortensen kerzengerade gegenüber, die Hände hinter dem Rücken verschränkt. Weniger als eins siebzig groß. Höchstens Mitte dreißig. Er spürte ihre Kraft und Entschlossenheit, während sie einfach nur dastand.

»Du bist ein Pflegefall, Kol Mortensen. Betrachte es als Gnade, dass Vita dich von deinem elenden Leben erlöst.«

»Warum habt ihr mich nicht einfach liegenlassen?«

»Du kennst die Antwort. Du hast mich hintergangen. Wer weiß, wem du welche Märchen über mich erzählt hättest. Schade, ich hatte noch viel mit dir vor ... Vita!«

Sie nickte. Sah Mortensen kurz in die Augen, während sie die Garrotte ausrollte und anschließend den Draht zwischen den beiden Holzgriffen straffte, wie um seine Funktionsfähigkeit zu testen.

Mortensen hätte schwören können, dass er so etwas wie Trauer in ihrem Blick entdeckt hatte. Aber das war sicherlich ein großer Irrtum. Wie so vieles in seinem Leben.

Höhnisch warf er ihr entgegen. »Vita? Ernsthaft? Du nennst dich Vita? Das Leben?«

Sie schüttelte den Kopf und sagte ernst: »Siegerin!«

Dann trat sie hinter ihn. Aus dem Augenwinkel nahm er die tätowierte Schlange hinter ihrem rechten Ohr wahr. Das Symbol für Tod und Zerstörung.

Er fügte sich in das Unvermeidliche. »Du bist ein verficktes Arschloch, Pablo!« Mortensen schloss die Augen, weil er dem Alten nicht den Triumph gönnen wollte, seinen brechenden Blick zu genießen.

LIEBE LESERIN, LIEBER LESER!

Im Kino mag ich es sehr, am Ende des Films sitzen zu bleiben, um mir fasziniert den Abspann anzuschauen. Oft läuft er, untermalt von großartiger Filmmusik, minutenlang durch, weil derart viele Menschen an der optischen und akustischen Umsetzung des Stoffes beteiligt sind.

Auch in diesem Buch steckt unfassbar viel Herzblut, Liebe, Talent und Engagement wunderbarer Menschen, die es erst möglich gemacht haben, dass Sie, liebe Leserin, lieber Leser, diesen Roman in Händen halten.

Die Idee der Thriller-Reihe um den ehemaligen Staatsanwalt Andreas Starck züngelt nun bereits seit langer Zeit durch mein Autorenhirn. So habe ich über Jahre Material über Uhren und Gemälde gesammelt, mich mit Wirtschaftsstraftaten und deren juristischer Aufarbeitung befasst, bin in (kriminelle) Strukturen des Bankenwesens und dessen Verknüpfung mit diversen (kriminellen) Wirtschaftszweigen eingetaucht und habe mit großer Freude an den Figuren gearbeitet, die das Starck'sche Universum bevölkern.

Das alles macht viel Spaß, aber irgendwann musste ich mich als Schreibender der Realität und somit der Frage stellen: Wird ein Verlag Lust auf das Abenteuer haben, gemeinsam mit mir den aufregenden Weg einer neuen Buchreihe zu gehen?

Ich erlebe es als großes Glück, dass die Antwort auf diese Frage *Ja* lautet und sich die wunderbaren Menschen im Maximum-Verlag entschieden haben, in die Glut zu pusten und aus dem zaghaften Flämmchen eine brennende Flamme zu machen. Fühlt Euch gedrückt, Petra Mattfeldt, Alin Mattfeldt und Uli Mattfeldt!

Mein tief empfundener Dank geht an Klaus-Peter Wolf, Anna Mechler, Emely Dark, Jochen Peters, Florian Siegert, Volker Timm, Frank Niebuhr, Christoph Badertscher, Werner Kuloge, Angela Günther-Balzer, Andreas Edelhoff, Christiane Franke, Maren Graf, Jörg Häusler, Katharina Heisig, Beate Timm und Holger Wittschen. Danke für Eure Unterstützung und Euren unerschütterlichen Glauben an mich und meine Geschichten.

Eine dicke Umarmung habe ich für meine Familie, die mich in Plot-, Schreib- und Krisenzeiten erträgt. Ausschnitte meines skurrilen Verhaltens erzähle ich manchmal bei Live-Veranstaltungen.

Ein großer Dank geht raus an das gesamte Verlagsteam, den Vertrieb, Marketing und PR, Buchhandel, VeranstalterInnen, Presse & BloggerInnen. Es macht einfach einen Riesenspaß, gemeinsam mit Euch den Traum vom Bücherschreiben zu leben.

Hervorheben möchte ich in diesem Zusammenhang die Arbeit von Anke Lehmkuhl im Veranstaltungsmanagement des Maximum-Verlages.

Ein großes Dankeschön geht an Bernadette Lindebacher, die im Lektorat so manchen Formulierungsstein abgeschliffen hat, der noch zu kantig war. Alle verbleibenden Fehler und Ungenauigkeiten gehen selbstredend auf meinen Deckel.

Schlussendlich – was wäre ein Schriftsteller ohne Sie, liebe Leserin, lieber Leser. Darum habe ich auch noch etwas ganz Besonderes für Sie vorbereitet: Musik zum Buch! Den Titel »Die Komplizen« habe ich über die Reise der Hauptfiguren durch die Geschichte geschrieben, und er handelt von Aufbruch und Wiederkehr, Konflikten und Bewährungsproben, Kämpfen und vom Ringen um Entscheidungen. »Die Komplizen« ist als Orchester- und Piano-Version auf der CD/LP »Soundtrack« erschienen. Ebenso finden Sie dort auch Danielas Lieblingslied »My Song«.

Wenn Sie mir schreiben möchten, freue ich mich auf Feedback unter info@christianjaschinski.de. Besuchen Sie mich gerne auf meiner Homepage oder bei Instagram. Vielleicht – und das wäre ein Highlight für mich – lernen wir uns einmal persönlich kennen: auf einer Buchmesse, bei einem Lese-Event oder weil sich unsere Wege einfach so kreuzen. Wenn Sie mögen, abonnieren Sie meinen Newsletter und erfahren so immer zuerst, was es Neues gibt.

Herzlich

Ihr und Dein Christian Jaschinski

Frühjahr 2024

UND SO GEHT ES WEITER ...

CHRISTIAN JASCHINSKI

STARCK
UND DIE ZWEITE FRAU

»Rasante Schnitte. Knackige Dialoge. Kopfkino pur!«
Klaus-Peter Wolf

THRILLER

VOR FÜNF JAHREN

Es tut ihr gut, sich vor der Arbeit einmal richtig auszupowern.

Schnelle sieben Kilometer, bevor sie sich im rechtsmedizinischen Institut wieder konzentriert der Arbeit widmen wird. Sie liebt ihre Arbeit, weil sie wichtig für die Ermittlungen ist. Weil sie oft einen Beitrag dazu leisten kann, Täter zu überführen.

Gestern allerdings war einer von diesen Tagen, an denen Ariane Thalbach mit ihrer Aufgabe hadert. Was immer dann der Fall ist, wenn sie eine ihr bekannte Person auf den Sektionstisch bekommt. Oder ein Kind. Zum Glück kommt beides nur selten vor.

Daniela Starck, die sie einmal im Schauspielhaus traf, hat sie als schöne und charmante Frau in Erinnerung. Davon ist nach dem dramatischen Unfall mit Fahrerflucht nicht mehr viel zu sehen. Ihre Tochter tut Ariane Thalbach leid. Wie war noch ihr Name? Ach ja, Greta. So klein und nun ohne Mutter.

Ob Ariane die Obduktion heute abschließen kann, ist noch offen. Aufgrund der massiven Verletzungen hat sie begründete Zweifel, ob Daniela Starck von dem unbekannten Fahrzeugführer tatsächlich nur übersehen und dann angefahren wurde.

Ariane kennt die abwechslungsreiche Laufstrecke gut. Nur einmal muss sie die Forst- und Waldwege verlassen, um ein kleines Stück auf der Landstraße zu laufen.

Heute hat sie die Mozart-Playlist ausgewählt. Gerade perlt das 17. Klavierkonzert in G-Dur aus den Kopfhörern. Sie liebt die virtuosen Variationen im dritten Satz, der zum Ende hin an ein instrumentales Opernfinale erinnert.

Als sie aus dem Wald kommt, schaut sie sich tänzelnd nach links und rechts um. Das Fahrzeug ist noch weit genug entfernt, sodass sie gefahrlos auf die andere Straßenseite gelangen kann.

Sie überquert die Straße und läuft auf der Bankette entgegen der Fahrtrichtung. *Auf der Landstraße läuft man links.*

Rechts die Straße. Links ein tiefer Graben.

Plötzlich spürt sie, dass etwas nicht stimmt.

Sieht sich kurz um. Wird von gleißendem Xenon-Licht geblendet.

Plötzlich ist der riesige Kühlergrill ganz nah.

Unfassbarer Schmerz.

Ein Moment von Schwerelosigkeit.

Dunkelheit.

1. KAPITEL

Das Leben besteht aus Entscheidungen. Manche erweisen sich im Nachhinein als gut, andere als schlecht. An diesem Samstagmorgen hatte Starck eine schlechte Entscheidung getroffen.

Erst dreieinhalb Wochen war es her, dass er aus der Haft entlassen worden war. Hatte Düsseldorf verlassen und war nach Detmold zurückgekehrt.

Und vor zwei Tagen war er nur knapp dem Tod von der Schippe gekrochen. Hatte sich kurz vorm Exitus vom Schaufelblatt heruntergeschleppt. Immerhin hatte er die Auseinandersetzung mit dem brutalen Killer überlebt, den es schlussendlich wesentlich schlimmer erwischt hatte.

Aufgrund zahlreicher Blessuren war Starck eigentlich noch krankgeschrieben. Dennoch war er heute Morgen aufgestanden und zur Arbeit gegangen.

Es war Samstag. Schönes Wetter. Jede Menge los in der Waschstraße, wo er als Ex-Knacki einen Job bekommen hatte. Darum wollte er heute seine Kollegen unbedingt unterstützen.

Scheißidee! Jede Bewegung schmerzte.

Wann war endlich Mittagspause?

Leicht vorgebeugt drehte Starck die Waschlanze langsam im Kreis, um die Felgen des schwarzen Hyundai-SUV sauberzubekommen. Die Fahrerin hatte als Extra diese besondere Vorbehandlung zum ausgewählten Waschprogramm hinzugebucht.

Auf der Rücksitzbank saß ein kleines Mädchen auf einer Sitzerhöhung. Sie hielt einen Teddy im Arm. Starck wusste, dass sich Kinder manchmal erschrecken, wenn der harte Wasserstrahl die Fensterscheiben traf.

Das Mädchen schaute interessiert zu Starck hoch. Er nickte kurz und lächelte ihr zu. Sie antwortete, in dem sie ihm mit dem rechten Arm des Teddys zuwinkte.

Sie war vermutlich ähnlich alt wie Greta. Seine Greta. Die ihm schon entrissen worden war, als sie erst zwei Jahre alt war. Fünf Jahre war das nun her. Fünf verdammt lange Jahre voller Ungewissheit, wo seine Tochter war und ob es ihr wohl gut ging.

Inzwischen war Greta sieben. Und noch immer bei der fremden Familie.

Scheiße. Die Feuchtigkeit in seinem Gesicht stammte nicht nur vom Wassernebel

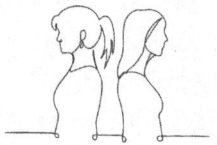

Bisher waren sie nur zwei kleine Lichter in Onkel Pablos mächtiger Organisation. Mit diesem perfekt ausgeführten Job wollten sich Denis Bolschakow und Konstantin Nikitin nun aber für Höheres empfehlen.

Der weiße Ford Transit rumpelte über den unbefestigten Weg durch den Grunewald. Die selbst zur Mittagszeit tiefstehende Novembersonne blitzte immer wieder durch die Baumwipfel. Während Bolschakow das Fahrzeug steuerte, saß Nikitin auf der Rückbank neben der bewusstlosen Frau und hinderte ihren Kopf daran, bei jedem Nachschwingen der abgenudelten Stoßdämpfer unkontrolliert hin und her zu schlenkern. Nikitin wollte unbedingt vermeiden, dass sie sich den Kopf anschlug. Der sollte unversehrt bleiben.

Die Frau war ebenfalls ein kleines Licht. Pamina Gödeke arbeitete im deutschen Innenministerium als Wasserträgerin in der Abteilung für öffentliche Sicherheit. Zumindest war das die Version, die Onkel Pablo ihnen hatte weismachen wollen. Vermutlich, um die Bedeutung ihres Auftrages kleinzureden.

Aber Bolschakow und Nikitin waren keine Dummköpfe. Jemand wie Onkel Pablo hatte immer einen guten Grund, jemanden ins Hauptquartier zu holen. So unwichtig konnte die hübsche Blondine auf der Rückbank nicht sein. Vielleicht durften sie ja später noch ein bisschen mit ihr spielen. Manchmal erlaubte der Boss das. Manchmal nicht.

Natürlich gab es ein »Privatweg. Befahren und Begehen verboten«-Schild am Beginn des Waldweges. Aber jeder wusste, dass das niemanden davon abhalten würde, genau das zu tun. Wenig später überfuhren sie ein dickes schwarzes Kabel, das quer auf dem Waldweg lag.

Am ersten Kontrollposten standen drei Wachleute. Schwarz gekleidet. Grimmiger Blick. Einer von ihnen hielt einen aufmerksamen Dobermann an der Leine.

Bolschakow wusste, dass die Kalaschnikows gut versteckt, aber griffbereit waren. »Onkel Pablo erwartet uns.«

Der Kerl mit dem Dobermann nickte.

Bolschakow, Nikitin und die Frau sollten zunächst im

Wagen sitzen bleiben, während die drei Wachmänner das Fahrzeug routiniert untersuchten.

Dann forderte der Hundeführer: »Aussteigen! Waffen?«

Nikitin ließ die Frau so weit zur Seite kippen, wie der Sicherheitsgurt es zuließ, und stieg fast zeitgleich mit Bolschakow aus.

»Natürlich«, sagte Bolschakow und zeigte, was er dabeihatte. Nikitin tat es ihm nach. Der Dobermann knurrte. Bolschakow hätte ihm am liebsten eine Kugel verpasst. Er hasste derart große Köter. Na gut, er hasste alle Hunde.

Nach einer Leibesvisitation gab einer der Typen per Funk die Ausstattung der Neuankömmlinge an die Zentrale durch. Dann durften Bolschakow und Nikitin mit ihrer menschlichen Fracht weiterfahren.

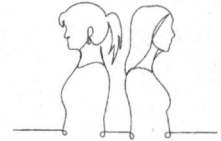

Starck arbeitete gegen den Uhrzeigersinn die vier Räder ab. Begann vorne links, machte dann hinten links weiter und war inzwischen hinten rechts angekommen.

Es roch nach Reinigungsmitteln und Feuchtigkeit. Daran hatte er sich mittlerweile gewöhnt, seit er den Job nach der Haftentlassung vor einigen Wochen hier angetreten hatte. Ja, er mochte den Geruch geradezu, weil er für Starck auch Freiheit bedeutete.

Bevor Starck sich dem rechten Vorderrad widmen konnte, ging bei dem übernächsten Fahrzeug in der Warteschlange die Beifahrertür auf und eine ältere Frau stieg schreiend aus.

»Hermann! Was ist mit dir? Hermann? Sag doch was!«

Sie eilte um die Front des grauen Opel Astra herum und riss die Fahrertür auf. »Hilfe! Bitte helfen Sie mir! Hermann, was ist mit dir?«

Starck reagierte als Erster und ließ die Waschlanze fallen.

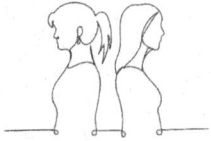

Der Waldweg war matschig und die tiefen Löcher schrien danach, einmal mit Schotter aufgefüllt zu werden. Aber Bolschakow verstand, warum keiner den Auftrag zum Ausflicken bekam. Auf diesem Weg sollte niemand mit hoher Geschwindigkeit fahren können. Weder in Richtung Hauptquartier noch von dort wieder weg. Sein Boss war ein gerissenes altes Schlitzohr.

Auf diesem holperigen Weg fühlten sich die zweihundert Meter vom ersten Kontrollposten bis zum Tor an wie mehrere Kilometer. Der Zaun war hoch, die Barrikaden geschickt in kleinen Kiefern versteckt, der NATO-Draht machte den Zaun unüberwindlich. Der einzige Weg hinein und heraus führte durch das massive Tor.

Das wiederum von drei Männern bewacht wurde.

Wieder eine intensive Kontrollroutine. Hier kam niemand rein, der nicht erwünscht war.

Dann ließ einer der Wachhabenden das Tor nach rechts auffahren. Der Weg war frei und Bolschakow lenkte den Kleintransporter langsam die letzten Meter bis zum Haupthaus.

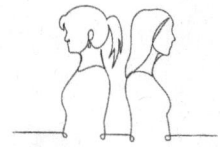

Starck brauchte nur wenige Schritte, dann war er bei dem Opel angekommen.

Der Mann sah nicht gut aus. Er hing zusammengesunken im Gurt.

Bevor sich Starck in den Innenraum beugte, rief er: »Rufen Sie den Notarzt.«

Die Frau war völlig panisch. »Aber wie? Ich hab die Nummer nicht. Und kein Telefon. Hermann hat das irgendwo in der Tasche.«

Starck zog sein eigenes Handy aus der Hosentasche, entsperrte es mit seinem Daumenabdruck und wählte die 112. Dann gab er der Frau das Gerät.

»Beantworten Sie einfach in Ruhe die Fragen. Ich kümmere mich inzwischen um Ihren Mann.«

2. KAPITEL

Langsam wurde sie wach. Ihre Zunge fühlte sich dick und pelzig an. Sie hatte einen bitteren Geschmack im Mund. Der Kopf tat ihr weh.

Ihr war kalt. Sie schlug die Augen auf und schaute an sich herunter. Sie trug immer noch die Jeans und das T-Shirt von heute morgen. Mit Gewebeband war sie an einen Stuhl gefesselt. Ihre Beine waren gespreizt. Sie spürte, dass sie in Wadenhöhe an den Stuhlbeinen fixiert waren. Wahrscheinlich ebenfalls mit Gewebeband.

Die Männer, die im Halbkreis um sie herumstanden, starrten sie gierig an. Einen davon erkannte sie wieder. Das war der Typ, der sich als Paketbote ausgegeben und sie überwältigt hatte. *Wie dumm konnte man sein? Und heute ist Samstag. Da vermisst mich niemand. War heute wirklich Samstag?* Ihr wurde klar, dass sie keine Ahnung hatte, wie lange sie bewusstlos gewesen war.

Sie war vollkommen wehrlos. Konnte sich kaum bewegen. Sie fror, und sie musste mal.

Vor allem aber hatte sie riesengroße Angst. Im Darknet kursierten echte Videos mit expliziten Inhalten. Das wusste sie auch, weil sie im Innenministerium arbeitete. Sollte sie jetzt die Hauptrolle in einem dieser Snuff-Videos spielen und nicht nur ihr Leiden sondern auch ihr Tod später im

Netz zu sehen sein? Ein Albtraum. Sie war kurz davor, sich zu übergeben.

Ein älterer Mann, vermutlich um die sechzig, trat aus dem Kreis heraus und kam bis auf einen Meter an sie heran. Beugte sich etwas vor. Fixierte sie mit seinen kalten Augen.

»Sie fragen sich wahrscheinlich, warum Sie hier sind, liebe Frau Gödeke.« Der harte Ton strafte die höflichen Worte Lügen. Eine ekelhafte Wolke aus Knoblauch und kaltem Tabak wehte aus seinem Mund zu ihr herüber.

Sie würgte. Versuchte die Tränen zurückzuhalten. Schluchzte dennoch unkontrolliert auf. Einige der Männer lachten. Der Mann, der hier offensichtlich das Sagen hatte, unterband dies mit einer unwirschen Handbewegung.

»Nun«, fuhr er dann fort. »Ich habe nur einen Wunsch. Sie müssen wissen, dass ich hin und wieder ein wenig Unterstützung brauche, wenn es um bestimmte Unterlagen und Vorgänge in Ihrem Ministerium geht. Meinen Sie, Sie könnten mir da ein wenig behilflich sein?«

Darum geht es? Der Kerl will mich anwerben? Auf diese Art? Sie schüttelte vorsichtig den schmerzenden Kopf. »Wer sind Sie?«, krächzte sie.

»Ach ...« Der Mann schlug sich mit der Rechten gegen die Stirn. Der Hand fehlten einige Finger. Genaueres hatte Pamina Gödeke aufgrund der schnellen Bewegung nicht sehen können. »Wie unhöflich.« Er wandte sich kurz zu seinen Männern um, dann wieder ihr zu. »Jungs, will ihr nicht jemand sagen, wer wir sind? Mit Anschrift vielleicht?«

Stille.

Er machte eine ablehnende Kopfbewegung. »Hm. Sehen Sie, Frau Gödeke. Von denen will es Ihnen wohl keiner erklären. Dann bleibe wohl nur ich als jemand übrig, der darüber Auskunft geben könnte.« Er näherte sich ihr bis auf einen halben Schritt. Schüttelte langsam den Kopf hin und her und flüsterte bedrohlich mit heiserer Stimme: »Das war eine sehr, sehr dumme Frage. Verständlich. Aber dumm. Und nachdem wir uns nun alle hier von Angesicht zu Angesicht gesehen haben ... ich bin mir sicher, dass Sie von mir gehört haben. Weil viele über mich reden, manche mich gar suchen. Aber niemals meiner habhaft werden konnten. Ich habe viele Freunde in wichtigen Positionen. Wissen Sie das, Frau Gödeke?«

Ja, nun ahnte sie es. Ein älterer Mann mit Verkrüppelungen, der nicht nur auf der Most-Wanted-Liste von Europol ganz oben stand. Bisher allerdings ohne Foto. Und *sie* hatte nun sein Gesicht gesehen. Das – so wurde ihr klar – war ihr Todesurteil.

»Nein!«, erwiderte sie dennoch, um seine Ausgangsfrage zu beantworten. »Ich kann Ihnen nicht helfen.«

Der Mann verzog den Mund zu etwas, das vielleicht ein Grinsen war. Ein sehr hässliches Grinsen. Er richtete sich wieder auf und sagte sehr bestimmt: »Oh, natürlich. Sie können schon. Sie wollen nur nicht. Das ist mehr als ein semantischer Unterschied. Nicht wahr? Ich muss mir also überlegen, wie ich Sie ein wenig motivieren kann.«

Er starrte zwischen ihre Schenkel. Sie verkrampfte sich. *Nein!*

Dann rief er in Richtung seiner Männer: »Oleg!«, und streckte die Hand aus. Einer von ihnen reichte dem alten Mann ein Messer. Ein riesiges Messer. Eine Machete.

Er nahm sie, wog sie in der Hand und machte langsam den letzten Schritt auf Pamina Gödeke zu.

Christian Jaschinski

Christian Jaschinski, 1965 in Lemgo geboren, ist ein vielseitiger Autor und Musiker. Nach seiner Ausbildung zum Datenverarbeitungskaufmann und einem Wirtschaftsstudium in Deutschland und den USA arbeitete er zunächst im Marketing, bevor er sich der Lehre widmete. Seit 1998 ist er Lehrer an einem Berufskolleg, Lehrbeauftragter an zwei Hochschulen und freiberuflich Trainer. Neben seiner pädagogischen Tätigkeit schreibt er Krimis und Comedy-Literatur. Sein Debüt-Roman »Der Tag, an dem ich feststellte, dass Fische nicht klettern können« erschien 2016. Er ist auch bekannt für seinen Krimi um Strafrichterin Tara Wolf. Seine neue Thriller-Reihe STARCK rund um einen Ex-Staatsanwalt, beginnend mit »STARCK und der erste Tag«, erscheint 2024. Jaschinski organisiert zudem »Text-Konzerte«, bei denen Musik und Lesung harmonisch zusammenkommen.

Er ist in Lippe zu Hause und liebt das Meer – vor allem die Nordsee – zu jeder Jahres-, Tages- und Nachtzeit.

Über sich selbst sagt er: »Ich schätze den Kontakt zu Leserinnen und Lesern, gerne via Social Media, noch lieber aber höchstpersönlich. Bei Lesungen entsteht oft dieser magische Moment, wenn plötzlich ganz viel Energie den Raum erfüllt – eine vertraute Komplizenschaft zwischen Publikum und Autor.«

BAND 2

Christian Jaschinski
STARCK – Und die zweite Frau

ISBN KB: 978-3-98679-041-7
ISBN E-Book: 978-3-98679-042-4

»Rasante Schnitte. Knackige Dialoge. Kopfkino pur!«
Klaus-Peter Wolf

WEM KANNST DU NOCH VERTRAUEN, WENN DEIN GEGNER ÜBERMÄCHTIG IST?

Ein Mafia-Boss mit einem perfiden Plan. Korruption bis in höchste Kreise. Eine Diebin, ein Journalist und ein Ex-Staatsanwalt auf verlorenem Posten.

Alle wussten, dass der alte Mann existierte. Niemand wusste, wer er wirklich war. Und ihr hatte er sein Gesicht gezeigt. Das – so wurde ihr klar – war das Todesurteil.

Ex-Staatsanwalt Andreas Starck versucht noch immer, seine Unschuld zu beweisen, nachdem er vor fünf Jahren einem Komplott zum Opfer fiel und ins Gefängnis musste. Mithilfe des Investigativ-Journalisten Tom Finder, der schon seit längerer Zeit versucht die versteckten Konten der Reichen und Mächtigen aufzudecken, erkennt er die Verbindungen bis in die höchsten Stellen der Justiz.

Um seinen Namen reinzuwaschen, muss Starck die wahre Identität Onkel Pablos aufdecken, einem der mächtigsten Mafiabosse Europas. Dessen Einfluss ist jedoch viel weitreichender, als Starck sich je hätte vorstellen können. Hilfe erhält er unverhofft von der Diebin Vanessa Conrad. Doch kann er ihr wirklich vertrauen?

Als sie in Pablos Fänge geraten, müssen sie sich unter Lebensgefahr ihrer Vergangenheit und ihren verdrängten Traumata stellen. Kann Starck sich rehabilitieren und seiner Tochter einen Schritt näherkommen?

Korruption, kriminelle Vereinigungen und alte Familiengeheimnisse. Eine spannende Jagd durch Europa!

BAND 3

Christian Jaschinski
STARCK – Und der dritte Weg

ISBN KB: 978-3-98679-043-1
ISBN E-Book: 978-3-98679-044-8

»**Suchtstoff! Jaschinski weiß, wie Spannung geht.**«
Klaus-Peter Wolf

WIE WEIT WÜRDEST DU GEHEN, UM DEIN LEBEN ZURÜCKZUBEKOMMEN?

Ein Erpresser-Video. Ein eiskalter Killer. Ein verzweifelter Vater, der alles auf eine Karte setzt.

All die Jahre war er durch die Hölle gegangen für diesen Moment. Um nun in ihren großen Kinderaugen die quälende Frage zu sehen: Wer bist du?

Andreas Starck steht endlich kurz davor, die gesamten Machenschaften um die Kindesentziehung aufzudecken, mit denen ihm seine Tochter Greta genommen wurde. Da erhält er ein verstörendes Video.

Es zeigt ihn offenbar bei einem Mord – mit der unmissverständlichen Drohung, dass diese Aufnahme veröffentlicht wird, sollte er weiterhin darauf dringen, Gretas Adoption rückgängig zu machen.

Als ihm dann noch ein weiterer Mord in die Schuhe geschoben wird, und Starck sich einem neuen, skrupellosen Gegner ausgesetzt sieht, wird ihm klar, dass die tatsächlichen Hintergründe und Geheimnisse um die gefälschten Adoptionsdokumente weit dunkler sind, als er je vermutet hätte.

Eigentlich ist Starck seiner Tochter so nah wie seit Jahren nicht mehr. Doch wie kann er seinen Widersacher ausschalten, ohne seine Tochter zu gefährden? Und ist seine Tochter in der neuen Familie vielleicht nicht nur sicherer, sondern auch glücklicher?

Wenn der Gejagte zum Jäger wird! Voller dunkler Geheimnisse, unerwarteter Wendungen – einfach Spannung pur!

maximum-verlag.de
 /MaximumVerlag
 @maximumverlag